이상문학상 작품집

1994년도 이상문학상 작품집
제18회 대상 수상작 최윤 〈하나코는 없다〉 외 7편

ⓒ 문학사상사, 1994

1994년도 제18회 이상문학상 작품집

하나코는 없다 외

문학사상사

제18회 이상문학상 대상 수상작 선정 이유서

〈하나코는 없다〉는 제목 그대로 타자他者, 또는 집단의 시선 속에서 소외되고 증발되어 버린 한 여성의 존재 상실을 그리고 있다. 이 소설은 도시 속에서 흔히 일어나는 인간의 익명성匿名性과 모래알처럼 원자적 개인화 하는 현상을 다시 한 번 날카롭게 확인하게 해주는 뛰어난 작품이다.

'하나코'는 집단 앞에 놓인 개개의 '나'라는 존재다. 이 소설의 감동은 가해자면서 동시에 피해자인 나 자신을 확인할 수 있다는 점에서도 찾을 수 있다.

〈하나코는 없다〉의 수상에는 오늘날 우리 소설 문학에 대한 강한 경종의 뜻도 담겨 있다. 소설 본래의 영역인 형形과 상象이 날로 스러져 가고, 군소리와 잡설들이 횡행하는 속에서, 이 소설은 작품 자체로서 모범적인 답안을 제시하고 있다.

〈하나코는 없다〉는 관념적인 소설이다. 관념에 대해 관념으로 맞서기, 적어도 굳은 관념에 대해 의심하고 그 관념에 작은 틈을 내는 다이아몬드 같은 것이 이 소설의 특징이다.

작가 최윤, 그는 관념 소설이 빈약한 우리 문학 풍토에 때맞추어 나타난, 새롭고 풍요로운 소설의 텃밭을 가꾸어 갈 뛰어난 작가다.

1994년 7월
이상문학상 심사위원회
김윤식 · 이어령 · 이재선 · 이호철 · 최일남

차 례

하나코는 없다

최 윤

1953년 서울 출생.
서강대 국문과 및 동 대학원 졸업, 프랑스 프로방스 대학 불문학 박사.
현재 서강대 불문과 교수.
1978년 《문학사상》에 평론 당선 및
1988년 《문학과 사회》에 〈저기 소리없이 한 점 꽃잎이 지고〉로 등단.
작품집 《너는 더 이상 너가 아니다》《저기 소리없이 한 점 꽃잎이 지고》 등.
동인문학상 수상.

하나코는 없다

폭풍이 이는 날에는 수로의 난간에 가까이 가는 것을 금하라. 그리고 안개, 특히 겨울 안개에 조심하라…… 그리고 미로 속으로 들어가라. 그것을 두려워할수록 길을 잃으리라.

로마에서의 일을 끝내자마자 그는 기차에 올라탔고 저녁 늦게 베네치아에 도착했다. 그리고 방향 잃은 호흡이 하얗게 서려 오는 새벽의 어느 창가에서 그는 이 환상에 가까운 팻말을 보았다. 여전히 정리되지 않은 환상을 헤매는 피곤한 꿈속에서였다.

그러나 그것은 이탈리아에 도착한 이래 그가 읽은 여러 여행안내 책자 속의 단어들이 거의 무의식중에 조립된 것일 뿐.

그가 눈을 떴을 때 기차는 어둠 속에서 육지와 베네치아를 잇는 철로 다리를 달리고 있었다. 약간 설익은 어두움. 겨우 여덟 시를 넘겼을 뿐이다. 이윽고 베네치아 산타루치아라는 진짜 팻말이 어둠 속에 떠오르며 기차는 역 안으로 들어섰다. 기차에서 내리는 사람들의 흐름을 따라 역을 나왔을 때…… 그는 서른두 실의 생애에 그가 본 것 중 가장 놀랍고 이상한 도시 앞에 있음을 알아차렸다. 무거운 장식을 머리에 이고 있는 건물들이 가득 떠 있는 도시, 그것은 침몰 직전의 거대한 유람선처럼 수로 위에서 흔들리고 있었다.

그러나 거기에는 난간도, 안개도 없었다.

숙소까지 태워 줄 작은 배에 오르면서 그는 서서히 여행 초기부터 그를 지배하던 이상한 최면 상태까지 깨어났다. 유령들처럼 말이 없는 승객들에 섞여 그는 혼자 중얼거렸다. 아, 이것이 베네치아군. 여기서 지금부터 뭘 한담?

이탈리아 거래처의 한 직원이 그의 부탁에 따라 예약해 둔 여인숙은 이 물과 안개의 도시, 구시가의 중심에서 멀지 않은 리알토 다리 근처에 위치해 있다고 했다. 고불고불한 수로의 자락들, 그리고 누군가가 오래전에 그려 놓아 색이 바래고, 시간이라는 습기에 침윤되어 낡아 버린 건물들이 늘어서 있는 거리가 내려다보이는 작은 방. 거래처 직원은 한 번 그 여인숙에 머물렀던 적이 있다고 하면서, 괜찮다면 예약하겠노라고 했다. 물론 그는 반대할 이유가 없었다.

그는 이렇게 비현실적으로 베네치아에 와 있었다. 이탈리아에 도착한 이래 점점 잦아드는 용기를 길어 올리기 위해, 혹은 그의 용기를 부추기는 무언가에서 도망하는 것처럼.

모든 일은 갑작스럽게, 우연히 이루어졌다. 일상의 자리를 떠난 지가 기껏해야 나흘밖에 되지 않았음에도 그 가까운 어제가 몇 년 전의 시간처럼 느껴지는 허구에 가까운 여행의 시간.

여행의 시간으로는 정확하게 잴 수 없는 어느 날, K의 전화가 있었다. 족히 오륙 개월은 되었던 것 같다. 그때 그는 먼 출장에서 돌아왔다고 말했다. 고등학교 때부터의 친구. 대학 시절의 공범자이자 사회에서의 동업자. 그 자신과 K, 그리고 서너 명의 고등학교나 대학 동창들은 최소한 한 달에 두어 번은 만나게 되어 있었다. 서로 할 말이 딱히 있지도 않고 그들 중 대부분은 서로 다른 일에 종사하고 있는 데다 꼭 서로를 열렬히 그리워하는 것도 아니지만, 친구니까. 때로는 그들 친구들끼리, 주말에 만날 때면 너 나 할 것 없이 아이 한둘을 매단 채 아내를 데리고, 건강식품 광고에 나오는 이상적인 가족 세트처럼. K가 출장에서 돌아왔다면 어찌 그에게 전화하지 않고 다시 일을 시작하겠는가. 그들은 물론 모자에 대해서 얘기했다. 그들의 사업 종목인 모자에 대해서. 모자에 대해서 얘기하면서 그들은 그 직업적 정보 속에 전달할 만한 것은 대충 다 전달한다. 하다못해 음담패설까지.

화학도 사회학도 모자와는 아무런 관계가 없었지만, 대학 졸업 후 취직한 한두 회사를 거치면서 그와 K는 각기, 어쩌다가, 아주 우연히 모자 전문가가 되었다. 그것이 고정적으로 만나는 그들 중에서 그와 K를 각별하게 맺어 주는 이유였다. 모자에 대해 얘기할 때 그들은 진지했다. 그들은 이제는 달리 할 말이 많지 않기 때문에 제법 오랫동안 사업 얘기를 했다. 그렇지만 그 얘기가 조금 억지로 길어진다고 생각했던 것은 꼭 그 혼자 감지한 것은 아니었다. 그들은 그 정도로 서로를 잘 알고 있는 것이다. 그리고 K가 갑자기 말했다. 마치 우연히 생각이 났다는 듯이.

"하나코…… 말이야?"

"……?"

"누구한테 들었는데 하나코가 이탈리아에 있다는군."

"그래? 그런데?"

"그냥 그렇다는 거지. 혹 네가 궁금해할 것 같아서."

"왜 꼭 나야?"

"그래, 다들 궁금해하고 있을 거야. 조금쯤은."

누가, 언제, 어디서, 무엇을 하고 있는 하나코를 보았다는 것인지 하는 등의 자세한 내용을 내가 K에게 묻지 않은 것처럼, 그 소식을 전달한 사람이 누구든 K 또한 자세한 질문은 피했을 것이 틀림없으리라. 그들의 차가운 우아함은 이런 식의 예절을 잘도 배치할 줄 알았다. K와 그 사이에 잠깐 어색한 침묵이 흘렀지만 그는 상큼한 농담을 끝으로 적당히 전화 통화를 끝냈다. 그리고 며칠 뒤에 있은 술자리에서 K는 그 전화에 대해서 그에게는 물론 다른 친구들에게도 더 이상 한마디도 언급하지 않았다. 그도 그 전화 건을 까맣게 잊어버린 것처럼 굴었다. 그러고 나니 정말 잊어버린 것 같은 느낌이 들었다. 그러고는 정말로 그 작은 전화 건을 잊어버렸다.

늘 그렇듯이 그들은 술자리에서 토론이 되면, 곧바로 세상이 바뀌기라도 할 것처럼, 잘못 돌아가는 세상의 이모저모를 들추어내며 잠시 열을 올렸다. 술자리의 열기가 식어 간다는 징조였다. 그들은 더 이상 젊지 않았고, 견고한 사회에서 조금씩 겁을 먹기 시작했고, 삶이 즐거울 수 있는 확실한 대책이 없었으며…… 그래서 그들은 자주 만났다.

하나코. 그것은 그들만의 암호였다. 한 여자를 지칭하기 위한 그들 사이의 암호.

한 여자가 있었다. 물론 그 여자에게도 이름이 있었다. 그 이름은 그들의 도시적 감성에는 그다지 매력적으로 다가오는 이름이 아니었다. 그렇다고 그 때문에 암호를 사용한 것은 아니다. 그리고 하나코 앞에서 그녀를 별명으로 부른 적도 없다. 그들끼리만 모였을 때, 지루하고 전망 없는 하루 저녁 술자리에서 그녀를 지칭하느라 우연히 튀어나온 농담조의 이 별명이 암호가 되었다. 그들은 암호 만들기를 좋아하는 삶의 그리 밝지 못한 단계를 지나고 있었다. 약간씩의 차이는 있지만 그들은 대충 스물네댓 정도의 나이를 먹었고 모두들 대학 졸업을 앞둔 상태였다.

어느 날 그들 무리 중의 하나가 비슷한 나이 또래로 보이는 한 여대생을 소개했다. 키가 유난히 작고, 낮은 목소리로 그들의 대화에 무리 없이 끼어들고, 이마를 왼쪽으로 기웃하면서, 가끔 논리를 벗어난 그들의 객기에 대해 진지한 표정으로 아주 심각하게 질문을 던지던 여자.

"왜 그렇게 생각하죠?"라든지,

혹은 약간 우울한 눈을 하고,

"아마 우리가 모두 젊기 때문에 그럴 거예요. 어떻게 그 젊음을 써야 할지 모르기 때문에 말이죠"

같은 말을 해서 그들 모두를 당황케 만들던 여자가 하나코였다.

그러나 이제 와서는 많은 것이 불분명하다. 그게 정확하게 언제였던지, 어떤 모임이 계기가 되었던 것인지, 그녀를 그들에게 소개한 것이 P였던지 Y였던지 아니면 그도 저도 아닌, 지금은 그들에게서 멀어진 그 시절에 알고 지내던 어떤 누구였던지…….

그래, 그녀는 코가 아주 예뻤다. 그녀의 용모가 그다지 눈에 띄지 않는 어떤 분위기를 전달하는 반면, 그녀의 코 하나는 정말 예뻤다. 정면에서 보건, 옆에서 보건 일품인 코를 가진 여자. 그래서 붙여진 별명, 하나코. 그러나 이 암호는 그들과 어울려 다니던 시절에 만들어진 것은 아니었다. 그리고 이 별명이 붙여지기 전에, 그녀를 생각하면서 맨 먼저 떠올리는 것이 그녀의 코는 분명 아니었다. 그녀의 별명이 하나코가 된 데는 숨기고 싶은 그들 모두의 실수가 있었다. 아무도 꼼꼼히 되돌아보고 싶지도 않으며, 더욱이 인정하기 싫은 취기 속에서 일어난, 많은 사실들을 숨기고 있었던 작은 실수. 이렇게 별명으로 불러야 마음이 편한 상대를 누구나 한 명쯤 숨겨 가지고 있다면, 그들에게 그 대상은 하나코였다.

　대부분 고등학교 때부터의 동창이었던 그들은 취직 시험을 앞둔 대학 마지막 해에는 거의 매일같이 만나 취직 공부를 했으며, 사회 초년생 시절에도 분주하게 핑계를 만들어 자주 모였다. 가끔, 한 달에 한두 번쯤 그들 중의 누군가가 하나코에게 전화를 걸었고, 그녀는 혼자 혹은 이 세상에 하나밖에 없는 것 같던 늘 똑같은 여자 친구 한 명을 대동하고 그들의 모임에 합세하곤 했다. 지금은 이름조차 기억나지 않는 하나코의 친구에 대해 남은 기억은, 그녀가 한 번도 모임의 끝까지 남은 적이 없었다는 정도가 다였다. 집이 멀다든가 하는 이유로 모임의 분위기가 무르익으려고 하면 그녀는 하나코의 귀에 몇 마디 말을 던지고는, 그녀가 타는 지하철이 호박으로 변할 것을 두려워하는 신데렐라처럼 황급히 자리를 떴다. 어느 누구도 비록 빈말이라도 그녀를 붙잡지 않았다. 그들의 관심을 끈 것은 말이 없던 그녀보다는 가끔 재치 있는 농담도 하고, 모든 대화에서 오호! 하는 감탄사까지 유발시키는 발언을 나직나직한 목소리로 할 줄 아는 하나코였다.

　그들 모임에 분위기 쇄신이 필요할 때라든가, 각자 사귀고 있던 여자와의 까다로운 심리전에 지쳐 있을 때, 또는 그렇고 그런 각자의 얼굴에 조금은 싫증이 나지만 안 볼 수 없는 관성 때문에 만나서 술잔이나 기울이게 되는 그런 모임이 있을 때 그들은 하나코에게 전화를 걸었다. 전화를 받으면 그녀는 늘 흔쾌히 그들과의 만남을 수락했으며, 기억하건대 한 번도 설득되지 않을 만한 이유로 그들의 제안을 거절한 일이 없었다. 뭐 생리통이라든가, 고향 친구가 와 있다거나 하는 어쩔 수 없는 이유들이었다. 그것이 진짜건 가짜건 무슨 차이가 있겠는가. 그녀의 어조는 늘 진지했고, 그들은 박물관에나 넣어 둘 만한 그 진지함을 재미있게 생각했으며 예상외로 잘 설득되었다. 사회 초년생이 되면서 그들은 더 자주 만났다.

그들은 그녀에 대해 아는 것이 거의 없었다. 어떤 대학에서 미술을 전공했다는 것 외에 그녀가 그림을 그리는지, 조각을 하는지, 혹은 이런 모든 것을 다하는지, 알지 못했던 것이다. 그들 주변에는 이 방면에 정통한 사람이 없었기 때문에 가끔 그녀가 밝힌 사항들은 그들에게 매우 막연하게 들렸다. 그들은 마티에르라는 단어를 알고 있었지만 대학을 졸업하고 난 다음까지 왜 돌과 흙과 나무를 그렇게 중요하게 구분해야 하는지 깊게 알고 싶지 않았다. 그녀의 집안에 대해서는 더 말할 것도 없고, 그들이 알고 있는 것은 단지 그녀의 전화번호와 가끔 도착하는 편지 봉투에 적힌 주소뿐이었다. 그들이 그녀를 알고 지내던 몇 년 동안에도 그녀의 주소는 여러 번 바뀌었거나 아니면 그녀는 동시에 여러 군데 주소를 가지고 있었다. 한 번은 기숙사였고, 때로는 ××× 씨 댁이었고, 한 번은 ○○아틀리에…… 이런 식이었다.

조금 이상하게 느껴질 수도 있었던 이런 그녀의 일상사는 어쩌면 한 번도 그들의 궁금증을 자극하지 않았다. 오히려 그런 것이 하나코에게는 아주 자연스럽게 보여 궁금증을 표현하기가 멋쩍어졌다고나 할까.

그들의 모임에 여성이 끼어든 것이 하나코가 처음은 아니었지만 하나코만큼, 모임의 균형을 깨지 않으면서 오래, 지속적으로 만나게 되는 여성은 많지 않았다. 왜 그랬을까. 그녀가 마치 공기나 혹은 적당한 온기처럼 늘, 흔적 없이 그들 옆에 있다가는 사라져 버렸기 때문이었을까. 그 일이 일어나 그녀가 아주 그들의 모임에서 사라져 버리기까지. 그래, 그때까지 그녀는 그렇게 늘 없는 듯 있었고, 어느 누구도 그녀가 어느 날 그들의 부름에 대답하지 못할 미지의 곳으로 사라져 버리리라고는 한순간도 생각해 본 적이 없었다.

그는 역 근처에서 지도를 한 장 사 들고 이탈리아인 동업자가 적어준 여인숙의 위치를 찾았다. 바포레토라고 불리는 배를 타고 리알토에서 내려 다리를 건너지 말고 왼쪽으로 왼쪽으로 도십시오……. 그는 하루 종일을 기차 안에서 보낸 터여서 지칠 대로 지쳐 있었다. 이탈리아에 도착한 이래 쉴 시간이 없었거니와 서울을 떠나던 당시의, 조금은 탐닉적인 구석이 없지 않은 우울이 어디를 가든 질기게 쫓아다녔다. 그는 정거장에 배가 도착할 때마다 밧줄을 능숙하게 풀었다가 되감는 멋진 옆얼굴의 청년 옆에 서서, 물 위에 떠 있는 건물들을 멍하니 바라보았다. 따뜻한 오렌지 빛깔의 조명에 비추어진 건물들의 내부가 초겨울의 습기 찬 대기를 더욱 스산하게 만들고 있었다.

대체 이 생판 모르는 나라, 생판 모르는 도시에서 이틀 동안이나 무엇을 한담. 관광? 야, 아무리 바빠도 베네치아는 꼭 다녀오라구. 먼저 거래선을 트고 이탈리아를 다녀갔던 K의 말이었다. 그렇지. 누구나 한 번 정도는 베네치아에 오고 싶어한다. 특히 사랑에 빠진 남녀나 신혼부부가 가장 가고 싶어하는 도시 중의 하나라는 베네치아. 그의 입가에 씁쓸한 미소가 떠올랐다가 사라졌다. 마치 모든 것이 서서히 바다에 빠져들 것만 같은 느낌을 주는 이 도시에서 그가 상상할 수 있는 것은 아주 어두운 것들뿐이었다. 그렇지만 그가 새롭게 튼 이탈리아 거래처와의 일의 첫 단계를 마무리하자마자 베네치아행을 결정했다면, 그것은 K의 조언 때문만은 아니었다. 그의 목적지는 이 도시가 아니었다. 이 도시에서 아주 가까운 또 다른 도시의 한 주소였다.

다리를 건너지 말고, 왼쪽으로 돌고, 또 돌면…… 이후 이틀 동안 지루할 정도로 보게 될 낡은 4층짜리 건물에 이틀 밤이 예약된 여인숙, 펜치오네 알베르고 게라토. 거기에는 다리 저는 여자가 이탈리어, 영어, 프랑스어, 3개 국어를 자유자재로 구사하면서 무섭도록 커다란 개를 한 마리 데리고 근무하고 있었다.

그 여인이 안내해 준 방은 3층의 7번. 상사 사람의 말대로라면 그 여인숙의 방에서는, 낮에는 색색의 과일과 야채상이 늘어서 볼거리를 제공해 준다는 아담한 거리가 내려다보였다. 좀 더 멀리에는 중앙 수로와 약간 숨어서 부분만이 내보이는 불 밝혀진 리알토 다리도. 한적한 밤 시간, 거리는 완벽히 비어 있었다. 멀리서 한두 번 젊은 웃음소리가 투명하게 울렸다가는 여운 없이 사라졌다. 그리고 아주 가까이에서는 배가 지나가면서 물살을 가르는, 이상한 외로움을 자극하는 평화로운 소리. 저처럼 부드러이, 곤두선 삶의 비늘들을 쓸어 줄 얼굴이 있다면. 왜, 이렇게, 어디를 가나 무너지는 소리뿐이람. 서른 살이 넘어 갑자기 방문한 감상에 그는 확실히 당황하고 있었다.

그들은 하나코의 신상에 대해 아는 것이 많지 않았다. 대학을 졸업하기 전에는 동급생들과 함께 미술 학원에서 아이들을 가르친 적이 있다는 것 외에, 정확히 생계를 어떻게 꾸려 가고 있는지, 혈액형이라든지 형제가 몇이나 되는지…… 이런 것들을 한 번도 그녀에게 터놓고 물어 본 적이 없는 것이 이상했다. 설령 그 비슷한 일이 화제에 오를 때면 꼭 일부러 그랬던 것처럼 그녀는, 자신의 일로 시간을 소비해 버리기가 아깝기라도 한 것처럼, 자연스럽게 다른 방향으로 말머리를 돌리기도 했다.

그러고 보니, 한 번쯤 그녀의 전공이 조각이라는 정도의 얘기를 들은 적이 있는 듯하다. 그렇다고는 해도 그저 명성 있는 조각가 밑에서 조수로 일을 도와주고 있는 정도라고 웃으며 덧붙이던 얼굴도 생각난다. 자신의 키보다 서너 배가 더 큰 돌덩이와 씨름한다고. 사실 그녀의 키는 유아처럼 작았기에 어느 누구도 그녀의 이 드문 신상 발언을 상상 속에서나마 구체적으로 떠올리지 않았다. 삼 년 남짓한 그들의 교류 기간 동안 그녀가 자신에 관계된 일로 그들 모임에서 주의를 끈 적은 없었다. 늘 동일한 표정. 나탈리 우드의 코를 꼭 닮은 그녀의 코가 돋보이도록 약 사십오 도 각도로 허공을 향해 비스듬히 치켜든 얼굴. 그것이 다였다.

자그마한 방. 이탈리아에 도착한 이래 자주 보게 된, 모퉁이에 부조가 새겨진 높은 천장, 그는 잠시 전화기 앞에서 망설였다. 수화기를 들고 잠시 윙 하는 소리를 듣고 있다가 다시 놓았다. 지구의 저쪽 편은 아마도 대낮. 그리고 그만큼이나 거리가 나버린 아내와의 삶. 사 년이라는 시간이 무색할 정도의 가속도로. 처음에는 제법 진지한 대화도 있었다. 실존이니, 가치관이니, 공유니 하는 단어들을 섞은 고상한 공방전은 아주 빨리 적나라한 언쟁이 되었다. 시시껄렁한 물건 구입이나 중간부터 치약을 짠다든지, 또는 늘 조금은 연기가 풍기게 담배를 비벼 끄는 그의 습관 같은 사소한 일을 두고 생겨나는 말다툼이 단번에 두 사람의 온 존재를 부정하고 뿌리에서부터 뒤흔든다.

모든 단어들이 어디론가 증발해 버린 것처럼, 서로가 굳건히 지키는 침묵이 트집이 된, 그들 사이의 마지막 불화는…… 완전한 침묵 전의 고함처럼 격렬하고도 길게 계속됐다. 그 일이 아니었더라도 얼마든지 찾아질 수 있는 다른 원인들. 서로를 부정하기 위해 필수 불가결한 정기적인 말다툼. 그러고도 세상에 대한 연극은 계속된다. 부부 동반으로 친척을 방문하고, 모임에 참가하며, 극이 끝나면 다시 냉전에 들어가는 나날들.

만약 그런 불화가 없었더라도, 아무것도 아닐 수 있는 가장 진부하고 지루한, 서로의 약점이 가장 비화되어 드러나는 그런 불화가 없었더라도 그는 이탈리아 출장을 서둘러 맡았을까. 아침에 출근한 그 차림으로, 집에는 알리지도 않고, 몰래 도망치듯 엉성하게 채워진 여행 가방을 들고 출장을 떠났을까. 그는 작게 고개를 흔들었다. 만약 그랬더라도 그는 하나코의 소식을 기억해 냈을까. 그리고 아주 비밀스럽게, 그가 알고 있던 그녀의 친지를 수소문하고, 여러 날 여러 사람을 거쳐서 그녀의 이탈리아 주소를 알아냈을까.

그는 절대 비밀문서를 손에 넣기라도 하듯이 단계적으로, 하나코의 현재 주소를 수소문하는 데 바쳤던 시간을 약간은 흔쾌한 기분으로 다시 생각했다. 만약 아내가 그의 이탈리아 출장의 진의를 알게 되었을 때의 표정을 떠올리며, 그렇지만 그다지 강한 보상의 느낌은 아니었다. 그런 상상으로 기분이 전환되기엔 그들이 상대편에게 가지고 있는 무감각의 악의가 너무 두터웠다. 상대편과의 말다툼은 하나의 구차한 핑계일 뿐, 어느 누구도 이렇게 어긋난 관계가 수시로 만들어 내는 불안과 불화에 능숙하게 대처하지 못한다. 하고 나서 후회가 될 만큼.

대체 여기서 무엇을 하고 있는 건지. 이곳에서의 이틀을 무엇을 하며 보내야 한담. 그는 시큰둥하게 중얼거리면서 안내 책자를 여행 가방에서 꺼내 들고 침대에 누웠다. 더 공허하게 높아지는 천장. 더 멀어지는 지구의 저쪽. 그는 서서히 잠이 들었다. 이렇게 최소한 열 시간 정도는 탈 없이 지나가겠지.

이튿날 아침의…… 창밖은 온통 소란스러운 안개였다. 여행 안내서에 써진 바로 그대로. 그리고 거래처의 직원이 설명해 준 바로 그대로 창문 바로 밑의 길 양편에는 어느새 아침 야채 시장의 좌판이 촘촘히 들어차 있었다. 그는 창문을 열어 놓은 채로 식당으로 내려갔다. 이른 시간이어서인지 식당 안에는 서너 명만이 낮은 목소리로 속살거리며 아침 식사를 하고 있을 뿐이었다. 미국 젊은이들로 보이는 그들은 날씨에 대해 얘기하던 중이었던지, 낮이면 날씨가 맑을 거라고 그들을 안심시키는 주인 여자의 건조한 목소리가 들렸다. 커피 두 잔, 토스트 한

장. 그의 주문은 간단했고 식사를 마치자 이상한 피곤감으로 그는 서둘러 다시 방으로 돌아왔다. 아침 여덟 시. 마음속의 서울은 전날 밤.

그는 여행안내 책자의 펼쳐진 면에 커다란 활자로 인쇄된 산마르코 광장, 토르첼로, 살루테…… 같은 단어들에 멍하니 시선을 주었다. 혼자 하는 여행은 질색이군, 그는 생각했다. 그가 한 출장 여행 중 이렇게 이틀간의 공백이 온전하게 생겼던 것은 이번이 처음이었다. 마치 일부러 그런 것처럼. 대체 그가 혼자 하는 여행이 이번이 처음이 아니던가. 늘 공무였고, 그렇지 않으면 몰려서 하는 여행이었다. 빠르게 머릿속에 떠오르는 얼굴들, 아내, 친구, 동료 어느 누구의 얼굴도 그가 바라는 가상의 여행 동반자의 모습으로 일 초 이상 뇌리에 머무르지 못했다. 먼 그림자처럼 어두운 강변을 걷는 하나코의 뒷모습이 역광으로 슬쩍 스쳐 지나갔다. 여행 시즌이 아닐 때, 베네치아만큼 관광 명소의 개장 시간이 맘대로인 데도 없더라구. 하나라도 더 보려면 아침을 이용해. 세 시 이후면 다 닫히니까. 늘 정력적인 정보의 소비자인 K의 목소리가 바래져 귀에 울렸다.

그는 전화기를 들었다. 그리고 수첩에서, 방심한 듯이 아무렇게나 쓰인 전화번호가 적혀져 있는 면을 펼쳐 들었다. 서울의 전화번호가 아닌 하나코의 전화번호.

그냥 사업상 왔다가 그녀 소식을 들었다고 하지. 그때 있었던 그 작은 불편한 사건, 그런 정도의 일은 지금쯤 아마 다 잊었을 거야.

처음으로 그는 하나코가 이 지구 반대편의 나라에서 무엇을 하고 있을까 하는 가벼운 궁금증이 일었다. 그의 기억으로 하나코가 이탈리아에 친척이나 친구가 있다거나, 그들이 좀 더 젊었을 때 이 나라 말을 배운다거나 했다는 말은 들어 본 적이 없었다. 하기는 자신도 그런 이유로 이 나라에 와 있는 것은 아니지만. 그는 최소한 네 명의 사람을 거치면서 하나코의 주소와 전화번호를 수소문할 수 있었다. 물론 그는 더 빠른 방법을 택할 수도 있었다. 그러나 그의 신원을 구태여 밝히면서 그녀의 소재를 파악하기 싫었고, 그러느라 정작 하나코의 연락처를 알려 준, 그녀의 동창이라는 불친절한 목소리의 남자에게 그녀의 근황에 대한 솔직한 질문을 던질 수가 없었던 것이다.

전화번호는 베네치아에서 약 한 시간 정도 기차로 가야 하는 작은 도시의 지역 번호를 달고 있었다. 아주 작은 도시라는데, 그녀는 거기서 뭐 하는 걸까. 왜 그는 그 순간 수도원이나 혹은 그 비슷한 정적의 공간이 뇌리에 떠올랐는지 알 수가 없었다. 골목만 바꾸어도 모습을 드러내는 무수한 성당들 때문일까. 꼭 수녀는 아니라고 해도 그 비슷한 어떤 모습의 그녀. 그렇지만 그 그림의 자리에 구체적으로 떠오르는 그녀의 얼굴이 들어섰을 때 그는 작은 불편함을 맛보았다. 예전에 여러 번 느껴 본 그런 느낌이지만 생소하기는 여전히 마찬가지였다. 기분이 슬쩍 구겨지고 짜증이 뒤섞이는 그런 생소함.

그는 수화기를 들어 외부로 연결되는 번호를 누르고…… 이후 단번에 일곱 개의 번호를 재빨리 눌렀다. 신호가 가고…… 신호가 계속되고…… 아마도 빈 공간에 울리고 있을 그 신호음에서 어떤 전언을 해독하려는 사람처럼 그는 그 반복적이고 규칙적인 리듬에 귀를 기울였다. 아무도 전화를 받지 않았다. 너무 이른 시간인가. 시계는 여덟 시 반을 넘고 있었다. 그는 슬며시 수화기를 내려놓았다. 마치 미루고 싶은 숙제를 연기하고 난 사람의 가벼운 마음으로.

그는 생각했다. 리알토에서 산마르코 광장까지 아무에게도 길을 묻지 않고 걸어가야겠다. 미로같이 얽힌 골목에서 방향을 잃더라도 아무에게도 길을 묻지 말아야지. 그는 여인숙의 이름과 전화번호가 인쇄된 명함을 하나 들고 밖으로 나왔다. 열린 카페의 커다란 유리벽 저쪽에서

선 채로 카푸치노를 마시고 있는 사람들, 고급 의류 상점이나 가죽품 상점들의 진열장을 닦는 점원, 바쁘게 장바구니를 들고 상점들이 늘어선 좁은 거리를 지나가고 있는 사람들에게서 그는 막연히 하나코를 닮은 누군가를 찾고 있었다.

이처럼 강박적으로 하나코에 대한 기억이 떠오르는 것은 이상한 일이었다. 강박적? 그보다는 고집스럽게라고 말하는 편이 낫겠군, 하고 그는 중얼거렸다. 그녀가 산다는 곳에서 멀지 않은 곳까지 와 있기 때문일까, 아니면 안개와 미로 같은 짧고 좁은 길과, 길을 따라가다 보면 어김없이 한끝이 드러나는 물 때문일까. 그렇지. 이상하게도 하나코 하면 물이 연상되었었다. 그래서 모두 마지막으로 자연스럽게 그 강변으로의 여행을 생각했는지도 몰라.

그들의 모임과는 별도로, 하나코가 가끔 그들 중의 하나와 따로 만나기도 한다는 것을 각자는 막연히 알고 있었다. 우선 그 자신부터 그러했으니까. 그렇지만 대체로 이에 대해서는 어느 누구도 일언반구 하지 않았다. 어떻든 그녀와의 연락이 두절되기 이전에는 그러했다. 다른 친구들하고는 어쨌는지 모르지만 그로 말할 것 같으면, 하나코와 만날 때는 늘 예식처럼 일정한 절차를 밟았다. 그가 하나코를 따로 만날 때, 그녀는 무리들과 만날 때 들르는 다방이 아닌 다른 장소를 택했다.

"아주 편한 소파가 있는 기분 좋은 카페를 알고 있는데 가볼까요?" 라고 하면서.

아, 기분 좋은 장소에 대해서라면 그녀만큼 서울에서 편안하고도 그들의 마음의 상태에 잘 맞는 장소를 잘 고를 줄 아는 사람은 아마도 없을 것이다. 그녀가 택하는 장소는 다방이건 술집이건, 어떻게 지금까지 이곳을 발견하지 못했을까 하는 생각이 들 정도로, 그들이 자주 지나치는 거리의 아주 평범한 곳에 위치해 있었다. 그러나 꼭 인상에 남을 만한 한 가지씩의 특징을 가지고 있는 곳. 기억에 남을 정도로 편안한 등받이가 있는 좌석이라든지, 각별한 장식이나 혹은 독특한 모양의 찻잔…… 그녀는 그런 것을 잊지 않고 지적했고, 그 방면에 다소간 둔감한 그 같은 사람도 얼마 후에는 말을 거들 정도는 되었다. 이렇게 해서 평범한 듯한 장소는 인상에 남는 추억의 실내로 변신하는 것이다. 그녀는 꼭 서울의 숨어 있는 명소의 목록을 다 준비해 가지고 다니는 사람처럼, 그와 만날 때 그 장소가 어느 동네에 있건, 슬그머니, 자기 집에 초대하듯이 그런 기분 좋은 장소로 안내하곤 했다.

　그렇게 만나 잠시 얘기를 나누다가 그들은 거리를 걷는다. 그리고 간단한 식사를 한다. 참 이상한 일이었다. 학생 시절에야 그렇다고 해도 취직을 하고 난 후에도, 하나코에 관한 한 그들은 스스로 생각해도 잘 이해되지 않는 인색한 면을 가지고 있었다. 그것은 그들이 경제적으로 제법 풍족해진 후에도 고쳐지지 않았다. 다른 여자들과 데이트할 때와는 달리, 하나코와 만날 때 주로 그가 택하는 식당은, 돈을 꼭 그가 낸 것도 아니면서, 아주 볼품없고 값싼 식당이었다. 식사 후에 그들은 탁구나 혹은 볼링을 한두 게임 한다. 다시 걸어서 그녀가 선택한 처음의 장소로 되돌아온다.

　그러고는…… 이상한 힘에 이끌려, 마치 고해 성사라도 하듯이 어느 누구에게도 말할 수 없었던 구질하면서도 내밀한 자신의 얘기를 그녀에게 하는 것이다. 사귀고 있는 여자 애에 관한 얘기만 빼놓고는 모든 얘기를. 몇 살 때 자위를 시작했다든지, 자신이 은밀하게 가지고 있는 괴로운 습관 같은 것, 또는 하나코도 잘 알고 있는 가까운 친구들에 대한 숨겨진 불만 같은 것까지도. 그녀는 그 얘기들을 고개를 약간 갸웃이 쳐들고 듣는다. 얘기가 무르익을 때까지 그녀는 결코 그의 얘기를 중간에서 끊는 법이 없었다. 아무리 충격적인 얘기를 해도 그녀 입가에

깃든 미소가 변질되는 일이 없어서, 어쩌면 일부러 과장해서 그의 숨겨진 악을 스스로 고발한 적도 있었다. 그녀처럼 집중해서 그의 시시껄렁한 얘기를 들어준 여자를 그는 알지 못했다. 그러면서도 언뜻 그의 친구들 중의 누구와 동일한 장면을 연출할 그녀의 모습이 떠오르기도 했다. 그것은 조금만큼의 질투도 자극하지 않았다.

"하기 어려운 얘기였을 텐데 내게 해주어서 고마워요."

매번 그런 것은 아니었지만 그녀는 드물게 이런 식으로 피곤함을 전달하기도 했다. 그녀가 집에 돌아가고 싶다는 의사를 표시하는 말이었다.

늦은 시간에 밖으로 나와서는 그녀의 집 방향으로 가는 버스가 오는 것을 같이 기다려 주지도 않고 그녀를 혼자 어두운 정류장에 놔둔 채, 그는 지하철 입구를 향해 걸어간다. 그녀 또한 그런 것에 대해 한 번도 반응하지 않았고. 어쩌다 뒤돌아볼 때의 그녀의 표정은 이미 다른 곳에 있었다. 왜 하나코에 관한 한 그들은 모두 최소한의 인내심과 배려가 부족했던 것일까.

갑자기 말라 오는 목. 그는 유리창이 유난히 맑은 한 카페에 들어가서 남들처럼, 부드러운 생크림이 기분 좋게 입천장에 달라붙는 카푸치노를 한 잔 마셨다. 남들처럼 서서. 그들처럼 생생한 표정을 짓고, 산마르코 광장으로 가는 길이 어느 쪽이죠라고 묻고 싶은 것을 애서 눌렀다. 다시 밖으로 나와서 그는 화살표의 방향보다는 사람들이 많이 다니는 길들을 골라, 수도 없는 골목과 수도 없는 작은 광장을 돌았다. 마치 이 도시의 매력에 매혹되지 않으려고 마음을 다잡은 사람처럼 상의의 깃을 세우고 목 언저리를 여민 채, 놀랍도록 빠른 속도로 안개가 밀려가는 수로를 따라 작은 다리들을 건넜다.

그들 중에서 맨 처음으로 객기를 부린 것은 아마 J가 아니었던가. 그들 무리 중에서 제일 먼저 결혼을 했던 친구. 어느 날 자정이 넘어 J에게서 전화가 걸려 왔다. 그는 침대 옆에 놓인 수화기를 살짝 놓고 다른 방으로 가서 전화를 받았다. 그리고 혹시 아내가 들을 것을 저어하여 침대 곁의 수화기를 다시 제자리에 얹어 두는 것도 잊지 않았다. 술 취한 J가 하나코 애기를 꺼냈기 때문이었다. 하나코와 그들 사이에 연락이 두절된 지 일 년여가 넘은 다음의 일이었다. 늦은 전화에 궁금한 표정으로 올려다보는 아내에게 그는 대수롭지 않다는 듯 말했다.

"J야. 밤늦게 술주정을 하려는 모양이군."

J는 형편없이 취해 있었고 그런 상태에서 이어지는 횡설수설 헛소리는 그의 잠기를 싹 쫓을 정도로 그의 호기심을 자극했다. 넌 잘 모르지만 한때 상당히 망설였다구. 내가 멍청했지. 좀 더 적극적으로 밀어붙여 보면 어떻게 되었을 텐데 말이지. 괜찮아. 괜찮아. 아내는 친정 가서 없다구. 잠깐만 기다려라, 그 편지가 어디 있더라. 하나코가 답장으로 보낸 것…… 잠깐만. 좀 깊이 숨겨 두었거든. 자, 들어 봐. 중요한 부분만 읽을게. J는 술 취한 목소리로 어조를 과장해서 낭독을 시작했다.

J 씨는 늘 중요한 말을 장난같이 하는 습관이 있었지요오. 그렇다고 J 씨의 진의를 내가 가볍게 일축한다는 뜻은 아닙니다아. 나는 당신이 꼭 그런 편지를 한 번쯤 쓰지 않으면 안 될 정도로 어려운 때를 보내고 있다는 것을 잘 이해해요. 그렇지만 J 씨, 한번 생각해 보세요. 내가 정말 그런 편지의 적합한 수신자인지를 말이지요. 한 일주일이나 열흘 정도 어디로 한번 떠나 보세요. 그런 후 대답이 찾아지면…… 그때 우리가 할 애기는 따로 있을 거예요오…….

끝을 길게 늘이면서 편지의 내용을 엉망으로 만드는 J의 목소리를 들으면서 내심 그는 자신이 하나코의 입장이 되어, J가 앞에 있다면 당장 한 방 먹여 주었을 정도로 신경이 거슬렸다. 그러나 숨겨진 호기심이 더 컸기 때문에 J에 대해 솟은 신경질은 오래가지 않았다. 너 하나코의 날씨체 생각나지. 내가 어떤 편지를 보냈는지 알면 너는 아마 까무러칠 거다. 나는 그러니까 그때 열렬한 구혼을 했던 거야. 그냥 꼭 그렇게 해 보고 싶더라구. 그런 사실 너희들 전혀 몰랐지. 요즘 그냥 생각이 나서 말이야. 물론 일주일 후에 나는 결혼 날짜를 잡았다만 말이다. 이런 편지를 어떻게 버리냐. 아, 생각난다, 하나코!

J는 정말 혀 꼬부라진 낭만적 회고를 하고 있었고 그는 적당히 그의 고백을 들어주었다. 그 자신도 예외는 아니었다. J의 경우와 다소간 달랐지만 그들은 모두 한두 장 정도의 편지는 간직하고 있었던 것이다. 그것이 무슨 전리품이라도 되는 것처럼. 그녀가 그들 모임에서 자취를 감춘 직후에, 그들 사이에서는 주로 그들의 만남의 초기인 학생 시절에 가끔 주고받던 낡아 버린 하나코의 편지를 서로에게 읽어 주는 짧은 유행의 기간이 있었다. 그즈음에 마련된 한 술자리에서 그들은 그녀에게 하나코라는 별명을 붙여 주었던 것 같다. 그들의 편지에 꼭 대답을 하던 하나코. 어쩌면 그녀는 세상의 모든 편지에 대답을 하기 위해서 태어났다는 생각이 들 정도로, 그것도 이유를 알 수 없이 가슴을 찡하게 하는 편지를 보내곤 했다. 그녀의 편지처럼 어딘가 깊은 것 같고, 어딘가 철학적이며 고상한 것 같은 편지를 주고받을 여자가 있다는 것이 그들을 조금은 우쭐대게 만들었다. 하나코는 세상에 태어나 처음으로 그에게 편지를 쓰고 싶은 욕구를 불러일으킨 여자였다. 아내와 연애하면서도 편지를 쓰고 싶다는 생각이 든 적은 한 번도 없었다. 한번은 어디서 읽은 시구를 베껴서 멋을 부려 본 적이 있었는데 그녀는 그 편지의 대답에 "시 제목을 알아맞히는 수수께끼 놀이를 하자는 거지요?"라는 농담 어린 답장을 보냈다. 하나코와는 자존심이 상할 일이 없었다. 하나코와는 일이 덧나도 별 두려움이 없었다. 그 일이 있고도 그는 이렇

게 출장을 핑계로 그녀를 찾아보려고 하지 않는가. 왜일까?

"우리는 친구잖아요."

언젠가 그의 실언 앞에서 그것을 무마하느라 하나코가 한 말이었다. 어떤 실수였는지는 물론 기억에 없었다. 그렇지만 그 말이 야기한 불편한 파장은 생생하게 기억에 남았다.

그 자신을 포함해 무리들 중의 누구도 하나코에게 자신들의 결혼 날짜를 알리지 않았다. 딴 친구들은 어떤 이유에서 그랬는지 알 수 없지만 그로서는 그저 단순한 부주의였다. 물론 그는 청첩장을 준비하던 때만 해도 그녀에게 보낼까 하고 생각했다. 그렇지만 분주한 일정에 밀려 그만 잊어버리고 말았다. 무의식적으로 계획된 건망증. 늦게 결혼을 한 친구들이야 이미 하나코와의 연락이 끊어져서 그랬다고 하지만 적어도 P와 J는, 그들이 하나코와 만나고 있을 즈음에 결혼했음에도 하나코에게 그 사실을 알리지 않은 게 분명했다. J의 결혼식 후에 그가 하나코를 만나 J 대신 사과를 했을 때, 그녀는 한마디 했을 뿐이었다.

"설마 결혼식 같은 것을 그토록 중요하게 생각하는 건 아니겠죠."

멀리서 사진으로 본 산마르코 광장의 첨탑이 보였다. 일찍이 바닷가로 몰려나온 인파들이 광장에 가까이 온 것을 알려 주었다. 바다를 향해 버티고 있는 두 마리의 금박 사자가 인파가 없는 텅 빈 광장에 서 있었더라면, 어쩌면 그는 감격했을지도 모른다. 평소에 그는 인파를 좋아하는 편이었다. 그렇지만 거기에는 너무도 많은 사람과 상인과 유난히 살이 찐 비둘기 떼들이 빈틈없이 몰려 있었다. 성당을 방문하기 위해 매표구에서 막 입장권을 받아 들었을 때, 그는 카메라도 망원경도 모두 여인숙에 두고 온 것을 알아차렸다. 일부러 구입한 성당 내부의 모자이크에 대한 설명 안내서까지. 그것이 그의 기분을 그만 순식간에 구겨 버리고 말았다. 그렇다고 여인숙까지 되돌아가고 싶은 마음은 추호도 없었다.

　사람의 대열에 밀려 안에 들어갔으나, 모든 관광객이 입을 벌리고 감탄사를 내뿜으며 바라보는 둥근 천장과 벽, 그리고 기둥까지 빈틈을 남기지 않고 덮고 있는 놀라움 외에는, 여행 준비를 서투르게 한 사람만이 맛볼 수 있는 심오한 지루함을 느낄 뿐이었다. 전 세계인이 경탄해 마지않는 교회에 발을 들여놓고도 머릿속에서 하품하는 잡념은 다른 시간과 장소를 헤매고 있었다.

　그는 의자 한 귀퉁이에 앉아 그가 알고 있는 성경의 지식을 모두 동원하여 모자이크로 그려 낸 몇 장면만을 식별해 냈다. 그는 오랫동안 그렇게 넋을 반쯤 놓고 게으르고도 지루하게 시간이 가기를 기다렸다. 주변을 스치는 수많은 언어들 사이에서 한국말을 하는 목소리가 들려오자 그 목소리에만 귀를 기울이면서 그는 고집스럽게 성당에 남아 있었다. 나이 많은 노인을 대동한 젊은 여자의 낭랑한 목소리가, 그가 앉아 있는 바로 앞부분의 천장에 장식된 모자이크의 내용을 설명하고 있었다. 〈출애굽기〉의 한 장면. 다정한 부녀지간.

　여기서 대체 무엇을 하고 있지? 그는 집에 두고 온 딸을 생각했다. 이제 겨우 두 살. 그는 자신을 엄습하는 답답함을 누르며 자리에서 일어섰다. 그가 앉았던 자리를 딸이 아버지에게 권했다. 출구는 입구 이상으로 붐볐다.

　그는 부두 쪽으로 가서 심호흡을 했다. 부둣가에 띄엄띄엄 늘어선 공중전화 부스가 자꾸 그의 시선을 끌었다. 서울은 아마도 침침한 초겨울의 저녁나절. 바다의 안개는 완전히 걷혀 있었다. 그때 그가 서 있던 데로부터 그리 멀지 않은 곳에서 커다란 외침 소리가 들려왔고 갑자기 그 소리 주위로 군중이 몰려들기 시작했다. 그는 자신도 모르게, 순식간에 만들어진 둥근 원의 가장 안쪽에 서 있었다. 그곳에서는 이탈리아 말로 욕설을 퍼부으면서, 세 명의 남자가 엉켜서 전문 복싱 선수 이상의 솜씨를 보이며 서로를 두들겨 패고 있었다. 가만히 보니 이 대 일의 싸움이었는데, 그 주위로 몰려든 어느 누구도 말릴 생각 없이 그 자신처럼 눈을 동그랗게 뜬 채 구경만 하고 있었다. 그렇지만 혼자 대항하는 사내의 기세 또한 만만치 않았다.

원이 점점 커짐에 따라, 부두를 따라 지어진 고급 호텔의 테라스에서도 사람들의 얼굴이 싸움 구경을 위해 하나 둘 나타나기 시작했다. 세명 모두 가죽 잠바를 입은 건장한 젊은이였다. 그들은 가끔 내지르는 외마디 소리와 거친 숨소리 외에는 입을 앙다문 채 엎치락뒤치락을 계속했다. 아무래도 수적으로 강세인 두 남자들은 막 바닥에 깔리기 시작한, 궁지에 몰린 적수가 힘이 빠진다고 생각하자마자 집중적으로 발길질을 하기 시작했다. 어떤 의미로 그들이 침묵의 싸움을 벌였다면, 그와 반비례로 군중 속의 소란은 점점 커졌다. 이 나라 말을 모르는 그로서는 그들이 마치 씨름 경기라도 응원하는 것처럼 보였다. 그의 주먹도 부르르 쥐어질 정도로 격렬한 광경이 배가되고 있었다. 역시 아무도 그들을 말릴 엄두를 내지 못하고 있었다. 그는 공격자 두 사람의 주먹과 발길질에 자신의 흥분이 고조되고 있음을 알아차렸다. 자, 한 방만 더, 쳐라. 결정적인 한 방, 그러고 나면 끝이다……. 바로 그때 어디서 나타났는지 군중을 헤치고 경찰들이 우르르 몰려들어 순식간에 세 명을 모두 일으켜 세워 어디론가 끌고 사라졌다.

모여 섰던 사람들이 하나 둘 흩어지고 다시 공중전화 부스가 드러났다. 그를 부르기라도 하는 것처럼. 그는 빠른 동작으로 전화번호를 꺼냈다. 지구 반대편이 아니라 바로 옆의 작은 도시에. 누군가 '여보세요'에 해당하는 이탈리아 말을 서너 번 반복하고, 그 뒤로는 그가 알아들을 수 없는 빠르고 긴, 고음으로 즐거운 기분을 전달하는 여자의 목소리가 들려왔다. 그는 서둘러서 영어로 하나코를 찾았다. 물론 그녀의 본명을 대고. 잠시 대기음이 들리고 다시금 즐겁고 부산스럽게 이탈리아 말을 하는 여러 음성들이 뒤섞이고…… 그리고 그에게 익숙한 밝은 목소리가 들려왔다. 하나코의 목소리. 이탈리아 말이 아닌 그리운 '여보세요'. 바로 그 순간에 부두에 도착한 바포레토가 한 무리의 승객들을 내려놓았다. 서로의 허리에 팔을 두르고 작은 갑판에 내려서는 젊은 그녀가 웃으면서 그가 서 있는 옆을 지나갔다. 그때까지 그를 사로잡고 있었던 조심성이 사라지는 것을 느꼈다. 그것은 꼭 갑자기 오른 취기와 같았다.

그는 자신의 이름을 대고 어색하게, 과장을 섞어 한바탕 웃었다. 그녀의 반응을 기다리지도 않고 그는 장황하게 설명을 붙이기 시작했다. 출장 여행 중이다. 계약서가 준비되는 동안 베네치아에 와 있다. 다시 로마로 돌아가야 한다. 그러기 전에 당신을 만나고 싶다. 당신의 거처와 연락처를 알아내는 데 얼마나 힘이 들었는지 아느냐. 그는 이유도 없이 자주 크게 웃음을 섞으면서 상대편이 얘기할 틈을 주지 않고, 마치 무엇에선가 도망치듯이 빠른 말투로 떠들었다. 그리고 갑작스런 정전으로 마비된 라디오처럼 침묵했다. 그가 침묵했을 때에야, 그녀도 밝게 큰 목소리로 웃으며 말했다.

"반가워요. 오세요."

이어 그가 잘 기억하고 있는 낮고 침착한 그녀의 목소리가 천천히 이어졌다. 기차에서 내려야 하는 정거장의 이름, 사무실이 위치한 거리의 이름, 그리고 그녀가 디자이너로 고용되어 있다는 실내 장식 사무실의 이름과 외양…… 같은 것을 그녀는 친절하게, 띄엄띄엄 말해 주었다. 당신이 전화하고 있는 베네치아에 비하면 그다지 구경할 만한 도시는 아니라고 미안한 듯이 덧붙이면서.

그녀의 모든 것이 다 예전과 같아도 무언가가 달라져 있었다. 목소리도 아니고 어조가 덜 친절했던 것도 아니었는데……. 그녀는 정말 반가운 기색으로 그에게 말을 하지 않았던가. 그는 갑자기 힘이 조금 빠지는 것을 느꼈다. 그녀를 보러 기차를 타고, 그녀가 말해 준 이름의 거리를 찾아 헤매고, 그녀가 일하는 사무실을 찾아 안으로 들어가고, 그녀의 책상 옆에 앉아 일이 끝나기를 기다려, 그녀의 생활공간으로 초대되고, 이 나라에서 하듯이 집에서 준비한 식사를 하고 환담을 할 엄두가 나지를 않는 것이다. 그리고 더욱이 그녀가 결혼이라도 했다면, 난생 처음 본 그녀의 남편이라는 사람과 또 예의를 차려서 얘기를 해주어야 하고……. 그는 물었다. 능청스럽게. 지금 애가 몇입니까? 그녀는 웃고 그 물음에는 대답하지 않았다. 그녀의 목소리에서 무엇을 느꼈을까. 그녀에게 방해가 되지 않겠느냐고 물었을 때, 그녀는 대답 대신 잠시 침묵한 후, 나를 그렇게 몰라요? 하고 반문했다.

전화가 끝나 가고 있음을 알리는 음이 들려오자 그녀는 덧붙였다.

"J 씨처럼 전화만 하고 안 오는 것은 아니죠? 혹은 P 씨처럼 차 한 잔도 제대로 마시지 않고 떠난다든가? 오세요. 정말 반가운데요."

마치 시간이라도 잰 듯이 그녀의 말이 끝나자 전화가 끊겼다. 그의 머릿속에서도 무언가 찰칵하는 소리가 들렸다. P가? J가?

그는 여행을 떠나기 전에 있었던 술자리를 떠올렸다. 그들에게까지 비밀에 붙이고 훌쩍 떠나고 싶었던 그 출장 계획은 분위기가 무르익자 자신도 모르게 입 밖으로 튀어나왔었다. 그때 아주 오래간만에 모임에 합세한 누군가가 느닷없이 하나코 얘기를 꺼냈었다. 왜 꼭 왜색이 도는 그런 별명을 그녀에게 붙였지? 코하나가 더 낫지 않아. 대체 누가 붙여줬어. 그 별명? 알면 참 기분 나빠 할 거야. 또 누군가가 말했다. 알 리가 없잖아. J도 P도 그 자리에 있었고 뭐라고 한마디씩 거들었던 것이 생각났다. 몇 달 전에 그에게 하나코의 소식을 전했던 K의 전화도 생생하게 기억이 났다. 어느 누구도 이탈리아에 사는 하나코의 소식을 제삼자를 통해 전해 들었다고만 했지 직접 만났다거나 통화를 했다거나 하는 말은 하지 않았던 것이다.

당장 가겠다고 호탕하게 대답한 것과는 달리, 그는 부두를 떠나 좁은 수로를 따라 나 있는 골목길을 걸었다. 겨울이어서 더욱 습기가 차 보이는 두터운 이끼에 덮인 채 물속으로 무너지는 듯한 벽들, 벽의 끝에 나타나는 작은 다리, 그리고 소꿉장난 같은 삶이 진행되고 있을 것만 같은 좁은 정면의 집들. 가끔 그곳에서는 음악 소리나 회한 없는 일상의 호들갑스러운 소음이 들려왔다. 마치 물속에 기우는 이 도시를 더욱 기울게 하기 위한 것처럼, 칠이 벗겨지는 이끼 낀 표면의 슬픔을 더욱 드러내려는 듯이.

수로와 골목과 다리들의 무한한 변주. 그는 그 변주에 흔들리는 걸음을 내맡겼다. 한 번 우연히 시선에 잡힌 거리의 팻말은 그가 리알토 다리에서 점점 멀어지고 있는 것만을 알려 주는 막연한 지표가 되었을 뿐이었다. 낯선 도시에서 지도 없이, 목적지도 없이 걷는 낙망한 자의 자유, 말할 수도 이해할 수도 없는 이국의 말을 쓰는 나라에서 침묵으로 미로를 헤매는 자의 안식에 그는 음울한 미소를 지으면서 빠져 들었다. 몇 번인가, 하나코, 아니 스코베니회사 소속, 인테리어 디자이너, 장진자의 목소리가 가볍게, 이 도시의 배음처럼 울렸다. 그렇게 날 몰라요? 그렇게도? 그것은 함정이 많은 수수께끼처럼 점점 더 깊이 그를 미로 투성이의 한 도시 속으로 이끌었다.

창밖으로 북쪽 도시행 기차 한 대가 막 떠나고 있었다. 이미 저문 역 구내의 조명 속에서 그는 다시 한 번 산타루치아라고 써진 흰 간판을 보았다. 이제 곧 그가 탄 로마행 밤 기차가 떠날 것이다. 아직 잠들기에는 이른 시각이라 좌석은 맨 위쪽만 올려져 침대로 바뀌어 있었다. 그 말고 두 명의 승객이 복도 쪽의 창문으로 배웅 나온 사람들과 이야기를 나누고 있었다. 그는 일찌감치 자신에게 예약된 위쪽의 준비된 침대에 올라가 누웠다. 기차가 서서히 움직이기 시작하고 베네치아와 내륙을 잇는 긴 다리 모양의 철교 위를 달리기 시작했다. 올 때와 거의 비슷한 시각. 누워 있으므로 더 멀리 보이는 바다 위로 드문드문 오렌지색의 램프가 긴 곡선을 만들면서 행진하는 수사들처럼 늘어서 있었다. 검은 테를 두른, 끝이 뾰족한 나무 둥지들이 합장하듯 모여 있는 수로 표시의 말뚝에 밤 뱃길을 알리기 위한 램프들이 걸려 있었다. 기차의 속력은 점점 더 빨라졌고 이내 바다는 시야에서 사라져 버렸다. 공연히 무언가 아주 먼 곳에서 다시 한 번 무너지는 느낌을 남기고서.

잠시 머무르다 떠나는 도시. 이제 기차는 불빛이 점점 드물어지는 인적 없는 어두운 풍경 속을 달리고 있었다. 아래 좌석의 승객들도 등받이를 올려 침대를 만드느라 부산하다가 언제부터인가 갑작스러운 침묵이 왔다. 복도의 소음도 점점 더 줄어들고 기차는 짙은 밤을 향해 전속력으로 달렸다. 여전히 세 개의 침대는 비어 있었다. 한밤중이나 새벽에 모두가 잠들어 있을 때 누군가가 어떤 이름 모를 역에서 예약된 자신의 침대를 찾아 올라오겠지. 볼로냐, 피렌체……

그 일은 대체 어떻게 일어났던 것일까. 그런데 그런 것도 사건이랄 수 있을까.

그들이, 갈대밭 근처의 늪지대같이 질퍽거리던 곳의 그 술집을 어떻게 발견했는지는 아무리 생각해 보아도 알 수가 없었다. 그들 중의 두 명이 비슷한 때에 중고 자동차를 구입했던 것이 일의 발단이었던 것만은 틀림이 없다. 그들은 무려 일곱 명이나 몰려서 사흘간의 연휴에 서울을 떠난 것이, 낙동강까지 왔던 것이다. 원래 그들의 목표는 마음에 드는 해변을 찾는 것이었다. 그러나 바다를 찾다가 그들은 상에 나타났다. 그를 포함한 다섯 명의 친구와 하나코, 그리고 그녀의 여자 친구. 이렇게 일곱 명이 두 대의 중고차에 나눠 타고 운전 연습 겸 내려온 것이 낙동강가까지 왔던 것이다. 회, 매운탕…… 이런 비슷한 간판이 언뜻 눈에 띄었었고 그 간판에서부터 좁은 흙길로 접어들어 한참을 달려서야 식당 하나가 나타났다. 아주 외따로 떨어져 있던 식당이었음에도 그들은 그곳을 그날의 종착지로 삼기로 했다. 그 식당에 들어가기 위해서는 구두가 푹 빠지는 진흙 마당을 지나쳐야 했고 그 마당가에는 역겨운 냄새가 나는 풀꽃이 잡초처럼 무성하게 한구석을 채우고 있었던 것 같다. 늦가을이었던가. 아니면 초겨울. 지금처럼.

음식이 준비되는 동안, 일행은 세상의 끝이라는 느낌이 들 정도로, 시선이 닿는 한 사방에 아무 불빛도 보이지 않는 강가를 거닐다가 식당으로 돌아왔다. 음식과 술이 조금씩 들어가고 밤이 깊어짐에 따라 그때까지의 흥분되었던 여행의 분위기는 조금씩 우울하고 불안정한 것으로 변하기 시작했다. 세상에서 차단되어 당장이라도 늪에 가라앉아 버릴 것 같은, 개인 집에 방불한 그 횟집의 건넌방에 들어앉자마자 그 이상한 분위기가 누구에게랄 것도 없이 그들 모두에게 퍼지기 시작했다. 운전대를 잡았던 W는 너무 멀리 온 것에 대해 후회하는 눈치가 역력했다. 그중의 하나는 서울에 전화를 걸어야 한다고 반복했고, 누군가는 다음 날로 예정된 중요한 거래처 사람과의 약속을 잊어버렸다고 불평했다. 연락처도 아무것도 가지고 오지 않았다는 것이다. 당시 그들 모두가 은근히 부러워하던, 부유한 집 딸과 결혼을 앞두고 있었던 P는 갑작스러운 여행을 강력하게 주장했었음에도 누군가가 조심스럽게 꺼낸 숙박 문제에 대해 가장 신경질적인 반응을 보였다. 그로 말할 것 같으면, 조금은 굳은 표정으로 그들의 변화를 지켜보고 있는 하나코와 그 여자 친구에 대해 공연히 적개심이 솟았다.

모두들 사회생활을 이삼 년 한 뒤에 생긴, 애써 감추어 두었던 허탈감이 연휴의 여행 중에 무장 해제 되었던 탓일까. 아니면 삶의 피곤과 술과 여행이 기묘한 화학 작용을 일으킨 돌이킬 수 없는 불안감. 누군가가 나가더니, 숙박 문제를 해결했으니 술이나 마시자고 했다. 은행에 들어간 이후로 그들의 모임에 조금 뜸해졌던 친구였다. 그는, 거금으로 주인을 매수해 방 두 개를 빌렸다고 연극 조로 말했다.

그 뒤로는 누구도 예상 못한 방향으로 순식간에 미끄러져 버린 일이었다……. 일곱 시간 이상을 달려온 후라 이야깃거리가 고갈된 그들은 노래를 불렀다. 아니, 악을 써댔다. 돌아가면서 돼지 멱따는 소리로, 그리고 이렇게 변질되기 시작하는 분위기 속에 당혹감을 숨기고 앉아, 조용히 술잔을 비우는 두 명의 여자에게 그들 모두가 집중적으로 노래를 강요하기 시작했다. 그것은 더 이상 놀이가 아니었다. 하나코가 그런 자리에서 노래라면 질색한다는 정도는 그들 모두가 알고 있었고 실제로 그녀는 노래 같은 것은 빵점이었다. 그것을 알고 있기 때문에 그들은 농담 반, 협박 반 노래를 요구했다. 하나코의 여자 친구가 일어났다. 모두가 입을 모아 하나코의 이름을 외쳐댔다. 하나코의 여자 친구는 그때까지만 해도 쑥스러운 미소를 지으면서 다시 자리에 앉았다. 그래도 하나코는 웬일인지 일어나지 않았다. 그녀의 얼굴 또한 조금은 변했던 것 같다.

누군가가 벌떡 일어섰다. 부르나 안 부르나 내기하자면서 하나코에게 다가갔다. 그의 악물어진 이가 드러났다. 동시에 하나코 건너편의 누군가가 그녀를 일으키느라 팔을 위로 잡아당겼고 그녀의 친구는 하나코를 거머쥔 그 손을 떼어 놓으려고 엉거주춤 일어섰다. 그가 일어섰다. 뒤에서부터 하나코를 일으켜 세우기 위해서. 누군가가 술병을 벽에 던졌다. 또 누군가가 고함을 내질렀다. 아무런 뜻도 없는 고함. 그리고 누군가가 잡아당기는 바람에, 하나코도, 그녀를 일으켜 세우려고 몰려든 두 친구도 주저앉았다.

얼마 동안이나 이런 종류의 실랑이가 계속되었을까. 아무도 말리는 사람이 없었다. 말리다니, 단언컨대 모두들 즐거이 엉켜 들고 있었다. 하나코의 노래 따위는 문제도 아니었다. 그녀의 친구가 지르는 고함 따위는 아무런 것도 막지 못했다. 게다가 고함이라야 겨우 방 밖을 나갈까 말까 한, 크지 않은 우스꽝스러운 목소리였다. 그 엉켜 든 실랑이 속에 나름대로의 일사불란한 질서가 지배하고 있기라도 한 것처럼, 각자가 맡은 바 역할을 잘하고 있는 것처럼 보이는 이상야릇한 아수라장이었다. 거친 몸싸움과 깨어져 나가는 유리 조각과 서로에게 짖어대는 그들의 고함. 그들은 그들끼리 걸고넘어지고 있었다. 적어도 그때까지 그들 중의 어느 누구도 진짜 취해 있지 않았다. 취기를 가장하고 있었다. 모두가. 어쩌면 하나코도.

얼마 전부터 일으켜 세워진 하나코와 그녀의 친구의 얼굴은 창백했고, 뒤로 올려진 하나코의 머리는 볼품없이 흐트러져 있었다. 그녀의 상의가 반쯤은 옆으로 돌아가 있었다. 누군가가 그녀의 그런 몰골을 손가락으로 가리키면서 웃음을 터뜨렸다. 그것은 순식간에 모두를 감염시켜서 조금씩 퍼지더니 얼마 지나지 않아 전반적인 광란의 웃음이 되었다. 일종의 벌을 받고 있던 두 명의 여자들에게까지 퍼져, 그녀들 또한 웃음을 참을 수 없을 정도로. 그렇지만 그것은 웃음인지 울음인지 구별이 되지 않는 아주 찡그러진 표정의 웃음이었다.

하나코와 그 친구는 미친 듯이 웃으면서 가방을 집어 들었다. 그리고 벗어 놓은 외투를 집어 들었다. 그리고 여전히 웃으면서, 한밤중의 역겨운 찬바람을 방 안으로 밀어 넣으면서 방문을 열었고, 이미 그사이 몇 배로 두터워진 어둠 속으로 걸어 나갔다. 그녀들이 그때까지도 웃고 있었는지는 기억에 없다. 마당 저쪽으로 긴 방죽 같은 것이 어슴푸레 보일 뿐이었고 빛이라고는 마당을 밝히고 있던 낡은 촉수의 불빛뿐. 그녀들의 멀어져 가는 뒷모습이 점점 더 어둠 속에 검게 풀리고 더 이상 아무런 것도 구별되어 보이지 않았다. 가끔 바람에 뒤집히면서 언뜻 여린 빛을 반사하는 풀잎의 모서리 외에는.

모두들 그녀들이 사라진 어둠의 덩어리 쪽으로 시선을 두고 있으면서도, 어느 누구도 그녀들의 위험한 걸음을 되돌리려 뒤따라 뛰어나가지 않았다. 누구나가, 그녀들이 인가를 찾을 때까지 혹은 대로에 나설 때까지는 오래 어둠 속을 걸어야 하는 것을 잘 알고 있었다. 그러나 광란의 웃음을 계속하도록 태엽이 감겨진 장난감 악기처럼 그들은 웃음을 멈출 수가 없었다. 누군가가 문을 닫아 버렸다. 모두가 침묵했고, 무슨 일이 일어났는지 알아차릴 정도로 정신이 깨었기 때문에 다시, 새벽까지 마셨던 것이다.

이튿날 둘, 셋으로 나누어 차를 타고 서울로 올라오는 길은 무겁고 조용했다. 하나코는 이렇게 해서 그들의 모임에서 사라졌다. 그 후, 그들 사이에서 그녀, 장진자가 언급될 때 그녀는 하나코로 명명되었다. 그녀에 대해 얘기하고 싶은 마음과, 그녀에 대해 얘기하는 것을 자제하고 싶은 두 가지의 상반된 욕구가 교묘하게 절충되면서 그런 별명이 붙여졌던 것이다. 가끔 그 별명으로 그녀가 술자리의 객담에 등장하는 일은 있어도, 그날, 모두가 낙동강가로 표류했던 그날, 어둠 속으로 사라져 버린 그림자의 실상에 대해서는 굳건히 침묵했을 뿐이었다.

그날의 밤은, 생소해서 더욱 어두워 보이는 이 여행지의 밤만큼 속수무책이었던 것 같다. 그는 어둠을 등지고 무릎을 오므려 벽 쪽으로 돌아누웠다. 태평스러운 낮은 휘파람을 부르면서 누군가가 복도 쪽으로 빨리 지나갔다. 아래쪽의 좌석에서는 요란한 코 고는 소리가 들려오고, 침대는 여전히 세 개가 비어 있었다.

　로마에 내리자마자 서울에 전화를 걸리라. 그의 마음은 예전에 비해 한 치도 바뀐 것이 없다고. 당신의 자리가 너무도 비어 있었노라고. 꼭 한 번 아이를 데리고 베네치아에 같이 오자고. 그런 기약 없는, 확신 없는 말을 전하기 위해 전화를 걸리라. 모든 것이 아주 쉽게 이루어지리라. 지금까지 그래 왔던 것처럼. 그렇지만 아내가 이렇게 말한다면. 이번에는 그렇게 할 수 없어요. 얘기를 합시다. 단 한 번만이라도 서로에 대해 솔직하게. 그는 양미간에 깊은 주름을 지으면서 잠이 들었다.

　서울에서 그는 저녁 술자리를 마련했다. 그것은 여느 술자리처럼 사업 얘기와 세상 돌아가는 얘기와 이권이 있는 장소에 대한 점검……들로 이루어졌다. 그 또한 J처럼 혹은 P처럼 혹은 다른 누구처럼 이탈리아의 여행과 베네치아의 곤돌라—어쩌면 그토록 유명한 그 도시의 명물이 한 번도 그의 의식에 와 닿지 않았을까—의 이국적인 아름다움에 대해 침이 마르게 칭찬했다. 그리고 모두들 취했고, 늘 그렇듯이 결론조로 세상이 그런대로 그럭저럭 굴러가고 있으며, 아이들은 잘 크고 아내들과는 근본적인 마찰만 피하면 잘 지내며, 다음 날은 오늘보다 조금 덜 피곤할 것이며, 아마도 조금 더 풍족할 것이라는 정도로 요약되는 이야기들을 주절주절 늘어놓으면서, 그들은 이튿날의 출근을 위해 흩어졌다.

　"그렇게 날 몰라요?"라고 전화로 말하던 하나코의 음성은 가끔 유령의 목소리처럼 그의 귓가에 울리기도 했다. 그렇지만 그런 종류의 질문에 대답하기에 그의 삶은 너무 원대한 이유로 분주했다. 이탈리아 모자 원단 회사와의 거래는 끊임없이 번창했지만 그는 이후 한 번도 출장을 자청하지 않았다. 그의 욕구에 비해서는 늘 불충분했지만, 먹어 가는 나이에 걸맞은 위치로 승진해 있었기 때문에 그런 종류의 출장 여행을 직접 할 필요가 없기도 했다. 그는 더 중요한 것을 결정하는 사람이 되었고 그런 일로 바빴다. 아내와 국민학교 입학을 눈앞에 둔 딸아이를 데리고 이탈리아 베네치아로 가족 여행을 도저히 할 수 없을 정도로.

거래가 활발해지기 시작한 이래, 이탈리아 상공회의소에서는 매년 외국 바이어들을 위한 홍보 잡지 형식의 영어판 상업 정보지를 꾸준하게 그의 회사로 보내왔다. 그의 출장 여행에서 수년이 지난 어느 달에도.

그달의 잡지에는 두 명의 동양 여자를 닮은 커다란 사진과 함께 인터뷰 기사가 실렸다. '동양의 매력을 의자에 담는 한 쌍의 한국인 디자이너, 귀국 전야의 인터뷰'. 이런 제목이 붙은 기사를 대동한 사진 속의 한 명은 하나코의 얼굴이었고, 그 옆의 활짝 웃고 있는 얼굴은 지금은 이름조차 기억나지 않는, 하나뿐인 것 같던 그녀의 여자 친구였다. 거기에는 그들이 우연히 참여한 이탈리아 주최 국제 인테리어 디자이너 대회에서 시작해, 촉망받는 독창성을 지닌 한 쌍의 디자이너로 독립하기까지의 과정이 대담 형식으로 쓰여 있었다. 바로 그들과 가까이 지내던 시절의 하나코, 하나부터 끝까지 생소할 뿐인, 그녀의 학창 시절의 약력도 소개되어 있었다. 언제, 어떻게 하나코는 그들도 모르는 사이 이렇게 살았던 걸까. 인터뷰 기사는 이 한 쌍의 여인들이 의자 디자인만 고집하는 전문성과, 신체적인 편안함과 감각적인 미를 동시에 겨냥하는 그들 디자인의 독특한 매력에 경의를 표했다. 나머지 부분은 그녀

들이 고안한 의자 사진이 곁들여진 전문적인 내용으로, 이탈리아와 한
국에 동시에 개점할 그녀들의 사업에 대한 구체적인 절차와 계획을 다
루고 있었다. 이 두 여인에 대해 기사는 때로는 동업자, 때로는 동반자
라고 썼다.

하나코의 얼굴은, 옆에서 웃고 있는 친구의 얼굴 쪽으로 반 정도 돌
려져 있어서 오뚝하게 돋아난 코가 더욱 부각되어 보였다.

자·선·대·표·작

속삭임, 속삭임

최 윤

이애, 우리가 한 몸일 때 그랬던 것처럼,
네게 해줄 속삭임이 이다지도 많은데,
이제는 어떻게 그 얘기를 해야만 할까.
울음처럼, 웃음처럼, 옛날이야기로 혹은 미래의 이야기로,
기체의 이야기 아니면 액체의 이야기로?
이애, 햇볕이 아직도 이렇게 따가운데······
우리가 예전에 한 몸이었을 때처럼, 그렇게 얘기해 볼까.

　　　　　　　　　　　　　　　　　　—본문 중에서

속삭임, 속삭임

이애, 원한다면 까짓것! 자객이 되거라. 네가 되고 싶다는, 만화 속의 그 자객이. 가끔 생각하지. 어떤 때는 괴괴한 달빛 속을 소리 없이 걸어, 아무도 넘지 못하는 높은 담을 넘고, 그리고 용서할 수 없는 사람들의 마을을 지나는 너의 가볍고 경쾌한 발자국 소리가 달빛에 묻어 나오는 것 같은 착각이 들 때도 있다. 네가 자객이라면 너의 무기는 어떤 것일까? 아무리 그리고 또 그려 보아야 흰 달무리 밑의 광야에 서서 가야 할 방향을 가늠하는 너의 손에 들려질 수 있는 무기가 떠오르지 않는다. 그것은 야광빛을 발하는 작은 장난감 막대기 같은 것일까. 너의 눈빛 같은 것. 너무 맑아 초록의 빛을 발하는 그런 눈빛 말이지. 그래, 너의 무기는 그런 날 없는 무엇이어야 하겠다. 빛이나 공기 같은 것. 만져지지 않지만 누구나 그 앞에서 멈칫하고 사방을 다시 한 번 둘러보게 하는 것. 그래, 이애. 그렇다면 너는 만화 속의 그 나이 어린 자객이 되어도 되겠다. 그렇게 해일 앞에 네가 설 수 있다면. 그렇게 아픈 사람들의 마음 위를 지나간다면.

이애, 담배나 한 대 피자꾸나. 약간의 연기는 배 속을 소독시켜 주지. 안개가 그렇듯이. 노을빛이 그렇듯이. 저 앞의 숲을 보거라. 아, 그 황량하던 가시덤불이 왜 이리 그리우냐. 다 일없다. 해 질 녘의 호수를 둘러싼 숲가에 오랫동안 앉아 본 사람은 알지. 낮과 저녁이, 물과 하늘이, 말과 말이 경계가 어떤 순간 흐려져 버리는 것을. 바로 그 경계가 흐려지는 곳. 세상에서 가장 아름다운 풍경이 아니겠느냐. 그럴 때면 눈물이 나온다. 왜일까. 너 때문일까. 어떤 눈물도 순수하지 않더라. 기쁨 속에 슬픔이 녹아 있고 또 지극한 슬픔은 꼭 자그마하나 어떤 행복에의 기대를 가져다주니 말이다. 그래서 눈물은 마약과 같은 거야. 제때에 흐르지 않으면 저 깊은 존재의 밑바닥에 숨은 경련을 일으키거든. 이애, 숨어서 우는 사람의 눈물을 볼 줄 알아야 하지. 울고 싶어도 울지 못하는 사람의 눈물.

아, 좋은 거지. 모든 사람이 울 만할 때에 울 수 있는 솔직함만 있다면 이애, 내 배 속에서 꽃이 피겠다. 왜 배 속이냐고. 그건 배 속만큼 솔직한 것이 없다는 말이다. 다 배 속의 일을 위해 일들이 일어나지 않던. 세상이 펼쳐지고 그 위에 인간이 나타나던 그 최초의 날 이후 이 사실이 바뀐 적이 있더냐. 배 속 만세! 네가 살고 있었던 그 배 속. 아, 만세, 만세! 선글라스를 써야겠다. 햇볕이 아직 따갑구나.

우리는 경기도 북쪽에 위치해 있는 한 과수원에서 일주일간의 휴가를 보내고 있었다. 바캉스. 아이가 그토록 조르던 거였다. 딸애는 어릴 때 바캉스와 박카스를 자주 혼동해서 우리 부부를 웃게 했다. 진분홍 테에 검정에 가까운 짙은 색 플라스틱 알이 끼워진 선글라스를 끼고 앉아, 입술을 뽀로통하게 내밀고 아이답지 않게 팔짱을 끼고 있는 딸애는, 표정은 볼 수 없어도 뙤약볕과 심심한 주위 풍경에 꼭 앙심이라도 품고 있는 것 같았다. 우리가 앉아 있는 비닐 돗자리의 그늘 속에는 아이의 크레파스 나부랭이와 미술 공책이 펼쳐져 있었다. 짙은 유리의 선글라스를 통해 보이는 바다와 요트와 금붕어가 뒤엉켜 있는 딸애의 그림일기는, 바다는 더욱 짙푸르고, 요트는 더욱 희게, 그리고 세 마리의 금붕어는 더욱 짙은 오렌지색을 띠고서 반란이라도 하듯 출렁이고 있었다.

"이애, 너 그러고 앉아 있으니까 꼭 그레타 가르보 같구나."

"그레타 가르보가 누구야?"

아이는 화를 풀까 말까 망설이는 표정으로, 뙤약볕이 만들어 내는 나무의 그림자가 선명한, 정물에 가까운 풍경을 향하고 앉아 시큰둥하게 대꾸했다.

"엄마가 제일로 치는 미인이란다."

"피이!"

아이가 빵긋 웃었다. 나는 다시 오수의 자세로, 아이는 그리다만 여름 방학 그림일기로 되돌아갔다.

호수. 글쎄, 그런 자그마한 웅덩이도 호수라 부를 수 있는 것인지. 그렇지만 모두들 호수라고 불렀던걸. 산 바로 밑의 잡목 숲 아래 수줍게 숨어 있는 그 호숫가에는 늘 여리고도 맑은 빛이 어려 있는 것 같았지. 저물녘이 되면 둔덕의 한 자락으로 산을 내려오는 사람이 그리운 아주 외딴 호수였다. 수면 위에는 무수히 작고 깜찍한 여울을 만드는 소금쟁이. 소금쟁이의 앙상한 다리, 부산한 새들의 날갯짓이 훤히 보이는구나. 자그마한 잡새지만 그 나는 모양은 어느 산봉우리의 비상에 길든 매에 못지않았지. 그리 높지 않은 하늘에서 제법 커다란 원을 그리고, 하강해서는 아주 빨리 그 좁은 수면을 스치고 다시 솟아오른다. 다시

하늘을 나지막하게 선회하고. 그렇게 작은 물고기를 잡아먹는 거야. 아마 물총새였던 거지. 날면서 하는 저녁 식사. 암, 들새는 때로 사람보다 더욱 고상하더라.

아, 지독한 장마였지. 그 장마가 끝난 뒤 어느 날, 호수가 생겼단다. 호수가 있으니 새가 날아오고 새가 날아오니 소금쟁이들이 모이고…… . 그 호숫가에 앉아 오랜 시간을 보내 본 사람은 안다. 호수의 어느 쪽에 앉아 보아도 하늘의 반만이 수면에 비쳐져 있는 것을. 하늘 전체가 비치지 않는 게 아주 오랫동안 답답했지. 그렇지만 눈만 감으면 떠오르는 것은, 나무 그림자에 가려지지 않은, 하늘이 온통 비쳐져 있는 호수. 나는 오래전부터 그 호숫가가 너를 맞는 데 제일 적합한 장소라고 생각했다. 무엇 때문이었을까. 아마도 호수 주변의 풍경이 만들어 내는 황량함 때문이었으리라. 나는 네가 세상에 첫눈을 뜨는 바로 그날 그 버려진 과수원의 황량함을 보기를 바랐다. 분홍빛 커튼이 쳐지고 알맞은 습기에 앙증맞은 침대가 놓여 있는 그런 닫힌 방이 아니라, 호수 저 너머에 둘러쳐진 벌판, 그 사막 같은 잡목 숲을. 네가 거기서 삶을 시작하기를. 일찍이 황무지를 본 사람은 삶에 대해 아주 부끄러운 마음을 갖게 되지. 그리고 삶에 많은 것을 바라지 않게 된단다.

"아, 호수는 외롭구나."

"무슨 호수? 아빠가 낚시하러 간 호수?"

"아니다."

"엄마 또 혼자 말하는 거지!"

개인 사업을 처리하고 이 산골 과수원으로 식구들과 함께 들어앉은 남편 친구의 제안이 없었다면, 우리 가족은 이번 여름도 자연 한 자락 보지 못하고 홍콩 무술 영화나 비디오테이프를 보면서 여름을 날 뻔했다. 경제적 여건도 여건이지만 인파가 몰리는 피서 장소에 아귀다툼을

하면서 찾아들 정도의 정열은 애초에 없는 인물들인 데다가 신종 피서
법을 개발해 쫓아다닐 정도로 주변이 있는 부부도 못 되었기 때문이었
다. 꽝인지 사이판인지 하여간 야자수가 달력 그림과 똑같이 늘어서
있는 해변으로 그 대가족이 모두 동부인해 부모님을 모시고 떠난다면
서 과수원 좀 보아 달라는 남편 친구의 제안이 있었을 때, 우리는 각기
다른 이유로 환성을 지르며 오래간만에 우리도 바캉스라는 걸 떠나기
로 작정했다. 남편이 즉각 눈을 찡긋하며 내게 공모의 시선을 던졌고,
아마도 과수원에서 삼십 분 정도 가면 있다는 낚시터를 염두에 두었다
면, 아이는 그토록 노래 부르던 바캉스인 데다 과수원의 닭과 오리에
게 모이를 주게 해주겠다는 약속에 잠을 설칠 지경이었고, 나로 말할
것 같으면…… 과수원이라는 단 한마디에 저 가슴 밑바닥에서부터 그
이상한 광증이 동하여 시선을 먼 곳으로 던지면서 고개를 끄덕거렸던
것이다.

그러나 이 과수원은 내가 멀리 던진 시선으로 떠올린 과수원과는 달
리 너무 기름졌으며, 너무도 넓었고, 사방에 물웅덩이 하나 없었으며,
곳곳에 꽥꽥거리는 동물투성이였다. 서른 마리가 넘는 닭과 여남은 마
리의 오리, 그리고 칠면조에 공작에 앵무새까지 곁들여져 과수원이라
기보다는 동물원을 방불케 했고 유실수보다는 값비싼 정원수의 묘목장
에 가까웠다. 아침에는 남편 친구의 지시대로, 돌아가는 물뿌리개에 연
결된 수도꼭지들을 모조리 열어 놓고 호스가 닿지 않는 곳까지 물을 뿌
리고, 쉴 틈 없이 조류들에게 모이를 주고 나니 아침나절이 후딱 지나
가 버렸다. 모이를 주는 것도 수월하지 않았고 그것을 재빨리 간파한
딸애는, 모이통을 들고 냄새나는 새장을 돌아다니는 내 뒤를 시큰둥한
표정으로 멀찌감치 따라다녔다. 중노동이었다. 그래도 좋았다.

과수원. 내가 알고 있던 과수원은 깊은 산골 야산 자락에 위치한 작

고 황량한 것이었다. 그리고 거기에는 호수……가 있었다. 그 호수는 어렸을 때 나의 은근한 자랑거리였다. 일찍이 서울로 단신 유학을 떠난 나에게는 서울내기들에게 억울한 놀림을 당할 때마다 내심으로 부르짖을 수 있는 유일한 조커 패였다. 시골 우리 과수원에는 말이지, 호수가 있다구. 호수가. 그 호수라는 말을 그토록 자랑스럽게 발음하는 것은, 그 호수라는 마술의 단어를 발음하자마자 어김없이 딸려 오는 얼굴이 있었기 때문이었다. 바로 그 얼굴의 주인에게서 받은 비밀스러운 사랑, 거의 무조건적이라고 느낀 서투른 사랑, 서툴렀기 때문에 오랫동안 남는 사랑이 있었던 것이다.

사라져 버린 모든 것이 다 아름답지는 않다는 것을 나는 일찍이 배웠다. 일생—최소한 반생—동안, 내 부모가 어렵사리 장만한 고향의 황량한 과수원의 과수원지기로 일하던 아재비를 통해서. 그는 스스로를 그렇게 비하해서 칭했고 어느새 그는 누구에게나 아재비가 되었었다. 지금은 과수원도 아재비도 사라져 버렸다. 그의 삶에 대해 나는 많은 시간 거의 잊고 지냈다. 그는 쉰 중반도 못 넘기고 일찍 죽었으며, 오래 전부터 누적된 빚을 처리하느라 딸애가 태어나기 바로 전에 우리는 그 과수원을 팔 수밖에 없었다. 지금 그 자리에는 산장 비슷한 여관이 들어섰으니 어디에도 흔적은 없다. 그도 갔고 과수원도 사라졌으며, 호수도 흙에 묻혔다. 그러나 아무리 생각해 보아도 그것은 내게 울먹거림만을 남겼다. 깊이 받은 사랑을 한 번도 갚지 못한 사람이 삶의 가감 계산에 어렴풋이 눈떠 그 사랑을 조금이라도 갚으려고 했을 때, 대상이 이미 사라져 버린 것을 느끼는 순간 샘처럼 가득 고이는, 그런 울먹거림. 그리고 그 울먹거림이 치솟아 올 때마다, 나의 자랑이던 그 빚진 사랑에 대해, 그 사랑의 작은 상징인 호수에 대해 끝도 없이 말을 토해 내고 싶은 그 광증과 같은 욕구. 사라져 버린 모든 것은 사람을 울먹거리게 만든다.

　그러나 나는 아무에게도 그 얘기를 끝까지, 모두, 말해 본 적이 없다. 남편에게조차도. 남편도 내게 그토록 중요했던 과수원을 팔 때, 나만큼은 아니더라도 나를 위로할 만큼 충분히 슬픔을 표시했고, 그를 만났을 때는 이미 저 세상 사람이 된 지 오래인 과수원지기 아저씨의 존재에 대해 들을 만큼 들었다. 그렇지만 한 사람의 삶에 대해, 그를 알지 못했던 누군가에게 모두를 이야기한다는 것은 얼마나 많은 조바심을 자아내는가 말이다. 처음부터 하나하나 설명해야 하는 참을성이 내게는 없었다. 그건 그러니까 불가능한 것이었다. 뿐만 아니라 듣는 사람이 나와 동일한 감정의 굴곡을, 같은 장소에서 전달받지 않는다는 것 때문에 오히려 더 외로움을 겪기 일쑤인 것이다. 이런저런 이유로 그것은 늘 진부하고 싱거운 이야기로 변해 버렸다. 설령 다 얘기했다는 생각이 드는 순간이 있어도 바로 다음 순간 예기치 않은 공백이 생겨나 나를 당황시키는 것이다.

　내가 의식적으로 무엇을 감지하기도 전에, 때로는 커튼의 미동 때문에, 때로는 화초의 그림자 때문에, 자주 아무것도 아닌 어떤 것에 부추겨져, 예의 울먹거림이 나도 모르게 심장에서 목구멍으로 여울져 올라올 때면 나는 난감해진다. 그 과수원의 이야기는, 아재비의 이런 이야기는 어떤 어조로 말해야 하는 것일까. 금지된 속내 이야기를 어렵사리 털어놓는 것처럼 속살거려야 하는가. 아니면 무관한 한 사람의 이야기를 전달하듯이 과장을 섞어서 부산스럽게? 어머, 저런, 그래서 말이지 하는 식으로 호들갑스럽게? 그보다는 비극적인 어투로 작은 일화들에 요철을 줄 수도 있다. 그것이 어쩌면 가장 사실에 가까운 것일 수도 있지만 이상한 우수가 그 이야기에 비극적인 어조를 부여하는 것에 훼방을 놓는다. 그만 그것에 함몰되어 말이 사라져 버릴 것 같은 느낌 말이다.

"엄마, 그림일기 끝냈어."

"어디 보자. 이런, 가짜 일기구나. 여기에 바다나 요트가 어디 있니. 오리하고 칠면조를 그려야지."

"엄마, 지루해요."

"옛날 얘기 하나 해줄까?"

"정말 옛날 얘기, 가짜 옛날 얘기?"

"물론 진짜지."

"또 엄마 시골 얘기? 엄마는 구식이야."

"한바퀴 돌고 오렴."

아이는 지루한 통행금지라도 풀린 것처럼, 나무 옆에 기대어 놓은 잠자리채를 집어 들고 집 쪽으로 단번에 뛰어갔다. 집 뒤의 꽃나무가 마구 피어 있는 마당과 잡풀들이 자라는 잠자리들의 요새를 아이는 마음 속으로 미리 점거해 놓고 있었던 것이다.

이애, 왜 사람은 빨리 어른이 되지 않는 걸까. 네가 아직 아이인 것이 나는 너무 지루하단다. 그래, 이애, 네가 좋아하는 자전거 얘기를 해주마. 네가 아직 태어나지 않았을 때 네게 해준 얘기를 모두 기억하고 있는지. 너를 기다리면서 한 그 수많은 속삭임들. 너는 자전거 이야기, 또 호수 이야기를 아주 좋아했지. 기억하니? 배 속에서 작은 투정을 하다가도 호수나 자전거 얘기를 하면 너는 가만히 움직임을 멈추곤 했지. 자전거가 있었지. 요술 자전거. 언제부터인가, 눈에 익어 버려, 마치 몸에 붙은 두 다리처럼 익숙해져 버린 자전거. 이애, 바로 저기, 먼 시간의 그늘 속, 나무 등걸에 기대져 있는 자전거 말이다. 보이지? 아, 물론 바퀴의 바람은 지금 휴식 중이고, 체인이나 안장의 가죽은 빛이 바래 있지. 그 밑의 용수철에도 녹이 많이 슬었다. 그렇지만 그건 아무것

도 아니란다. 휴식 중에는 모든 것이 느슨하게 풀어지는 법이란
다…… 이애, 그래도 저 자전거의 뒷자리에 바구니가 놓이고, 공기 펌
프로 낡은 바퀴에 바람이 가득 채워지고, 바퀴살에 묻은 갈색 쇳가루가
폴폴 날려 자전거의 온몸에 기름이 돌면…… 그리고 과수원의 숨은 그
늘을 골라 씽씽 달릴 때면 말이지……. 그래, 이애, 저 그늘에서 휴식
하는 자전거는 아무도 못 만진다. 만지면 아마 가루가 되어 부서져 내
릴는지도 몰라.

　그 과수원에 호수가 생기던 날, 나는 알았지, 언젠가 네가 오리라는
것을. 내가 네 나이의 한 배 반쯤 됐을 때였던가. 그해의 굉장했던 장
마 후, 커다란 웅덩이가 파였지. 그리고 며칠 후 호수가 생긴 거야. 아
저씨의 선물이었지. 아, 이애, 장마로 파인 큰 웅덩이를 사흘 낮 사흘
밤 아재비가 파대고, 산줄기를 타고 내려오는 물길을 잡더니 호수가
생기더라.

　살다 보면 정말 예기치 않게 타인의 삶의 증인이 되는 경우가 있다.
얼마 전 저녁만 해도 그렇지 않은가. 나는 그만 못 볼 것을 보고 말았
다. 초여름의 상큼한 저녁나절, 나는 복도에 나가 우리가 사는 아파트
건너편을 멍하니 바라보면서 친구 집에 놀러 간 딸애를 기다리고 있었
다. 다닥다닥 붙은 아파트 단지인 만큼 오십 미터도 못 되는 앞 단지 아
파트 내부는 내가 보지 않으려 눈을 감지 않는 한, 수족관처럼 들여다
보였다. 한 아파트에서 남자와 여자가 뒤엉켜서 칼—그건 분명 커다란
식칼이었다—을 들고 난장판을 벌이는 끔찍한 장면이 불 켜진 실내를
배경으로 선명하게 눈에 들어왔던 것이다. 그들의 목소리를 들을 수 없
었기 때문에 더욱 과장되어 나의 시선에 잡힌 그 장면은 폭력 영화의
한 장면처럼 비현실적으로 보이기까지 했다. 나도 모르게 쿵쿵거리는
심장을 부여안고 문을 나섰고 칼부림이 일어나고 있다고 추정되는 아

파트로 올라가, 그 집 문 앞에 서서 안에서 흘러나오는 소리를 들으려고 귀를 기울였다. 안에서는 아무런 말소리도 들려오지 않았고, 문을 열어 놓은 이웃집에서 커다랗게 틀어 놓은 텔레비전의 어느 연속극 대사 한 구절이 양쪽 집에서 스테레오처럼 확대되어 흘러나올 뿐이었다.

그러나 그것이 다였다. 나는 아무것도 할 수가 없었다. 늘 나 자신에 대해, "이런 바보"라고 중얼거리게 만드는, 이상하기 짝이 없는, 힘의 전면 파업. 그렇지만 결과적으로 그들을 위해 아무 일도 벌이지 않기를 잘했다. 며칠이 지난 주말, 다정하게 팔짱을 끼고 웃으면서 내 앞을 지나가는 칼부림하던 남녀 앞에서 내가 할 수 있었던 것은 여자의 얼굴에 난 멍 자국을 보지 않으려 고개를 숙이고 발걸음을 서둘러 빨리 그들 앞을 지나가는 일뿐이었다. 이런 일은 부지기수로 많다. 모든 사람이 곧 잊어버리는 아무것도 아닐 수 있는 이런 일들에 나는 매번 쉽사리 일상의 평화를 잃는 것이다. 타인의 숨은 삶의 증인이 되는 것은 얼마나 두려운 일이던가. 그것은 일생을 두고 따라다니는 빚과 같은 것임을 나는 일찍이 알았기 때문이었다. 그때는 막연하게 이렇게 자문했다.

'아재비는 나를 자신의 삶의 증인으로 택했기에 사랑했던 것일까, 아니면 나를 사랑했기에 증인으로 택했던 것일까.'

그러나 아주 오랜 후에 삶을 이해하는 데 꼭 필요했던 연결 고리들이 조금씩 되찾아졌을 때 나는 다른 질문을 던졌다.

'그는 나를 증인으로 택하면서 무엇을 원했던 것일까.'

딸애 나이 지금 여덟 살. 내일모레면 열 살! 단숨에 잡은 서너 마리의 잠자리를 노란색 플라스틱 잠자리 집에 가두어 두고, 한동안 내 주위를 맴돌며 놀아 줄 낌새만 엿보던 딸애는 집 안으로 들어가 지쳐 낮잠을 자는지 보이지 않는다. 우리 부부가 삼십 중반에 가까스로 보게 된 딸이어서인지 남편과 나의 휴가 계획은 가방을 챙길 때만 해도 거창했다.

딸애의 기억에 영원히 남을 만한 휴가를 만들어 주자는 것이었다. 인디언 놀이, 소방수 놀이…… 아이는 얼마 전까지만 해도 빨간 헬멧을 쓰고 소방서에서 불 끄는 사람이 되는 게 꿈이었다. 지금 그 애의 꿈은 외계인의 세계에 침투하는 자객.

우리의 원대한 계획과는 달리 남편은 눈만 뜨면 낚시터로 가 버렸다. 왜 낚시광인 그가 싫지 않을까. 나는 과수원 위쪽 동네에 있다는 낚시터의 웅덩이 앞에서 낚싯대를 드리워 놓고 뙤약볕에 앉아 있는 그를 상상하는 것이 좋았다. 우리끼리만 알고 있는 비밀스러운 놀이를 각자 떨어져서 하고 있는 것처럼. 저녁이 되면 미꾸라지만 꿈틀대는 빈 종다리를 내려놓으면서 그가 짓는 그 순화된 표정이 좋은 것이다. 그렇다, 물 앞에 오랫동안 앉아 있을 줄 아는 사람이 나는 좋았다. 그건 아무나 좋아할 수 있는 일이 아님을 알고 있기에. 나는 딸애와 같이 점심만 먹고 나면 과수원 한 자락에 돗자리를 깔고 눌러앉아 미안하게도 건성으로 딸애가 제안하는 장난에 동참은 하면서도, 생각은 자꾸 아주 오래전, 나의 유년의, 호수가 있는 과수원 부근을 헤맬 뿐이었다.

황해도 송림이 고향이던 나의 부모가 어떤 경로를 거쳐 우리 생계의 원천이 된 그 과수원을 지니게 되었는지는 알 수 없다. 아마도 일찍 남쪽으로 와 돈을 번 동향인의 도움에 힘입은 바가 컸다는 것만 어렴풋이 들었던 것 같다. 이북에 있을 때는 순진한 사회 초년생이었던 나의 부모는 남쪽으로 단신 내려와 정착해서는 지어 본 적 없는 농사도 짓고, 야산을 일구어 밭도 만들고 유실수도 심었다. 그렇다고 일생 동안 한 번도 풍족하게 지낸 기억은 없다. 과수원 이름도—나의 이름이기도 한—고향 이름을 따 송림 농원이었건만 소나무는 드물었다. 경험이 많지 않은 두 사람에게는 벅찬 과수원 일 때문이었는지 아버지는 일찍부터 병치레가 잦았다. 만약에 어느 날 밤, 한 남자가 과수원으로 살러 오지 않았다면 그렇지 않아도 전전긍긍하던 과수원 살림이 얼마나 어려워졌으리라는 것은 쉽사리 상상할 수 있는 일이었다. 그 사람의 손길이 아니었으면 과수원은 더욱 조야한 야산의 모습으로 되돌아갔을 것이다. 그가 사라져 버린 후에 그랬듯이.

그 젊은이가 과수원지기로 나의 부모와 어려운 반생을 같이 보낸 정씨 아저씨다. 그렇다고 나의 기억 속에서 그가 젊었던 적은 없다. 어머니를 누님으로, 아버지를 형님이라고 불러 친척인 줄만 알았던 아재비는…… 우리 과수원에서 살길을 찾은, 석방된 반공 포로라고 들었다. 어린 시절 몰래 주워들은 부모의 대화에 의하면 어느 날, 실신 상태로 산 밑에서 발견되었다고 했다. 다행히 그를 본 사람은 아버지밖에 없었고 반달이 넘게 신열을 앓은 후에 겨우 몸을 추스른 그는 나의 부모의 먼 친척으로 차츰차츰 마을에 알려졌다. 인근 마을이라야 이십여 호가 고작인 깊은 산골에, 그는 하늘에서 떨어진 것처럼 우리 과수원에 흘러들어왔다는 것이다. 내가 웬만큼 컸을 때까지도 마을 사람들이 그에 대해 말할 때, 포로라는 단어가 한두 번 묻어 나오기도 했다. 그러나 그 단어의 음험한 분위기와 나를 바라볼 때면 그의 눈에 활짝 지펴지는 미소를 일치시키지 못해, 나는 그 단어의 어두움을 곧 잊어버렸다. 사람들도 나처럼, 마을의 궂은일을 도맡아 해주는 그에게 그렇게 익숙해지면서 그 단어를 잊었을 것이다. 이렇게 내가 태어난 즈음에 우리 과수원으로 들어와 가족의 일원이 된 그는 우리에게뿐만 아니라, 어느새 마을 사람들에게도 꼭 필요한 사람이 되어 있었다. 부모들이 구수하고 정겹게 쓰는 이북 사투리를 쓰지 않는, 무심히 일만 하는 친척 아재비, 이것이 어릴 때 그에 대해 가진 나의 느낌이었다.

아버지의 이른 병고로 어머니는 고된 일과 병간호에 매달려 있었기 때문에 내게는 아재비와의 기억이 훨씬 더 많았다. 그의 무릎에서 재롱을 피웠으며, 국민학교에 들어가기 전에 그에게서 한글을 익혔고, 족히 오 리는 되는 국민학교까지 데려다 주고 데려오는 것도 그의 몫이었다. 지금 내가 딸애에게 하듯이 옆에 앉혀 놓고 숙제를 돌보아 주는 것에서 부터, 더듬거리는 느린 말투로 일부러 영감 흉내를 내면서 해주는 귀신 얘기, 도깨비 얘기까지. 과수원은 그의 과수원이었을 정도로 모든 일이 그의 손을 거쳐 이루어졌다. 학교만 파하면 그를 졸졸 따라다니면서 나 는 꽃씨 심는 법도 익히고 나무의 쓸데없는 가지 치는 법도 배웠다. 여 름 방학이면 얇은 판자를 엮어서 내가 들어가 앉아 놀 수 있는 나무 위 의 놀이집도 그가 만들어 주었다. 날씨가 좋을 때는 어머니가 북에 두 고 온 할아버지 할머니 생신상 차리는 데 쓰려고 따로 아껴 놓은 곡식 을 그가 슬쩍 광에서 꺼내서 우리끼리 몰래 천렵도 갔다. 가난의 기억 이 완전히 삭제될 정도로 두고두고 생각해도 맛나는 사건들이었다. 나 는 그렇게 정신없이 그를 쫓아다니면서 열 살이 된 것이다.

나의 열 살. 그날은 아재비가 선보는 날이었다. 이미 삼십 후반에 들 고서도 혼인을 거부하던 그가 갑작스레 어머니의 고집에 꺾인 것인지, 아니면 그냥 그래 본 것인지, 이십 리가 넘는 이웃 읍내의 국밥집에서 일하고 있다는 한 아낙을 보러 가는 길에 나를 데려간 것이다. 재를 넘 어가는 그날의 흙길은 유난히도 희고 길었다. 조야한 과수원에서 야생 동물처럼 뒹굴던 내게 그것은 참으로 희한한 경험이었다. 누가 해보라 면 생생하게 모든 세부를 다 말해 줄 수 있을 정도로. 게다가 그 국밥집 의 어두운 내부와, 담배를 빡빡 피워대면서 술잔을 부지런히 채우던 난 생 처음 본 남자같이 코밑에 수염이 난 노파를 사이에 두고 앉아 굳게 입을 다물고 있는 남녀의 우울한 얼굴은, 어린 내게 선본다는 일에 대 한 확고한 편견을 만들었다. 예를 들면, 그것은 역겨운 냄새와 가슴에 스산한 바람이 일 정도로 음산한 분위기를 대동하는 어떤 것으로 굳건히 나의 의식에 각인된 것이다. 내가 그의 삶의 첫 번째 증인이 된 것은 바로 그날이었다. 결정적인 것은—적어도 결과를 두고 생각하면—돌아오는 길에서 내게 한 그의 질문이었다.

"송이야, 봤자. 아줌마가 네 마음엔 어찌 보이던?"

못 마시는 술에 벌겋게 얼굴이 달아올라 그랬는지 눈빛이 무섭게 빛나 보이던 그가 나를 쳐다봤을 때 나는 장난을 쳐서도 안 되고, 가짜로 대답해도 안 된다는 것을 알았다.

"무어, 우리 과수원에서는 못살 것 같더라, 그치?"

그 선이라는 것이 성사되면 그가 영영 과수원을 떠나 그 국밥집으로 예쁘지도 않은 슬픈 얼굴의 여인과 아주 살러 갈 수도 있으리라는 심각한 우려에서 나온 대답이었다.

그는 한참을 침묵했고 우리는 어느새 시장 거리를 떠나 묵묵히 희디흰 흙길을 걷고 있었다. 그때는 봄이었다. 그가 꽃나무 가지를 꺾어 풀피리를 만들어 주었으니.

"그래, 송이 말이 맞다. 아마도 나랑은 못살 것이다. 아재비도……아들이 하나 있단다. 여편네도 뻔히 살아 있는데 또 뭘 장가냐."

"아재비 아들이면 내 오빤가 동생인가? 어디 있는데, 내가 가서 데려올까?"

"송이가 알아도 못 데려와."

"피이, 아재비 거짓말하네."

"그래, 송이 놀리려고 한 거짓말이네. 괜스레 해본 소리."

그래도 국밥집 여인은 과수원에 살러 왔다. 그리고 어느 날 밤 짐도 다 놓아두고 몰래 과수원을 떠났다. 여인은 육 개월을 살았다. 여인이 도망치듯이 과수원을 떠난 것은 너무도 당연한 일이었다. 여인이 온 후부터는 그는 더 부쩍 나를 학교에 바래다주었고 학교가 파하기 훨씬 전

부터 와서 운동장 가에서 담배를 피우며 기다렸다. 이미 다 컸다고 생
각한 나는 방과 후 친구들과 뛰어놀 기회를 박탈하는 그가 귀찮았다.
여인이 온 이후, 그들의 살림살이를 위해 지어진 산 밑 방에보다는, 전
처럼 입구 쪽에 있는 우리 집에 더 오래, 늦게까지 남아 있었다. 더욱
자주 늦게까지 아버지와 장기를 두러 왔고 늘 그랬듯이 두 분만의 끝도
없는 얘기를 나누다가 그냥 마루에 쓰러져서 자기도 했다. 아낙과 그가
둘만이 있게 될 때면 그는 수시로 나를 인질로 데려다 앉혀 놓고 그들
사이의 어색함과 뻑뻑함에서 도망할 방도를 찾았던 것 같다. 그들 사이
에 흐르는 그 깊고도 암담한 침묵은 날이 갈수록 나를 조여 와 급기야
는 송이야, 하고 그가 부르면 무조건 밖으로 줄행랑을 칠 정도가 되었
을 때 여인이 사라졌던 것이다.

나는 가끔 여인의 도망이 나 때문이라고 생각하기도 했다. 선을 보고
오던 날 내가 한 말 때문에 그와 여인 사이의 거리가 벌어져 버린 것이
라는 생각. 그렇지만 철이 들어 그에 대해 좀 더 알게 되었을 때, 또 그
들의 짧은 생활을 돌이켜 볼 때면 그것은 누구도 어떻게 해볼 도리가
없는 불가항력의 영역이었으리라는 쪽으로밖에는 달리 결론을 지을 수
없었다. 한마디로 그는 다른 곳에 있었던 것이다.

이애, 어지럽다. 가끔 나는 이 불안한 세상에 너를 데려온 것이 겁이
나 안절부절못할 때가 있지. 누구는 마인드 컨트롤이란 걸 또 누구는
참선을 해보라고 권하더라만, 애야, 나는 어쩐지 파충류의 후예인가 보
다. 땅을 길 때가 제일 마음 편하더라. 이애, 한 번쯤 새로 시작해 본다
면 나는 먼저 세상을 재는 단위부터 바꿀 생각이다. 아무렴. 모든 거리
나 높이는 땀방울로 재는 거다. 백두산·한라산·지리산, 이런 산들은
일 미터당 오백·사백·삼백 땀방울, 종로에서 서울역까지는 일 미터
당 오십 땀방울 하는 식으로 말이다. 일도 땀방울로 재는 거다. 한 시간

에 사백 땀방울짜리 일과 오백 땀방울짜리의 일. 그렇다면 그 호수, 어느 날 아재비가 하늘을 담은 그 호수는 넋 밤방울의 호수인 것일까. 그리고 말이지…… 우리가 사는 데 흘리는 모든 눈물을 에너지로 바꿀 수 있다면! 눈물 한 방울의 에너지…… 이 눈물 에너지의 단위는 무엇이라 부르면 좋을까…… 그건 그저 방울이라 부를까…… 에너지 다섯 방울짜리 눈물, 이렇게 부르는 거야. 이런 싱거운 장난은 언뜻언뜻 갈라진 땅 사이로 드러나는 무서운 구멍을 잊게 해주지.

너의 시작을 생각하면 그만 웃음이 나오는구나. 꼭 천둥이라도 치고 온몸에서 빛이 발할 줄만 알았지. 그런 표적이 내 몸 어디에선가 나타나 세상 모두가 알고 있는 줄 알았던 거야. 그렇지만 너는 소리도 없이, 기척도 없이 가만히 왔지. 이 개월이 넘어도 네가 이미 내 배 속에 와 있다는 전보도 치지 않고 말이야. 그렇게 비밀스럽게. 그렇게 수줍게.

이애, 아직 눈물 에너지가 없는 너. 아직 에너지로 바뀔 수 없는 눈물만 가지고 있는 너. 이제는 배 속 속삭임이 아닌 무슨 얘기를 해주랴.

나는 아재비가 눈물을 흘리는 것을 본 적이 없다. 그렇지만 나이가 든 후의 그의 얼굴을 생각하면 이상하게도 울고 있는 주름 진 얼굴이 떠오른다. 그것은 아마도 나만이 그의 눈물겨운 몇 번의 시도를 알고 있기 때문일 것이다. 그런 그의 얼굴은 내가 제일 싫어하는, 나를 제일 화나게 하는 얼굴이었다. 가만히 생각해 보면 아재비가 나와 함께 있을 때, 그의 얼굴에 지펴지는 봄 아지랑이 같은 웃음이 오히려 예외였다. 동네 사람들에게 있어서 과수원 정 씨는 말이 없고 우울한 얼굴을 지닌 키 작은 일 장사일 뿐이었다.

언제부터인가 나는 알고 있었다. 그는 석방된 반공 포로가 아니라는 것을. 나의 부모와 동향인도 아님을. 그는 단지 도망자였을 뿐이었다. 누구에게 물은 것도 아니고 또 구체적인 누가, 가령 나의 부모라든가,

우리 집과 친하게 지내 자주 만나게 되는 동네 사람들이 말해 준 것도 아니었다. 일종의 직감이었을까, 아니면 나와 단둘이 있을 때 그가 슬쩍 흘린 불분명한 언질에서 비롯된 상상력의 작용이었을까. 그렇게 나는 그가 도망자였다는 사실을 알아차린 것이다. 정확하게 그가 무엇에서 도망해야 했는지는 알 수 없었다. 굳이 짚어 보자면 그것은 내가 감히 물어볼 수조차 없는 어떤 심각한 것이리라고 감지할 뿐이었다.

나의 나이 열셋, 나는 그가 어려운 처지에 놓인 도망자라는 결론을 내릴 수밖에 없는 그의 삶의 두 번째 증인이 되었다. 그해 여름에 일어난 작은 사건은 어쩌면 내가 집을 떠나 서울로 간 것하고 연관된 것일 수도 있다. 나의 서울 유학에 가장 애석함을 표시한 사람이 아재비였으니까. 그의 애석함은 내게는 너무도 당연한 일이었다. 그가 내게 보내는 사랑의 표시를, 어렸던 나는 단순히, 나의 부모의 사랑 외에 내가 받아야 하는 너무도 당연한 보너스 사랑으로 여겼으니까.

나는 고향에서 국민학교를 마치고 서울의 여자 중학교에 입학하기 위해서 여러 번에 걸쳐 어머니와 같이 서울로 올라갔다. 이북에서 단신 월남한 부모에게 친척이 있을 리 만무해, 우리는 나의 하숙집을 정하기 전까지 반달 정도의 기간을 한 여관방에서 묵고 있었다. 내가 남루한 여관방에서 입학시험 준비를 하고 있는 사이 어머니는 아침 새벽에 나가 밤늦게까지 나를 혼자 내버려 두고 서울 장안을 돌아다녔던 것 같다. 당연히 내가 시험에 합격하리라고 확신한 어머니는, 그 학교에서 멀지 않은 곳에 하숙방을 구해 놓자마자 하루 종일 서울 장안을 헤매고 다녔다. 단순히 오래간만에 서울에 온 사람의 호기심이라고 보기에는 잘 납득이 되지 않을 정도로 어머니의 표정은 다른 것에, 나의 입학시험이 아닌 다른 것에 몰두해 있었다. 가끔 두고 온 고향의 가족과 산천에 대해 말할 때 부모의 얼굴에 어리던 흥분과 공허가 반반씩 뒤섞인 그 야릇한 표정을 하고. 얼마 전 남편이 친구의 과수원행에 대해 제안하던 바로 그때 나의 얼굴에도 영락없이 그런 모호한 안개가 지펴져 있었을 것이다. 어느 날 밤 늦게 들어온 어머니의 얼굴을 보고서 나는 어머니가 찾고자 하던 그 무엇을 찾았다는 것을 알았다.

나는 시험에 합격했고 어머니는 그사이 밀린 살림 때문에 한시가 바쁘게 시골 과수원으로 내려갔다. 황해도 부모의 억척을 물려받은 때문인지 나는 서울 생활에도 잘 적응했다. 비가 오면 신발을 벗고 운동장으로 뛰어나간다든지, 원예 시간에 아무도 못 드는 무거운 화분을 번쩍번쩍 든다든지, 또는 다 죽어 가는 화단을 일주일 만에 회생시킨다든지 하는 원시적인 기행으로 동급생들을 깜짝깜짝 놀라게 하거나, 가끔 방과 후에 빈 교실에서 통곡을 하고 울다가 웃다가 해서 생활지도실에 불려 가는 일은 있어도 나름대로 잘 지내는 편이었다.

"아버지가 편찮으시니 주말에 집에 오너라. 올 때는 이런저런 약을 사 오너라."

나는 이런 부모의 편지보다는, "송이가 없으니 풀포기가 다 기운이 없이 시들하다. 아재비"라고 간단하게 쓸 줄 아는 그의 편지가 훨씬 마음에 들었다. 아재비는 시인이야, 하고 중얼거리게 만들던 편지들.

서울에 홀로 떨어진 후 맞은 첫 방학. 열세 살의 방학이었다. 오래 계속될 아버지의 심장병 투병이 결정적으로 악화된 방학이기도 했다. 아재비의 간호는 어머니의 정성 이상이었으며, 그것은 마지막 순간까지 그 강도나 부드러움에서 변질된 적이 없었다. 변질되다니! 그들은 친형제 이상으로 상대방이 원하는 것을 눈빛 하나만으로도 알아챌 정도로 더더욱 떨어질 줄 몰랐다. 그즈음에 나는, 내가 쓰다 버린 공책에 밤늦게 무언가를 끼적거리다 지우곤 하던 그를 몇 번 보았다. 나 또한 그즈음에 일기를 쓰기 시작했던 만큼 그때서야 뒤늦게 아재비의 공책이

나의 각별한 관심을 끌었을 뿐이지 어쩌면 그가 공책에 무언가를 끼적거린 지는 오래된 일이었을 수도 있다.

과수원 일에 틈이 생길 때마다 그는 아버지와 두런두런 이야기를 나누러 뛰어왔다. 그는 주로 과수원 일을 아버지와 의논하는 것 같았다. 그들은 오랫동안 낮은 목소리로 얘기를 나누었다. 아버지의 거동이 편할 때만 해도 그들의 집 앞의 평상으로 단둘이 나가 앉곤 했다. 그러나 그즈음 그들은 아버지의 이불이 펼쳐져 있는 방 안의 문을 닫고 이야기에 열중했다. 그러면 아무도 그 방에 들어가서는 안 되었고, 어머니도 건넌방이나 내 방에서 자야만 하는 얘기 밤샘이 펼쳐진다는 신호였다. 멀리서 들려오는 듯한 그들의 속살거림은 생각만 해도 가슴이 싸하고 아픈 향수를 불러일으킬 정도로 지극히 평화로웠다.

바로 그 여름의 끝에 그 알 수 없는 여행을 하게 됐다. 아버지의 약도 받아 오고, 새로 개발됐다는 농약과 낡은 기구들을 개비改備하러 가는 평범한 읍내행에 그는 자주 그랬듯이 나를 데려가겠다고 했다. 들고 올 짐도 많으니 당연한 일이었다. 그러나 읍으로 나오자마자 서둘러 볼일을 마친 그는 짐을 장터의 농기구상에 맡기고 내 손을 잡고 가타부타 말이 없이 버스에 올랐다. 두 시간 넘어 걸리는 시골길을 달린 후에 내린 곳에서, 어디로 들어가는지도 모를 점심을 먹고 다시 버스에 올랐다. 그 당장에는 왜 내가 아무것도 묻지 않고 그의 뒤를 순순히 따라가는지에 대해 자문하지도 않았을 정도로 그의 태도에는 위압적인 데가 있었다. 게다가 창밖으로 내내 시선을 주고 있는 그의 얼굴은 내가 그 이상한 여행에 대해 무언가를 묻기에는 너무도…… 싸늘했다. 끈적한 더위에 전 시골 버스에서 끝내 그에게 말 한마디 던지지 못하고 잠이 들었다.

중천에 떠 있던 해가 살짝 옆으로 기울려 할 때 우리가 도착한 곳은

M시에서 멀지 않은 한 읍이었다. 우리는 정류장 근처의 빙숫집으로 들어갔다. 그때 나는 처음으로 어느새 노년의 초입을 향하고 있는 아재비를 발견했다. 그때 그는 사십을 갓 넘었을 뿐이었다. 나이에 앞서 늙어버린 그의 눈꺼풀 밑으로 잠깐 고이다 만 눈물의 그림자를 보았다. 그는 심장의 아픔을 누르는 바로 그런 자세로 팔짱 낀 팔에 힘을 주면서 혼자 안간힘을 썼다. 그는 건조한 목소리로, 내가 좋아하는 앙꼬 빵 두 개와 팥빙수 하나를 주문했다. 그 빙숫집의 실내에는 파리가 여러 마리 부산하게 날아다니고 있었고 그것이 나에게 알 수 없는 불안감을 주었다. 그는 주문한 것에 손도 대지 않았다.

그 혼자서만 시간을 앞질러 간 것이 아니었다. 나 또한 예전처럼 어리광을 부리거나 엉뚱한 소리로 그를 웃기는 것을 겸연쩍어 하는 나이에 다다라 있었던 것이다. 오히려 훌쩍훌쩍 울기 시작한 것은 나였다. 낯선 읍에서 깬 선잠, 무엇인지는 모르지만 내가 아무것도 해줄 수 없는 아재비의 안간힘, 저무는 낮이 만들어 내는 소외의 빛깔. 그러나 무엇보다도 그렇게 먼 곳까지 나를 데리고 와서 마침내는 그가 내게 하고야 말 어떤 말이나 그가 부탁할 그 무언가를 견뎌 낼 수도, 해낼 수도 없으리라는 데서 오는 무서움 때문이었다. 그때처럼 내가 철없는 아이였다는 것을 두고두고 후회하게 한 일이 또 있을까. 어른이었다면 그런 상황에서 아재비의 답답함을 덜어 줄 알맞은 말을 찾았을 것이고, 어른의 현명함으로 그의 얼굴에서 단번에 그늘이 거두어지는 기적을 만들 수도 있었으리라는 생각. 그러나 어른이 된 지금은? 가끔 그때 들었던 그 생각은 나를 미소 짓게 한다. 어른이 된 지금 다시 그 일을 겪는다 해도 나는 여전히 속수무책의 당황함을 맛보았을 것임에 틀림없다. 위로되지 않는 슬픔이 있는 것이다.

"아재비가 부탁하는 것은 아주 쉬운 일이다. 우리 송이면 능히 해낼 수 있지. 그럼, 할 수 있고말고. 아무도 보지 않을 때 그저 대문 안에 던져 놓고 나오면 된다. 아무 일도 없을 거다."

공책 반절을 기름하게 접어서 세 번 돌려 귀를 맞물린, 딱지 비슷한 편지 한 장을 탁자에 놓여 있던 내 손지갑 속에 밀어 놓으며 아재비가 말했다. 그리고 나는 이미 준비해 온 종이 한 장을 꺼내 놓고 속삭이듯 설명했다. 내가 찾아가야 하는 집의 주소와 약도였다. 순간적으로 몇 달 전 서울에서 발이 부르트도록 서울 장안을 헤매다가 늦게야 여관으로 돌아와 무언가를 옮겨 적던 어머니의 모습이 그 주소 위에 겹쳐졌다. 모든 게 이해되는 듯했다. 그는 지금 어머니가 원하지 않는 어떤 일, 어쩌면 이 약도를 건네받으면서 절대 하지 않기로 약속을 한 무언가를 지금 바로 어기고 있다는 것을.

오래전부터 그런 사소한 절차를 그려 보고 또 그려 보아 아주 자연스럽게 되어 버린 그의 지시들. 그 집을 찾아가서 아무도 없기를 기다려 편지를 안에 던져 넣어야 하는, 죽음의 나라로의 여행 같은 것이 앞에 놓여 있었다. 나는 막연히, 그 일을 잘못 수행하면 아재비에게뿐만 아니라 우리 가족 모두에게 매우 결정적인 어떤 위험이 닥칠지도 모른다고 생각했기 때문에, 빙숫집을 나설 때만 해도 부들부들 떨고 있었다. 누구에게 동 이름을 묻고 우체국의 위치를, 또 국민학교의 뒷문……에 이르는 길을 물었는지, 길에서 어떤 얼굴을 만났는지 어찌 기억할 수 있겠는가. 직선으로 뻗은 길 위에서도 길을 잃고 허둥대던, 꼭 악몽 속의 길이었다. 그 집에 점차 가까워짐에 따라 나는 놀라운 냉정함을 되찾았다. 나는 앞을 막아서는 국민학교 안으로 뛰는 가슴을 진정시키려고 들어갔다. 방학이어서 더욱 스산하던 국민학교의 운동장에 여름의 뜨거운 바람이 막 일고 있었다. 나는 완벽하게 혼자였다. 내가 해내야 하는 일의 실체를 알기 위해 지갑 속에서 딱지 편지를 꺼냈다. 귀가 풀리고 접힌 금을 따라 종이가 펼쳐지면서 눈에 익은 아재비의 길쭉한 글씨체가 나타났다.

"흐르는 냇물에 달이 뜰 틈이 없네."

거두절미한 문장. 뚱딴지같은 내용이었다. 종이를 뒤집어 보아야 아무것도 없었다. 빈 운동장이 무한히 넓어 보이고 나는 지극한 무서움을 맛보았다.

그러나 외따로 떨어져 있는 집의 닫힌 문틈으로 편지를 던져 넣는 것은, 내가 해낼 수 있는 그다지 어렵지 않은 일이었다. 아재비의 말처럼. 문은 닫혀 있었지만 허름한 안을 드러내는 적당히 닫힌 외짝 문이었고 시멘트가 발라진 작은 마당에는 아무도 없었다. 어찌 아재비를 위해 그 정도를 못 하겠는가. 나는 편지를 문 안으로 던져 넣었다. 막연하지만 그때 무서움을 이기려고 아랫배에 힘을 잔뜩 주면서 나는 이런 종류의 마음 다짐을 했던 것 같다.

어디선가 가느다란 목소리가 들려와 나는 벌떡 일어섰다. 송이야 하고 부르는 듯한 약간 쉰 목소리. 그러고 보니 그 소리는 내 방심한 귓바퀴를 스쳐 지나가서 그렇지, 한참 전부터 나를 부르고 있었다. 내 이름이 아닌, 엄마를 부르는 아이의 목소리. 사방을 둘러보아야 두꺼운 벽처럼 주위를 두껍게 막아서고 있는 대낮의 열기뿐, 아무것도 당장 눈에 들어오지 않았다. 돗자리 위에는 여전히 아이의 여름 방학 숙제 가방과, 바다가 있는 그림일기와, 녹아내릴 것처럼 반들반들 빛나는 알록달록한 색깔의 크레파스가 흩어져 있을 뿐이었다. 나는 사방을 황망히 둘러보았다. 머리가 쭈뼛 일어섰고 모공이 활짝 열렸다. 아이가 없다!

그러나 아이 이름조차도 제대로 목구멍을 빠져나오지 못했다. 나는 소리가 나던 쪽을 향해 뛰었다. 그런데 이제는 소리조차 들려오지 않는

것이다. 조금 멀리서 희극적인 칠면조의 울음소리가 한 번 내질러졌을
뿐이었다. 집 안으로 들어가 방을 모두 들여다보아도 실내에는 어둡고
선선한 침묵뿐이었다. 나는 미친 여자처럼 애 이름을 부르며 아래층에
서 지하실로, 광으로 뛰어다녔다. 나는 머리를 산발한 여인의 몰골을
스스로에게 떠올리면서 다시 집 밖으로 뛰어나와 아이가 잠자리채를
들고 사라진 뒷밭으로 가면서 또 미친 듯이 딸애 이름을 외쳤다. 은하!
은하야! 그때서야 아주 멀리서인 것처럼, 좀 전의 가느다란 목소리가
들려왔다. 엄마를 부르는 소리. 그러나 소리 나는 쪽으로 머리를 들어
야 아무것도 보이지 않았다. 더 잘 보려고 집 앞의 마당으로 한껏 뒷걸
음질을 쳐 올려다보았다.

딸애는 뙤약볕이 내리쬐는 지붕 위에 있었다. 얼굴에는 앙괭이를
그린 채, 꼼짝할 엄두도 못 내고. 나는 온몸의 피가 순간적으로 다 말라
버리는 것 같았다. 그러나 초인적인 힘으로 목소리를 자제했다. 애는
겁에 질렸을 뿐이지 통통한 종아리로, 말안장에 앉은 듯이 멋지게 지붕
꼭대기에 걸터앉아 있었다. 집 뒤에 있던 사다리가 생각났다. 아이는
사다리를 타고 지붕으로 올라간 것이다. 나는 기도를 드리는 심정으로
가까스로 힘을 내서 말했다.

"이애, 너 거기서 뭐 하니?"

눈앞으로는 당장 지붕에서 떨어져 나뒹구는 아이의 모습이 왔다 갔
다 했다. 아이는 대답은 고사하고 놀란 눈으로 평정을 가장한 나의 모
습을 뚫어지게 쳐다보고 있었다.

"어서 내려오지 않고 뭐 하니. 일사병 걸리겠다."

나는 눈을 꼭 감고 천천히 지붕 위의 정경에서 눈을 돌리고 뒤돌아섰
다. 급박하게 부르는 아이의 목소리가 들렸다. 다시 뒤돌아섰을 때 아
이는 작은 손을 내 쪽으로 내밀고 있었다.

"너 혼자 올라갔으니 혼자 힘으로 내려와야지? 엄마가 여기 서 있을 테니 살살 내려와 보렴."

아이의 예쁜 눈에서 확 불이 이는 것 같기도 했다. 아이가 움직이기 시작했다. 조심조심. 고양이처럼 한 걸음 두 걸음. 그래, 그렇지, 그렇게. 아, 너는 과연 내 딸이다. 옳지, 그렇게. 은하야, 너라면 할 수 있고말고! 나는 내심으로 외쳤다. 마침내 아이의 얼굴이 지붕에서 사라지고 약간의 사이를 두고 아이가 집 뒤쪽에서 내게로 뛰어왔다. 그 시간은 천만 년보다도 길었다.

나는 딸애 숨이 막힐 정도로 그 작고 따끈따끈한 몸을 껴안았다. 그제서야 아이는 내 품을 벗어나 그늘로 뛰어가서는 주저앉아 서럽게 울기 시작했다. 빈 과수원이 쩡쩡 울릴 정도로.

"이런, 굴뚝 귀신이 오셨네. 이리 온. 엄마가 목욕시켜 줄게."

"엄마는 날 미워하시면서 뭘!"

서운할 때면 나오는 딸애의 존댓말. 아이는 거세게 도리질을 치고 쉰 목소리로 통곡에 가까운 울음을 다시 울기 시작했다.

"그렇게 울다가는 칠면조가, 언니, 하고 달려오겠네. 자, 이리 와 봐."

아이는 웃고 싶은 것 같았지만 또 고집스럽게 고개를 흔들었다.

"엄마는 날 미워하시면서 뭘!"

나는 그쪽으로 다가가, 나를 거부하느라 싱싱한 생선처럼 팔 안에서 요동치는 아이를 꽉 껴안았다.

"엄마가 우리 은하를 얼마나 사랑하는데. 아니다. 엄마는 은하를 존중한단다."

아이의 따갑게 달구어진 정수리에, 뺨에, 나는 무수히 입을 맞추어 주었다. 아이의 서운함이 풀릴 충분한 시간 동안, 요동이 서서히 그치고 아이의 작은 몸이 내 품에 살짝 안겨 들 때까지.

"존중은 사랑보다 덜 좋은 거지, 응?"

"웬걸. 더 무겁고 더 깊은 거야. 사랑보다 더."

"엄마는 왜 나를 존중해?"

"응 그건 말이지, 네게는 아직 눈물 에너지가 없기 때문이야. 그리고 네가 지붕에서 무사히 내려왔기 때문이지."

"눈물 에너지가 뭐야?"

"글쎄다. 그게 뭘까?"

나는 아이를 데리고 수돗가로 가서 아직 키 작은 정원수들 사이에 널브러져 있던 긴 호스를 집어 들었다. 그리고 수돗물 꼭지를 활짝 열어 놓았다. 거센 물줄기가 환성처럼 솟아 나왔다. 나는 먼지와 때가 낀 아이의 올통볼통한 벗은 몸 위에 흠뻑 물을 뿌려 주었다.

이애. 작은 이파리가 통통한 채송화 같은 이애. 이애, 아직 눈물 에너지가 없는 너를, 아직 시인의 나라에 사는 너를, 모차르트나 반 고흐에 가까운 너를, 어찌하면 좋으냐. 너를 부스러지게 껴안고 싶을 뿐. 이애, 네가 미친 짓을 할 때가 나는 좋더라. 내 말을 잘 듣지 않고 고무줄놀이에 발이 부르터 들어올 때, 나의 부당한 처사를 받아들이지 못해 다섯 시간이 넘도록 돼지 멱따는 소리로 울 때, 용서해 달라고 끝내 빌지 않을 때, 학교 가기 싫다고 떼를 부리면서 장난감을 모두 창문 밖으로 던질 때. 두 손을 나무처럼 하늘로 치켜올리고 서 있으라고 벌을 줄라치면 잠시 신경을 딴 곳에 팔고 있는 사이 어느새 네 자리에 인형을 대신 벌세워 놓고 바람처럼 밖으로 줄달음쳐 버리는 너, 그럴 때의 네가 나는 좋더라.

딸애와 나는 한참 동안을 물장난을 치며 시시덕거렸다. 그리고 몸을 수건으로 말리지도 않고 우리는 돗자리의 그늘로 돌아왔다. 아이는 이제 다소곳이 턱을 무릎에 괴고 내가 가장 예뻐하는 표정을 짓고 앉아 있었다. 어릴 때 어른에 앞서 혼자 깨어 새벽에 비쳐 오는 창문을 향해 겨우 얼굴을 쳐들고 흰자위가 파르스름한 두 눈으로 가만히 새벽빛을 맞고 있을 때의 그 철학자적인 얼굴. 나는 아이를 내 품으로 와락 끌어당겨 안고 아이의 그림일기 공책장을 한 장 넘겼다. 그리고 백지를 앞에 놓고 반쯤 녹아 몰랑하게 된 파란 크레파스를 집어 들었다. 아이는 고개를 쳐들고 재미있다는 듯이 나를 올려다보았다.

"엄마, 율리시스 그려 봐. 그리고 아르고스도!"

율리시스와 그의 충견 아르고스는 어느새 아이가 보는 만화책 속에서 의로운 자객과 그의 동반자로 변신해 있었던 모양이었다. 나는 동그라미를 하나 그렸다.

"에이, 이게 뭐야."

아이는 모처럼 엄마 품안에 안긴 것이 대단히 만족스러운 듯 늘 나를 피식 웃게 하는 표정, 눈을 동그랗게 뜨고 입술을 살짝 깨물고 있는 표정을 짓고 물어 왔다. 그렇지만 아이의 눈에는 어느새 가벼운 졸음의 안개가 몰려와 있었다.

"글쎄 뭘까? 맞혀 보렴."

"하늘?"

"그럴 수도 있지. 또?"

아이는 동그라미의 밑과 옆에 '은' 자와 '하' 자가 되도록 손가락으로 보이지 않는 선을 그렸다.

"이렇게 하면 은하가 되니까 이건 내 이름이다, 그렇지?"

"참, 그렇구나. 그리고 또? 눈을 감고 생각해 보렴. 이건 호수란다. 또 이건 자전거 바퀴야."

아이는 온순하게 눈을 감고 생각하는 표정이 되었다. 그리고 선심이라도 쓰듯이 말했다.

"엄마, 시골집 옛날얘기 해주세요."

"그래, 눈을 뜨면 안 된다. 동그란 호수를 생각해 봐. 그리고 동그란 두 개의 바퀴가 팔랑팔랑 돌고 있는 자전거도. 엄마가 너만 할 때 살던 고향에는 말이다, 나무 가족이 많이 모여 사는 숲이 있고, 그 나무들이 매일 아침 세수할 때 얼굴을 비추어 보는 호수도 하나 있었단다. 호수에는 소금쟁이라는 날씬한 아가씨 벌레가 하루 종일 수영을 즐기고 있었는데 저녁이면 물총새가 저녁 식사를 하기 위해서 호수 위를 멋지게 날아다녔지……."

아이 머리의 목직한 무게가 가슴에 와 닿았다. 긴장이 풀린 아이는 어느새 잠이 들어 있었던 것이다.

이애, 밖은 전쟁이다. 밖은 늘 전쟁이었다. 어느 해, 어느 시, 어느 대륙에 전쟁이 멈춘 적이 있었더냐. 아무리 방으로 방으로 숨어들고 아무리 방패를 꺼내 들어도 사방의 문틈으로 전쟁의 냄새는 새어 들어오지. 그 냄새는 딱딱하고 질기고 직선으로 세상을 자르는 그런 고약한 냄새지. 아, 너를 위해 세상의 미운 단어들을 모두 바꿀 수 있다면. 모든 딱딱하고 근육질이 박인 단어에, 공기 같은 가벼움과 부드러움을 주고 모든 악취 나는 단어에 지상의 들꽃 이름을 대신해 줄 수 있다면 너도개미자리·둥근바위솔·찔레·명아주·두메투구풀·미나리아재비·땅비싸리·무릇꽃·청사조·패랭이·쑥부쟁이, 아, 그리고 채송화, 채송화……. 이애, 너는 아무래도 시인이 되어야겠다. 미운 단어를 아름답게 만드는, 악취에 향기를 주는, 입을 벌리면 음악이 나오는…… 너는 아주 고전적인 시인이어야겠다. 발가락, 땅콩, 코딱지 같은 단어를 예쁘게 발음할 줄 아는 너. 처음 글을 배울 때 네 성인 '박' 자를 삐뚤삐뚤하게 써 놓고 글자가 웃고 있다고 말하던 너. 이 먼 과수원에서의 오수의 나른한 틈새에까지 비집고 들어오는, 아 비릿한 그 냄새를 이애,

빨리 지워다오. 아주 강력한, 아주 향긋한 방취 살포제인 너의 웃음. 이 애, 그토록 짙은 미소를 지을 줄 아는 너는 아마도 외계인인 모양이다. 그래서 네가 자전거에만 오르면, 너의 그 짧고 가는 다리를 소금쟁이만큼 빠르게 놀려 앞으로 갈 때면, 나는 그만 가슴이 무섭게 뛰기 시작하는 걸 느낀다. 너의 자전거에 가속이 붙고 앞바퀴가 들려지고, 공중으로 공중 저 높이로 솟아오르는 것이 보이는구나.

"작은 호수가 있네. 호수 주변에 채송화를 심었네."

"달력에 찍은 수많은 점들이 언젠가 별이 되려니."

"살. 사랑. 사람. 살림. 서리. 성에. 잘살으오……."

그가 남긴 낡은 공책에는 이해하기 어렵게 갈겨쓴 일기라고 하기에는 너무도 딱딱한 어투의 글들에 섞여, 이처럼 정갈하게 정리해서 쓴 모호한 암호 문자들도 적잖이 들어차 있었다. 그 암호 문자 중의 몇 개는 낱장에 옮겨져, 몇 년에 한 번씩 딱지 편지로 접어졌다. 변함없는 기름한 글씨. 변함없이 세 번 돌려 접은 딱지 편지. 글쎄, 그것은 꼭 암호 문자가 아닐 수도 있었다.

그와의 첫 여행에서부터 그가 죽기 전까지 십여 년에 걸쳐 모두 다섯 번을 나는 그런 이상한 편지 심부름을 했다. 수신인은 그의 처자였다. 나보다 서너 살 나이가 많은 아들과 그의 아내. 그가 내게 말을 해주어서 알게 된 것이 아니었다. 설명 이전의 지식이라는 것이 있는 것이다. 너무도 분명한. 게다가 다섯 번의 심부름을 하는 사이에 나에게는 편지의 수신인에 대해 호기심을 갖는 조금씩의 여유가 생겼던 것이다. 나는 M시 근처의, 낡은 슬레이트 지붕이 내려앉을 것 같던 첫 번째의 집 앞에서처럼 눈앞이 하얘지는 현기증을 맛보지는 않았다. 그리고 그때처럼 오래 집 주위를 멀리 배회하다가 편지를 집어 던지고 긴 길을 뛰어 나오지는 않았다. 나는 한번은 문틈으로 그들을 본 적이 있었다. 뒷모습을. 그 부당하던 뒷모습을 나는 잊을 수가 없다.

다섯 번 모두 다른 주소였다. 나는 어떤 방식으로 그가 그의 가족이 집을 옮길 때마다 새로운 주소를 알아냈는지를 알지 못한다. 첫 번째 주소는 어머니가 수소문해 준 것이었다고 하자. 그 다음은? 내 열세 살의 그 여행길, 밤늦은 귀가에서 어떤 낌새를 나의 부모가 알아차렸는지…… 아버지, 어머니, 그리고 아재비가 그날 밤을 꼬박 새웠던 것을 기억한다. 아재비를 닦달하는 언쟁, 글쎄 언쟁이라기보다는 나의 부모의 엄격하고도 긴 질책이 있었고, 시종일관 침묵하는지 그의 목소리는 들려오지 않았다. 나는 나대로 불 꺼진 내 방에서 잠긴 시야의 저쪽에서 어른거리는 불규칙 연속무늬를 쫓아가다가 잠이 들었다.

그가 나의 부모의 눈물 어린 호소에 어떤 약속을 했는지 알 수 없지만 나의 편지 전달은 잊어버릴 만하면 한 번씩 이어졌다. 나는 아무에게도 그 사실을 말하지 않았다.

오랫동안 나는 무의미한 자연 송시를 닮은 그의 편지들이 진짜 내용을 숨기고 있는 암호 문자일지도 모른다고 생각했다. 그들이 어떤 피치 못할 사정으로 헤어질 때, 그들만의 교신을 위해 교묘하게 만든 어떤 것. 시간이 지나고 내가 아재비에 대해 좀 더 구체적으로 알게 되었을 때, 나는 그 편지에서 중요한 것은 단지 그가 살아 있음을 알리는, 그들의 삶의 등대지기 노릇을 멀리서나마 하고 있다는 것을 알리는 미미한 신호, 절망적인 신호임을 알게 되었다. 그러나 얼굴을 절대로, 단 한 번도 보여 주지 않은, 보여 줄 수 없었던…… 그는 정말 용납할 수 없는 등대지기였다. 삶은 때때로 얼마나 시대착오적인가. 내가 그 사실을 용납할 수 없다고 마음을 먹었을 때는, 그러니까 그가 이미 저세상 사람이 된 후였으니 말이다.

내가 세 번째 편지를 전할 때 그의 가족의 주소는 서울로 옮겨져 있었다. 변두리 언덕배기에 위치한 아주 작은 집의 반지하실 방에서, 그보다 나은 작은 집으로, 거기에서 한 뼘 정도 더 큰 한옥으로, 내가 알고 있는 집의 모양은 이 세 가지뿐이었지만 십여 년에 걸쳐 그들은 여러 번 이사했다……. 그리고 아주 후에, 그가 죽고 난 다음에도 몇 계절을 지나쳐 보낸 후의 어느 날 저녁, 갑작스러운 발작처럼 나는 단숨에 마지막 편지를 던져 넣었던 그 집까지 뛰어간 적이 있었다. 늘 망을 보고 주변을 사리고 그러고도 행여 그와 그의 가족에게 누가 미칠까 저어하는 모든 불편한 습관을 팽개쳐 버리고, 그들에게 내 내면에서 아우성치는 소리를 전달해 줄 목적으로. 그저 일을 저지를 생각으로. 뒤늦게.

그들은 이미 그 집에 없었다. 내가 동사무소에 들렀을 때, 기류계에서 알아본 그의 아들의 주민등록은 말소되어 있었다. 이유는 해외 이주. 아재비 아내의 주민등록은 이전도 되지 않은 채로 그대로 있었다. 그렇지만 그들이 살던 집에는 그들 중 어느 누구의 모습도 보이지 않았고, 밖에서 보기에 아주 행복해 보이는, 지금의 우리처럼 아이 하나를 둔 젊은 부부가 살고 있었다. 그들이 집을 보러 왔을 때에도, 이사 왔을 때에도 집주인 이외의 세 사는 사람을 본 적이 없다고, 이삿짐을 옮기던 날, 집은 벌써 비어 있었다고 말했다. 그는 집주인의 주소를 내게 적어 주었을 뿐이었다. 그렇지만 나는 더 이상 아재비 가족의 뒤를 쫓지 않았다. 아재비의 방식대로. 비극적으로 소모된 그들의 과거에 대한 최소한의 예우로.

이애, 사람들은 모두가 언제나 너만큼 크냐? 너의 양미간은 참으로 넓고 깊구나. 그 작은 호수 모양, 채송화꽃이 쪼르르 둘레에 피어 있던 그 호수 모양, 너를 보고 있노라면 나는 목이 마르다. 이애, 저 길 앞으로 나가 보자. 이래서는 안 되는데, 네가 자고 있을 때면 이애, 나는 너를 흔들어 깨우고 싶다. 그리고 자꾸 수다를 떨고 싶구나. 그래, 옛날 옛적에 사람들이 모두 평화로이 잠들어 있는 사이에 말이지, 그만 땅에 틈이 생기더니…… 그게 바로 옛날이야기가 되어 버린 오늘의 이야기. 아, 이애, 나는 아직도 찾지 못했구나. 어떻게 얘기를 해주랴. 폭풍의 이야기로, 아니면 가벼운 봄비의 이야기로, 그것도 아니면 지금처럼 피융피융 내리박히는 여름 햇살의 이야기로?

한때 남로당 고위급 간부였던 그는 사형이 선고된 도망자였다. 그는 고위 간부 자격으로 월북의 기회를 엿보며 도피해 있다가 검거되었고, 검거되어 송환되던 중 도망하였다. 도망하지 못하도록 동행하던 호송자들이 소지품과 의복을 빼앗아 놓은 상태에서 하룻밤을 나던 중, 그는 기적적으로 도망한 것이다. 검은 몇 날의 밤을 말처럼 집어타고, 한 과수원 속으로 영원히.

아버지에 이어 그의 장례를 치르러 시골집에 내려갔을 때 지쳐 있는 어머니의 입에서 당신도 모르게 넋두리처럼 흘러나온 말들이었다. 아마도 그를 잃은 슬픔이 무한히 컸던 때문이었겠으나, 나는 그렇게 뒤늦게 들은 사실을 핑계로 그를 미워할 출구를 찾았다. 어떤 종류의 거대한 도망을 나는 그에게서 기대했던 것일까. 바보 같은 아재비. 멍청이. 겁쟁이. 아, 비겁한 도피자. 그렇게 딱한 사람의 삶의 증인으로 채택된 것이, 그의 삶을 억누르고 있는 음험한 그 무엇인가에 감염되어 입 한 번 뻥끗 못 하고 그토록 강한 열망으로 말을 붙이고 싶었던 그의 아내와 아들과의 만남을 방해한 것이 바로 그이기라도 한 것처럼 말이다. 이상하게 꼬인 감정의 매듭이었다. 당신들의 남편, 아버지가 저기 야산 자락에 살고 있다고 한 번도 외쳐 보지 못하고 그의 편지 심부름을 한 것이 미치도록 미웠던 것이다. 그를 열렬히 미워하면서 조금씩 나의 슬픔이 진정되었다고나 할까. 그 미움의 기간은 다행히도 그리

길지 않았다.

그가 간 후 한참이 지나, 이미 야산으로 변해 버린 과수원을 정리하기 위해 내려갔었다. 인력도 달렸거니와 무엇보다도 오래된 아버지의 투병으로 진 빚 감당으로 팔려 나간 과수원에 방책을 만들러 벌써 남자 서너 명이 와서 일하고 있었다. 나는 딸애의 출산을 얼마 남겨 놓고 있지 않은 때였다.

과수원의 길이 곧게 뻗어 나가는 게 보이는 호숫가에 앉아서 나는 다시는 못 보게 될지도 모르는 낯익은 풍경들 하나하나에 나의 애정 어린 시선을 나누어 주었다. 과수원은 황폐했어도 내게는 평화였다. 설령 그것이 어느 날 없어졌다 해도. 그 안에서 일어난 일을 알고 있는 무언의 동반자인 나무들은, 내일에 다가올 걱정에는 무관심한 채 늘연하게 푸른 하늘에 미세한 실핏줄을 그리고 있었다. 잎이 다 진 가을이었던 것이다.

그 비어 있는 길 위에 하나의 영상이 떠올랐다. 아재비의 어깨에 팔을 얹어 기대고 불편한 몸을 움직이며 짧은 산책을 하는 아버지와 그 옆에 그림자처럼 엉킨 아재비의 모습이었다. 그들은 늘 할 말이 많았다. 단둘이서. 나는 그럴 때의 그들의 모습이 제일 아름다웠다고 생각한다. 그들은 무에 그리 할 말이 많았을까. 혈혈단신 가족을 모두 버리고 남쪽을 택해 내려온 아버지였던 만큼 건강이 좋았던 젊은 시절만 해도 읍으로 나가서 또는 내가 다니는 국민학교에 와서 가끔 반공 강연을 하곤 했었다. 모든 사람이 고개를 끄덕여 주어 내 어깨를 으쓱하게 한 강연들이었다.

바로 그가 남로당의 열성 간부였던 아재비를 과수원에서 발견했고 그의 불안한 신원의 바람막이가 되어주었으며 그와 일생의 의형제가 된 것이다. 그리고 어머니가 내준 아재비의 공책에는 자연을 읊은 글만 있었던 것이 아니었다. 거기에는 잘 알아볼 수 없을 정도로 흘려 쓴 글씨기는 하지만 그가 일생 동안 붙잡고 있었던 생각들이 두서없이 채워져 있었다. 그가 겪어 온 사고의 모든 갈피들. 어떻든 그는 변하지 않은 채로 일생을 살았던 것 같고 그것을 아버지나 어머니한테 그다지 숨겼던 것 같지도 않다. 상식으로는 설명되지 않는 일들이, 그 이전 혹은 그것을 뛰어넘은 어떤 곳에 그들의 삶과 함께 위치해 있었던 것이다.

과수원의 사방에 그들의 속삭임이 있었다. 그들이 근본적으로 지니고 있는, 차이가 끝도 없는 속삭임을 만들었던 것일까. 특히 늦은 밤의 집 앞에 내놓은 평상 위와 과수원의 좁은 길들, 야산 밑에 파인 호수 주변…… 사방에서 귀만 기울이면 바람 소리 같은 그들의 속삭임이 들려왔다. 무엇보다도 호수 주변에. 그것이 수많은 세월이 흐른 지금까지도 황량하고 지난하던 과수원 생활을 안온한 미소로써 기억하게 하는 것이다.

또 다른 영상이 있다. 내가 몇 살 때쯤이었을까. 스물다섯, 스물여섯? 여전히 여름이었고 과수원에서 보낸 연휴의 끝이었다. 나는 서울에서 직장에 다니고 있었고, 주말이 끝나고 출근하기 위해 서울행 기차를 타려고 어머니가 준비해 준 밑반찬을 들고 거기, 호숫가에서 곧바로 보이는 그 길을 거의 다 걸어 나왔었다. 사각사각 흙길 위에 속살거리듯 작은 간지럼을 만드는 자전거의 바퀴 소리가 들렸다. 머리가 허연 아재비였다. 송이야! 하고 부르지도 않았다. 그저 이를 한껏 드러내고 깊은 주름이 잡히는 미소를 짓는 것이 다였다. 자전거의 사각거림이 멎고 그가 내렸다. 자전거 뒤쪽에 얹혀 있는 허름한 바구니에는 채송화 화분이 하나 들어 있었다.

"창가에 놓고 아재비 생각도 해여."

다시 자전거를 뒤돌아 세우고 이어서 멀어져 가던 사각거리는 소리.

그것이 그를 마지막으로 본 것이었다. 그때 그의 미소는 그토록 깊었는데, 직장 생활에 얽매여 고향에 들르지 못하는 기간이 점점 길어지던 그즈음의 어느 날 아주 갑작스럽게 그는 그렇게 가 버린 것이다. 내게 채송화 화분 하나를 아프게 남겨 놓고.

아, 이애, 오늘은 왜 이리 목이 마르냐, 너의 잠은 또 왜 이리 깊으냐, 사방이 정적이다. 이애, 어서 깨어 내 말을 좀 들어주렴. 눈을 잠시 감았다가 떴을 때, 저 앞으로 부활한 호수가 걸어온다면…… 그늘에 쉬고 있던 먼지 덮인 자전거의 바퀴가 둥글둥글 소리 없이 홀로 돌기 시작한다면…… 아, 세상의 모든 속삭임이 물이 되어 흐른다면……. 이애, 우리가 한 몸일 때 그랬던 것처럼, 네게 해줄 속삭임이 이다지도 많은데, 이제는 어떻게 그 얘기를 해야만 할까. 울음처럼, 웃음처럼, 옛날 이야기로 혹은 미래의 이야기로, 기체의 이야기 아니면 액체의 이야기로? 이애, 햇볕이 아직도 이렇게 따가운데…… 우리가 예전에 한 몸이었을 때처럼, 그렇게 얘기해 볼까.

우리 생애의 꽃

공선옥

1963년 전남 곡성 출생.
전남대학교 국문학과 휴학 중
1991년 《창작과 비평》에 〈씨앗불〉로 등단.
작품집 《오지리에 두고 온 서른 살》《붉은 포대기》《수수밭으로 오세요》 등.
여성신문문학상, 오늘의 젊은 예술가상 수상.

우리 생애의 꽃

나는 집을 나왔다. 아이가 올 시간이었다.

언젠가 나는 아이에게 물었다.

"학교에 갔다 와서 엄마가 없으면 어떻게 해?"

"처음에 문을 열고 엄마아! 하고 부르지. 아무 대답 없으면 피아노 가방 들고 집 나와."

"밥은?"

"엄마 있으면 먹고 엄마 없으면 안 먹어."

"배고픈데도?"

"배고파도 화나면 잊어버려."

아이는 단순하게 말했다. 딸아이는 여덟 살이다. 그 아이는 시위했다. 밥을 먹지 않는 것으로 엄마의 부재를 규탄했고 내가 저의 '밥 먹지 않음' 때문에 괴로워할 것을 이미 알고 있는 딸은 죽어도 제 손으로 밥을 챙겨 먹지 않았다. 나는 그것이 화가 났다. 도대체 엄마를 이해하려 들지 않는 숭악한 계집애같으니라구! 하고 나는 또 딸을 규탄했다. 규탄하면서 바람 부는 거리를 헤매고 돌아다녔다.

딸아이는 오전반일 때 아침 여덟 시 반에 집을 나가서 오후 한 시 반이면 집에 돌아온다. 어떨 때, 그렇다. 어떨 때다. 나는 고즈넉해진다. 평화로워진다. 마음이 착해질 때가 있다. 그럴 때, 그러니까 내게 아무런 마음의 동요가 일어날 만한 일이 없을 때, 그럴 때 나는 아이의 귀가를 기다린다. 아이가 학교에 가는 여덟 시 반에 내가 일어나 아이에게 밥을 먹이고, 누가 봤을 때, 적어도 버려진 아이로군! 하고 혀는 차지 않을 만큼 치장을 해서 학교에 보낸 날은 아이를 기다린다. 설거지하고 청소를 하고 빨래하고 그리고 아이가 돌아왔을 때, 의기양양하게 내놓을 만한 음식을 준비한다. 그럴 때, 나는 행복하다.

아니, 생각해 보라. 이역 자식에게 먹일 음식을 장만하는 이 세상의 어미치고 행복해하지 않을 어미가 어디 있단 말인가. 만약 자기 자식에게 먹일 음식을 행복한 기분 없이 불행하다, 또는 비참하다 하며 만드는 어미가 어떻게 진정한 '어미'가 될 수 있겠는가를. 그런 여자는 맞아 죽어도 할 말이 없다고 생각한다. ("생각한다"라고 말하는 이 경박하고 구태의연한 어투가 싫다. 싫으면서도 쓴다. 그런 어투가 싫다는 자체보다, 싫으면서도 썼다고 하는 진술에 유의해 주기 바란다. 그리고 우리는 잠시 싫으면서도 했던 이전의 모든 짓거리들을 추모하자.) 한마디로 그런 여자가 이 세상에 있다면 그 여자는 그냥 맞아 죽어서도 안 된다. 이 세상 온갖 망나니를 동원하여 치도곤을 쳐서 죽여도 그런 여자는 할 말이 없으리란 걸 믿어 의심치 않는다.

나는 지금 당당히 말한다. 뻔뻔스럽게도. 그런데, 그런데 말이다, 문제는 내가 바로 그런 치도곤을 당해도 싼 여자라는 것에 있다는 거다.

세상에 어떻게 다른 사람도 아닌 내가 치도곤을 당해도 싼 여자라고 말해도 그게 아니라고 도리질할 수 없는 이 기막힌 현실 앞에서 나는 절망한다.

나는 예전에 내가 열두어 살 먹었을 때, 보다 선명히 말하자면 내가 마악 엄마 없이, 엄마라는 여자로부터 내가 여자라는 것을 배우기 이전 첫 월경을 경험할 무렵에 나의 어머니를 욕한 적이 있다. 그것도 속으로가 아니고 입술을 움직여 독살스러운 표정으로 나의 어머니를 씹었다. "개 같은 년"이라고.

이유는 이렇다. 그 여자가 나를 버려두고, 보다 구체적으로 말하자면 내게 밥을 챙겨 주지도 않고 집을 비웠기 때문이다. 제 속으로 난 제 딸이 지금 그 조갑지만 한 성기에서 피가 나오는지 어쩌는지 통 관심이 없던 그 어미는 제 자궁의 헛헛함만을 참지 못하고 종종 집을 비웠던 것이다. 내가 그때 내 어미를 욕했던 외적인 요인은 '밥'이었다. 그렇다. 밥은 그냥 단순했다. 왜냐하면 나는 그때 열두 살이었고 그 나이면 어미가 없어도 충분히 제 손으로, 있는 반찬에 밥 정도는 챙겨 먹을 수 있는 나이였으므로.

하지만 '멘스' 문제는 달랐다. 내 어미는 여자가 생리하는 것을 그 발음도 요설스럽게 '멘스' 한다고 발음했다. 그 여자도 생리 중이었다. 아직 나의 어미는 젊었다. 회임 가능한 나이였다. 폐경기가 지난 여자의 입에서 '멘스' 하고 발음되어지는 그것은 하나도 요설스럽지가 않게 느껴진다. 아직 자궁의 수명이 다하지 않은 나의 어미 입에서 '멘스' 라는 발음이 요상스럽게 흘러나올 때, 나는 구역질했다. 물론 나도 멘스가 무엇인지 구체적으로 몰랐다. 적어도 멘스가 무엇을 의미하는지. 그것이 이제 남자와 성교라는 행위를 하기만 하면 아무리 어린 나이여도 아이를 제 배 속에 가질 수 있는 그런 상태가 되었음을 나는 모르고, 다만 기분이 더러워지는 느낌으로 어머니의 '멘스' 발음을 들었고 그리고 나는 구역질했다. 구역질 나는 심정으로는 밥을 먹을 수 없었다.

딸은 왜 밥을 먹지 않는가. 단순히 엄마의 부재 때문에 화가 나서? 아니면 그 화남은 그저 밥 먹지 않음을 변명하는 외적 요인일 뿐인가. 딸이 구체적으로 밥 먹지 않음으로 이 어미에게 화내는 또 다른 말 못할 무엇이 있는가. 딸은 이 어미에게 구역질 내고 있는가. 그 구역질의 실체는 무엇인가.

사람들이 나를 성토해도 좋다. 아니, 어떻게 어미라는 작자가 제 자식을 불신하고 거부하는 심정을 가질 수 있단 말인가 하고. 도덕적인 문제를 떠나서 이 문제는 거의 잔인하다고.

아이가 오전반일 때, 나는 아이가 돌아와서 먹을 음식을 장만하는 적이 있다. 그런 날은 딸과 어미와의 관계가 사뭇 우호적이다. 아이는 전적으로 어미의 애인이 된다. 어미는 딸에게 전적으로 기댈 언덕이 되고 봄 햇살이 되고, 바짝바짝 타는 여름 길 위의 잎새 휘늘어진 나무가 되는 것이다.

그러다가, 그러다가, 딸이 오전반일 때부터 내가 내 속의 반란기를 참지 못하고 집을 나설 때가 있다. 때는 대낮이다. 어미는 도망친다. 멀리 학교 앞에 딸만 한 아이들이, 울긋불긋한 사람들의 '새끼'들이 기어나오고 있다. 나는 도망친다. 아이의 절망을 충분히 예감한다. 가슴이 쓰라리다. 그러면서도 나는 자꾸만 울긋불긋한 아이들이 나오는 학교로부터, 딸의 시야로부터 멀어진다. 대낮이다. 부끄러운 것은 아닌데 나는 어딘가로 기어들고 싶다.

딸이 오후반일 때가 있다. 그런 날 집을 나오면 기어들 곳이 있다. 어둠 속에 불을 켠 빨간 유혹의 빛. 또는 어둠 속으로 난 머나먼 길들. 나는 순식간에 딸을 잊는다. 보다 엄밀히 말하자면 괴로워하면서 잊고자 노력할 따름이라는 사실을 나는 말하기가 곤혹스러워 그냥 잊는다라고 냉큼 말해 버린다. 그래, 잊어버린다. 오후반의 딸은 다섯 시에 귀가한다. 오후 다섯 시면 가슴은 쓰라리다. 이윽고 어린 그 나이로는 밥보다도 더 감당하기 어려운 '캄캄한 밤'이 올 것이기 때문이다. 딸이 오전반일 때 도망치는 순간보다 가슴은 두 배로 쓰라리고, 그리고 나는 운다. 울면서 도망친다. 도망치는 곳이 어디인가.

기껏 도망친다고 했을 때, 어떤 때는 낡은 내 재개발 아파트의 베란다 창문 너머로 보이는 채전일 수도 있다. 우리 아파트와 이웃 아파트 사이에 생긴 공터는 여름이 되면 콩과 감자와 옥수수가 조화를 이룬 기름지고 무성한 채전이 되어, 나는 종종 그 채전의 가운데쯤에 둥지를 틀 듯 가만히 들어앉는다. 애 하나 딸린 과부의 맹랑한 짓거리다. 무성한 수림을 이룬 콩대와 옥수숫대 사이로 아파트 창문을 본다. 옥수수 잎은 날카로운 과도처럼 서걱이며 내 살갗에 닿는다. 어둠 속에 드러난 그 선명한 날 섬. 진저리를 치다 문득 하늘을 보면 달은 저 혼자 밝다.

아이는 밤이 깊었을 때 까무룩 잠이 들었다가 텅 빈 어미의 부재를 쓰라리게 재확인하며 불을 끈다. 베란다 창문은 어둡다. 네모난 까만 어둠. 불 꺼진 창문 안으로 달빛이 들어차듯이 아이의 텅 빈 가슴으로, 밥을 먹지 않아서 텅 빈 공복으로 울음은 달빛같이 차오를 것이다.

내 의지와는 상관없이 그때 그렇게 나는 집으로부터 멀어졌었다. 집을 나온 그 길은 어둡고 아득하고 멀었다. 바람도 불었다. 숲 그늘은 숨기에 좋았다. 가슴은 언제나와 같이 쓰라리고 서러웠으며 나는 그 가슴 위로 한껏 더운 소주를 들이부었다. 이따금 숲 그늘로 도서관에서 공부하는 학구파들이 기어들어 잠깐씩의 연애를 즐기다 가곤 했다.

나는 몸을 웅크렸다. 밤이 어두워지자 몸이 차가워졌다. 나는 서서히 도둑고양이처럼 자리를 이동했다. 대학 구내식당의 환풍구 옆이었다. 그 환풍기에서 오른쪽으로 조금 돌아간 곳에 서클 룸으로 올라가는 계단이 있었다. 계단을, 어두운 나선형의 계단을 올라갔다. 외부로 나 있는 계단이어서 서클 룸으로 들어가는 입구는 문이 잠겨 있었다. 안에서는 낯익은 목소리도 들려왔다.

나는 술을 마셨으므로 몸을 가누기가 힘들었다. 어두운 나선형의 계단 끄트머리쯤에 쭈그리고 앉아 나는 낯익은 사람들의 목소리를 들었다. 나는 최대한 몸을 웅크렸다. 낯선 이의 눈에 띄는 것은 공포였고 낯익은 이의 눈에 띄는 것은 두려움이었다. 공포와 두려움의 차이가 낯설음과 낯익음의 차이라는 것을 그때 처음 알았다.

동이 터올 무렵에 나는 서서히 나의 낯익음과 낯설음 들로부터 멀어져 갔다. 나는 다시는 그곳으로 가지 않을 결심을 하였다. 낯선 곳과 낯익은 곳. 그렇다면 어디로 갈 것인가. 갈 만한 곳은 없었다. 애인을 두고 있지 않았던 나는 나의 청춘에 부딪혀 오는 모든 상황이 견디기 힘들게 낯설었다. (애인이 있었다고 해서 그 낯선 의식을 지울 수 있었으리라고 단정 짓기에는 자신이 없다. 왜냐하면 청춘이라는 속성 자체는 이미 부딪혀 오는 모든 상황을 노상 낯설어하게 되어 있다는 사실을 그 낯선 청춘의 시절을 경험한 나는 알고 있다. 자체가 그런데 어떻게 사람 하나 있다고 속성이 달라질 수 있단 말인가. 그 시절 애인이 없는 현실은 나의 견디기 힘든 상황과 그다지 관계있지는 않다.)

후박나무 잎사귀가 몸을 떠는 순간에 빗방울이 흐득 하고 내 서늘한 이마 위로 떨어졌고 내 작은 콧잔등 위로도 떨어져 내렸다. 길은 희붐하게 밝아 왔다. 빗방울이 간헐적으로 떨어져 내린 길에서 물큰한 흙내가 올라왔다. 그 길옆으로 아직 문을 열지 않은 전자오락실이 보였고 그리고 방금 문을 연 '대학 슈퍼' 아저씨가 길게 하품하는 게 보였으며 그 앞으로 어젯밤 연애하던 학구파가 그 또한 찢어지게 하품을 하며 전자오락실에 딸린 화장실의 판자문을 열고 들어가는 것이 보였다.

그리고 또 무엇이 있었던가. 비가 후드득 떨어져서 흙내가 올라오는 그 길 위에. 깨어진 벽돌, 최루탄의 잔해들. 나는 그것들을 건너뛰어 천천히 걸어갔다. 온밤 내 추위와 허기에 떨며 나는 무엇을 열망했던가. 먼 길. 그랬다. 먼 길을 떠나고 싶었다. 그리고 먼 길을 열망하는 그 마음의 밑바닥에는 무엇이 있었던가. 귀가하지 않는 딸을 기다리는 어머니. 그녀의 쓰라린 절망감.

어젯밤, 나는 귀가했어야 옳았다. 귀가하지 않을 이유가 없었다. 어머니는 이제 늙었고 늙은 어머니를 미워해야 할 아무런 이유도 없었다. 집으로 가면 나는 충분히 안락할 수 있었다. 젊은 시절의 어머니는 그녀가 젊다는 그 이유 하나만으로 내게는 낯설었다. 이제 늙은 어머니는 그녀가 늙어 버린 만큼의 친밀감을 내게 주고 있었다. 어머니의 젊음은 나의 성장과 함께 스러져 갔다.

이제 어머니는 딸을 통해 자신의 젊은 날을 본다. 내가 분을 바를 때, 어머니는 분을 바르지 않아서, 또는 분을 바를 수 없을 정도로 주름 져 버려서 차라리 늙은 만큼 솔직하고 담백하게 아름다운 어머니는 거울 너머로 분 바르는 딸의 얼굴을 들여다보았다. 어머니는 그냥 그렇게 들여다만 보았다. 나는 어머니에게 들키지 않을 만큼 어머니를 의식했다.

"이제 당신은 늙었어요. 부러우세요? 아니면 딸이 반란할까 봐 두려우신가요? 당신은 잘 알겠지요. 분을 바르고 입술을 바르는 젊은 여자의 내부에 무엇이 꿈틀거리는지를. 왜냐하면 당신도 그런 젊은 날을 거쳐 왔으니까요."

입술을 바르고 분을 충분히 두들긴 딸에게 어머니는 당신 손으로 풀다림질한 딸의 외출복을 꺼내 주었으며 신발을 놓아 주고 그러고서도 대문 밖으로까지 나와 돌아보지 않는 딸을 길게 길게 바라보았다. 어머니 앞에서 나는 득의했으며 그리고 평안하기 그지없었다. 어머니를 향한 득의로움, 어머니로 인한 평안함을 나는 그리 오래 끌지는 못했다. 귀가하지 않았던 것이다. 귀가하지 않아야 할 아무런 이유가 없었는데도.

화평은 깨어졌다. 어머니는 절망할 것이었다. 예전의 내가 외출해서 돌아오지 않는 젊은 엄마를 기다리며 분노했던 만큼의 절망이 어머니를 짓누를 것이었다. 사실 나는 가슴이 아팠다. 내가 어렸을 때, 분노하면서 철철 울었던 것처럼 나는 어머니의 절망으로 울었다. 쓰린 가슴은 내 발길을 어머니로부터 자꾸만 멀어지게 했다. 따뜻한 불이 있고 따뜻한 밥상이 있는 집으로, 포목의 매캐하고 아린, 향긋한 냄새가 밴 어머니의 옷자락 속으로 기어들면 나는, 그리고 어머니는 안온할 것이었다.

어머니는 시장 맨 안쪽 하루 종일 햇볕 한줌 들지 않는 한 귀퉁이에 세를 내어 포목점을 꾸려 딸을 공부시키고 있었다. 어머니는 딸의 끼니를 챙기기 위해, 어머니와 나로 이루어진 우리 가정의 생계를 꾸리기 위해 매캐하고 아리고 그리고 향긋한 냄새가 나는 포목을 팔았다. 딸의 아침을 짓기 위하여, 또는 딸의 외출을 챙기기 위하여 어머니는 다른 포목점보다 늦게 문을 열었으며 딸의 귀가를 허전하지 않게 하기 위하여 또는 딸의 따뜻한 저녁을 짓기 위하여 다른 포목점보다 빨리 문을 닫았다. 늦게 문을 열고 빨리 문을 닫은 만큼 어머니의 수입은 감소했다. 하지만 어머니는 수입이 감소되는 것을 감수하고 딸을 챙겼다. 젊은 시절 딸의 밥을 챙기지 않은 만큼 늙은 어머니는 딸의 밥을 챙겼다.

이제 와서 더 이상 어리지 않은 딸은, 어렸을 때 밥을 먹지 않아서 분노했던 만큼 이제는 밥을 먹어대면서 절망했다. 하루라도 어머니가 늦게 들어오기를, 혹은 아예 들어오지 않기를 나는 바랐다. 딸을 향해서만 꽉 짜인 어머니의 일상으로부터 딸은 달아나고 싶어 안달했다. 젊은 시절 일상에는 허술했던 어머니가 차라리 그리웠다. 어머니가 혹시, "애야, 오늘은 일이 바빠 좀 늦게 들어가마" 하거나, "애야, 에미가 술을 좀 먹어 오늘은 가게에서 잘란다" 하고 맘에 드는 남자와 연애라도 한다면 나는 신이 날 것이었다. 집에 들어오지 않는 어머니의 허술한 일상을 나는 좀 더 일찍 귀가하는 것으로 충분히 메워 갈 수 있을 것이었다.

딸은 데모하지도 않았고 딸은 연애하지도 않았다. 데모파와 연애파들의 일상은 허술했다. 그들은 학교 서클 룸에서 아무렇게나 잤으며 라면으로 때운 허기로도 충전해 있었다. 허술한 일상으로 사기가 충전할 수 있는 유일한 부류들이었다. 그렇다고 딸은 도서관파도 아니었다.

어머니는 딸이 데모하지도 않고 연애하지도 않으며 공부하지도 않는다는 사실을 잘 알고 있었다. 그래서 더더욱 딸의 늦은 귀가로 가슴 졸였다. 이유 없음이었다. 딸의 모든 일상으로부터의 반란은 이유 없음이었다. 어머니는 안달했다. 안달하는 어머니 앞에서 딸은 기를 쓰고 반란했다.

미숙이를 만난 것도 바로 그 무렵이었다. 얼굴에 살이 많은 만큼 입과 코가 작은 전형적인 '복순이' 타입의 아이였고 내가 전 학기에 낙제점을 받아 할 수 없이 재수강하게 된 '국민윤리'(그때는 분명히 대학의 교양 필수과목으로 '국민윤리'라는 해괴한 과목이 있었다)를 열심히 수강하는 교양과목 수강 동기였는데, 어땠느냐 하면, 나는 바로 그런 유복한 집안의 전형인 생김새에다 수강하는 과목이 어떤 과목이건 간에 대학에서 열심히 학점만 잘 받아 무사히 졸업장만 타면 제일이라 믿는 그런 치들을 경멸하는 쪽이었고, 미숙이는 바로 반대 이유로 혹은 한 가지 이유를 더 보태서 뚜렷한 명분도 없이, 말하자면 '변혁의 대열에 청춘을 실은' 일군의 학우들의 그것과 같은 확실한 이유도 없이 폼 잡고 부유하는 나 같은 치들을 능멸의 눈까지는 아니어도 적어도 조소까지는 하는 것이 분명한 눈빛을 보내는 쪽이었다.

그녀는 하루치의 생활 계획표 중에서 어느 한순간이라도 삐끗 어긋나는 순간을 못 참아 하는 성질을 가졌다. 이를테면 아침 여섯 시 기상, 낮 열두 시 점심, 오후 일곱 시 저녁, 밤 열두 시 취침 식의 아이였는데, 하필이면 그 아침에, 말하자면 하룻밤 치의 반란을 끝마치고 나대로는 그래도 이제는, 오매불망하는 어머니에게로 돌아가야 옳지 않겠느냐 하고 흉내 나는 새벽길을 돌아온 탕아처럼 터벅터벅 걷고 있을 때 미숙이를 만난 거였다.

시험 기간에만 도서관파가 되는, 그리하여 진정한 학구파들이 정작 시험 기간에는 도서관에서 밀려나게 하는 데 미숙이 같은 치는 꼭 일조를 하는 아이였다. 마침 중간고사 기간이었고 그래서 밤 열두 시 취침하고, 새벽 여섯 시에 기상하여 도서관 자리 잡으러 새벽길을 나선 것이 분명한 미숙이는 하루치의 반란을 마악 끝내고 돌아가려는 내게 의미로운 웃음을 남발하며 걸어오는 것이었다. 그녀를 만난 그 순간에 그 아침의 반란은 시작되었다. 우리는 아침 해가 떠오르는 숲으로 갔다.

"도서관에 오는 길이었니?"

미숙이는 소주병을 깠다. 소주병을 까며 그녀는 그냥 웃었다.

"아니. 술을 마시지 않고는 견딜 수가 없어."

"뭐가?"

나는 뭐가?라고 물었던 것을 후회했다. 후회하는 것을 들키지 않기 위하여 나는 얼른 흐응, 하고 웃었다.

"지리멸렬해."

미숙이는 지리멸렬하다고 말했다. 나는 무엇이 지리멸렬하냐고 물으려다 또 후회할 것이 분명한 물음은 하지 않기로 했다.

"지리멸렬을 포옹해라."

그것이 훨씬 너답지 않니? 나는 오늘 아침의 너의 진정성을 이해하지. 그것은 우리 생애의 모든 진정성인지도 모르지. 이유가 있든 없든 말이다. 그것은 우리 생애의 꽃인지도 모른다. 지리멸렬한 그 생애의 황무지 위에 피어난 오롯한 꽃 말이다. 뭐라 이름 붙일 수 없는, 이 아침처럼 해가 마악 돋아 올 때 혹은 해지는 저녁에, 우리 생애의 깊숙한 곳에서 얼굴을 내미는, 때로는 향기롭게 때로는 무미건조하게. 그 향기로 인하여 주위의 많은 사람들이 도취되기도 하고 그 무미건조함으로 인하여 스스로 지쳐 나가떨어지기도 하고.

나는 자리를 떴다. 미숙이가 소주병을 까는 숲 그늘로 아침 해가 스며들었다. 미숙이의 반란은 아침 해가 떠오르는 숲 그늘에서의 술 마시기인가. 그럴 수도 있으리라고 생각했다. 그리고 나는 웃었다. 미숙이의 반란을 위하여 축배하고 싶었지만 그 아침의 햇발이 참혹하게 밝았으므로 나는 주눅 들었다. 축배하고 싶은 자리에서 나는 쓸쓸해졌다. 우리 모든 생의 반란이란 그다지도 황량한 아름다움이었고 빛나는 참혹이었으니.

나는 어머니에게로 갔다. 이제 나는 정말 어머니에게로 아무런 마음의 동요 없이 돌아갈 수 있을 것 같았다. 해는 중천에 떠올라 있었고 낯익은 골목에 낯익어서 지겨운 일상이 늘어서 있었다.

그날, 해가 중천에 떠 있는 한가로운 오전, 어머니의 모습이 미리 내 눈에 보이지만 않았다면 나는 거의 참회하는 심정으로 집 대문을 들어섰을지도 모른다. 그런데 어머니가 보였다. 나는 반사적으로 몸을 숨겼다. 두려울 것도 없는 어머니였다. 어머니는, 기다림에 지친 어머니는 그럴 수도 있는 것이었다. 대문 앞에 서서 길게 목을 빼고 눈물 어린 시야 너머로 어젯밤 귀가하지 않은 자식을 기다리는 어머니는 당연히 그런 모습일 수밖에 없음을 잘 알고 있었다.

그런데 그런 어머니의 모습이 눈에 띄는 순간 어떤 반동의 기운이 나를 급습했다. 나는 나의 몸 숨김에 진저리를 치며 어머니로부터 멀어졌다. 멀어지면서 울었다. 따뜻함을 갈망하며 차가운 길 걷기가 가능할 수도 있다고 생각했다. 울면서 그런 생각을 했다.

그날 밤, 어머니가 골목에 나와 있지 않은 틈을 타 나는 집으로 들어갔다. 우는 어머니 앞에서 나는 다시 차가워졌다. 거의 광적으로 일상 속으로 파고들어 갔다. 집에 돌아온 그 순간부터. 깊은 일상의 맨 속 알맹이 너머로, 일탈의 한순간이 요염한 빛을 내뿜고 있음을 나는 가슴 설레게 예감하였다. 우는 어머니 앞에서.

나는 지금 추억한다.

잔인한 세월들.

지금 미숙이도 그럴까.

잔인한 한 세월을, 잔인하다고밖에 추억할 수 없는 그 세월을 떠올리며 나는 집을 나왔다. 왜 그 한 시절이 떠올랐나. 잔인한 한 세월로부터 지금은 많은 시간이 흘렀다. 멀다. 머언 한 세월이 의식의 수면 위로 떠오른 이유가 뭔가, 아니 떠올린 이유가 뭔가. 아직은 이유를 말하지 않겠다. 말하지 않겠다고 단호하게 말하는 지금 즉시 나는 말한다. 그것은 일종의 변명이 될 수도 있다는 사실을. 이 글의 말미쯤에 지금까지 쓴 이 재미없는 진술의 정체가 바로 내 이유 없는 반란을 위한 허약한 '변명'이 될 수도 있다는 사실을.

그리고 이제야 나는 나의 신분의 정체를 밝혀야만 한다. 도대체 뭐 하는 여자기에, 자식을 돌보지 않고 집을 나온 단순한 사실을 제의식의 반란 어쩌고 하며 그야말로 의식의 혼란을 가져오게 하는지에 대하여.

미망인. 나는 순직 공무원의 미망인이다. 그는 말단이었으므로 말단 공무원의 미망인인 나의 생계는 순직이라는 이름으로 남편인 그가 남기고 간 몇 푼의 연금에 전적으로 의지하고 있는 상태에 있다. 순직한 남편의 연금에 생활을 의지하며 나는 위태한 일상을 살아 내고 있는 형편이다.

생활의 기반은 취약하다. 꼭 사야 할 것만 사기에도 불충분한 경제 조건이다. 취직을 하자, 하자 하면서도 미룬다. 아이가 젖먹이였을 때는 그 애가 유아원에 갈 때쯤이면 했다가, 막상 유아원에 다닐 무렵엔 아이가 학교에 가면, 그때 취직하자, 하자 한다. 그렇게 취직하자, 하자 하는 세월만 살아 낸 지 오 년째다.

위태한 일상은 위태한 의식을 낳기 쉽다. 위태한 일상은 위태한 의식에게 잔인하다. 내 추억은 위태한 의식에 퇴적된 하나의 낡은 관념이다. 그러나 일상은 그 관념과 늘 상충한다. 내 추억이라고 이름 붙여진 관념 속의 그 반동의 기운들을 나는 지금 실감한다. 이제 추억 속의 관념은 육화된 현실이다. 아이가 집에 들어올 시간에 집을 도망친 지금. 나는 아이로부터 벗어나서 천천히 어둠의 빛이 요염한 길고 아득한 길을 간다.

'황제 카바레'의 불빛은 언제나처럼 붉고 카바레 입구에 팔 일부터 십 일까지 출연했던 남진이는 십이 일인 오늘까지 열 장의 포스터 속에서 웃고 있다. 멀티비전풍으로 웃고 있다.

나는 일단 황제 카바레로 들어간다. 구태의연한 나의 타락. 검은 스카프로 머리와 목을 두른 수자 씨가 저쪽 구석 자리에서 나를 향해 손을 들어 보인다. 나는 유영하듯 그쪽으로 간다. 나는 지금 변명을 좀 해야겠다. 지금의 이 상황은 순전히 수자 씨 때문이라고.

나는 그 여자에 대해 잘 모른다. 내가 그녀를 알게 된 것도 그리 오래지 않다. 어느 날, 그렇다. 어느 달 밝은 밤이었다. 채전의 한가운데쯤에서 둥지를 틀듯 나는 가만히 앉아 있었다. 그때 누군가가 내게로 왔다. 아니, 내게로 왔다는 표현은 적절치 않다. 그녀는 그냥 내게로 와졌을 뿐이다. 그녀의 필요에 의해.

그녀는 그날 술을 마셨음이 분명했다. 그녀는 집이 바로 코앞에 있었음에도 터질 듯이 넘쳐나는 요의를 참지 못하고 내가 둥지를 튼 밭으로 뛰어들었던 것이다. 옥수수 잎이 무성하여 그녀는 나를 발견하지 못한 모양이었다. 나 또한 최대한의 예의를 지켜 주는 심정으로 그녀의 방뇨를 묵인해 주었다.

그날이 초면은 아니었다. 언젠가 동네 목욕탕에서 나는 그녀를 본 적이 있다. 그녀의 놀랍도록 커다란 젖가슴에 나는 거의 압도당하는 기분으로 그녀를 본 적이 있다. 체구에 비해 엄청나게 커다란 젖가슴을 그녀는 씻는다기보다, 씻어 주고 있었다. 나는 젖가슴이 큰 여자의 남편을, 그 남편의 충만한 행복을 상상했다. 그리고 남편이 없는 여자의 빈약한 젖가슴. 내 가슴.

나는 그녀에게 내 때밀이 타월을 내밀었다. 그녀의 풍만한 젖가슴이 내 등에 닿았다. 내 등을 문지르는 그녀의 손길보다 이따금씩 내 등 위에서 출렁이는 그 젖가슴의 감촉이 더 생생했던 것을 나는 이후 오래도록 기억했다. 목욕탕에 가면 젖가슴이 컸던 그 여자를 찾는 버릇이 생겼다. 나는 젖가슴의 생생한 감촉만으로도 어린 애처럼 그녀에게 파묻히고 싶었다.

이상했다. 젖가슴이 작은 여자가 큰 여자에게 갖는 감정이란 대개는 그리 우호적일 수만은 없기가 쉬운 법이기 때문이다. 예쁜 여자에게 예쁘지 않은 여자가 흔히 갖게 되는 그런 감정과 비슷한 것 말이다. 그런

데 수자 씨에게 갖는 내 감정은 나도 예상치 못한 감정이었다. 그녀의 빈약한 체구 때문이었을까. 빈약한 체구는 온통 그 젖가슴에 생을 향한 모든 열망을 집중시키고 있는 듯이 보였다. 나는 그것을 본능적으로 알아볼 수 있었다. 나는 그녀에게 내 등을 맡긴 상태로 고개를 숙이고 말을 걸었다.

"젖가슴이 참 예쁘시네요."

"예쁘긴요. 무식하게 크기만 하지."

"그래도 저처럼 작은 것보단 낫잖아요."

"하긴. 이 큰 젖 대문에 내가 먹고 살지요."

나는 웃었다. 나는 순간적으로 그녀를 이해할 수 있다고 생각했다. 내 빈약한 젖가슴은 한 여자의 풍만한 젖가슴을 이해했다. 빈약한 젖가슴은 커야 옳았다. 젖가슴이 큰 여자와 젖가슴이 작은 두 여자는 같은 아파트에 살고 있었다.

나는 무성한 옥수숫대를 가르고 마악 방뇨를 끝낸 그 여자에게 아는 체를 하였다.

"봤어요?"

그녀도 내 쪽을 알아보았는지 그리 놀라지는 않고 해죽 웃었다. 나는 고개를 끄덕였다.

"나는 달만 보고 있는 줄 알았는데."

우리는 둘 다 해죽해죽 웃었다.

"나도 당신한테 들킬 줄은 몰랐는데."

"여기서 뭐 하고 있었수?"

"나는 뒤보고 있었수. 어쩌시려우?"

"그러셨다면 내가 또 가만히 있을 수 없지."

"가만히 있지 않으면?"

"자, 우리들의 완벽한 범죄를 위하여, 건배."

그녀는 가방 속에서 술병을 꺼내 들고 건배부터 외쳤다.

나는 내 하루치의 반란이 이런 식으로 완성되는 것에 대해 만족했다. 얼마간의 취기는 아이의 절망 앞에서 내가 지레 절망하는 사태를 조금은 방지해 줄 수 있을 것이었다. 절망하지 않는 뻔뻔한 어미 앞에서, 바로 그 어미의 절망하지 않음 때문에 참혹하게 또다시 절망하는 어린 딸을 나는 이윽고 볼 수 있으리라. 그 앞에서 나는 허둥댈까. 아니면 냉담할까. 이유 없음의 상황에서 이유 있음의 상황에로의 탈출하기. 그것이 술 마시기인가.

그러나 나는 감히 이유 없음의 상황을 우리 생애의 꽃이라 명명한다. 일차적으로 아이가 비난의 화살을 퍼부을 것이다. 또는 밥 먹지 않음으로 내게 대항할 것이다. 그 꽃의 향기에 어미가 도취되어 있을 때 아이는 그 향기에 질식해 어느 한순간에 죽어 버릴지도 모른다. 그것은 충분히 상정 가능한 현실이다.

수자 씨가 전화를 걸어왔다. 남강 민물 매운탕집에서 그녀는 일차로 낚시를 드리운다. 강변의 바람은 시원하다. 매운탕은 말고 소주를 시킨다. 매운탕집 주인 여자와는 언니 동생 하는 사이다. 이 짓도 매운탕집 주인 여자의 각본에 의한 것이다. 수작을 붙여 오는 이는 대부분 늙은 치들이다. 상관은 하지 않는다. 술 받아 마셔 주고 직신나게 먹어 주면 대개는 좋아한다. 훈풍이 부는 강변 매운탕집의 늙은 사내들은 젊은 여자의 화장내만으로도 숫기가 발동한다.

재수 좋은 날은 그리 흔치 않다. 남자의 숫기도 계절을 탄다. 젊은 여자의 화장내만으로도 숫기가 발동할 수 있는 시기는 남강 매운탕집 앞 강변의 버들잎이 휘늘어질 때, 휘늘어진 버들잎 새로 끈적이는 더운 바람이 불어올 때, 그럴 때 여자의 화장내는 발삼향으로 사내의 후각에 스며든다.

수자 씨는 줄기차게 전화를 걸어왔다.

"계절을 놓치면 안 돼."

계절이 지나갈 때, 훈풍의 계절이 저만큼 지나갈 때쯤 해서 또 전화가 왔다.

"날씨를 놓쳐선 안 돼. 화장내 풍기기 좋은 날씨야."

그녀는 속삭이듯 말했다. 어떤 때는 노래하듯이 말할 때도 있다.

"바람이 불어. 원피스를 입고 나와. 무명으로 된, 물방울무늬가 점점이 찍힌 것이면 더할 나위 없겠어. 그 속에 스판 부라자를 입어. 머리카락은 그냥 바람에 나부끼게 그대로 둬. 핀 찌르지 마."

나는 번번이 거절했다. 나는 그녀에 대해서 잘 모른다. 몰라서 거절한 건 아니지만, 어쨌든 그녀의 반란은 거의 일상적이라는 인상을 지울 수 없었기 때문인지도 몰랐다.

나는 그녀를 젖가슴이 커서, 그 큰 젖가슴으로 먹고사는 데 덕을 보고 있는 여자, 그 선만큼만 알고 있다. 젖가슴이 커서 먹고사는 데 도움이 되는 여자의 삶이란 그리 순탄치만은 않으리란 것도 유추해 볼 수는 있다. 그런 이유에서라도 내 젖가슴이 빈약하다는 이유만으로 그녀의 풍만한 젖가슴을 질투할 수는 없는 것이다. 그녀의 젖가슴은 그녀의 삶을 지탱해 주는 유일한 기둥 같은 것.

내가 반란이라 여기는 그것, 그것이 그녀에게는 일상이다. 반란의 날이 일상화될 때, 그것이 삶이 될 때, 그 반란은 비난받을 이유가 없다. 일상화되지 않은 나의 반란에 나는 치를 떤다. 그것이 내 삶을 지탱시켜 주는 유일한 수단이 되어 주기는커녕 내 평화로운 일상을 깨는 무기가 되어 일상의 잠에 빠진 나를 흔들어 깨울 때, 그래서 그것이 내 저

의식의 심저를 날 선 칼이 되어 찌를 때, 나는 절망한다.

"이봐, 절망할 것 없다구. 여기 터미널 옆 황제 카바레야. 불이 휘황한 골목으로 고개를 돌리고 두어 번만 둘러보면 금방 눈에 띄어. 오라구. 술 향기가 좋아. 사내 향도 그에 만만치 않어."

개 같은 이라고 나는 뇌까렸다. 아이는 아직 돌아오지 않았다. 개 같은 이라고 했으면서도 급해지는 나. 바람난 어미. 나는 후후 웃었다. 내게 바람기가 있었나. 그것 때문이었나. 사실 나는 지금까지 내가 도덕적인가, 아니면 부도덕적인가에 대해서 생각해 본 적이 없었다. 문득 내게 바람기가 있나 어쩌나 하는 생각과 동시에 떠오른 도덕과 부도덕이라는 단어에 나는 웃었다. 내 속의 반동의 기운을 어떻게 도덕과 부도덕이라는 말의 단칼로 규정지어 버릴 수 있단 말인가 하고,

도덕과 부도덕이란 말이 나왔으니 말이지, 나는 언젠가 어떤 남자로부터 된 욕을 얻어들은 적이 한 번 있었다. 그것을 욕이라고 표현한 것은 나는 그 앞에서 분명히 상당한 모욕감을 느꼈기 때문이다.

남편이 죽고 난 한 달 후쯤이던가. 내 친구이자 남편의 대학 후배인 그 남자는 조직 운동을 했고 그럼에도 불구하고 사람살이에 대한 이해력의 폭이 컸던 사람이었다. 말하자면 내 남편 같은, 생활 속에 파묻힌 과거 동료들에게도 그는 그다지 저어하는 빛 없이 인간적인 유대 관계를 지속시킬 줄 아는 사람이었는데, 남편이 죽은 지 한 달 뒤쯤 되는 그 당시 그는 수배 중에 있었다. 그는 수배 중에 있는 처지였고 나는 남편의 생전에 가족처럼 대하던 그였으므로 그런 그가 남편이 없는 적막한 내 집에 와주는 것이 나로서는 고마운 일이 될 것이라고 말했다. 그도 나도 절박하기는 마찬가지 아니겠는가. 고마운 일이 될 것이라는 내 말이 채 끝나기 전에 남편의 후배는, 남편 생전에 가족같이 지냈던 그 남자는 내게 단정적으로 말했다.

"형수님은 부도덕하군요. 그것이 아니라면 적어도 도덕적이지는 않아요."

도덕과 부도덕을 말하고자 함이었는가. 그래서인지는 몰라도 내 친구이기도 한 그는 내게 꼬박꼬박 높임말을 썼다.

생경한 부도덕과 도덕이라는 단어 앞에 나는 어찌할 바를 모르고 허둥댔다. 쩔쩔매는 내 앞에서 그는 덧붙였다.

"저는 그것을 진작부터 보아 오던 터이지요. 종종 이유도 없이 집에 들어가시지 않았잖아요. 이제야 형수님 행태의 실체가 명확해지는군요. 아주 오래된 일이지만 저는 그때부터 그것을 봤습니다. 대학 시절에 그러셨잖아요. 그때는 나와는 친구였죠. 당시에는 친구였던 형수가 숲에서 나와 서클 룸으로 오르는 옥외 계단 아래 웅크리고 있는 것을 봤어요. 우리는 그런 당신을 우리의 대열에 합류시킬 수 없었습니다. 근본적인 자질 문제거든요. 자기 자신의 행태에 대해 최소한의 이유는 댈 수 있어야 하는 거거든요. 그때는 명확하지 않았지요. 이제야 실체가 드러나는군요. 당신은 부도덕했으면 했지 적어도 도덕적이지는 않다는 겁니다. 더 심하게 말하면……."

나는 나의 이유를 대지 못하는 행태들을 잘 알고 있었다. 그것 때문에 어머니가 절망했고 남편이 절망했으며 그리고 지금 나의 아이가 절망하고 있다. 그러나 남편의 후배이자 내 친구였던 그 남자로부터 나의 이유 대지 못하는 행태들을 도덕과 부도덕이라는 말의 단칼에 맡겨 둘 수는 없는 일이었다. 설명되어지지 않는 것, 우리 눈에 보이는 것이 다가 아니고 보이지 않는 것도 존재하듯이 어떻게 이 세상에 이유 댈 수 있는 것만이 존재할 수 있단 말인가. 이유 없는 것들의 궐기. 그것들이 일제히 반란할 때, 이유 있는 것들은 그 앞에서 얼마나 나약해지는가를 도덕과 부도덕을 운위하는 한 남자 앞에서 어떻게 설명할 수 있겠는가.

그래, 바람기는 아니지. 그렇게 저속한 건 아니야. 내가 미리 명명했듯이 그것은 꽃이야. 향기 품은 꽃. 우리 생애의 지리멸렬함 속에서 가끔씩 고개를 드는.

황제 카바레로 들어오면서 나는 구태의연한 나의 타락이라고 중얼거렸다. 정정하자. 왜냐하면 나는 적어도 '바람기'란 '저속한 것'이라고 분명히 발언했고, 바람기가 저속하다고 믿고 있는 나의 카바레 출입은 구태의연한 타락이라고 단정 짓기에는 구태의연하지 않은 부분이 분명히 존재하고 있기 때문이다. 구태의연하지 않은 부분이 있다면 그것은 또 어떻게 설명될 수 있는가.

그리고 도대체 타락이란 무엇인가. 타락이 부도덕함을 의미할 수도 있다면 도대체 도덕이란 무엇이며 부도덕함이란 무엇인가. 그리고 도덕과 부도덕의 경계는 무엇인가.

어쨌든 오늘 나의 카바레 출입은 결코 타락이 아니다. 그것은 나의 설명되어질 수 없는 반동의 기운이 결코 도덕과 부도덕의 잣대로 재단될 수는 없는 반동의 기운이 결코 도덕과 부도덕의 잣대로 재단될 수는 없는 성질의 것이라고 믿기 때문이다. 카바레로 들어오면서 구태의연한 타락이라고 중얼거렸던 나는, 흐느적이는 카바레 내부로 들어서며 호기롭게 씹듯이 내뱉는다.

"결코 타락이 아니야, 그놈의 반동의 기운인 거야."

나는 곧 수자 씨가 손을 흔드는 구석 자리로 유영해 들어간다.

수자 씨는 멋있다. 배꼽을 잡고 웃어대고 싶을 만큼 근사하다. 황제 카바레에서의 수자 씨는 오늘 참담하게 아름답다. 먼 데서 볼 때는 그냥 검은 스카프를 둘렀는가 했더니 자세히 보니 스카프도 멋있다. 검은 바탕에 지그재그로 금 수술이 반짝인다.

"수자 씨, 멋있어."

나는 의식적으로 그녀의 손바닥을 친다. 수자 씨가 웃는다. 멋있다는 한마디로 어린애처럼 천진하다. 멋있는 수자, 발랄한 수자. 나는 오늘 밤, 그녀에게 매료당하기로 한다. 나는 그것만으로 내 이 충천한 반동의 기운에 값할 수 있는 것이다.

"혼자 있으면 쪽팔려. 특히 카바레에선."

"그럴 필요 있어?"

"내가 원래 이런 치는 아니거든."

"카바레 치가 아니면? 민물 매운탕 친가?"

"나를 나쁘게 몰아붙이진 마. 불경기거든. 애가 셋이야. 절박해. 재수 없으면 시간 버리고 돈 버리고 신세 조지기 십상인데, 재수 있든 없든 이런 데 있다는 자체가 기분 더러워지는 건 마찬가지고."

이래저래 기분 더러워지는 수자. 슬픈 수자. 그녀의 예언대로 황제 카바레에서의 수자는 그날 재수 잡친 날이 되고 말았다. 검은 스카프의 멋있는 수자를 나 말고는 아무도 돌아보지 않았다.

"아무래도 수자 씨가 재수 잡친 건 나 때문인 것 같아."

"그렇진 않아. 늘 그랬으니까. 사내자식들 눈이 삔 거지."

재수 없어서, 구체적으로 불경기인 수자에게 재수를 줄 사내를 물지 못해 기분 잡친 수자는 집까지는 충분히 걸어갈 만한 거리인데도 택시를 잡는다. 그녀는 호기롭게 외친다.

"가자구. 오늘만이 날은 아니니까. 갑시다. 역전이요."

"왜? 기차 타고 어디 가려고?"

"아아니, 술 마시러."

술 마시러 가자는 그녀의 제의에 나는 순순히 동의한다. 술은 늘 내이유 댈 수 없는 반란의 완성을 의미해 왔으니까. 적어도 지금까지는 그래 왔으니까. 술로써 얼마간의 취기로써 완성되었다고 믿는 내 허약한 반란의 실체. 이제 나는 이쯤에서 내 이유 댈 수 없는 반란의 실체를 밝혀야 하지 않겠는가. 이유 댈 수 없음이라니, 그런 부책임성. 구역질 나는. 우리 생애의 꽃이라고? 이런 유치하고 상투적인!

나는 괴롭다. 무엇이 괴로운가. 반복하자. 무엇이 괴로운가. 내 속 깊숙한 곳을 찌르는 그 물음. 무엇이 괴로운가. 무엇이 괴로운가를 대책 없이 읊으며 나는 수자 씨를 따라간다. 수자 씨의 카페. 나는 굳이 수자 씨가 하는 술집을 카페라고 불러 준다. 카페의 내부는 어둡다. 어두운 지하 카페의 계단을 세 사람이 내려간다. 나, 수자, 그리고 사내 한 사람. 택시 기사는 그날 사납금도 채우지 못한 재수 더러운 날이라고 제 기사 인생을 마구 씹어댔다. 날씨조차도 우중충한 게 기분 사납다는 거다. 못 채운 사납금이고 우중충한 날씨고 간에 오늘 그를 기분 좋게 하는 것은 씨가 말랐으니, 수자 씨의 술 제안을 마다할 리가 없다. 그는 이제 어차피 조진 하루, 막판까지 가보자 하는 심사임이 여실히 드러나 보인다. 그러면서도 그는 연달아 씨비씨비 한다.

"사납금 좀 못 채웠다고 제 인생에 쌍소리 할 것까진 없지 않수."

술을 내놓는 수자 씨는 형수 같다. 형수처럼 구는 수자 씨. 인생 쌍소리 말라고 위로의 술을 건네는 수자 씨. 나는 놓치지 않고 본다. 사내는 형수같이 구는 수자 씨의 앞가슴을 보고 있다. 술을 따르느라 숙인 수자 씨의 앞섶 위로 골을 이룬 젖가슴. 수자의 자랑, 수자의 목숨.

나는 오늘 본다. 목욕탕에서 맨 처음 그녀를 만났을 때 보았던 풍만한 젖가슴을 가진 여자의 쓸쓸한 한 생애를.

나는 무엇이 나를 괴롭게 하는가, 괴로워하며 술을 마시고, 사내는 씨비씨비 제 인생에 화내는 척 수자 씨의 젖가슴 훔쳐보는 맛으로 술을 마시고, 수자 씨는 또 제 인생에 쌍소리 할 것 없다고 위로하는 척 술을 팔며 술을 마신다.

어언간 깊이 든 잠이었나.

"술 좀 팔았수?"

"팔긴, 우라질 인생들. 싹 가지고 날랐더라."

"우리 둘 다 잤수?"

수자 씨는 대답 대신 히힛거렸다. 히힛, 하는 그녀의 입가에, 엎드려 잔 자리에서 묻은 땅콩 껍질이 무성하다.

우리는 낄낄거렸다. 낄낄거리다 못해 아예 픽픽 울면서 웃었다.

"그 양반 사납금은 여기서 챙겼네?"

"우리가 좋은 일 했지. 더럽게 기분 좋네."

우리는 터벅터벅 걸었다. 집까지 가는 길은 멀다. 새벽바람은 차갑다.

"토큰 하나 없이 싹 쓸어 갔어. 어쩐지 씨비씨비 하더라니, 씹놈."

바람이 차다. 숙취의 쓰린 가슴을 헤집고 바람은 스며든다.

나는 뛴다. 내가 뛰는 이유는 바람 때문이라고, 바람이 차가워서라고 이유 댄다. 바람을 안고 뛴다. 뒤에서 수자 씨가 외치는 소리가 들린다.

"일없어, 남강에 가면 돼. 민물 매운탕집 말이야. 어때? 거기 가면 틀림없이 성공할 거야."

나는 수자 씨의 외침에 고개를 끄덕여 주며 뛴다. 가슴 큰 여자의 일상이 된 반란 앞에, 반란하지 않으면 삶이 불가능한 한 생애 앞에 내 이유 댈 수 없는 반란, 감히 우리 생애의 꽃이라고 이름 붙여 버렸던 내 허술한 반란의 나날들이 참혹하게 무릎 꿇는 것을 나는 본다.

수자 씨는 남강 매운탕집으로 갔다. 바람이 차가운 이 새벽에.

날은 완전히 밝았고 나는 이제 천천히 걷는다. 보폭은 눈에 띄게 좁아진다. 열무와 콩과 옥수수가 숲을 이룬 채전까지 왔다. 저 앞에 내 집의 베란다 창문이 보인다. 이제 마악 떠오른 햇빛은 채전의 수풀 속으로 스미고 내 집 창문으로도 스민다. 그리고 그림자 하나.

나는 햇빛이 스미는 채전과 내 집 창문이 보이는 중간쯤에 내 그림자를 세운다. 그림자 위로 무너진다. 나는 힘껏 팔을 벌려 내 그림자를 포옹한다.
　해는 밝다.

꿈

공 지 영

1963년 서울 출생.
연세대학교 영문과 졸업.
1988년 《창작과 비평》에 〈동트는 새벽〉으로 등단.
작품집 《더 이상 아름다운 방황은 없다》《그리고 그들의 아름다운 시작》
《봉순이 언니》《무소의 뿔처럼 혼자서 가라》 등.
21세기문학상 수상.

꿈

첫째 날 오후 1시 30분

우리는 이미 좀 늦어 있었다. 토요일 오후여서인지 빈 택시
가 영 잡히지 않았던 것이다. 그랬기 때문에, 합승 손님으로 인해서 조
금 돌아간다는 운전사의 말을 듣고도 우리는 주저하지 않고 택시에 올
랐다. 나이가 오십 줄에 마악 접어들었을까, 하와이식 남방셔츠를 입은
운전사는 합승으로 우리를 태우자마자 길음 삼거리에서 곧장 정릉으로
통하는 샛길로 접어들었다. 아마도 우리보다 먼저 탄 앞자리의 아낙이
그리로 가는 모양이었다.

이런 일이야 한두 번 겪은 바도 아니었지만 길은 좀 위태로워 보였
다. 거의 사십오 도 각도나 되는 경사에다 길이 좁아서, 차가 지나칠 때
마다 훌라후프를 하거나 고무줄을 하던 계집아이들이 길가에 납작하게
붙어 서서 불안한 눈동자로 우리를 바라보고 있었다. 연탄을 넣어 두기

위해 길가에 세워 둔 낡은 캐비닛과 배춧단을 실은 리어카들, 그리고 길에서 방으로 바로 연결되어 있는 남루한 주택의 알루미늄 방문 겸 대문들이 거의 충돌할 듯 말 듯 차창을 획획 스쳐 지나갔다. 손잡이를 잡고 있는 내 손에서 벌써 땀이 배어 나오고 있었다.

그는 우리보다 먼저 탔던 손님을 내려놓고 곧바로 카세트테이프를 밀어 넣었다. 처음에 우리는 그것이 그냥 운전기사들이 자주 듣곤 하는 흘러간 가수들의 메들리 테이프인 줄 알았다. 하지만 잠시 후 흘러나오는 여자의 허스키한 목소리는 낯익은 것이 아니었다. 게다가 노래라곤 거의 도레미도 배워 보지 못한 여자의 목소리는 음정도 박자도 제멋대로였다. 그런데 운전사는 그 노래를 따라 부르며 추억에 젖은 얼굴을 하고 있는 것이었다.

뒷자리에 나란히 앉은 박과 나는 어이가 없어서 서로 마주보고 잠깐 웃었다. 아마도 요즘 노래방에서 자신이 부른 노래를 녹음해 주기도 한다는데 그런 종류의 것인 모양이었다. 생각은 틀리지 않았는지 여자의 노래가 끝난 다음에는 빰빠라밤밤밤바바…… 하는 팡파르가 울려 나왔다. 1993년도에 대한민국에 살면서 노래방이라는 곳에 한 번이라도 가본 일이 있는 사람은 아마도 그것이 노래가 끝난 후 점수가 나타나기 전에 나오는 음악이라는 걸 알 것이었다. 이어서 남자의 노랫소리가 흘러나왔다.

"원더풀, 원더풀, 아빠의 청춘…… 브라보, 브라보, 아빠의 청춘……."

운전기사는 카세트에서 흘러나오는 것과 똑같은 목소리로 노래를 따라 불렀다. 좁은 골목길에서 거의 충돌할 듯 마주치는 봉고차들을 요리조리 피하기 위해 핸들을 휘이익 휘이익 돌려 가면서, 또 한편으로는 브라보, 브라보 노래를 따라 부르면서 운전사는 물고기의 창자 속처럼 가늘고 가파른 골목길을 오르락내리락 차를 몰아갔다. 골목길도 참을 수 있었고 곡예하는 듯 차를 요리조리 몰아가는 것도 그런대로 참을 수 있었지만 끝없이 이어지는 그 노래들은 시간이 지나면서 점점 참기가 힘들어지기 시작했다. 차가 급하게 왼쪽으로 몸을 틀어 오른쪽으로 상체가 기울 때마다 온몸의 신경들이 우르르 오른쪽으로 몰려서는 비죽거리며 삐져나오는 것 같은 느낌이었다.

옆자리의 박은 입술을 꼭 앙다문 채 눈을 감고 있었다. 그러자 비로소 그가 작곡가라는 생각이 났다. 몇 년 전 내가 참여한 적이 있는 영화 일 때문에 처음 인사를 나누었을 때 그는 미국에서 재즈 음악을 전공하고 귀국한 지 얼마 되지 않았다고 자신을 소개했었다. 그는 전문대학의 강사로 나가면서 영화 음악을 작곡하고 있었는데 나는 그가 미국에서 작곡해 왔다는 음악을 듣고 곧 그의 음악을 좋아하게 되었다. 쉽지만 통속적이지 않은 음악. 나는 그가 작곡한 몇 편의 음악들을 카세트테이프에 녹음해서 가끔 듣곤 했는데, 음반을 내놓게 됐다고 기뻐하는 그를 본 지 거의 일 년이 지났건만 그는 여태 아무 소식도 가져오지 않고 있었다.

글을 쓰는 사람으로서 남의 글을 읽을 때 맞춤법이 조금이라도 틀려 있으며 글의 내용과 상관없이 그 틀린 철자가 자꾸 눈에 거슬리던 경험이 있는 나로서는, 그가 택시 기사가 틀어 놓은 저 소음, 그러니까 음악을 잘 모르는 내가 들어도 음정도 박자도 틀리는 이상하게 육감적인 저 노랫소리들을 들으면서 무슨 생각을 할까 하는 생각이 들었다. 박은 여전히 그 자세였다. 나는 그 이상한 소음을 좀 참아 보기로 했다. 음악을 전공하는 그도 참는데 하는 생각이 들었던 것이다.

그래서 나는 이렇게 생각해 보기로 했다. 저 허스키한 젊은 여자는 아마도, 아무리 생각해도 아내는 아닐 것이고, 그렇다고 딸이나 조카도 아닐 것이니, 그저 삶에 상처 입은 여자와 일상에 지친 늙은 남자가 정말 사랑을 하는 것일지도 모른다고. 그런데 저들은 사랑을 표현하는 방법을 몰라서 노래방엘 갔던 것이고, 평소엔 쑥스러워서 할 수 없었던 고백을 노래로 하고 있는 것이라고, 누구 말마따나 남이 하면 스캔들이고 자기가 하면 비련이라는 생각 같은 건 집어치우자고……. 저 음악은 귀에 거슬리다 못해 이제 속까지 부글부글 끓어오르게 하고 있지만 그래도 좀 다르게 생각해 보자고……. 저 운전기사는 오죽하면 이 물고기의 배 속 같은 골목길을 곡예하듯 달려가면서 저렇게 추억 어린 표정을 짓고 있을까, 하고 말이다. 소설가라면 입체적으로 사람을 바라보아야 한다고 어떤 점잖은 평론가도 내게 충고하지 않았던가.

"죽도록 사랑해 놓고 두 번 다시 만나지 못해…… 남자아 남자, 남자의 약속이 미워요오오오……."

하지만 생각은 생각이었고, 운전사의 난폭한 운전을 참아 내면서 음이 안 맞는 노래와 여자의 육감적인 콧소리를 듣고 있으려니까 짜증은 바야흐로 머리끝까지 치밀어 올랐다. 화가 나는 건 나는 거였고, 듣기 싫은 소리는 듣기 싫은 거 아닐까. 내가 아무리 소설가이고 인간의 생을 입체적으로 그려 내야만 한다 해도, 변호사라고 매일 교통 법규를 지키는 것도 아니지 않은가 말이다.

그래서 화가 나는 마음이라도 서로 좀 나누어 볼까 하고 박을 바라보았지만 그는 요지부동이었다. 나는 그가 미국을 생각하고 있을지도 모른다고 생각했다. 가끔 술자리에서 그는 80년대 초에 도망치듯 미국으로 갔다는 말을 잘도 해댔는데 나중에야 그가 광주 출신이라는 것을 알아낸 나는 아무것도 묻지 않았다.

"이상했어요. 80년대 초에 한국에 있을 때 나는 생각했지요. 독재자 니들이 아무리 나를 제약해도 빼앗아 갈 수 없는 것들이 있다고 말이에요. 예를 들면 우리 머릿속에 떠오르는 생각들이나 상상력 같은 것들, 꿈들……. 한데, 아니었어요. 미국에 간 지 육 개월쯤 지나고 나서 나는 내가 한국에 있을 때와는 전혀 다른 상상을, 생각을, 그리고 꿈을 꾸고 있다는 걸 깨닫게 됐지요. 그건 무서운 발견이었어요. 혹시 이해할 수 있으세요?"

하지만 공부를 마치고 팔 년 만인 89년에 그는 그곳에서 곧 보장될 안락한 생활을 뿌리치고 돌아왔다. 광주를 저지른 자가 아직 통수권좌에 앉아 있는 나라에 말이다. 꿈조차 다르게 꿀 수 있는 나라를 두고 왜?

택시를 타기 전 박은 내게 한 달 동안이나 피아노를 만지지도 못했다는 말을 털어놓았었다. 그런 말을 할 때 그의 얼굴이 하도 어두워 보여서 하마터면 나는 왜요? 하고 물을 뻔했다. 그러면 안 되는 거잖아요 하고 물을 뻔도 했다. 그러나 나를 자제케 한 것은 나 역시 몇 달 동안 한 줄의 글도 완성하지 못하고 있다는 생각이었다. 하지만 나는 그래도 아직은 컴퓨터 위에서 피아노 치듯 자판을 두드리고 있었다. 쓰고 또 지우고 또 지우고, 그리고 마지막에 다 지워진 컴퓨터의 검은 화면에 명멸하는 커서만 바라보는 일……. 마치 너는 할 수 있어, 없어, 있어, 없어…… 하듯이 명멸하는 그 커서……. 그런데 그는 피아노엔 손도 안 댔단다. 그가 치는 소리는 나처럼 Delete라는 단추를 누르지 않아도 허공 속으로 지워져 가는 것이었는데 그는 왜 손도 대지 않았을까.

한낮은 골목길에도 차들이 밀리고 있었다. 마주치는 차를 피해 주고 다시 올라갈 때마다 차는 가볍게 진저리를 치면서 뒤로 밀렸다가 다시 출발하곤 했다. 우리는 그 아슬아슬함 때문에 둘 다 차창 위에 달린 손잡이를 구명대처럼 부여잡고 앉아서 이제 흥에 겨워 못살겠다는 듯한 남녀의 발악적인 이중창을 견디고 있었다. 이중창 속에는 간간이 여자의 교태스러운 웃음소리가 섞였고, 이어서, 아이 그러지 마, 하는 것 같은 콧소리도 들렸다.

"소쩍꿍새가 울기만 하면 떠나간 우리 님이 오신댔어요, 소쩍꿍 소쩍꿍……."

박수 소리, 웃음소리, 발을 구르는 소리……. 소쩍꿍새가 한참 울고 있을 때 박이 아주 천천히 말했다.

"아저씨, 우린 여기서 좀 내리고 싶은데요."

그의 목소리를 듣지 못했는지 운전사가 볼륨을 줄였다. 소쩍꿍새가 저만치 사그라들었다.

"뭐라구요?"

"내려 달라구요, 우린 내리겠단 말입니다."

박은 이를 악무는 듯이, 그러나 여전히 낮은 소리로 말했다. 내가 투덜거리는 운전사에게 요금을 지불하고 나서 돌아보자, 그는 골목 뒤편으로 들어가 몹시 토하고 있었다. 지갑을 챙기다 말고 나도 모르게 한숨이 새어 나왔다. 박이 손수건으로 천천히 입가를 닦으며 내게로 다가왔다. 겸연쩍은 그의 표정이 억지로 미소를 짓고 있었지만 나는 토하느라 그의 눈가에 맺힌 눈물방울이 눈초리로 사그라드는 것만 보고 있었다. 나는 박이 택시에 두고 내린 작은 배낭을 그에게 건넸다. 그는 마치 웃는 것처럼 입술을 가볍게 뒤틀며 배낭을 받아 들었다.

"택시가 있을까요?"

내가 시계를 들여다보며 묻자 박은 잠시 망설이더니 대답했다.

"조금만 걷고 싶은데요."

그래서 우리는 아슬아슬한 비탈길을 천천히 걸었다. 가끔 맹렬한 속도로 차들이 지나갈 때면 아까 우리가 차창 안에서 보았던 계집아이들처럼 길옆으로 납작하게 붙어 서면서 택시 안에 탄 사람들을 바라보기도 했다. 노파가 택시 앞좌석을 꼭 붙든 채로 지나가고 트럭이 배추, 양파 하는 확성기를 울리면서 우리 앞을 스쳐 지나갔다.

"어젯밤에 술 드셨어요?"

납작하게 붙어 서서 차를 피하는 중에, 얼굴에 화색이 좀 돌아온 그가 내게 물었다.

"왜요? 술 냄새가 나요?"

"예…… 글 쓰는 사람들하고 마셨나 보죠?"

그는 딱히 할 말도 없다는 듯, 말했다.

"글쎄요, ……아닐 거예요, 소쩍새들하고……."

내 입에서 왜 소쩍새라는 말이 튀어나왔는지 모르겠다. 택시를 내리기 전에 들리던 소쩍꿍새라는 노래 때문이었을까?

잠시 후 우리는 다른 택시를 잡아탈 수가 있었다. 젊은 운전사는 라디오를 켜 놓고 있었는데 거기서도 물론 유행가가 흐르고 있었다. 내가 박에게 물었다.

"저기요, 왜 우리는 그 기사한테 테이프를 멈추라고 말을 하지 못했을까요?"

박이 그제서야 그게 이상하다는 듯이 잠시 웃더니 택시 안의 스피커에서 울리는 가수의 노래를 들으며 말했다.

"그래도 프로페셔널이 좀 낫군요."

전날 밤 11시 40분

어제 초저녁에는, 갑작스러운 비가 내렸다. 남쪽으로 난 베란다에서 쏴아 하는 빗소리가 들리는 것을 시작으로 뒷베란다에서도, 서쪽으로 뚫린 목욕탕에서도 빗소리가 밀려들었다. 목욕탕 창으로 내다보니 멀리 인수봉의 흰 이마가 마악 구름 속으로 들어가는 참이었다. 나는 투명하고 날카롭고 긴, 비의 창살에 갇혀 있는 것 같았다. 글을 써 보려고 컴퓨터 앞에 앉아 있다가 말고, 부엌으로 나오니 집 안이 엉망진창이었다. 우선 쌓여 있는 설거짓감부터 손을 대려다 말고 앞치마를 입은 채로 나는 그냥 맥주 캔을 따 버렸다. 그러니까 비 때문이었다.

나는 빗소리에 갇혀서 멍하니, 개수대에 쌓여 있는 설거지 그릇들과, 식탁 한쪽에 수북한 쓰레기봉투들과, 찌그러진 채 나뒹구는 맥주 캔의 수를 세고 있었다. 세면서 닥쳐오는 마감 날짜를 걱정하고 있었다.

"삼세번입니다. 두 번 빵꾸를 내셨으면 이젠 그만 좀 주시죠."

그들은 내가 좋은 작품을 숨겨 놓고 주지 않는다고 생각하는 사람들처럼 말했다. 사실이 아니라는 걸 누구보다 그들이 잘 알면서도 말이다.

"그래야겠죠. 저도 그래야만 한다고 생각해요."

나는 대답했었다.

"그러셔야죠."

그들도 동의했다. 그러니 문제는 이제 컴퓨터 앞에 앉아서 쓰기만 하면 된다. 그래도 나는 여전히 맥주를 마시고 있었다. 전화벨이 울린 것은 그때쯤이었다. 자주 어울리던 문인들이 모여 있다면서 한 시인이 짓궂은 목소리로 집 앞 술집의 이름을 대는 것이었다.

밖에는 아직도 비가 내리고 있었다. 나는 우산을 펴고 빗속으로 한 발짝을 내디뎠다. 빗소리는 이제 우산 위에서 두두두두 울리고 있었다. 걸어가면서 이 밤에 수유리까지 와서 술을 마시며 내게 전화를 건 시인을 생각했다.

대학을 졸업하고 내가 일하는 작은 운동 단체에서 함께 일했던 그는 얼마 전 꽤 급진적인 문학 단체에 몸담았다가 징역을 살고 나온 일이 있었다. 나는 그가 남을 위한 일에, 특히 그것이 궂은일일 때에 빠지는 것을 본 적이 없었다. 잊혀져 간 문인의 임종을 지키고 나서 문인들에게 연락을 취해서 문인장을 치러 준 것도 그였고, 후배들이 구속되기라도 하면 꼭 한 번씩은 면회를 가고 책을 넣어 주는 것도 그였다. 나 역시 그의 후배라는 특권을 가지고 있어서 어려운 일이 있을 때마다 그에게 달려가곤 했었다. 나는 이제까지 그가 내 앞에서 화를 내는 것을 본 일이 없었다. 아니, 딱 한 번 있었다. 화를 낸다기보다 언제나 웃고 있던 그의 입가에서 미소가 싹 가시는 순간을 말이다. 그건 어떤 술자리에서 문학 평론가이자 대학 교수인 그 또래의 남자가 그에게 물었을 때였다. 그는 시인과 함께 대학원에 다녔으나 시인은 뛰쳐나왔고 그는 교수가 된 사람이었다.

"어때요? 그만 복학하시죠. 생계도 그렇고요. ……부인이 어렵게 일하신다는데……."

내가 한 번도 글을 발표해 보지 않은 잡지에 글을 기고하고 있던 낯선 문인들이 일제히 그에게 시선을 던졌다. 그 말에 별 악의가 담겨 있지 않은 것이 틀림없었지만, 대학원에 복학하는 것도, 그래서 교수가 될 자격을 얻는 것도 절대로 나쁜 일이 아니라는 걸 알고 있었지만, 더구나 질문을 받은 것은 시인 자신이었지만 내 얼굴이 먼저 굳어져 버렸다. 마치 질문을 받은 것이 나였던 것처럼 나는 그 낯선 평론가에게 모욕감을 느꼈다. 그건 말이죠, 그건…… 그렇게 간단히 물어보면 안 되는 건데요, 당신이 뭐 하는 사람인지 나는 모르지만, 왜 그런 이야기를 하는지 모르지만…… 그게 아니란 말이에요, 그게……. 물론 나는 입을 열지 않았고 시인은 잠시 후 그냥 씨익 웃고 말았다. 나는 그때 우리가 1993년을 살고 있다는 것을 생각하고 있었다. 내가 시인을 처음 만난 것이 대학 4학년 때인 1984년이니 벌써 십 년이나 흘러가 있었던 것이다. 십 년이란 건 간단한 세월이 아니었다. 특히 젊었던 우리들에게 그 십 년이란 세월은 그랬다. 하지만 우리는 이제 간단하다. 짧고 간결하다. 십 년 새 우리는 간결해져 버린 것이다.

"복학하시죠."

"그래 보지요."

그런 그를 나는 요 며칠 전 인사동의 한 단골 술집에서 만났다.

여주인이 내게 와서 그를 좀 어떻게 해보라는 말을 건넸다.

"벌써 2박 3일 동안 여기서 술을 마시는 중이야. ……집으로 보내봐. 집에서 기다리는 사람 생각도 해야지."

마주 앉았을 때 그의 눈빛에서 희미하게 무언가가 빛나고 있었다. 대체 이게 무슨 짓이야, 형…… 하고 튀어나오려는 말을 붙잡아 준 것은 아직도 빛나고 있는 그 희미한 빛 때문이었다. 화장실에 가려는지 일어서려다 휘청거리는 그의 팔을 내가 잡았을 때 그는 도로 자리에 주저앉아 마른 얼굴을 한 번 쓸어 내렸다. 그의 얼굴은 곧 울음이라도 터질 것 같이 보여서 나는 덜컥 겁이 났다.

"형, 이제 자기 자신도 좀 생각해. 애들도. ……자꾸 남 생각만 하다 보면 자기는 누가 챙겨?"

주제넘은 말참견이라는 걸 알고 있었지만, 나는 물었다. 묻는 나를 바라다보는 그의 눈에서는 아직도 그 희미한 빛이 빛나고 있었지만 그건 어디까지나 희미할 뿐이었으므로, 나는 내 질문이 장난이 아니란 것을 표시하기 위해 굳은 표정을 지어 보였다. 하지만 그는 어린아이처럼 깔깔 웃었다.

"우리 마누라가 챙기지…… 우리 마누라가……. 재밌지?"

그는 정말 재미있다는 듯 웃었다.

"인마, 너 시궁창에 빠져 본 일 있냐? 난 있다. ……물이 생각보다 뜨듯한데. ……그 기분 너는 모를 거다. ……더는 더러워질 수 없는 느낌, 더는 모욕당할 수 없는 평화……. 그건 좋은 거야. 그리고 거기서

부터 정말 우리는 시작하는 거야."

나는 그가 낸 세 권의 시집을 모두 읽었다. 모두가 그렇고 그런 옳은 말씀이라는 생각밖에 들지 않았었다. 그런데 2박 3일 동안 술에 절어서 집에도 안 가고 잠도 안 자고 술만 마시는 그가 내뱉은 그 말이 내 가슴으로 와서 닿았다. 나는 처음으로 그가 정말 시인일지도 모른다는 생각을 했다. 그러면서 나는 또 생각하고 말았다. 정녕 이런 시궁창 같은 고통이 있고 난 후에라야 우리는 시작할 수 있는 것인가……

집 앞의 술집에 들어서자 시인이 손을 들어 나를 반겼다. 벌써 오 년째 같은 소설을 고치고 있는 소설가와 안경을 쓴 평론가가 함께였다.

"문학사 정 차장이 너 소설 안 준다고 투덜거리던데…… 좀 썼어?"

시인이 물었다. 나는 오 년째 같은 소설을 고치고 있는 소설가를 바라보며 자신 있게 대답했다.

"아니!"

내 대답이 하도 의기양양해서인지 사람들이 함께 웃었다. 나도 웃었다. 하지만 나는 알고 있었다. 언제부터인가 그들의 미소 뒤에, 그들의 미소가 막 거두어지려는 찰나에 그들의 얼굴 위로 떠오르는 상흔들…… 나는, 미소가 아니라 미소 뒤에 그들에게 공통적으로 떠오르고야 마는 그 상흔들을 자꾸 보는 내가 싫었다. 이런 걸 또 느끼려고 열두 시가 다 된 시간에 빗속을 걸어온 것은 아니었다. 어색한 기분 때문에 나는 안주 바구니에 담긴 멸치만 축내고 있었다. 자기는 마누라가 챙겨주니까 자신은 다른 사람을 챙겨 주어야 한다고 주장하는 시인이 빈 멸치 바구니를 놓칠 리가 없었다. 그는 주머니를 뒤적거리다 말고 잠시 낭패한 표정을 짓더니, 생각을 바꿨는지 나비넥타이를 맨 웨이터를 불러 아주 어눌한 목소리로 말했다.

"아저씨, 여기 멸치만 조금 더 주실래요?"

"하나 더 시키세요. 멸치 값이 요즘 아주 비싸거든요."

그러면 그러죠 뭐, 하고 사람 좋은 시인이 말하려고 하는데 내가 불쑥 끼어들었다.

"멸치 값이 뭐가 비싸요? 오늘 시장에 가니까 천 원에 세 바구니나 주던데……."

웨이터의 얼굴이 험악해지는 순간 시인이 탁자 밑으로 가만히 팔을 뻗어 내 옆구리를 쿡 찔렀다.

"올랐어요. 멸치가 얼마나 비싼 줄 알아요?"

웨이터는 험악한 눈초리를 거두지는 않았지만, 손님에게 최대한의 자제심을 발휘하니까 그리 알라는 듯 다시 말했다.

"안 비싸다니까요. 마른안주 한 접시에 팔천 원이나 받으면서 그깟 거 좀 못 줄 이유가 뭐예요?"

"이 아줌마가 술집에 와서 이게 무슨 소리야!"

웨이터가 다시 말했다. 그가 폭발하는 듯했다. 하기는 그도 피곤할 것이다. 열두 시가 넘어도 창문을 검은 커튼으로 가리고 늦게까지 장사를 하는 주인 때문에, 말도 안 되는 주정을 하는 손님들 때문에, 멸치만 더 달라는 얌체 같은 우리들 때문에 말이다. 시인은 이제 내 손을 힘을 주어 잡고 있었다. 나는 시인이 무슨 말을 하고 싶은지 알고 있었지만 그 손을 뿌리쳤다. 뿌리치면서 갑자기 팽팽한 전의가 내 아랫배를 긴장시키는 것을 느꼈다.

"아줌마? 그래요. 아줌마가 술집에 와서 안주 비싸다는 소리 했어요. 비싸지도 않은 멸치 한 줌 갖고 비싸다고 거짓말하는 당신한테 따지는 거예요. 왜요? 뭐가 잘못됐어요, 아저씨?"

결사적인 싸움이라도 한판 벌일 듯이 대어드는 내 얼굴을 몸으로 막으며 시인이 마른안주 한 접시를 시켜 버렸다. 그러자 나를 노려보던 웨이터가 참아 준다는 얼굴로 사라졌고, 시인이 나를 물끄러미 바라보았다.

"왜 그래? 요즘 무슨 일 있니?…… 그만한 일로 목숨 걸 거 뭐 있어?"

나도 내가 왜 이러는지 알 수 없었다. 하지만 그가 뱉은 목숨이라는 단어가 내 목에 걸려 넘어가지 않았다. 그 말은 참으로 오래된 말인 듯이, 마치 슬픈 전설이 배어 있는 듯이 느껴졌던 것이다. 잠시 침묵이 흘렀다. 좀 겸연쩍기도 했으므로 나는 그냥 그가 따르는 맥주만 마셨다. 물론 아무 일도 없었다. 하지만 나는 요 몇 달째 화를 내고 있었다. 왜 당신 글에는 전망이 없느냐고 무심히 묻는 착한 독자들에게도 화가 났고, 내 글을 빨리빨리 읽어 치우는 평론가에게도 화가 났었다. 아니다. 완성되지도 못한 글들이 내 컴퓨터에 잔뜩 들어 있는 것도 화가 났고, 그 글들을 불러내서 Delete 단추를 누르면 내가 며칠 밤을 뒤척거리며 써 놓은 글들이 일 초도 안 되는 순간에 지워지는 것이 화가 났으며, 더구나 그 글들을 지워 놓고도 전혀 후회가 되지 않는 것에 결정적으로 화가 났다. 웨이터에게가 아니라 나는 그냥 무작정 화가 나 있었던 것이다. 시인은 가방을 뒤적여 작은 수첩을 꺼내 들었다.

그 수첩의 앞장에는 어딘가에서 곱게 오려 내 풀로 붙인 듯한 시구가 있었다. 그는 손가락으로 깨알같이 잔잔한 그 글씨들을 하나하나 짚어 나가기 시작했다.

"봐라, 이게 성 프란체스코의 기도란 거다, 인마. ……위로받기보다는 위로하고, 용서받기보다는 용서하며…… 우리는 줌으로써 받고, 용서함으로써 용서받으며, 자기를 버리고 죽음으로써 영생을……."

반질반질 벌써 손때가 묻어 버린 그 시인의 수첩 앞장이 내 눈에 와서 박혔다. 그는 대체 언제부터, 얼마나 자주 저 앞장을 펼치고 일일이 손으로 글귀를 짚어 가며 저 구절을 읊어 주었을까 생각하니 콧등이 무

거위졌고 이내 시큰해졌다. 나는 그가 들이미는 수첩에서 고개를 돌려 버렸다.

"외면하지 마라, 이놈아. 이게 진리야!"

"무슨 진리가 그렇게 많아? 해탈했어? 형은 해탈해 버린 거야? 시궁창에 코 박고 전도사같이 웅얼웅얼 기도하면서 해탈할 거야!"

내가 분위기를 깬다는 것은 알고 있었지만, 술자리에서 쓸데없이 분위기 깨는 인간들을 가장 혐오하고 있었지만 나는 소리를 버럭 지르고 말았다. 시인이 어색하게 입술을 훔치며 수첩을 닫았다. 그래서 나는 그냥 화를 내기로 했다. 나는 이제 싫어져 버린 것이었다. 서로 빙빙 돌려 말하기, 결정적인 사항들, 예를 들면 생계는 어떻게 해?라거나, 아직도 진행되는 그 재판 끝났어?라거나, 형이 그 운동 단체에 기금을 내기 위해 저당 잡혔던 집문서는 찾았어라거나, 형이 끌려가던 날 중풍으로 쓰러진 아버님은 요즘 어떠셔…… 하는 말들은 절대로 내뱉지 않고…… 서로서로 모른 척하기, 그래서 술자리에서는 재미있는 말만 하기…… 서로 같은 상처를 지니고 있다는 내색은 절대로 안 하기……. 성 프란체스코의 기도가 싫었던 것이 아니라, 해탈하고 싶어하는 그 시인의 몸부림이 싫었던 게 아니라 말이다.

나는 시인을 외면하고 오 년째 같은 소설을 고치고 있는 소설가가 주는 잔을 받았다. 노동 현장에서 수배받으면서 쓰기 시작했다는 소설, 고치다 보니 이미 역사 소설이 되어 버린 노동 소설을 쓰는 그는 우스운 말로 분위기를 풀어 보려고 애쓰고 있었다. 하지만 나는 이제 그의 말에도 억지로 웃지 않았다.

결국 분위기는 나 때문에 깨져서 우리들은 묵묵히 술만 마시다가 세 시쯤 술집을 나왔다. 비는 그쳐 있었다. 비에 젖은 텅 빈 아스팔트 위로 나트륨 등이 뿌옇게 어리고 있었다. 용산이요, 구의동이요, 사람들이 택시를 타고 사라지고 나자, 나와 시인 둘만 남았다.

"……미안해요, 형……."

"괜찮아 인마, 다 그러면서 사는 거지……. 포장마차 가서 한잔 더 할까?"

"아니……."

시인은 잠시 생각에 잠겨 있는 듯하더니 우리 집까지 날 바래다주겠다고 천천히 앞서 걸었다. 나도 그를 따라 나트륨 등이 비 젖은 아스팔트 위로 어리는 길을 걸어갔다. 가로등에 비친 가로수 이파리에 맑은 빗방울의 여운들이 뚝, 뚝 떨어져 내렸고 멀리, 비 그친 국립공원 숲 속에서 소쩍새 울음소리가 들렸다.

"형, 소쩍새를 본 일이 있어요?"

"아니…… 소쩍새는…… 몰래 울잖아…… 다른 새들 다 잘 때, 밤에만……."

나는 그저 고개를 끄덕였다. 하지만 나는 소쩍새를 본 적이 있었다. 비가 부슬부슬 뿌리던 날, 약수통을 달랑 들고 산으로 향하는 길에, '북한산의 동물 자원'이라는 게시판에 소쩍새는 부엉이와 나란히 사진으로 앉아 있었다. 통통한 부엉이 옆에 앉아 있었기 때문일까, 나는 왠지 소쩍새가 저주받은 부엉이처럼 느껴졌다. 이제 더는 부엉부엉 울지 못하고, 인간의 자음과 모음으로는 더 흉내 낼 수 없는 소리로 목을 쥐어짜며 꾸르륵 꾸욱꾹 우는 새……. 아마도 몰래 접근해서 소쩍새를 찾아낸 사진작가가 플래시를 터뜨리는 찰나, 소쩍새는 정확히 렌즈 쪽을 보고 있었는데, 나는 그 소쩍새의 눈빛에서, 저주라는 단어가 함축하고 있을 법한 모든 말들, 그러니까 영원한 갇힘, 풀어내지 못하고 쌓여만 가는 슬픔, 원망까지도 뚫고 나올 듯 아직도 치밀어 오르는 어떤 꿈…… 같은 것들을 공연히 느끼고는, 왠지 비가 부슬부슬 뿌리는 한

적한 산길이 무서워져서 약수도 뜨지 않고 그대로 집으로 돌아와 버린 적이 있었던 것이다.

침묵하며 우리 집 앞까지 와서 그는 내게 악수를 청하고는 껑충한 뒷모습을 보이면서 사라져 갔다. 내 손에 아직 남아 있는 그의 손의 여운이 딱딱하게 느껴졌다. 수배도 해제되었고 조사도 받았고 재판도 끝났지만, 게다가 밤 세 시까지 술을 마셨지만 그는 온몸의 긴장을 다는 풀지 못하고 있었다. 나는 그가 어쩌면 집으로 돌아가기 전에 정말로 혼자 포장마차에 갈지도 모른다는 생각을 했다. 아니, 어쩌면 또 2박 3일 동안 술을 마실지도 모른다. 하지만 그는 저주받은 것처럼 다는 부드러워지지 않는다. 다는 풀어헤쳐지지 못하는 것이다. 아마 그는 딱딱한 손으로 연필을 들고 성 프란체스코의 기도문이 적힌 수첩을 꺼내서 깨알같이 메모를 할 것이었다. 말하자면 그는 죽는 날까지 시를 쓸 것이었다. 왜냐하면…….

첫째 날 오후 6시 20분

김 감독은 속도를 좀 줄였다. 벌써 다섯 번째 검문소였다. 헌병이 우리 일행을 쓰윽 훑어보더니 가라는 손짓을 했다. 운전대를 잡은 김 감독이 기어를 바꾸어 넣으며 속력을 냈고 우리는 더 북쪽을 향해서 달려 나갔다. 의정부와 포천 시내에서 생각보다 길이 많이 막혔기 때문에 우리는 또 늦어 있었다. 가끔 우리 둘을 불러내서 낚시터로 데리고 가곤 하는 낚시광인 김 감독은 좋은 포인트를 놓칠까 봐 초조한 모양이었다. 하지만 박과 나로 말하자면 그저 아무 생각이 없었다. 머리를 짧게 깎은 수양버들이 차창을 스쳐 가는 길에서 담배만 피우고 있는 박이 새삼스럽다는 듯이 물었다.

"그런데 대체 왜 이렇게 검문을 하는 거지요?"

"우리가 젊으니까요."

"그것도 그렇겠군."

그들은 선문답 같은 이야기를 간결하게 주고받으며 잠시 하하 웃었다.

차창 곁으로 트럭이 천천히 언덕길을 오르고 있었다. 무엇을 그렇게 많이 실었는지 푸른 비닐에 덮여 있는 내용물은 보이지 않았지만, 트럭은 우리 차를 비켜 뒤로 멀어져 갔다. 김 감독의 차는 이제는 거의 생산되지도 않는 고물형이었지만 트럭보다는 그래도 나은 모양이었다. 트럭을 가볍게 스쳐 오르막길을 다 오르고 나서 우리 차는 322번 지방도로 접어들었다. 낚시터가 이제 가까워진 것이었다. 우리는 낚시 가게 앞에 내려 지렁이와 케미라이트와 라면을 샀다. 돌아보니 박이 캔 맥주를 한 아름 가지고 와서 계산을 하고 있었다. 우리는 비포장길을 접어들어 다시 달리기 시작했다. 긴 여름 해가 먼 산 위에 떠 있었다.

한탄강의 지류인 그 강가는 언제 와도 좋았다. 마치 태초에 누군가가 쇠스랑으로 긁어 놓은 듯한 가파른 절벽들이 서 있고 그 아래로 잔잔한 물이 푸르렀다. 토요일치고 한산한 편이었다. 자리를 잡고 나자 김 감독이 서둘러 낚싯대를 폈고, 박이 가지고 온 텐트를 강가 한쪽에 설치하고 있었다. 나는 그들과 여러 번 이곳에 왔지만 낚시를 한 일이 없었다. 그건 처음에 낚시터로 따라오자마자 김이 가르쳐 준 대로 지렁이를 꿰면서부터였다. 낚시의 뾰족한 바늘이 지렁이의 몸을 관통했을 때 지렁이는 온몸을 동그르르 말았다. 내 손끝으로 딱딱한 긴장감이 분명하게 전달되어 왔다. 지렁이 자신은 아마도 그게 저항이라고 생각하고 있는지도 몰랐다. 지렁이가 불쌍하다든가, 그건 잔인하다, 그런 생각 때문에가 아니라 나는 그냥 지렁이의 그런 본능적인 저항들, 결과적으로는 소용이 없는, 그래서 결국은 무모한 본능적인 저항을 아무렇지도 않다는 듯 묵살해 버리는 그 행위가 싫었을 뿐이었다.

"그러면 대체 뭐 하러 따라오는 거예요?"

언제나 낚시터에서 한쪽에 앉아만 있는 나를 보고 한번은 김 감독이 물었지만 나는 그저, 라고 대답했다. 그 후로 언제나 나는 낚시터에 오면 한쪽에 앉아서 맥주를 홀짝이며 그들이 낚시하는 것을 구경하곤 했었다. 하지만 그들은 낚시를 갈 때마다 나를 불러내곤 했다. 한쪽에 가만히 앉아만 있는 내 모습이 이제는 그들에게도 그냥 익숙한 모양이었다. 나 역시 끼어들지 못하고 그저 한쪽에 앉아 있는 것에는 익숙했다. 예를 들어, 여자 친구들과 동창회에서 만날 때 남편에 대한 이야기, 시댁 이야기, 그리고 아이 이야기를 하며 깔깔거리다가 가끔 그들이 나를 바라보았을 때, 그들의 눈빛에는 그러니까 이혼한 너에게 그런 이야기를 해도 실례가 안 되겠지 하는 배려가 담겨 있었지만, 언제나 그럴 때마다 나는 굳어지기 시작했었다. 아무 생각 없이 같이 웃고 있었을 뿐이었는데, 갑자기 웃는 내 얼굴이 서걱거리는 듯한 느낌들…… 그럴 때 나는 그들이 그어 놓은 금 밖에 있는 사람이었다. 금 밖에 밀려난 사람은 그러니 입을 다물고 한쪽에서 조심스레 웃어야 했다. 하지만 그들은 가끔 깊은 밤, 내게 전화를 걸어오기도 했다.

"미치겠어, 정말 이혼하고 싶어……. 글쎄 우리 영미 아빠가 말이야……."

글을 쓰다가도, 라디오를 들으며 혼자 차를 마시다가도 그들의 전화를 받으면 나는 그들의 결혼 생활 속으로 끼어들었다. 함께 웃고 울고 그리고 이야기해 주고…… 그럴 때 분명 나는 그들의 금 안에 있었다. 하지만 전화를 끊고 나면 나는 다시 금 밖으로 밀려 나왔다. 내가 금 밖에 있었기 때문에 그들이 내게 전화를 건다는 사실을 나는 알고 있었다. 같이 금 안에 있는 친구들, 예를 들어 행복한 결혼 생활을 자랑하는 친구에게 그들은 고통을 호소하지는 않았다. 아마도 내게는 하지 않는 즐거운 이야기들을 서로 나눌지도 모르겠지만 말이다. 그러고 보니 어린 시절 동네에 비행기 모양의 놀이 기구를 리어카에 싣고 오던 아저씨가 생각났다. 우리들은 그가 나타나면 일제히 엄마에게 달려가 어렵게 십 원씩 타내 가지고는 그 놀이 기구를 타러 몰려갔다. 하지만 잠시후, 그는 나를 번쩍 들어 놀이 기구 밖에 내려놓았다.

"안 되겠구나 애야, 너 또 저번처럼 멀미할라."

더 타고 싶다고 떼를 쓰는 때도 있었지만, 나는 대개는 순순히 포기하곤 했다. 실제로 멀미가 입 안 가득히 몰려나와 있던 때가 대부분이었기 때문이었다. 그러면 그는 그 리어카의 금 밖에서 아이들이 비행기 모양의 그 놀이 기구를 타고 빙글빙글 돌아가는 걸 구경했다. 순미는 무서운 듯이 입을 꼭 다물고 있고, 숙자는 입을 헤벌린 채로 좋아서 죽을 지경이고…… 경식이는 부우우웅, 정말 비행기처럼 소리를 지르고 있고…… 금 밖에 서서, 하지만 금 언저리를 아주 떠나지도 못하고 우두커니 서서 친구들이 탄 비행기에 파란 페인트가 조금 벗겨진 것을 보는 일, 모형 비행기 하나하나마다 씌어 있는 필리핀이라든가 월남이라든가 태국이라든가, 우리가 한 번도 가보지 못한 나라의 지명을 읽는 일. 만일 내가 멀미를 하지 않았다면 나는 아마 그 안에 들어가서 모형 비행기가 오르내릴 때의 짜릿한 재미만 기억해 냈을 것이었다. 그러나 내 기억 속에는 그런 것 대신, 나를 빼놓고 모형 비행기를 타던 친구들의 얼굴이 남아 있는 것이다. ……그 풍경과 그들의 풍경, 지켜보고 있던 내 모습까지 말이다. 그래서 그 시절을 회상하면 나는 언제나 그들과 함께 비행기를 타 보기라도 한 듯이 즐겁기도 한 것이다. 한번은 순미처럼 무서운 듯이 입을 꾹 다물고 있던 내 모습도 있고, 또 한번은 좋아서 죽을 지경인 숙자처럼 타 보기도 하고……. 나는 어쩌면 그때부터 소설을 쓰고 싶어했던 것은 아닐까. 영원히 술래가 된 것처럼 금 밖을 서성이면서 그들이 그것을 타는 모습을 지켜보기……. 그리고 그들처럼 해보는 것을 상상하기……. 그래서 밖에 서 있는 자의 쓸쓸함과 안에 있는 자들의 복닥거림을 엮어내 보기……. 그런 사람이 할 수 있는 일이란 바로 소설 쓰기가 아니었을까?

"……소설 한 권 읽고 이렇게 저 자신의 아픈 이야기를 모두 털어놓는다는 것이 바보 같은 일이겠지요. ……남편은 학교 선배였습니다. 제가 1학년 때 이미 시위 주동을 해서 제적을 당했습니다. 사랑은 아마 제가 그의 약혼자로 등록을 하고 옥바라지를 하면서부터였나 봅니다. 그는 그 시절 젊은이들이라면 누구나 그랬듯이 석방되고 나자 노동 현장으로 떠날 준비를 했습니다. 사실을 이야기하자면 저는 그가 자랑스러웠던 것입니다. 그래서 저는 저 자신이 하고 싶었던 노동 운동을 그에게 미루어 놓고 대신 그가 노동 운동에만 전념할 수 있도록 뒷바라지를 하기 시작했습니다. 아동물 외판원에서부터 서점 점원까지 안 해본 일이 없었습니다. 그가 해고당한 후에는 그가 다니던 공장 앞에 분식집을 차려서 회사 근처에 갈 수 없는 그 대신 제가 노동자들을 만나기도 했습니다. 첫아이를 유산한 것이 그 무렵이었습니다. 그러나 저는 절망하지 않았습니다. 그런데 이 년 전 어느 날 그는 느닷없이 큰 회사에 취직을 해버린 겁니다. 이제 우리는 신도시에 분양받은 스물여덟 평짜리 아파트에 삽니다. 아침이면 그는 넥타이를 매고 출근을 합니다. 처음에 저를 만났을 때 그는 말했습니다. 옳다고 믿는 걸 버리는 건 죄악이야…… 취직을 하면서 그는 말했습니다. 좀 더 장기적으로 봐야 해……. 그런데 요즘 그는 말합니다. 올여름엔 동남아로 한번 떠나 보는 게 어떨까……. 가끔 출근하는 그의 뒷모습을 보고 있으면 그의 목덜미를 낚아채고는 발악하듯 말하고 싶은 충동을 느낍니다. 물어내, 내 세월. 죽은 우리 애 물어내……. 내가 가졌던 꿈 물어내! ……하지만 저는 정녕 그를 미워해야 합니까……. 날마다 같은 일상이 반복됩니다. 아침에 남편을 출근시키고 아이를 유치원에 보내고 나면, 설거지하고 집 안 치우고……. 하지만 저는 가끔씩 중얼거려 봅니다. 사랑이라든가, 행복이라든가, 그도 아니면 희망 같은…… 이제는 제게서 너무나 멀어져 버린 그런 단어들……. 나이를 먹는다는 것은 그런 것들을 버려 가는 과정일까요. 하지만 당신의 책은 제게, 제가 그런 사실을 잊고 살아가고 있다는 바로 그런 걸 깨닫게 해주었습니다. ……조금씩 소설 공부를 해나가고 있습니다. 저도 소설가가 될 수 있을까요. …… 가슴속에서 버둥거리는 할 말이 너무 많습니다.”

가끔씩 집이나 출판사로 배달되는 편지에 사람들은 그런 글귀를 보내오곤 했다. 한 번도 본 일이 없는 그녀들이 왜 이런 글을 내게 써 보냈을까, 하고 나도 그녀들처럼 생각했다. 그녀들 입에서뿐만 아니라 내 입에서조차 그런 말들은 사라진 지 오래가 아니던가. 그런데 그들은 말한다. 당신의 글은 내가 그런 사실을 잊고 살아가고 있다는 바로 그런 걸 깨닫게 해주었습니다, 하고.

일전에 소설을 쓴다는 후배가 작품을 가지고 나를 찾아온 적이 있었다. 작품에 대해 좀 이야기를 하고 나서 내가 물었다.

“방송국 구성 작가 일을 하면 생활은 넉넉할 텐데 뭐 하러 소설 쓰려고 이 고생이니?”

그녀가 나를 물끄러미 바라보다가 말했다.

“선배님은 잡문 써서 돈 잘 버는 사람이 그럼 부러우세요?”

그녀는 조금의 의심도 갖지 않는 얼굴로 말했다. 그 글이 잡문이라면, 그렇다면 소설은 본문이라는 말일까……. 웃음이 나왔지만 바라보는 후배의 얼굴이 하도 진지해서 나는 그냥 입을 다물고 말았다.

해가 절벽의 끝에 손톱처럼 걸려 있었다.

"특별히 예민한 찌니까 대어 한 마리 낚겠네요. 매운탕 준비나 좀 해 주세요."

김 감독이 긴 찌에 케미라이트를 끼우며 말했다.

이제 어둠이 내리면 그는 저 녹색으로 빛나는 케미라이트 찌에 온 신경을 모으고 앉아 있어야 할 것이다. 밤이 내리는 저 물속에서 무슨 일이 일어나는지는 아마 저 케미라이트 찌만이 그에게 전해 줄 것이니까 말이다. 붕어가 살금살금 다가와 일 밀리미터쯤 미끼를 건드린다 해도 예민한 찌는 춤을 춘다. 그걸 보면 사람들은 알아차린다. 붕어가 조금씩 건드리고 있구나……. 붕어가 일 밀리미터를 건드리는 진실과 그것이 일 밀리미터의 움직임이라는 진실을 알아차리는 그 사이에는 그 움직임의 열 배, 스무 배로 춤을 추어야 하는 찌가 있다. 무엇이 변했을까, 사람들은 어떻게 삶을 바꾸었을까. 십 년 사이…… 아주 적은 일들이 일어났을 뿐이다. 자가용으로 출근하는 사람들이 늘어서 길이 더 막히게 되었고, 신문의 일면 기사의 주제가 바뀌게 되었고, 가끔은 노래방에 가고, 자주는 술집에 가서 좀 덜 정치적인 이야기를 나누게 되었다고 생각하면 그만이었다. 그런데 십 년이 지난 지금에 나는 춤을 추는 사람들을 만나고 있다. 열 배, 스무 배 비틀거리다가 시궁창에 빠져서는 말하는 것이다. 여기서부터 정말 시작이 아닐까, 하고. 그러면 나는 묻고 싶어지는 것이다. 뭘? 대체 뭘?

어둠이 내리면서 발밑에서 찰싹이던 물결 소리도 잦아들었다. 사방이 고요해지기 시작했고 동쪽 하늘은 희미한 은빛으로 물들기 시작했다. 나는 어둠이 내리면 내릴수록 더 환해져 오는 케미라이트 찌를 바라보며 여전히 한쪽에 앉아 있었다. 검은 강물 위에 케미라이트 찌가 별처럼 뿌려져 있었다.

"보름달인가."

김 감독이 중얼거렸다.

첫째 날 밤 9시 45분

보름달이었다. 비탈마다 저희들끼리 모여 한 줌씩 피어 있는 개망초 꽃들이 환하게 보이는 아름다운 밤이었다. 원래 달이 밝으면 고기가 잘 잡히지 않는 상식은 주워들어 알고 있었지만 이건 좀 심한 것 같았다.

"참 찌가 말뚝이네, 말뚝."

김 감독이 발밑에 담배를 비벼 끄며 말했다. 나는 담배를 하나 물고 수면 위를 바라보았다. 달빛이 호수 위에서 잘게 부서지고 있었다. 사방이 환해서, 나와 떨어져 앉은 박이 고개를 좀 치켜들고 노래를 흥얼 거리는 모습까지도 잘 보였다.

김 감독은 부지런히 떡밥을 갈아 끼우고 또 끼우고 있었다. 언젠가 우리를 처음 낚시에 데리고 가서 그는 말했었다.

"말하자면 낚시는 기다림입니다. 기다리면 고기는 와요."

내가 보기에도 그는 기다림에 능숙한 사람이었다. 내가 각색을 해준 일이 있는 구십 분짜리 영화를 무려 이 년 동안 찍어댔던 사람이었다. 크랭크인만 해놓고 제작자가 갑자기 돈이 없다고 해서 일 년, 그 다음 엔 주가가 오른 주연 여배우가 개런티는 적은 데다가 대학을 못 다닌 자신의 열등감을 자극하는 영화라고 연속 펑크를 내는 바람에 일 년……. 그래서 내가 써 준 시나리오의 반도 못 찍은 그 영화를, 주가 가 오른 주연 여배우의 명성만 믿고 제작자가 개봉해 버렸다. 그때 극 장 앞에서 그는 몹시 충혈된 눈으로 사람들과 악수를 하고 있었다.

그 시간 이후로 삼 년이 지났건만 그는 여전히 시나리오를 들고 고치 고 또 영화사를 기웃거리는 모양이었다. 하지만 관객 동원이 적었던 영 화를 찍은 감독을 다시 채용해 줄 제작자를 만나기는 어려웠다. 영화판에 잠시 머물러 보았던 나는 그가 무슨 말을 들었을지 짐작이 갔다.

"예술? 그거 좋지……. 그렇다고 지금 이 판에서 설마 예술 하사는 얘기를 하려는 건 아니겠지?"

물론 그가 삼 년 동안의 공백을 가지게 된 데에는 내 탓도 좀 있었다. 내 소설을 영화화해 보겠다고 그는 나를 어떤 영화사 사장 앞에 데리고 간 적이 있었다. 사장이 말했다.

"물론 저번에 우리가 영화화했던 그 유명한 교수의 《밤의 여관》은 다르죠. 막말루다가, 문장도 안 되는 소설이잖아요. 저도 대학물 먹은 놈인데 그거 모르겠습니까. 하지만 그건 유명해요……. 간판 좌악 붙여 놓으면 지나가던 리어카꾼도 알아본다 이겁니다. 물론 선생님 작품이 문학성, 뭐 그런 거야 있겠지요. 하지만 작품료가 그 작품의 반밖에 안 되는 건 이해하셔야 돼요."

그가 문학성, 뭐 그런 거야 하고 말했을 때 나는 일어나서 그 자리를 뛰쳐나오고 싶었다. 당신 작품이 별로 훌륭한 것이 못된다고 말했으면 뛰쳐나오고 싶다는 충동까지는 느끼지 않았을 것이다. 김 감독이 연신 담배만 피우면서 초조하게 나를 바라보다가 힘없이 눈을 아래로 내리깔았다. 나는 그냥 그 자리에 앉아서 사장의 말을 다 들었다.

"방송국에선 더해요. 이번에 선생님 또래 작가 것은 아마 한 권에 백오십 받았다죠? 그게 근수로 달아서 판 거지 뭡니까. 우린 적어도 그렇게는 안 합니다."

그날 밤 집으로 돌아와서 이불을 뒤집어쓰고 누운 채로 나는 생각했다. 뭐 하러 쓰나, 뭐 하러 고치나, 경기라도 들린 것처럼 자다가도 벌떡 일어나서 또 고치고, 또 지우고 다시 써 보고…… 혼자 수유리까지 와서 이 짓을 하고 있나……. 그렇게 쓴 걸 들고 가서 돈 몇 푼─물론 내게는 몇 푼이 아니었지만─더 받아 보자고, 그래서 잡지에 연속 평크를 내는 바람에 밀린 적금도 붓고 빚도 갚아보자고, 정말 그러려고 문학성, 뭐 그런 거야…… 그런 소리를 듣고 와야 하나? 그런 소리를 듣고도 내 또래의 작가는 자신의 책을 팔았나? 그도 나처럼 생각했겠지. 집으로 돌아와서 이불을 뒤집어쓰고 어쩌면 울었을지도 모른다. 그러니 이제, 문제는 리얼리즘이 아니라 돈이 되었나, 그런가…….

물론 작품료가 결정되기도 전에 그 사장은 거대한 액수를 주고 들여온 외화의 흥행 실패로 부도를 내버렸으므로 일은 거기서 끝났다. 하지만 그래도 그는 기다린다. 그는 쓰고 또 고친다. 그리고 가끔 밤늦게 우리 집에 전화를 거는 것이다.

"여기가 어디냐구요? 글쎄 여기는 도대체 어딜까요? 모르겠습니다. 하지만 아는 것도 있습니다. 뭐냐구요? ……하하, 한마디로 쫓겨났다 이겁니다. 마누라가 애들 피아노 가르쳐서 번 생활비만 축내는데 뭐 잘 났다고 큰소리치겠습니까. 보십시오 작가 양반, 저 그냥 벗기는 영화 할랍니다……. 그도 아니면 유치한 사랑 이야기라도 찍을랍니다……. 아니죠, 요즘은 섹스 코미디가 유행이랍니다. 그거 할랍니다. 두고 보세요, 전 합니다!"

하지만 그는 아직도 그런 작품을 찍지 않았다. 그러면서 그는 떡밥을 갈고 있는 것이다. 그는 너무 환해서 고기가 잡히지 않는 이 보름밤에 월척이라도 기다리는 것인지 모른다.

그때 갑자기 먼 산 쪽이 환하게 밝아지면서 온 산이 찌렁찌렁 울렸다. 술에 적당히 취한 얼굴로 노래를 흥얼거리던 박과 떡밥을 갈고 있던 김과 그리고 내가 일제히 시선을 하늘에 던졌다.

조명탄이었다. 마치 축포라도 터뜨리는 것처럼 하늘이 환해졌고 불빛들이 부서져서 천천히 흩어져 내리고 있었다. 우리가 지나쳐 왔던 가까운 군부대에서 포격 훈련을 하는 모양이었다. 다시 조명탄이 터졌다.

그리고 포성. 산은, 포성이 한 번 울릴 때마다 포성보다 오래 울었고, 산의 울음소리는 절벽이 이어진 강 언저리를 따라 길게 흘러갔다. 김이 낚싯대를 늘어뜨린 채 허탈한 얼굴로 울고 있는 산과, 울음소리에 뒤척이는 긴 절벽들을 바라보고 있었다.

"저어 혹시 전쟁이 난 건 아닐까요?"

박이, 자신을 바보 취급 하지 말아 주었으면 좋겠다는 어투로 천천히, 그러나 상당히 실제적인 두려움이 어린 표정으로 말했다. 김이 피식 하고 웃었다.

"보기보다 겁이 많으시군요. 훈련이에요. 군대 있을 때 가끔 밤에 포격 훈련 해봐서 알지요."

그래도 박은 안심이 되지 않는 눈치였다.

"그렇다면 혹시 잘못해서 이리로 포탄이 날아오는 건 아닐까요?…… 재수가 없으면…… 혹시라도."

김이 하하 웃다가 다시 말했다.

"그럴지도 모르죠. 재수가 없으면 무슨 일은 못 당하겠습니까. 그러니 와서 소주나 한잔합시다."

우리들은 아예 낚시를 포기하고 둘러앉아 깡통째 데운 참치 안주에 소주를 마셨다. 말하자면 그들 모두 나처럼 한쪽으로 밀려난 것이었다. 지글거리며 끓는 참치 깡통을 우리 앞으로 밀어 주며 김이 소주를 따랐다.

"그런데 김 감독님, 영화 왜 안 들어가세요?"

박이 물었다. 김은 소주를 박에게 건네며 피식 웃었다.

"왜냐구요…… 글쎄……. 얼마 전에 어떤 영화 학교에서 나보고 강연을 좀 해달라고 하더군요. 가서 이야기를 하고 나오는데…… 참 그랬어요. 난 학생들에게 어떻게 하면 좋은 영화를 만들어 낼 수 있는가

하는 이야기를 해주었거든요. 다들 참 열심히 듣습디다. 하지만 강의를 마치고 난 다음에 나는 내가 결정적으로 글러 먹었다는 걸 알았어요. 막말로 요번에 칸느에서 그랑프리를 탄 작품을 그대로 베껴서 충무로에 나가 보세요. 제작자들은 아마 말할 거예요. 어디서 이렇게 돈도 안되는 시나리오를 들고 왔어……."

제 말이 우스웠는지 그는 혼자서 웃었다. 우리들은 웃지 않았다. 그는 담배를 물며 아직도 포성이 울리는 먼 하늘을 바라보았다.

"차라리 그림을 그렸더라면 좋았을 뻔했어요. 그러면 아무도 사 주지 않아도 혹시 내게 재능만 있다면, 자식새끼들은 먹고살 거 아닙니까. 제작자가 자금을 대 주지 않는 한 내 머릿속에 세계를 감동시킬 만한 영화가 한 편 들어 있다 해도 내가 죽으면 그걸로 끝입니다. 아니죠, 죽기 전에 이미 끝이죠. 그런데 박 형은 왜 음반 안 내세요?"

화살이 제게로 돌아오자 박은 좀 당황하는 듯하더니 갑자기 큰 소리로 웃었다.

"할 거예요. 인기 가수들 녹음 때문에 스케줄이 자꾸 뒤로 밀려요……. 곧 하게 되겠죠……. 그런데 글 쓰는 사람들은 좋겠어요. 종이하고 연필만 있으면 되니까 말이죠. 게다가 출판사 사장들은 그래도 트였잖아요? 그런데 왜 요즘은 소설 발표 안 하세요?"

마치 돌아가면서 소견 발표라도 하는 시간처럼 그들이 내게 물었다. 나는 포성보다 길게 우는 산을 바라보면서 잠시 머뭇거렸다. 왜냐하면요, 왜냐하면……. 나는 할 말이 없었다.

출판사 사장이 장사 안되는 작품이라고 딴죽을 건 것도 아니고, 유명 작가들 때문에 내 소설이 안 실리는 것도 아닌데 왜……. 나는 갑자기 그들에게 미안해졌다. 박의 말대로 자본주의 사회에서 소설은 가장 원가가 싸게 먹히는 예술일 수도 있었다. 역으로 자본가들을 향해 마음

놓고 비판을 해댈 수도 있는 것이다. 하지만 나는 문득 아까 우리가 차를 타고 오던 길에 본 그 무거운 트럭을 생각했다. 낑낑거리며 오르막을 오르고 있던 트럭……. 우리 차가 가볍게 그 곁을 스치는 동안 트럭은 겨우겨우 앞으로 나가고 있었다. 무거워서 정말 미안하다는 듯 오른쪽으로 비켜서서 조심조심 앞으로, 아니 앞으로 나가는 것이 아니라 뒤로 밀리지 않으려고 안간힘을 쓰는 것 같던 그 트럭……. 짐을 너무 많이 실은 탓이라고 나는 생각했었다. 적재정량보다 너무 많이 욕심을 부렸는지도 모른다고……. 아니다. 틀림없이 그랬을 것이다. 그래서 나는 농담으로 대처하기로 했다.

"왜냐하면 우리 소쩍새들이거든요……."

잘은 모르겠지만 들은 일이 있다는 얼굴로 박이 하하, 웃었고 김이 어리둥절한 표정을 지었다. 그런데 나로 말하면 갑자기 눈물이 쏟아졌다. 돌연한 감정이었다. 웃던 박이 입술을 천천히 다물었다.

"죄송합니다."

나는 천천히 말하고 일어나 먼저 텐트로 들어왔다. 대체 왜 이러는 건지 나도 알 수 없었다. 침낭에 얼굴을 묻자 내 목구멍에서 자음과 모음으로 표현할 수 없는 꺼억꺽 소리가 밀려 나왔다. 일제의 감옥에서 죽었던 어떤 시인의 말대로 내 괴로움에는 이유가 없었다. 하지만 정말 내 괴로움에는 이유가 없을까. 그 시인은 말했다. 한 여자를 사랑한 일도 없다. 시대를 슬퍼한 일도 없다. 바람은 자꾸 부는데…… 펄럭이는 텐트 자락을 환하게 밝히며 밖에서는 연신 조명탄이 터졌고 그리고 포성이 들렸다. 그러고 나면 포성 소리보다 오래오래 산도 따라 울었다.

둘째 날 새벽 5시 2분

우리들은 쫓기고 있었던 것 같다. 도서관 앞을 달려가는데 같이 도망치던 친구가 바람처럼 뒤로 끌려 나갔다. 돌아보니 그는 검은 옷을 입은 다섯 명에게 둘러싸여 입을 틀어막히고 있었다. 모퉁이를 돌자 세워놓은 자동차가 보였고, 요란한 총소리가 들리기 시작했다. 나는 있는 힘을 다해 자동차를 향해 뛰었다.

"어서 타!"

시궁창에 빠져서 군화를 신은 사람들에게 등을 짓눌린 채로 시인이 외쳤다. 내가 올라타자 차는 앞으로 나가기 시작했다. 나는 전혀 운전을 할 줄 몰랐다. 그런데 차는 움직이고 있는 것이었다. 다시 모퉁이를 돌자 가파르고 높은 계단이 나왔다. 나는 사십오 도나 되는 각도의 오르막 계단으로 차를 몰아붙였다. 차가 올라가고 있었다. 나는 운전을 할 줄 모르는데, 아아 어쩌자고 이 가파른 길을, 길도 아닌 계단을……. 어디로 가야 하죠? 어디로? 내가 묻자 오 년 동안 같은 글을 고치고 있는 소설가가 다시 대답했다.

"표지판을 좀 보렴……."

나는 표지판을 보고 갈림길에서 우측으로 핸들을 꺾었다. 나는 운전을 전혀 할 줄 모르는 사람이었지만 차는 달리고 있었다. 이번엔 거의 구십 도의 경사였다. 나는 죽을힘을 다해 액셀러레이터를 밟았다. 차는 그저 떨어지지 않은 채 제자리걸음이었다. 하지만 언제 떨어져 내릴지 모르는 일이었다. 떨어져서 시궁창에 처박히게 될지 모른다. 나는 죽음보다 그 시궁창이 더 무서웠다. 그 떨어지는 맹렬함, 이것이 추락이구나 생각하면서 떨어져 내려야 하는 그 순간을 인정해야 하는 그것이 두려웠다. 기를 쓰고 액셀러레이터를 밟아대면서 문득 여기가 어딜까 나는 밖을 내다보고 있었다. 맙소사, 나는 표지판 위로 차를 몰아왔던 것이다. 길이 아니라, 길을 표시해 놓은 표지판 그 위로…….

깨어 보니 텐트 밖이 푸르스름했다. 악몽을 꾼 모양이었다. 또 시작이구나 하는 생각도 들었다. 가끔씩 연달아서 나는 이런 종류의 악몽을 꾸곤 했다. 어떤 날은 악몽을 꿀까 봐 무서워서 잠자리에 들지 못하는 날도 있었다. 꿈 자체가 무서운 게 아니라 그 반복이 두려웠다. 갑자기 나는 낯선 나라에 서 있고 사람들은 내가 알 수 없는 언어로 이야기하고 있을 때, 여보세요 여기가 어디죠, 전 어디로 가야 하나요, 난 여기로 오겠다고 한 번도 생각해 본 일도 없어요…… 전혀 통하지 않는 언어로 혼자 중얼거리는 꿈, 운전을 하지도 못하는 내가 가파른 절벽 길로 차를 몰고 가는 꿈…… 길은 멀고 가파르고 험한 꿈, 그중에서도 특히 많이 반복되는 것은 운전에 관한 꿈이었다. 가파른 오르막길을, 다만 떨어져 내리지 않으려고 죽을힘을 다해 올라가는 꿈……. 하지만 오늘의 것은 그중 최악이었다. 표지판으로 차를 몰고 가다니…… 물론 현실의 나는 운전을 할 줄 알았다. 차를 몰고 고속도로로 나가 본 경험도 있다. 그런데 꿈속으로 들어가기만 하면 나는 전혀 운전을 할 줄 모른다…… 전혀…….

옆자리에서 박이 코를 골고 있었다. 연 이틀째 술을 마신 탓이었는지 속이 몹시 쓰렸다. 위장이 수세미가 된 채로 푸념을 하고 있는 것 같았다. 나는 시계를 들여다보며 텐트 밖으로 나왔다.

사방에서 안개가 피어오르고 있었다. 풍경은 하얀 안개의 망사 속에서 아주 포근해 보였다. 강은 쉴 새 없이 안개를 피워 올리고, 나는 나른한 그 안개에 싸여 있었다. 그렇다면 밤의 포성은, 주책처럼 울어 버린 내 모습은 모두 꿈이었을까…….

안개가 덮인 새벽의 고요 속에서 작게 파문 이는 물결 소리가 들렸다. 김은 낚싯대를 던지고 나서 나를 보더니 손짓을 해댔다. 엔간한 사람이군, 생각하며 가까이 다가가자 그는 구수한 냄새가 나는 커피 잔을 내게 내밀었다.

"안 주무셨어요?"

내가 커피를 위장약과 함께 삼키고 나서 물었다. 그는 찌에서 시선을 떼지 않은 채 씨익 웃었다.

"꿈을 꾸다가 금방 깼어요."

"꿈이요?"

내가 묻자 그는 낚싯대를 낚아챘다. 초릿대 끝이 휘이익 소리가 나도록 휘어지고 있었다. 큰 놈인 것 같았다.

"거 보세요, 기다리면 고기는 온다고 했잖아요. 뜰채를!"

나는 엉거주춤 뜰채를 집어 들었다. 그는 용을 쓰고 있었다. 힘을 쓰며 낚싯대를 세우고 수면을 응시하는 그의 얼굴은 아주 비장해 보였다. 하지만 어느 순간 마치 물속에 숨어 있다가 튀어 오르는 작은 새처럼 안개 어린 수면에서 찌가 튕겨져 나왔다. 뜰채를 들고 있던 나를 향해 김이 낭패한 얼굴을 지어 보였다.

"수초에 걸렸어요……. 큰 놈이었는데……."

그는 낚싯대 끝에 달려 나온 검푸른 수초 더미를 떼어 내며 허탈하게 말했다. 낚싯바늘까지 부러뜨리고 고기는 도망을 간 모양이었다. 허탈한 표정이었지만 김은 찬찬히 부러진 바늘을 떼어 내고 새로운 바늘로 채비를 바꾸며 말했다.

"꿈에 말이에요, 갑자기 깡패들이 달려오더니 수배자를 내놓으라는 거예요. 무조건 도망쳤죠. 가다 보니까 또 깡패들……. 밤새 도망치는 꿈이었죠. 원래 꿈을 잘 안 꾸는 편인데…… 난 수배자가 어떻게 생겼는지 구경도 못 한 사람인데……. 참 이상도 하지."

이상한 일이라는 그의 말이 끝나기 전에 또 이상한 일이 벌어지기 시작했다. 안개를 뒤흔드는 것 같은 비명 소리가 들려왔던 것이다. 처음엔 그것의 발신지가 어디인지 알 수 없었으나 곧 그것이 우리의 텐트 안에서 박이 지르는 소리라는 걸 알 수 있었다. 김이 갈아 끼우고 있던 바늘을 팽개치고 텐트로 달려갔다. 나 역시 일어나 텐트로 갔다.

"무슨 꿈을 그리 요란하게 꿔요?"

가까이 다가가자 텐트 안으로 들어간 김의 소리가 들리고 중얼거리는 박의 목소리가 들려왔다. 역시 그쪽도 그저 꿈이었던 모양이다.

"이상한 일이네요…… 귀국한 이래 처음이에요. 미국 간 초기에는 가끔 그러기도 했는데……."

"나와서 커피 한 잔 해요. 이게 다 고기가 안 잡히는 탓이야……."

김과 박이 텐트 밖으로 나왔다. 박의 얼굴은 몹시 해쓱해 보였다. 서둘러 내가 버너에 불을 피우고 커피를 끓여 내밀자 박이 그것을 받아 들고 이마의 땀을 닦았다.

"동갑인 고종 사촌이 그때 죽었거든요. 난 그저 소식만 들었댔는데…… 왜 그 장면이 마치 영화처럼……."

박은 눈을 깜박거리며 담배를 피워 물었다. 꿈…… 미국에 가서 그는 다른 꿈을 꾸었다고 했다. 지리상의 거리가 멀어지면 꿈조차 달라질 수 있다는 걸 그는 알았다고 했다. 그런데 그는 돌아왔다. 돌아와서 인기 가수에게 녹음 순서를 자꾸 밀리면서 한 달째 피아노엔 손도 못 대고 있는 것이다. 그러고는 고작 따라온 낚시터에서 포탄 소리 때문에 낚시를 망치고, 그리고 십몇 년 전에 잊었다고 생각한 일을 악몽 속에서 다시 만나는 것이다. 그러고 보니 정말 이상했다. 꿈을 잘 안 꾸는 김이 꾼 꿈과 십몇 년 전의 일을 다시 만나는 박과 최악의 악몽을 꾼 나…….

"가만, 혹시…… 포탄 소리 때문은 아닐까요?"

김이 낚싯바늘을 바꿔 끼우는 것도 잊어버리고 말았다.

"포탄 소리가 왜요? 두 분도 같은 꿈을 꾸셨나요?"

박의 질문을 들은 김이 정말? 하는 표정으로 나를 바라보았을 때, 나는 천천히 고개를 끄덕였다. 갑자기 싸늘한 새벽 냉기가 내 옷 속으로 파고드는 것만 같아서 나는 단추도 없는 앞자락을 자꾸만 여몄다.

"정말 이상한 일이군요."

박이 다시 가볍게 진저리를 치며 말했다.

셋째 날 새벽 3시 00분

자다가 나는 깨어났다. 악몽은 꾸지 않았다. 집 앞 골목의 방범등 불빛 때문에 방 안의 윤곽이 잘 드러나 보였다. 화장품이 어지러이 놓여 있는 화장대, 달력, 그리고 벽에 걸린 일정표……. 마감일이라고 쓴 날짜에는 붉은 사인펜으로 ×표가 그려져 있었다. 나는 주섬주섬 일어나 책상 앞으로 갔다. 아직도 위이이잉 소리를 내며 컴퓨터가 돌아가고 있었다. 어젯밤에 낚시터에서 돌아와 글을 쓰려고 낑낑대다가 그냥 잠들어 버린 일이 떠올랐다. 그런데 왜 컴퓨터를 꺼 놓지 않았을까…… 마감일은 지났지만 나는 아직도 쓰려고 한단 말일까? 무슨 글을 더 쥐어짤 거라고 생각했기에 나는 이것을 꺼 놓지도 않았단 말이지, 그렇다면 컴퓨터는 내가 잠이 든 동안에도 계속 모터를 돌려 가면서 깜박거리고 있었단 말일까?

책상 위에는 편지가 놓여 있었다. 이번에는 인천이 발신지로 되어 있는 편지……. 나는 그것을 집어 들었다.

"저는 한 대학에서 총여학생회장 직을 맡고 있는 여학생입니다. 선생님 글을 읽고 나서 다시 한 번 대체 '무엇을 할 것인가'에 대해서 오래 생각했습니다. 가끔 선생님 또래의 선배님들과 이야기를 하다 보면 차라리 그때는 얼마나 행복했을까 하는 생각을 하기도 합니다. 어떤 학자의 말대로 그때는 '별이 빛나는 창공을 보며 갈 수가 있고, 또 가야만 하는 길의 지도를 읽어 내던' 그런 시절은 아니었을까 하고 말입니다.

밤 세 시, 제 방 창밖으로 아직도 별은 빛나지만…… 별은 우리에게 아무것도 말하지 않습니다. 멀고 희미하게 반짝이고 있을 뿐. 이제 저는 제가 무엇을 원해야 하는지도 모르겠습니다. 모든 것이 혼돈입니다.

추신. 지금 곰곰 생각해 보니 저는 이제 겨우 스물두 살입니다."

나는 편지를 책상 서랍에 집어넣었다. 시계를 올려다보았다. 밤 세 시…… 무엇이 이 밤에 독자들로 하여금 얼굴도 모르는 내게 자신의 이야기를 털어놓게 하는지, 무엇이 후배로 하여금 소설이야말로 잡문이 아니라고 그토록 결연히 선언하게 하는 것인지, 대체 무슨 허깨비가 노동 소설을 쓰던 그 소설가로 하여금 오 년째 같은 소설을 고치고 또 고치게 하는지, 시궁창에서라도 다시 시작해야 한다고 속삭이게 하는지 나는 알 수 없었다. 더구나 잠에서 깨어난 나를, 마치 너무나 중요한 일을 하지 못하고 깜빡 잠이 들었던 사람처럼 허둥지둥 일어나게 해서 컴퓨터 앞으로 밀어붙이는 것일까…… 이 밤, 이 캄캄한 밤 세 시.

나는 다시 컴퓨터를 마주보았다. 길쭉하고 네모난 커서는 연신 깜박이면서 내게 말하는 듯했다. 길을 찾아봐, 찾을 수 있다, 없다, 있다, 없다, 있다없다있다…….

나는 의자를 돌려 깜박이는 커서를 외면하고 읽다 만 책을 집어 들었다. 몇 달 전에 사 놓고 반쯤 읽은 책은 그런대로 편안했다. 하지만 구호야말로 작품이라고 생각하는 세대들이 있다는 글귀가 불현듯 눈에 들어왔다. '문학주의와 운동주의에서 갈등하느라고 그나마 여유가 있었던 유신 세대도 아닌, 살육과 절망의 광주 세대'의 이야기를 4.19 세대인 평론가는 6.25 세대이자 월남 세대인 한 노작가와의 대화를 통해 간결하게 적고 있었다.

"살육과 절망뿐인 세대거든요. ……광주 세대에겐 문학이란 무조건 파기해야 될 것이지요."

나는 급하게 책을 덮었다. 정말 살육과 절망만이 가득 찬 글을 읽고 난 뒤처럼 몸이 부르르 떨려 왔다.

언젠가 한 기자와의 인터뷰에서 나는 말한 적이 있었다.

"예, 저는 81학번입니다. 우리가 입학했을 때 이미 광주는 끝나 있었지만 우리는 한 번도 광주를 끝낼 수는 없었습니다. 그러니까, 말하자면 저희는 광주 세대라고나 할까요. ……지난 십 년, 우리에게는 참 많은 일들이 일어났더랬습니다. 하지만 이제 저는 그만 80년대에서 벗어나고 싶어요……."

나는 그때 아마 감히, 생글거리고 있었던 것 같다. 그러자 한 소녀가 울었다. 술자리에서 우연히 만난, 통일의 꽃이라 불리는 그녀는 내가, 그녀의 오빠이자 나의 동기였으며 군대에서 의문의 죽음을 당한 한 청년의 이야기를 꺼내자마자 울기 시작한 것이었다. 그녀를 우러러보던 다른 후배들이 갑작스러운 그녀의 울음에 몹시 당황하고 있었다. 그녀는 말했다.

"감옥에서 나와 보니 아무도 오빠 이야기를 하지 않아요. 난 다들 오빠를…… 이제는 고만 잊은 줄만 알았는데……."

나에게 있어서 그녀는 눈물을 떨구던 그 순간에 피어나는 것만 같았다. 그녀는 이제는 아무도 기억해 주지 않으려는 오빠를, 오빠의 죽음을 기억하고 있기 때문에 그래서 더욱 꽃인지도 몰랐다. 눈물을 떨구고 피어나는 꽃……. 언젠가 그녀도 잊혀질지 모르지만, 잊혀져서 간결하게 정리될지도 모르지만, 잊혀졌다고 해서 꽃이, 꽃이 아닌 것은 아니었다. 꽃잎이 지고 나서도 뿌리와 줄기와 싱싱한 이파리가 남아 있는 한, 아니, 그 이파리마저 지고 흰 눈에 덮여 줄기의 형체조차 희미한 겨울날에도 우리가 장미를 장미라고 부르듯이 말이다.

멀리서 소쩍새의 울음소리가 희미하게 들리기 시작했다. 나는 천천히 다시 컴퓨터를 마주 보았다. 몰랐던 것이 아니었다. 일전에 내게 편지를 보내온 한 주부의 말처럼 가슴속에는 쓰고 싶은 것들이 버둥버둥 거리고 있었지만 그것을 꿰어 나갈 삶을 나는 찾지 못하고 있었다. 글이 아니라 내 삶이 엉망진창인 것이다. 내가 정말 화를 내고 있었던 것은 내 글에 대해서가 아니라 내 삶에 대해서였다. 그러니 우리는 정말 살육과 절망에 가득 차 있던 세대들이었는지 모른다. 그래서 구호를 예술이라고 생각했을지도 모른다. 고작 한 줌의 멸치 때문에 레스토랑의 보이와 결사적인 싸움이나 벌이려고 하고, 죄 없는 시인에게 버럭 소리를 질러댔던 걸 생각해 보면 그의 말도 일리가 있었다. 나의 꿈이 경고 했던 것처럼 나는 길을 가고 있었던 것이 아니라, 길을 표시해 놓은 표지판 위에서 버둥거리고 있었던 것이었는지 모른다. 그러니 이제 나는 표지판에서 내려와 길을 가기 시작해야 하는 것인지도 모른다. 제작자 때문에 영화를 찍지 못하는 감독도 아니고, 인기 가수 때문에 녹음이 밀리는 작곡가도 아닌, 소설가인 내가 말이다. 표지판 위에 그림으로 그려 놓은 매끄러운 표지가 아니라 진짜 길, 울퉁불퉁하고 가파르고 힘 겨운 진짜 길을, 내가 걷기 전에 이미 그 길이 살육과 절망으로 가득 차 있었다 해도, 그것이 우리에게 주어진 길이라면 길 아닌 곳으로 도망치지 말고, 타박타박이라도 걸어서 넘어가야 하는지도 모른다. 진짜 길을 가는 사람에게 표지판은 더 이상 악몽이 아니라 밤하늘에서 빛나는 별의 지도가 될 테니까 말이다.

　나는 마치 걸음마를 시작한 아이의 걸음걸이처럼 조심스럽게 천천히 두 손을 자판 위에 놓고 두드려 보았다. 어쩌면 며칠 후 또다시 자다가 벌떡 일어나 Delete라는 단추를 누를지도 모르겠지만, 누르기만 하면 머리가 모자라는 충실한 하인처럼 컴퓨터는 일 초도 안 되어서 이 모든 걸 지워 버릴지도 모르겠지만 그래도 나는 시작해 보는 것이다. 내가 꾸는 그 악몽 같은 꿈들, 꿈에서 깨어나도 괴로운 90년대의 사람들, 그리하여 이제 90년대라는 금 밖에 서서 나는 다시 들여다보는 것이다. 우리의 꿈조차 지배하면서 아직도 건재한, 추억보다 선명하게 남은 배경들, 헤세를 읽고 김동리도 읽고 바르트와 바슐라르도 읽었지만 구호가 바로 작품이라고 생각했을지도 모르는, 살육과 절망만이 가득한 그때, 그 배경에 서 있던 그들, 젊었던 그들, 젊었던, 그들에 대하여······ 정녕 그것은 그저 꿈을 꾸던 사람들에 대한 꿈일 뿐일까.

온천 가는 길에

김문수

1939년 충북 청주 출생.
동국대학교 국문과 및 국민대 대학원 국문과 졸업.
1961년 《조선일보》 신춘문예에 〈이단부흥〉 당선.
작품집 《성흔》《졸밥》《물레나무꽃》《증묘》《만취당기》《꺼오뿌리》 등.
현대문학상, 한국일보문학상, 조연현작가상, 동인문학상 수상.

온천 가는 길에

한데가 아닌 것만은 분명했다. 밀폐된 공간, 먹방이었다. 전후, 좌우 그리고 상하 어디에도 두터운 칠흑의 어둠뿐이었다. 아무런 근거도 없으나 나는 지금 내가 있는 곳이 감옥, 감옥 중에서도 독방이라는 생각을 떨쳐 버릴 수가 없었다. 여태까지 감옥 근처에도 가본 일이 없지만 왜 그런 생각을 지워 버릴 수 없는지 모를 일이었다. 나는 의자로 짐작되는 데에 앉아 있다. 손발을 놀려 보았다. 자유스럽게 움직일 수 있다. 일어서 보려 했다. 뜻대로 되지 않았다. 내 상체가 의자라고 짐작되는 것에 묶여져 있다는 것을 알 수 있었다. 빛 한 오리 스며들지 않는 먹방, 나는 감옥에 갇힌 것이 틀림없다고 생각했다.

'여보세요! 여보세요!'

나는 분명 크게 외친다고 외쳐댔으나 그것은 소리가 되어 나오지 않았다.

"자네는 갇혀 있는 게 아닐세."

소리로 되지 않는 내 말, 생각을 알아듣는 사람이 있는 모양이었다. 그가 내 목을 틀어막았다는 생각이었다.

'이 사람아, 목을 틀어막으면 어떻게 숨을 쉬나?'

괴기한 웃음이 말끝에 매달렸다. 확실히 내 생각을 정확하게 알아듣는 누군가가 있었다.

'그런데 어째 내 말에 소리가 나질 않습니까?'

내가 물었다. 역시 소리 없는 말이었다. 나는 계속해 질문을 만들었다. 이곳이 어디며 도대체 내가 왜 이런 먹방에 갇혀 의자에 묶여 있어야만 하는지를.

"그런 궁금증들은 차츰 풀리게 되니까 성급하게 굴지 않는 게 좋아. 그리고 말을 하려고 애쓸 필요가 없네. 나는 자네 생각을 하나도 빠뜨리지 않고 알아들을 수 있는 능력을 지니고 있으니까. 말을 하려고 들면 자넨 그만치 힘을 잃는 거야. 사람 몸에서 힘이 몽땅 빠지면 어떻게 되겠나? 자넨 힘을 아껴야 해. 그래야만 살 수가 있거든."

'당신은 귀신입니까, 뭡니까?'

그는 소름 끼치게 하는 웃음을 흘린 뒤 말했다.

"그런 생각도 들겠지. 귀신이라기보다는 신인이라는 게 더 옳겠군. '귀신 신' 자에 '사람 인' 자, 신인."

참으로 답답한 노릇이었다. 나는 이곳이 어디라는 것만이라도 알았으면 싶었다.

"정 그렇다면 귀띔은 해줄 수가 있지. 그러나 자네 스스로 생각해야 하네. 말하는 것보다는 훨씬 힘이 덜 빠지네만 실은 생각하는 것도 힘을 빠지게 만들지. 자넨 지금 되도록이면 힘을 아껴야 할 처지에 놓여 있다는 걸 명심해야 해."

나는 잠자코 신인의 다음 말을 기다렸다.

"지금부터 자네는 자네가 왜 그 자리에 있는지, 그 자리에 있기 전에 무슨 일이 있었는지 조용히 생각해 보게. 내가 허락하는 것은 그 생각이 아무리 깊어도 힘이 빠지지 않으니 그 점은 안심해도 되네."

나는 생각을 짜기 시작했다. 맨 처음에 떠오른 것은 국장 옆에 앉아 있는 내 모습이었다. 차는 내 차였지만 운전은 국장이 하고 있었다. 우리는 겨울 바다를 앞에 하고 회를 즐긴 뒤 온천욕을 하는 등 1박 2일의 연휴를 보낼 작정이었다. 그것은 국장이 세운 계획이었다. 숙박비는 물론이려니와 식비·술 값·기름 값까지도 몽땅 자기가 부담하겠다고 했던 것이다. 내게는 빈 몸으로 차만 몰고 나오라고 했다. 국장은 그의 모친 삼우제를 마친 이튿날, 그러니까 꼭 일주일 전에 나를 조용히 불러 그런 제안(어찌 생각하면 명령에 가까웠지만)을 했던 것인데 그것은 내가 그 장례식의 호상이 되어 헌신적으로 애쓴 것에 대한 일종의 보답이었다. 나는 그 제안을 사양했다. 나를 두고 몇몇 사람은 국장의 충복이니 더 심하게는 충견이라고까지 쑥덕댄다는 것을 알고 있었기 때문이었다. 그러나 나의 사양은 으레 한번 해보는 그런 사양으로 끝나고 말았다. 그는 나의 직속상관이었으며 무슨 일이든 일단 계획을 세웠으면 끝까지 밀어붙여 관철시키고야 마는 성격이었다. 서울을 빠져나온 우리는 첫 번째로 나타난 주유소에서 급유를 하게 되었다. 차에 기름을 채울 때마다 나는 묘하게도 요의를 느끼게 되는데 그날도 예외가 아니어서 화장실에 다녀와 보니 국장이 운전대를 잡고 있는 것이었다. 안전벨트까지 매고서. 내가 깜짝 놀라 말했다.

"국장님께서 운전하시면 제가 송구스러워서 편칠 않습니다. 제가 몰겠습니다."

"온천하고 회 먹으러 가자기에 따라갔더니 기사 노릇만 직사하게 시키더라고 욕하려고?"

"국장님도 원, 별말씀을…… 어서 벨트 푸십시오."

"아냐. 내가 좋아서 하는 일이야. 난 이상하게도 내 차만 몰다가 남의 차 몰면 새로운 맛이 나더라고. 마치 마누라가 아닌 딴 여자를 즐기는 기분이라고나 할까, 자넨 안 그렇던가?"

어쩔 수 없이 내가 운전석 옆에 오르자 국장은 액셀러레이터를 밟으며 큰 소리로 웃어댔다. 왠지 그 웃음 속에 '자네 마누라와 즐기는 기분이야'라는 뜻이 들어 있는 것같이 느껴져 기분이 상했으므로 나는 따라 웃을 수가 없었다. 그가 술좌석 같은 데에서 곧잘 내 아내를 입에 올리곤 했기 때문일 것이다. 그는 내 아내가 보기 드문 미인이라고 추켜세우고는 으레 성적 매력이 그만이라는 둥 듣기 거북한 말을 덧붙이곤 했었다. 아니나 다를까, 그는 웃음 끝에 또 내 아내를 입에 올렸다.

"자네도 수고했지만 자네 부인께서도 이번에 여간 수고가 많지 않았어. 자네 부인은 언제 봐도 미인이더군. 그렇게 부인이 미인이니까 딴 여자는 눈에 뵈지도 않나 보지?"

"미인은 무슨, 겨우 박색을 면한 얼굴을……."

"그럼 자네도 딴 여자 생각을 한단 말이야?"

"……"

"난 이렇게 집을 떠나면 여자 생각이 더욱 간절해지더라고. 그래서……."

내가 급히 국장의 말을 잘랐다.

"사모님도 모시고 오시지요."

"아니, 이 사람아. 식사 초대받아 가는 사람이 도시락 싸들고 가는 거 봤나?"

"국장님도 참, 누가 들으면 외도 파티에라도 초대받아 가는 줄로 알겠습니다."

"초대받은 외도는 아니지만 도처에 흘미끈한 아가씨들이 널려 있는데 그냥 올 수가 없잖은가. 명분 있는 외박이겠다, 이런 기횔 왜 놓쳐? 안 그래?"

"제가라도 사모님을 모시고 오는 건데 잘못했습니다."

"이 사람아, 아직 사십구재도 안 지냈네. 남의 눈도 있잖나. 사십구재도 지나잖았는데 부부 동반 여행이나 다닌다고…… 자네 날 매장시킬 일이 있나?"

나는 국장의 옆얼굴을 훔쳐보았다. 그러면서 속으로 '자기 말마따나 탈상은커녕 사십구재도 넘기지 않은 상제가 이거 원' 했다. 그의 걸쭉한 얘기는 끊일 줄을 몰랐다.

"떡 본 김에 제사 지내더라고 자네나 나나 이왕에 허가받은 외박이니 이번에 싱싱한 계집 좀 품어 보자고. 계집 값까지 다 계산에 넣은 여행이니까 마단 말은 절대로 하지 말라고. 내가 회를 사겠다고 한 그 말엔 두 가지 뜻이 다 들어 있었던 거야."

"예?"

"허어, 이 사람 참. 생선회도 먹고 숨 쉬는 육회도 즐기잔 얘기야."

내가 '국장님은 상제십니다' 하는 눈길로 쳐다보았으나 그의 입은 좀처럼 닫힐 기미가 아니었다.

"이 세상에 자네 같은 사람만 있다면 몸 파는 여자들은 다 굶어 죽네, 이 사람아!"

나는 '그럼 이 세상에 국장님 같은 사람만 있다면요?' 하려다 그냥 웃음으로 대신했다.

"자네도 내 나이가 돼보게. 사람 사는 재미가 뭔가?"

"국장님, 차관 영전설이 있던데요?"

"내 차라고 국장역이 종착역일 순 없잖은가?"

"그야 물론이죠."

"인사 문제는 미리 발설하는 게 아니지만 거의 확정적이니까 얘긴데 곧…… 장·차관이면 심심찮게 신문에도 이름이랑 사진이 실리고 텔레비전에도 나오게 되잖나. 그땐 오입질을 하고 싶어도 못 한다고. 애들 말마따나 쪽팔리는 일이지. 안 그래?"

어느 결에 화제는 또 원점으로 돌아가 있었다.

"장·차관이 되시면 그간 외도가 문젭니까? 영전설이 뜬소문이 아니라니 전 정말 기쁩니다. 축하드립니다."

"아직 축하받긴 이르네. 자네니까 털어놓은 얘기니 당분간은 자네만 알고 있게."

"여부가 있습니까. 걱정 마십시오."

"그건 그렇고, 계집을 고를 땐……."

"국장님, 잠깐만요."

나는 국장의 얘기를 서둘러 끊고 준비해 온 카세트테이프를 찾아 끼우고 버튼을 눌렀다. 쇼팽의 피아노 소나타 제3번이 흐르기 시작했다. 이 〈장송葬送 행진곡〉은 음악 애호가인 친구가 골라 준 것이었다. 내가 국장과 여행을 하게 된 얘기를 하며 그 여행 분위기에 맞는 곡을 부탁했던 것이다. 그는, "시정과 함께 피아니스틱한 아름다움이 전곡을 일관하고 있으며, 쇼팽이 부친의 사망 소식을 듣고 충격을 받아 병상에 누워야만 했는데 폴란드에서 달려온 누이와 십사 년 만에 재회한 뒤부터 기운을 되찾아 쓴 곡"이라고 설명했다. 그리고 그가 덧붙이기를 "육친을 잃은 슬픔을 지닌 이에게 도움이 될 것"이라고 했다.

"이게 뭐야?"

"쇼팽입니다."

"자네한테는 쇼팽인지 모르나 나한테는 소음일세."

나는 친구의 "자네 같은 부하를 둔 상사는 행복하겠네. 역시 자네 아부는 격이 있어"라는 말을 떠올리며 쓴웃음을 흘렸다.

"나한텐 쇼팽이 아니라 소음이라니까."

"예, 알겠습니다."

내가 피아노의 선율을 지워 버리고 말했다.

"저 잠깐 눈 좀 붙여도 되겠습니까? 그러고 나서 제가 몰겠습니다. 실은 어젯밤에 잠을 못 잤거든요."

"왜, 겨우 1박인데도 그걸 못 참겠다던가? 그래서 부인에게 봉사를 하느라고……."

"국장님도 참."

"현명한 부인이야. 낭군께서 딴 맘 먹지 못하게 예방을 했으니. 딴 맘을 먹기는커녕 이렇게 계집 얘기조차도 들리잖게끔 만들어 놨으니 그런 현처가 또 어딨나?"

나는 '참으로 집요하구나!' 하고 감탄하며 말했다.

"맘대로 생각하십시오. 뭐라고 놀리시더라도 전 눈 좀 붙여야겠습니다."

나는 눈을 감았다. 청하는 잠은 오지 않고 국局 내외에 무성한 국장의 칭찬들만이 귀를 어지럽혔다. 그 무수한 칭찬들은 금욕禁慾과 양질良質 두 단어로 압축되어 그의 직함을 수식하고 있지만 그 금욕 국장 · 양질 국장을 더러는 금욕金慾 · 양질 국장兩質 局長이라 빈정댔고 내게까지 충복 · 충견의 오명을 뒤집어씌웠다. 그런데 국장은 오늘 계속해 자신의 이중성을 드러내고 있으며 그것은 내게 양질良質과 양질兩質 사이에서 갈등을 겪게 만들었다. 그러나 결국 나는 마음속으로 세차게 도리질을 했다. 삼십 대에 홀몸이 돼 온갖 고생을 다하며 자식들을 길러 낸 어머니를 잃고 허탈한 가슴이 되어 저토록 아무렇게나 지껄여대는 것이라고 그렇게 이해하기로 했다. 그러나 '맛 좋은 횟감' 고르는 방법에 대한 설명은 사양하기로 했다. 상행선을 질주하며 씨융씨융 내질러대는 차량들의 소음에만 귀를 모았다. 얼마 동안 그러고 있자니 졸음이 오기 시작했다. 나는 어깨에서 힘을 빼어 늘어뜨리고 무릎에서도 힘을 빼 다리를 뻗었다. 나의 생각은 더 이상 펼쳐지지 않았다. 그 뒤, 곧 잠에 빠진 모양이었다. 아니, 여태까지 더듬어 본 것은 실제로 있었던 일이 아니라 꿈이 아닌가 싶기도 했다.

"천만에, 꿈이 아닐세."

'그럼 운전했던 분은 지금 어디 있습니까?'

내 질문은 역시 소리가 되어 나오지 않았다. 이번에는 신인의 대답도 없었다. 나는 국장이 나와 가까운 곳에 있는데도 이 칠흑의 어둠 때문에 서로 모르고 있는지도 모른다 싶어 '국장님!' 하고 고함쳐 보았다.

바로 그때였다. 그 소리 없는 고함에 대한 응답이기라도 한 듯 까마득히 먼 앞에서 콩알만 한 무엇이 번쩍 빛을 냈다. 강한 형광螢光 물체였다. 그런데 그것은 빠른 속도로 몸집을 부풀리면서 내게로 다가오고 있었다. 탁구공만 하게, 정구공만 하게, 축구공만 하게……. 그것은 매우 빠른 속도로 부풀었으며 내게서 한 오 미터쯤으로 짐작되는 허공에 매달린 듯이 멎었을 때는 지름이 일 미터도 넘는 대형 형광구가 되어 있었다. 그런데 전혀 이해되지 않는 것은 그처럼 커다란 공을 이루고 있는 빛이 전혀 주변의 어둠을 조금도 몰아내지 못하고 있다는 점이었다.

그 이상한 형광구가 엄청난 속도로 자전自轉하고 있다는 것을 나는 느낌으로 알 수 있었다. 마치 가로 지름대에 꿰어 있는 것처럼 아래에서 위로 회전하는 것 같았다. 나의 그런 느낌이 틀리지 않았다는 것은 회전 속도가 점차로 떨어지면서 확인되었다. 마치 선풍기의 프로펠러가 정지 직전에 자신의 형체를 판별할 수 있게끔 드러내 보일 때의 속도처럼 형광구의 회전 속도가 급격히 떨어졌으며 그 일정한 회전 속도는 계속 유지되었다. 잠시 뒤, 엷은 구름이 달을 스치고 지나가듯 형광구에 얼룩이 어리기 시작하더니 그것은 인화액 속에 든 감광지에 상이 잡히듯 이윽고 또렷한 풍경으로 바뀌었다. 한눈에 보아도 빈동임에는 틀림없으나 서울 냄새는 풍기지 않았다. 읍 단위 시골의 한 변두리 동네로 짐작되었다.

"자네 짐작이 맞네."

'저 동네와 내가 무슨 관계라도 있습니까?'

신인이 대답을 주지 않아 나는 슬며시 무안해졌으므로 구형의 화면에서 해답을 찾기로 했다.

동네를 관통하는 골목이 클로즈업된다. 승용차들이 간신히 비켜 갈 수 있는 정도의 너비다. 그 골목으로 눈에 익은 승용차 한 대가 천천히 구르고 있다.

'아, 국장님 차잖아?'

나는 반가워 소리쳤다.

승용차의 뒷부분이 화면의 중앙에 비쳐진다. 번호판이 보인다. 틀림없는 국장의 차다. 국장의 차는 서행으로 골목을 오백 미터쯤 뚫고 나가다가 멈춰 선다. 그리고 차의 앞문이 양쪽에서 열린다. 오른쪽에서는 과일 바구니를 든 국장의 부인이 내리고 왼쪽에서는 국장이 내린다. 차의 문들이 양쪽에서 쾅쾅, 거의 동시에 닫힌다. 부인이 차 앞쪽을 돌아 열쇠고리를 오른쪽 검지에 걸고 뱅뱅 돌리고 있는 국장에게로 다가선다.

"당신, 내가 시킨 대로 해야 돼. 알았지?"

국장이 다가선 부인에게 말하나 그녀는 대답이 없다. 얼굴에도 별다른 반응이 나타나지 않는다.

"엉뚱한 말을 한다든지 하면 절대로 안 돼. 내가 시킨 대로만 하면 만사 오케이야. 알았지?"

"알았다구요."

"그럼 가자고."

국장과 그의 부인이 어깨를 나란히 하고 차 앞쪽의 샛골목으로 접어든다. 그들의 걸음이 멈춘 곳은 그 샛골목의 오른쪽 세 번째 집 앞이다. 오른쪽 문설주에 혹처럼 붙어 있는 벨을 누른 것은 국장이다. 벨 위에 붙어 있는 문패의 이름은 국장과 성씨가 같고 돌림자가 같다.

"형님이 끝까지 고집을 부리면 큰일이야."

"이 세상에 당신 고집을 꺾는 사람도 있어요?"

국장과 부인이 나직한 소리로 말을 나눈다. 곧 이어 빗장 벗기는 소리가 나고 대문(실은 쪽문이라고 해야 옳다)이 열리며 환갑 나이로 뵈는 여인의 모습이 나타난다. 나이 차이도 차이려니와 입성을 비롯한 차림차림이 국장의 부인과는 천양지판이다. 가난에 전 모습이다.

"아이고, 되련님!"

여인이 오른손으로는 국장의 손을 잡고 왼손으로는 부인의 손을 잡으며 대문 안으로 끌어들인다. 웃음으로 깊게 파인 주름 탓에 금세 나이가 한 서너 살쯤 더 들어 보인다.

"형수님, 고생이 많으셨지요?"

"자주 찾아뵙지도 못하고 죄송합니다."

국장과 그 부인이 한마디씩 한다.

"고생은 뭔 고생. 서울살이에 어떻게 자주…… 언제 떠났는데 이렇게 일찍 닿았어요?"

"어젯밤, 전활 받고 나니 영 잠이 와야죠. 그래 날이 밝자마자 서둘러

떠났지요."

"아이고 딱하지. 빈속에 그 먼 길을……."

여인이 연신 혀를 차대며 곧 밥을 안치겠다고 한다.

"아침은 휴게소에서 먹었어요. 걱정 마세요."

"사 먹는 밥이 오죽하려구."

아침을 사 먹었다는 부인의 말에도 여인 얼굴에서는 걱정이 풀리지 않는다.

"형수님, 저희들 걱정은 마십시오. 어머님은 어떠세요?"

"어젯밤보담은 좀 차도가 있으시지만 그래도 어디 맘을 놓을 수가 있어야지. 그건 그렇고, 그럼 점심이나 빨리 해야겠구먼."

여인의 얘기가 끝남과 동시에 화면이 사라지고 형광구의 회전 속도가 빨라졌다. 내가 '국장의 모친께서 살아 계실 때로군' 이라고 속말을 하자 신인이 그렇다고 대답했다.

'국장님의 어떤 형님 댁이죠?'

"맏형네 집이지."

신인이 내 궁금증을 풀어 주었다.

나는 국장과 닮은 얼굴을 기억해 낼 수 있었다. 국장의 좁은 이마에 비하면 시원하달 정도로 넓은 이마긴 했으나 다른 데는 누구라도 "씨 도둑은 못한다"라는 속담부터 떠올리게끔 닮아 있었다.

'상제가 그것도 맏상제가 술주정을 하다니…… 그것도 이틀 밤이나 꼬박 새운 호상한테. 나 원, 기가 막혀서!'

나는 국장 모친 장례 때 그에게 받은 술주정을 생각하며 속으로 한마디 했다.

"그때 그 사람은 그 사람대로 자네가 서운했던 거야. 술은 좀 했었지만 주정이 아니었네."

'아니, 그게 주정이 아님 뭡니까? 주정받은 건 바로 납니다. 도대체 신인이 뭡니까? 어디 그 모습이나 한번 봅시다!'

나는 나도 모르게 외쳐댔다. 그렇게 외쳐댔는데도 그것이 외침이 되지 않아 나는 더욱더 화가 치밀었다.

"다시 한 번 말하겠네. 자네는 지금 자네 체내에 있는 힘을 조금이라도 아껴야만 할 처지야. 이 암흑 속에서 헤어나려면 힘이 필요하니까. 그런데 쓸데없이 힘을 낭비하면 무슨 힘으로 이곳에서 빠져나갈 수가 있겠는가?"

'……'

"이곳의 일 초는 자네가 가진 세계로 하루가 될 수도 있고 그보다 훨씬 더 길 수도 있네. 무슨 얘기냐 하면 저 화면을 통해 여러 가지 잡다한 장면을 다 보게 될 것인데 그걸 자네 시계로 따진다면 엄청난 시간이 되지. 그러나 이곳 시계로는 불과 몇 초, 길어야 몇 분이란 얘기야. 그러니까 조금도 조급하게 생각하지 말고 특히 흥분하지 말게. 모쪼록 내 말 명심하게나."

나는 신인의 말을 거역할 생각이 없었다. 그만치 그 말에 위엄이 서려 있었던 때문이었다.

형광구가 다시 화면으로 바뀌었다.

국장 가족들은 병석에 누운 노모를 가운데 두고 빙 둘러앉아 있다. 국장 내외가 병석의 왼쪽에, 그 맏형 내외는 오른쪽에 자리하여 마주 보고 있으며 남편들과 동행하지 못한 두 딸은 발치에서 무릎을 세우고 앉아 있다.

"만약 둘째 형님이 오셨더라면 제 의견에 찬성하셨을 겁니다."

"걔는 네 의견이 아니라 내 의견에 찬성했을 거야."

국장과 그의 형은 계속해 입씨름을 벌인다.

"글쎄 이 비좁은 집에서 어떻게 큰일을 치르시겠다고 고집을 부리시는 겁니까? 더구나 요즘 같은 겨울철에!"

국장의 언성이 높아지자 그의 형도 언성을 높인다.

"이가 없으면 잇몸으로 산다는 얘기도 있다. 비좁으면 비좁은 대로, 일을 당하면 다 치르게 마련이야. 그러니 어머님을 모셔 갈 생각일랑 아예 말란 말이다."

"이가 없으면 물론 잇몸으로 살 수야 있지요. 그러나 이가 있는데 왜 잇몸으로 삽니까? 형님이 뭐라 하셔도 전 이왕 내려온 김에 꼭 어머님을 모시고 가겠습니다."

"거 말도 안 되는 소리 그만 해. 성한 사람에게도 차 타는 일은 여간 피곤한 일이 아닌데 공연히 길에서 일을 당하려고 그러냐? 네가 잘 몰라서 그렇지, 어머님이 지금 어떤 상탠지 알고나 하는 소리냐?"

"알지요. 상태가 아주 안 좋으시니까 그래서 한시라도 빨리 서울로 모시고 가겠다는 겁니다."

"글쎄 안 된대도!"

"찰 곱게 몰면 괜찮습니다."

"어머님 계신 데에서 왈가왈부하는 것도 죄스러운 노릇이니 네 얘기는 없었던 걸로 하고 이제 다른 얘기나 하자꾸나."

"딴 방으로 옮겨 매듭을 지어야죠."

국장이 맏형의 옷소매를 잡으며 일어선다.

"개미 쳇바퀴 도는 꼴이지. 뭔 얘길 더 하자는 게냐?"

"형님 뜻을 따르든, 제 의견을 좇든 일단 나온 얘기니 결정을 봐야잖습니까?"

국장이 맏형에게 얘기하고 나서 형수 쪽으로 얼굴을 돌리더니 다시 입을 연다.

"형수님, 귀찮으시겠지만 저 방에다 찻상 좀 봐주시겠습니까?"

화면이 형광구로 바뀌었다가 살아나자 국장 가족들의 모습이 보였다.

병석의 노모를 제외한 조금 전의 가족들이 찻상을 가운데로 하고 꽃잎처럼 다닥다닥 붙어 앉아 있다.

"어머님 앞이라 까놓고 얘길 못했다만 지금 어머니께선 어떤 상태냐 하면 언제 어떻게 될지 모르는 그런 상태야. 보면 모르겠니?"

맏형이 얘기를 끝내고 찻종을 들어 입술에 붙이며 국장의 얼굴을 살핀다.

"왜 모르겠습니까. 저도 눈이 있는데……."

"그렇다면?"

"그러니까 더욱 서두는 겁니다. 이 비좁은 집에서 일을 당하기 전에…… 돌아가실 때라도 좀 편안하게 돌아가시게 해드리고 싶은 겁니다."

국장의 말을 받아 부인이 맞장구를 친다.

"만약 형님 댁에서 큰일을 치른다고 해보세요. 정정 네댓 명만 들어앉아도 꽉 찰 텐데 어떻게 그 많은 손님을 받겠어요? 더구나 날씨라도 추워 보세요. 아까도 잠깐 얘기가 나왔지만 이 양반 손님이 오죽 많아요? 아무리 적게 잡아도 삼백이 넘는다구요. 대충 계산해 봤더니만 오백에서 육백 사이더라고요. 그런데 그 손님들을 교통도 불편한 이 촌구석까지 내려오게 할 수가 없잖아요. 부엌일만 해도 그렇지, 형님네 부엌에서 어떻게 음식을 장만하고 상을 차리고 설거지를 합니까? 아까 찻상 차릴 때도 좀 도와드리려고 했더니만 들어설 자리가 없더라고요. 그런 판인데……."

국장이 부인의 말끝을 급히 채뜨린다.

"우리 주방이야 운동장이지요. 게다가 누님 두 분도 서울 가까운 데에 사시니까 제 집에서 큰일 치르는 게 편하시고요. 안 그래요?"

국장이 두 누님을 번차례로 바라보며 동의를 구했으나 그녀들은 얼굴에 난처한 빛만 나타낼 뿐 말이 없다.

"제수씨. 우리 입장도 생각하셔야지요. 남들이 뭐라겠어요? 오늘낼, 오늘낼 하는 노친네를 아우에게 떠넘겼다고 욕들을 하잖겠습니까?"

"그동안 아주버님이랑 형님께서 그 어려운 병 수발을 도맡아 해오셨으니 이제부터라도, 얼마를 사실 줄은 모르나 사시는 동안만이라도 저희가 모시겠다는 거지요."

여태까지 잠자코 있던 형수가 입을 연다.

"형제간에 부모 모시는 일을 서로 떠넘기는 요즘 세상에 자네 말만 들어도 고맙지만……."

"말만이 아니라 오늘 모시고 가겠다고요. 저희는 내려올 때 이미 그렇게 작정을 하고 왔어요."

"내 말은 그렇게 되면 욕을 먹는 건 우리보다 동서네란 얘기야. 남 말 하기 좋아하는 입들이 뭐라겠어? 모시려면 진작 모실 일이지 다 돌아가시게 되니까……."

국장이 형수의 말을 자른다.

"다 돌아가시게 되니까 며칠 모시고는 생색내고 효자 소리 들으려고 했다고 욕들을 한단 말씀이지요? 남들이야 뭐라든 무슨 상관입니까? 사실 전 단 며칠만이라도, 어머님 살아 계실 때 효도 한번 해보고 싶은 겁니다. 남의 입이 무서워 효돌 못 한단 말입니까? 형수님도 참……."

맏형이 대신 나선다.

"그게 효도냐? 효돈 계시던 데에서 편하게 돌아가시게끔 가만 놔두는 게 효도야."

형수가 덧붙인다.

"의사 선생님도 그랬어요. 오래 사셔야 앞으로 보름 안팎이라고. 그래, 그런 분을 지금 서울로 모시고 가겠다니……."

맏형이 다시 받는다.

"네 말대로 서울로 모시고 간다고 치자. 돌아가시면 어차피 되모시고 내려와야잖니."

"물론 되모시고 와야죠. 선산이 여기 있으니까. 그게 뭐 힘드는 일입니까? 형님이 사업에 실패하셔서 선산이 있는 이곳에 내려오셨지만 형님에게도 여기가 타향이나 마찬가지 아닙니까?"

"왜 내 사업 얘기가 나오니? 그래, 좋다. 우리 애긴 백날 해봐도 그 애기가 그 애기니까 쟤들 얘기 좀 들어 보자꾸나. 쟤들이라고 무슨 수가 있겠냐만…… 늬들 생각도 좀 말해 봐."

맏형의 눈길이 두 누이동생의 얼굴을 번차례로 쓸어댄다.

새 같은 눈으로 오빠를 바라보며 큰딸이 먼저 입을 연다.

"우리야 어디 말할 처지가 되나요?"

"출가외인이라 유구무언이다, 그 말이냐?"

"그것도 그렇지만 여태 한 번도 딸 노릇을 하지 못한 제가 이제 와서 무슨……."

큰딸이 코맹맹이가 되어 말끝을 맺지 못하자 작은딸이 그 말을 잇는다.

"저도 언니랑 같은 생각인데요…… 전 큰오빠 말씀이 옳은 것도 같고 동생 얘기에도 일리가 있는 것 같고…… 전요, 엄마가 너무너무 고생을 하셔서…… 긴 병에 효자 없다는 말이 있지만 큰오빠랑 큰올케 언닐 보면 그 말도 다 헛말이라는 생각이 들어요. 그래서 효자·효부한테 계시다 임종하시는 것도 좋다고 생각해요."

국장과 부인의 키운 눈이 그녀의 얼굴로 쏠린다.

"네 말대로 우리가 효자·효부는 못 되지만 그래도 어머님께선 우리 한테 계시다가 임종하시는 게 좋겠지?"

"하지만 오빠. 엄마가 우리 땜에 평생 고생하신 걸 생각하면 돌아가신 뒤에라도 좀 호강하셨으면 싶기도 해요. 막내오빠 그래도 국장이시니깐 문상객이 한 사람이라도 더 올 테고 조화가 들어와도 더 들어올 테고…… 전 어떻게 하는 게 더 좋은지 모르겠네요."

환해졌던 맏형 내외의 얼굴에 그늘이 지는 것과는 반대로 국장 내외의 얼굴에는 희색이 감돌았다.

그때 갑자기 화면이 사라지며 형광구가 쾌속으로 회전했다. 그러나 이네 형광구는 다시 화면으로 바뀌었다. 고속도로를 달리는 국장의 승용차와 도로 양쪽에 펼쳐지는 황량한 들판 그리고 듬성듬성 눈으로 얼룩진 야산이 화면을 채우고 있었다.

'모친을 모셨다면 저렇게 달릴 리가 없는데 결국은 그 고집도 꺾이고 말았군그래' 하고 생각했다.

"천만의 말씀."

'그럼 모친을 모시고 간단 말입니까?'

"물론이지."

신인의 얘기가 끝나길 기다렸다는 듯이 화면에 국장의 모습이 비쳤다.

"졸지 좀 마. 당신이 꾸벅꾸벅 졸아대니까 나까지 졸리잖아."

국장이 운전대를 잡은 채 오른쪽 팔꿈치로 부인의 왼쪽 가슴을 툭 치며 말한다.

"어머! 휴게손 지났어요?"

"조금만 더 감 돼."

"그럼 커피 좀 마시고 가요."

"물론이지. 당신 벨트를 풀고 어머님 좀 잘 살펴봐."

"곧 휴게소라면서요?"

"그럴까? 그럼 휴게소에서 살펴보도록 하사고."

화면이 아주 잠깐 끊겼다가 되살아났다.

국장과 부인이 휴게소 식당 앞에 서 있다.

"졸리다 식살 하면 식곤증 때문에 더 졸릴 거 아녜요?"

"형님하고 입씨름을 한 게 무려 다섯 시간이라고. 입씨름하느라고 점심도 제대로 못 먹었단 말이야."

"그래도 그렇지, 좀 참아요. 커피나 마시고요."

"어떡할까?"

"식산 서울 가서 해요."

"집에 가서?"

"누가 집에 가서 하쟀어요."

"그럼?"

"당신 침이 마르도록 자랑해 쌓는 그 집 있잖아요. 마장동에."

"아, 암소 갈비집! 그래, 그게 좋겠군."

국장과 부인은 식당 앞에서 발을 돌려 커피숍으로 향한다.

차 탁자를 사이에 두고 마주 앉은 그들은 느긋하게 커피를 즐긴다.

"아무리 생각해 봐도 어머님을 모시고 온 건 백번 잘한 일이야. 암, 잘한 일이고말고."

국장이 담배 연기를 길게 내뿜는다.

"난 자꾸만 겁이 나요. 잘못되면 어쩌나 싶기도 하고요."

"잘못될 일이 뭐가 있어. 어차피 돌아가실 분인데, 만약 형님 댁에서 돌아가셔 보라고. 그러면……."

"이제 그 얘긴 그만 하세요. 귀에 딱쟁이가 지겠다고요. 그리고 당신은 어머님께서 곧 돌아가실 경우만 생각하고 계신데 그렇지 않을 경우도 있잖아요! 그럴 경우, 당신이 모든 걸 다 책임 지는 거죠?"

"글쎄, 그런 쓸데없는 걱정은 하지 말랬잖아. 나야말로 당신의 그런 걱정 때문에 귀에 못이 박히겠다고. 자아, 그런 쓸데없는 걱정으로 공연히 아까운 시간 낭비하지 말고 어서 가자고."

국장이 담배를 재떨이에 눌러 끄면서 자리에서 일어선다.

바뀐 화면에 새로 비친 장면은 식탁 양쪽에 마주 앉은 국장 부인의 모습이다. 그들의 식탁은 빈 석쇠와 빈 그릇 그리고 수북하게 쌓인 갈비뼈 등으로 에넘느네했다.

"더 잡숫겠어요?"

"우리가 먹은 게 몇 인분인 줄이나 알아?"

"사 인분이지만 난 그중에서 딱 두 대밖에 먹지 않았다고요."

"살찐다고 안 먹은 게 누군데? 갈비 뜯잔 얘긴 자기가 꺼내 놓고서……"

"내가 갈비 먹고 싶댔어요? 당신이 배고파 죽겠다니까 당신이 좋아하는 이 집엘 오셨지요. 그러나저러나 어머님께선 괜찮으신지 모르겠네요."

부인의 말에 국장은 입에서 빼낸 이쑤시개를 아무렇게나 식탁 위로 던지며 대답한다.

"괜찮지 않으면? 정신도 못 차리는 양반이 도망이라도 갔을까 봐?"

"그래도 차 안에 너무 오래 혼자 계시게 했잖아요."

"어머님이 지금 혼자 계신다고 심심한 걸 아셔, 서운할 걸 느끼셔? 그런 걱정은 말고 형님 댁에 전화나 좀 걸고 와."

"전화 왜요?"

"그 꼬장꼬장한 양반이 마음이 안 놓여 집에 전화라도 걸면 곤란하잖아. 아무도 없는 빈집에. 조심해 찰 모느라고 이제야 서울에 도착해서 집으로 가는 길이라고, 집에 도착하는 즉시 또 전화 하겠노라고. 계산도 좀 하고."

국장이 지갑에서 수표 한 장을 뽑아 부인에게 건넨다. 그러고는 화면이 지워졌다.

바뀐 화면에 잡힌 장면은 국장의 집 차고였다.

차에서 내린 국장이 뒷문을 열고 담요 자락을 들어 올리다가 깜짝 놀라며 담요 자락을 놓치고 만다.

"여보!"

국장이 다급하게 부인을 부른다. 트렁크 속에서 짐을 꺼내다 말고 부인이 국장에게로 급히 다가선다.

"왜 그래요?"

"……"

국장이 대답 대신 담요 자락을 젖힌다. 해골과 다를 것이 없는 노인의 창백한 얼굴이 화면 가득 확대되었다가 서서히 작아진다. 국장의 손바닥이 노인의 이마에 얹힌다. 이마에서 뗀 손이 코끝으로 옮겨진다. 국장의 왼쪽 팔을 잡고 서 있는 부인의 몸이 와들와들 떨리고 있다. 마치 진동이 심한 기계 위에 올라서 있는 꼴이다.

"도, 도, 돌아가셨지요?"

"돌아가셨어."

국장이 한풀 꺾인 목소리로 대답한다.

"아이, 무서워."

"쉿! 아직 돌아가시지 않은 거야."

국장이 오른쪽 검지를 세워 입에 붙여 중(中) 자를 만들어 보인다.

"무슨 소리예요? 돌아가셨댔잖아요!"

"돌아가셨지만 아직은 돌아가시지 않은 거야."

"아니, 이이가! 도대체 뭔 소리예요?"

부인의 얼굴에 짜증이 가득 인다.

"내 얘긴 오늘 돌아가신 걸로 하면 안 된다는 얘기야."

"그럼 언제 돌아가신 걸로 해요?"

"지금 그걸 생각하는 중이야. 여기서 이럴 게 아니라 들어가서 차근 차근 따져 보자고."

국장이 부인의 외투 소매를 잡아끌며 정원으로 통하는 문을 빠져 나 간다. 그들은 정원을 가로질러 현관 앞에 이른다. 핸드백에서 꺼낸 열 쇠로 현관문을 따고 있는 부인에게 국장이 묻는다.

"애들은 지금 용평 스키장에 가 있는 게 확실하지?"

"즈 외삼촌이 오늘 데리고 간댔어요. 왜요? 애들을 불러들이려고 요?"

부인이 현관으로 들어서며 반문한다.

"불러들이긴! 오늘 밤에라도 돌아오면 어쩌나 싶어 물어본 거야. 이 천댁은?"

"아침에 당신도 들었잖아요. 친정 조카 결혼식이 낼이라 낼 밤에나 돌아올 수 있다고 하잖았어요."

"맞아. 내가 깜빡했어. 그리고 보니 미리 알고 짠 일처럼 일이 척척 잘 맞아떨어지는군."

"일이 척척 잘 맞아떨어지다뇨? 지금 돌아가신 어머님이 차 안에 계 신데…… 당신은 참 속두 편하우."

"편하잖으면? 어머님은 사실 만치 사신 거야. 인생 칠십 고래희라 했 는데 그 칠십에서 자그마치 십 년이나 더 사셨어. 자식으로서 할 얘기 는 아니지만 호상이야."

"그러나저러나 언제 어디서 숨을 거두셨을까요? 마장동에서도 괜찮으셨는데."

"지금 그거 따질 때가 아냐. 당신 이리 와서 좀 앉아."

국장이 거실 소파에 쿵 소리가 나게 앉자 부인도 그 앞자리에 따라 앉는다. 그러고는 따지듯 묻는다.

"당신 큰댁에 면목이 없어, 오늘 돌아가신 걸로 하면 안 된다는 거죠?"

"그것도 그렇지만 그보다 더 큰 이유가 있어."

"그게 뭔데요?"

"오늘이 일요일인데다 지금이 몇 시냐 하면 네 시가 다 됐다고. 요즘 일요일에 집에 붙어 있는 사람이 몇이나 돼? 연락이 된대도 문상 올 사람이 몇이나 되겠냐고. 오늘 하루를 공치면 모레가 발인이니까 낼 하루 밖에 조문객을 받을 수가 없잖냔 말이야. 그래서 내일 새벽에 돌아가신 걸로 하잔 얘기지. 그러면 내일 모레 이틀 동안 조문객을 받을 수가 있잖아, 안 그래?"

"그럼 결국은 사일장이 되는 셈인데 사일장이 어딨어요? 오늘 돌아가신 걸로 하고 오일장으로 하는 게 낫지. 안 그래요?"

"그런데 이 사람이 왜 이렇게 말귀를 못 알아듣지? 이 딱한 사람아, 내가 지금 어떤 처지에 있는지 그걸 생각해야지. 그렇잖아도 저놈이 뭔가 꼬투리 잡힐 일을 하지 않나 하고 눈들을 잔뜩 키우고 있는 판인데, 그래, 내가 오일장으로 어머님을 모셔 보라고. 가정의례 준칙을 어겼네 어쨌네, 난리들을 칠 게 뻔하잖냐고."

국장이 담배를 피워 물고 계속해 입을 놀린다.

"그러니까 내 얘긴 어머님이 내일 돌아가신 걸로 하면 삼일장이 된단 말이야. 오늘 밤 열두 시만 지나면 내일인데 몇 시간 늦게 돌아가신 걸로 하면 어떠냐 이거야. 문상받는 시간이 길수록 이게 더 쌓일 게 아니냐고."

국장이 오른손 엄지와 검지 끝을 맞붙여 동그라미를 만들어 보인다.

"어머님 덕에 상납금을 만들자 이거잖아. 아침에도 어머님 모시러 갈 때 그야말로 귀에 딱쟁이가 앉도록 얘길 했건만……."

"그걸 못 알아들어서 하는 얘기가 아니잖아요. 난 어머님이 오늘 이렇게 돌아가실 줄은 정말로 몰랐다고요."

"그러니까 당신은 잠자코 내가 하자는 대로만 해. 그러면 그게 곧 어머님과 당신이 날 차관으로 만드는 일이 되니까."

"그럼 어머님은 차 안에 그대로 모셔 놓을 거예요?"

"그럴 수야 없지. 그러잖아도 지금 내 서재로 모셔올 작정이야."

"그래도 사일장이라는 건 없는 건데……."

"사일장이 정 당신 마음에 걸리면 오일장을 삼일장으로 만드는 방법도 있어. 내일 모레, 그러니까 화요일 돌아가신 걸로 하면 실제로는 오일장이지만 삼일장이 되는 거지."

"그럼 그렇게 해요. 외려 그게 낫겠어요, 여보."

"오일장이든 사일장이든 어머님부터 모셔다 놓고 결정을 하자고."

"아이고, 전 무서워요."

"걱정 마. 나 혼자 모셔 올 테니."

"혼자서 어떻게요?"

"아까 형님 댁에서 차로 모실 때 안아 보니까 어찌나 가볍던지, 그야말로 속 빈 강정이 따로 없더라고."

국장이 자리에서 벌떡 일어섰으며 그 모습은 이내 사라졌다.

착잡한 마음으로 회전하는 형광구에다 눈길을 꽂고 있는 나에게 신인이 물었다.

"자네가 그 장례식의 호상을 맡았었으니 묻네만, 그래, 며칠 장이었나?"

'삼일장이었습니다.'

"그건 바깥에 알려진 거고 실제로는 며칠 만에 장례를 치렀느냐 이 말일세."

'아까 본 대로라면 그 어른이 일요일에 돌아가셔서 수요일에 발인을 했으니까 사일장입니다.'

"이제 조금만 기다리면 자네는 자네 모습도 볼 수가 있네."

신인의 괴기 서린 웃음이 한참 이어졌고 그 웃음이 끝나자 화면이 다시 살아나기 시작했다.

처음에 화면을 채운 것은 국장의 2층 양옥이다. 그리고 정원을 비롯해 집 안 곳곳이 차례로 소개된다.

빈소로부터 비롯된 조화의 행렬이 대문 밖까지 이어져 있다. 그것은 그릇에서 넘쳐흐른 음식물을 연상시킨다.

거실에는 석 대의 전화가 마련되어 있고 전화기 앞에는 우리 직장의 젊은이들이 붙어 앉아 있다. 그들은 부음을 전하랴, 상가의 위치며 차편, 발인 날짜와 장지 따위를 알리느라고 정신을 못 차릴 지경이다.

빈소 입구의 접수 테이블을 맡은 사람은 또 그 사람대로 잇따라 밀려드는 조위금 봉투 때문에 진땀을 빼고 있다.

내 모습이 화면에 비치기 시작한다. 나는 연락·접수·안내 등의 일을 지시한다. 주방에서도 내 지시를 따른다.

내가 분향소에서 나온 오십 대의 사내와 얘기를 나누고 있다.

"보아하니 막내아들이 모친을 모셨던 모양이군요. 그렇죠?"

내가 그를 빈자리로 안내하며 대답한다.

"예, 우리 국장님께선 삼 형제 중 막냅니다."

내가 그에게 술을 권한다.

"형님이 둘씩이나 있는데 어째서 막내가 모친을 모셨나요?"

"그만치 효심이 두터웠다는 얘기가 되겠죠. 이십 년을 넘게 모시고 살았답니다."

담배를 피우고 있는 맏상제가 내 얘기에 귀를 모으고 있다. 그러나 나는 그를 볼 수가 없다. 내 뒤에 서 있기 때문이다. 사내가 권하는 술 잔을 받으며 나는 계속 얘기를 한다.

"그러면서도 아무한테도 그런 내색을 않았지요. 저희들도 이번에야 비로소 그 사실을 알게 됐습니다."

"요즘 보기 드문 효잡니다."

"요즘뿐만 아니라 막내가 부모를 모시는 일은 옛날에도 드물었잖습니까? 우리 국장님께선 오 년도 넘게 모친의 대소변을 직접 받아내시고……."

내가 잔을 비우고 사내에게 권한다. 그러고 나서 끊었던 얘기를 잇는다.

"긴 병에 효자 없다는 말도 있지만 우리 국장님께선……."

뒤에 서서 벌레 씹은 얼굴을 하고 있던 맏상제가 내 등덜미를 움켜쥐고 일으켜 세운다. 나는 그 느닷없는 폭력에 놀라 뒤를 돌아보다가 한층 더 놀랐다. 폭력의 주역이 다른 사람도 아닌 상제였기 때문이다.

"아니, 왜 이러십니까?"

"야, 이놈아! 대체 네놈이 누군데 우리 집안 사정을 그렇게 잘 알아?"

"……."

나는 영문을 몰라 호통 치는 맏상제의 얼굴만 멀뚱멀뚱 쳐다보고 있다.

"너 이 녀석, 어제부터 계속 헛소리만 지껄여대는데 오늘 한번 맛 좀 볼 테냐?"

"전 국장님을 모시고 있는……."

"야, 이놈아! 찢어진 아가리라고 아무 얘기나 함부로 지껄여도 되는 줄 알아?"

"뭔가 오해를 하신 모양입니다."

주위에 있던 문상객들은 물론 우리 사무실에서 나온 직원들까지도 그냥 구경만 하고들 있다. 내가 뭔지 상제를 화나게 한 모양이라고 생각하는 표정들이다. 그제서야 비로소 국장과 둘째 상제가 빈소에서 뛰어나온다.

둘째 상제가 맏상제를 끌고 가며 말한다.

"상복 입은 처지에 왜 이러세요?"

국장은 나를 끌고 밖으로 나간다. 대문께까지 끌려 나온 내게 국장이 말한다.

"미안하네. 자네가 좀 참게. 우리 큰형님께선 상을 당하고 보니 어머님을 못 모신 죄책감이 드시는 모양이야. 그래 못하시는 술도 한잔하고 그러다 보니 엉뚱하게 자네에게 화풀이 하게 된 모양이야. 이젠 내가 어머님 병구완한 얘기 같은 건 안 하는 게 좋겠네. 무슨 얘긴지 이해가 되나?"

"국장님 말씀을 듣고 나니 이해는 됩니다만……."

"술이 취하셨어. 내가 대신 빌겠네. 화를 풀게나."

"하지만 맏형님께선 뭔가 절 오해하고 계신 것 같습니다. 그 오핼 풀어 드려야만……."

국장이 난처한 얼굴로 내게 말한다.

"자네한테 뭔 오해가 있겠나. 술이 취하신 거야. 이제 오늘 밤만 지나면 발인 아닌가. 혹 우리 형님께서 자네한테 서운한 얘길 하시더라도

'나는 벙어리요 귀머거리입니다' 하고 꾹 참게. 물론 나도 우리 형님에게 신경을 쓰겠네만. 제발 부탁하네."

"알겠습니다."

국장이 내 등을 툭툭 치곤 안으로 들어간다. 나는 화를 삭이지 못한 얼굴로 어둑신한 대문간에 선 채 담배를 피우고 있다. 내가 연거푸 내뿜어대는 담배 연기 탓이기라도 한 듯, 화면이 뿌옇게 변하기 시작하더니 곧 형광구로 바뀌었다.

"자네가 자네 모습을 보니 기분이 어떤가?"

'글쎄요. 한마디로 말해서 부끄럽습니다.'

"자네 모습이 계속해서 나오네."

'이제 그만 볼 수는 없습니까?'

"봐야만 하네. 그래야만 여기에서 나갈 수가 있거든."

형광구의 회전 속도가 급격하게 떨어지기 시작하더니 이윽고 화상畵像이 어렸다.

국장이 운전을 하고 나는 그 옆에서 잠에 빠져 있다. 그런 채로 얼마쯤 지나자 운전대를 잡은 국장이 꾸벅꾸벅 졸기 시작한다.

'국장님! 졸지 마세요!'

나는 가슴이 조여 끝내는 버럭 소리를 질렀다. 물론 밖으로 나오지 않는 소리였다.

아니나 다를까 차는 중앙 분리대를 향해 달린다. 그러나 다행하게도 중앙 분리대를 들이받기 직전에 국장은 졸음에서 깨어난다. 당황한 그가 핸들을 홱 꺾는다. 그 바람에 차체는 빗금을 긋듯이 갓길을 향해 질주한다. 이번에는 차체가 브레이크를 밟을 틈도 없이 갓길을 벗어난다. 그러고는 마치 자동차 묘기라도 연출하듯 도랑 위를 날아 밭 위로 떨어져 달리다 멎는다. 밭은 고속도로 면보다 이 미터쯤 얕다. 다행하게도 가깝게 뒤따르던 차량이 없어 충돌 사고는 일어나지 않았으나 사고 현장을 목격한 뒤차들은 나 몰라라 하고 쌩쌩 그냥 달린다. 그리고 그 뒤에 오는 차들은 사고가 난 것을 모르기 때문에 또 그냥 지나가 버린다. 내 승용차는 밭에 이랑처럼 긴 바퀴 자국을 파 놓긴 했으나 얌전하게 주차해 놓은 듯이 정상적인 모습이다.

한 십 분, 아니 이십 분쯤 지났을까. 차 앞문이 열리며 국장이 굼뜬 동작으로 나오고 있다. 겉으로 보기에는 전혀 상처를 입지 않은 멀쩡한 모습이다. 그는 열려 있는 운전석 쪽의 문으로 상체를 들이민다. 차 안에 있는 내 모습이 보인다. 내가 벨트에 묶인 채 죽은 닭처럼 축 늘어져 있다. 국장은 그런 나를 한동안 바라보다가 내 몸에서 벨트를 풀고 운전석 쪽으로 잡아끈다.

'국장님! 오른쪽 문을 열고 그쪽으로 끌어내세요!'

나는 다시 소리 질렀다. 내 귀에도 들리지 않는 그 목소리가 화면에 전달될 리가 없다는 것을 뒤늦게 깨닫고 나는 한숨을 쉬었다. 답답해 미칠 노릇이었다.

"이 사람아, 흥분하지 말게. 저 장면은 이미 돌이킬 수 없게 된 과거야."

신인이 내게 말했다.

'그럼 전 이미 죽은 목숨입니까?'

"아직 그렇게 말할 수는 없지."

'그렇다면 저는 살아날 수도 있다는 얘깁니까? 지금의 제 목숨은 어떤 상태입니까?'

"계속 자네 모습을 지켜보게나."

나는 신인이 시키는 대로 할 수밖에 없었다.

국장은 안간힘을 써 나를 운전석까지 끌어다 옮겨 놓는다. 그리고 벨트로 나를 묶는다. 국장이 내 오른쪽 뺨을 네댓 번 찰싹찰싹 갈겨댄다. 그래도 나는 깨어나지 않는다.

국장이 오른쪽 다리를 끌다시피 절어대며 깊이 파인 바퀴 자국을 따라 밭을 지나고, 도랑을 건너 갓길로 기어오른다. 가까스로 갓길에 올라선 국장이 양팔을 하늘로 뻗어 올리고 마구 흔들어댄다. 그러나 열 대쯤 되는 차량들이 그냥 지나치곤 한다. 그래도 그는 끈기 있게 팔을 흔들어댄다. 이윽고 봉고차가 그의 구원 요청에 응하기 위해 저만치 앞에서부터 갓길로 들어서며 속력을 줄인다. 그러고는 국장 옆에 와 멎는다. 봉고차의 창유리가 내려진다. 국장이 열린 창으로 고개를 디밀다시피 하며 뭐라고 지껄여댄다. 그러나 그 소리는 질주하며 뿌려대는 차량들의 소음 때문에 들리지 않는다.

봉고차에서 세 명의 청년들이 내려와 민첩하게 밭으로 뛰어내린다. 그들은 차로 달려간다. 한 청년은 나를 벨트로부터 해방시켰고 또 다른 한 명은 내 가슴에 깊숙이 손을 꽂았다. 그가 손을 꽂은 채 크게 외친다.

"살아 있어! 심장이 뛴다고!"

"그럼 빨리 옮겨!"

두 청년의 뒤에서 나를 넘겨다보던 사내가 말한다. 두 청년이 나를 끌어내 그 사내의 등에 업히게 한다. 나를 업은 사내가 가쁜 숨을 쉬며 뛰다시피 하여 봉고차로 향한다.

내가 봉고차 뒷좌석에 눕혀진다. 봉고차 옆에 주저앉은 국장도 그들의 부축으로 운전석 옆에 올라앉는다.

나를 업고 온 사내가 시동을 걸고 차를 전진시킨다. 나머지 두 사내는 누워 있는 나를 돌볼 수 있게끔 의자 등받이를 반대편으로 젖혀 놓곤 앉는다. 그들은 한결같이 걱정스러운 표정으로 계속 나의 용태를 관찰하고 있다.

운전석의 젊은이가 국장에게 묻는다.

"어쩌다 그렇게 됐습니까?"

"글쎄, 난 모르겠소. 저 친구가 운전을 했고 난 잠이 들어 있었거든요. 눈을 떠보니까 차가 밭 가운데 있는 거예요."

"다리는 좀 어떻습니까?"

"부러진 것 같지는 않고 심하게 삔 모양이오."

"뒤엣분도 심장이 뛰고 있으니 천만 다행입니다."

"기적이지요."

"사고가 난 지는 오래 됐습니까?"

"정확하게는 알 수 없지만 내가 깨어난 게 한 이십 분 전이오. 구원을 청해도 그냥들 달아납디다. 참, 세상인심……."

"운전하시다 존 모양이지요?"

"아마 그랬을 거요. 어젯밤에 잠을 못 잤다고 했거든요. 그래 내가 몰겠다고 했더니만 걱정할 것 없다고 큰소리를 치더니……."

'아닙니다! 그게 아닙니다!'

나는 또다시 나도 모르게 고함을 질러댔다. 그런데 여태까지와는 달리 나는 내 목소리가 목구멍을 넘어 나오는 것을 느낄 수 있었다. 비록 고함은 아니었어도 조그맣게 들리기까지 했다.

그때였다. 화상을 잃은 형광구가 내 눈앞에서 쾌속으로 회전하며 차츰차츰 멀어지고 있었다. ……축구공만 하게, 테니스공만 하게, 탁구공만 하게, 그리고 콩알만 하게 작아지더니 저 멀리 까마득한 곳으로 사라지고 말았다. 나는 신인에게 말했다.

맨 처음에 주유소에서 급유할 때의 장면을 다시 한 번 볼 수 없느냐고. 그 장면만을 녹화해서 내가 가질 수는 없느냐고.

"정신이 드는 모양이야. 뭐라고 웅얼거리는데 무슨 소린지 영 알아들을 수가 없어."

내게 들린 것은 분명 그 신인의 목소리가 아니었다. 마치 잠결에 듣는 옆 사람의 목소리 같았다.

나는 눈을 떴다.

"야아, 눈을 떴어! 눈을 떴다구!"

내 가슴에 손을 넣어 심장이 뛰는 것을 확인했던 바로 그 청년이 소리 질렀다. 나를 묶고 있던 안전벨트를 풀어 준 사람이 그 옆에서 활짝 웃고 있었다. 나는 고개를 들었다. 나를 업었던 청년의 뒷모습이 보였다. 그 옆에서 국장이 몸을 비틀고 앉아 나를 바라보고 있었다.

그리고 아무 말도 하지 않았다

김영현

1955년 경남 창녕 출생.
서울대학교 철학과 졸업.
1984년 《창비신작소설집》에 〈깊은 강은 멀리 흐른다〉 발표.
시집 《겨울바다》, 장편소설 《폭설》《깊은 강은 멀리 흐른다》
《풋사랑》《뜰개의 모험》 등.
한국창작문학상 수상.

그리고 아무 말도 하지 않았다

열차가 역사驛舍를 벗어나 천천히 움직이기 시작하자 금세 풍경이 달라지기 시작했다. 선로를 따라 늘어서 있는 도시 변두리의 허술한 집들과 그 허술한 집의 낮은 지붕 위마다 서로 경쟁이나 하듯이 삐죽삐죽 솟아나 있는 텔레비전 안테나, 그리고 커다란 공같이 생긴 무슨 공장의 저수탱크, 연기를 뭉게뭉게 피워 올리고 있는 기다란 굴뚝, 공사를 하다가 그대로 방치해 두고 있는 아파트, 이런 변두리에서 흔히 보이는 여인숙의 간판, 그들 사이로 비집고 흘러가는 더러운 하천……. 이런 것들이 열차가 움직이는 속도에 따라 마치 느리게 돌아가는 영상처럼 차창에 가득 떠올랐다 뒤로 사라지곤 하였다. 그런 도시의 낮은 풍경 위로 음울한 빛깔의 겨울 하늘이 낡은 모포처럼 펼쳐져 있었다.

도시를 벗어난 열차가 차츰 본격적으로 속도를 붙여 달리기 시작하자 그제야 재섭은 그때까지 그저 건성으로 뒤적이고 있던 신문을 아무렇게나 접어서 무릎 위에 놓고는 커다랗게 하품을 한 번 하고 나서 눈물이 글썽해진 눈으로 창밖을 내다보았다. 얼마 전에 한차례 내렸던 눈이 채 녹지 않아 집과 야산의 음지에는 아직도 잔설이 버짐처럼 하얗게 남아 있었다. 철길을 막아 놓은 담 저쪽의 판잣집에서 빨래를 널고 있는 젊은 여자와 통통하게 옷을 껴입고 마루에 앉아 있는 아이가 보였다. 아이는 열차를 물끄러미 쳐다보았지만 젊은 여자는 아랑곳하지 않고 자기 일만 하고 있었다. 도시를 벗어나자 다닥다닥 붙어 있는 집 대신에 넓은 들과 야산과 강이 나타났다. 들과 야산과 강은 열차가 달리는 속도에 비례하여, 열차를 중심으로 마치 커다란 쥘부채의 가장자리처럼 천천히 돌아서 뒤로 사라졌다.

낮은 야산 사이로 숨었는가 하면 어느새 잘 닦아 놓은 유리처럼 번쩍이며 나타나는 강을 따라 잎새가 하나도 없는 미루나무들이 초병처럼 줄을 지어 서 있었다. 차가운 겨울바람이 그 가지 끝에 매달려 맵게 울어대고 있을 터였다. 그러나 재섭이 앉아 있는 창 측에는 열 시를 갓 넘긴 따뜻한 겨울 햇살이 눈살을 찌푸리지 않으면 안 될 정도로 화창하게 내려앉아 있었다. 게다가 열차 안은 스팀을 지나치게 틀어 놓아서 그런지 벌써부터 후텁지근하고 다소 지겹게까지 느껴지기 시작하는 것이었다.

열차가 도시를 벗어나면 날수록 조금 전까지만 해도 그렇게 생생하게 그를 둘러싸고 있었던 일상적인 일들이 마치 먼 옛날의 일처럼 차츰 비현실적인 모습으로 변해 갔다. 방금 전 아침에 헤어졌던 주인집 여자의 얼굴도, 얼마 전에 집을 나간 아내의 모습도, 지난 밤 늦게까지 함께 술잔을 기울였던 친구들의 모습도, 박명호와 영애의 모습도, 그리고 그가 매일 다니던 골목길과 큰길의 풍경도 점점 낡은 액자 속의 사진처럼 변해 가는 것이었다. 그러나 재섭의 머릿속은 여전히 복잡하였고, 여전히 어두운 그림자와도 같은 것이 자리 잡고 있었다. 그래서 까닭 없이 우울한 기분에 빠졌다가 또 갑자기 까닭 없는 죄책감과 불안에 사로잡히곤 하는 것이었다.

그렇게 멍하니 창밖을 내다보고 있던 재섭은 이윽고 무언가 생각난 듯이 자리에서 일어나서, 윗선반에 놓인 배낭에서 책을 하나 꺼내었다. 화구畵具와 옷가지가 터질 듯이 들어 있는 배낭에서 책을 꺼내는 데는 다소의 힘이 들었다. 가까스로 손가락을 집어넣어 책을 빼낸 그는 다시 자리에 앉았다. 문고판으로 된 낡은 소설책이었다.

얼마 전에 우연히 서가의 한쪽 구석에 꽂혀 있는 것을 발견하고 별 생각 없이 뽑아서 읽고 있었지만 집중적으로 보지 못해서 내용도 온통 뒤죽박죽으로 머릿속에 남아 있었고, 진도도 무척 나가지 않는 책이었다. 커버가 벗겨진 앞표지에는 '그리고 아무 말도 하지 않았다' 라는 제목이 작은 글씨로 박혀 있었다. 재섭은 책을 펴서 여기저기 뒤적이다가 어디까지 읽다 말았는지 알 수가 없어 다소 애매한 느낌을 가진 채 한쪽을 정하고는 그곳에서부터 읽어 나가기 시작했다.

교회 관계 어떤 기관의 전화 교환수로 일하는 주인공 프레드가 아내 케테와 만나 방직 공장 옆 싸구려 여인숙을 찾아가는 장면이었다. 독일의 작가 하인리히 뵐이 쓴 그 작품은 전후 패전국의 가난하고 희망 없는 삶이 한 중년 부부의 내면을 통해 매우 고통스럽고 우울하게 그려져 있었다. 재섭은 그 속에 나오는 소심하고 불안한 오십 대의 주인공 프레드란 친구가 어쩐지 자기와 꼭 닮았다는 생각이 들었고, 그래서 조만간에 자기도 그렇게 될지 모르겠다는 생각과 함께, 그러고 보면 인생이란 어차피 별게 아닐지도 모른다는 생각이 들곤 했다. 그러나 그는 책을 보면서도 반은 자신의 상념에 젖어 있었기 때문에 깜박깜박 읽던 곳을 놓치기 일쑤였다.

"이것 좀 드시겠수?"

그때 그의 곁에서 무슨 소리가 들렸다. 재섭은 소리 나는 쪽을 돌아보았다. 열차를 탈 때부터 함께 같은 의자에 앉아 있었지만 자기 생각에 빠져 있느라 관심을 두지 않았던 사람이었다. 오십 대 후반의 중늙은이인 그는 넥타이까지 맨 양복 차림이었는데 양복의 깃이 넓고, 소매끝의 실밥이 터져서 한눈에도 오래된 것임을 알 수 있었다. 살이 없는 푹 꺼진 볼에는 주름살이 깊게 파여 있었고, 머리카락은 흰색과 검은색이 꼭 반반 섞여서 회색으로 보였다. 그러나 끝이 붉은 길쭉한 코와 재섭을 바라보는 눈빛은 그렇게 교활하거나 계산적인 사람으로 보이게 하지는 않았다. 그는 신문지로 싸 온 김밥을 자기 무릎 위에 올려놓고 있었다.

"아니, 괜찮습니다."

재섭은 읽던 책을 놓고는 가볍게 웃으면서 정중하게, 그러나 다소 의도적인 것이었지만, 거리감이 느껴질 정도로 딱딱하게 말했다. 먼 길을 떠나는 여행길에서 함께 가는 동행자와 이런저런 이야기를 나누며 가는 것이 나쁠 것도 없을 터였지만 지금의 그는 전혀 그럴 기분이 아니었다. 비록 불안하고 우울하긴 했지만 재섭은 혼자 자신의 상념에 잠겨서 가고 싶었던 것이었다. 그러기 위해서 떠났던 여행이 아닌가.

"어디까질 가시우?"

그러나 중늙은이는 그의 그런 기분과는 상관없이 계속 말했다.

"태백이오."

재섭은 아까보다 더 무뚝뚝하게 대답했다.

"태백이라? 그러면 제천서 버스로 갈아타셔야겠구먼. 거긴 왜 가시우?"

낡은 양복 차림의 중늙은이는 뜻밖이란 듯이 재섭의 옆모습과 차림새를 한 번 더 흘낏 보고는 다시 물었다.

"예, 뭐…… 그냥…… 그냥 쉬러 가는 길입니다."

재섭은 자세히 설명하기가 싫어져서 이번에는 정말 신통치 않은 표정을 역력히 보이면서 대답하고는, 다시 눈을 돌려 열심히 책을 보는 척하였다. 어디까지 읽었더라…… 그러니까 프레드는 신부에게 아내와 아이들을 위해 돈을 빌린다. 그리고 그 빌린 돈의 일부로 술을 마시고, 오락 게임도 한다. 그는 아내와 아이들이 있는 집으로 가고 싶었지만 낡고 비좁은 그의 셋집에는 그가 머물 곳이 없었다. 그는 전쟁 때에는 무전병으로 근무했었다. 그는 선량했지만 자신이 할 수 있는 것이라고는 정말 아무것도 없는 사내였다.

"쉬러 간다……. 정말 하나 안 드시겠소? 세상에. 좋은 곳을 다 두고 태백에 쉬러 가다니. 내 딸이 하나 거기 살거든요. 거긴 쉴 곳이 못 돼요."

그는 김밥을 입에다 하나 넣고 오물거리며 혼잣말처럼 말했다.

"보아하니 막장일 하는 사람 같지는 않은데…… 막장일 하는 사람은 금세 표가 나거든요. 나두 그래도 얼마 전까진 책상머리를 지키던 공무원이었지요. 조그만 읍사무소 주사였지만, 김 주사 하면 그래두 군내에서는 다아 알아주었어요. 퇴직하구 나서 할 일이 없어 퇴직금을 받아 서울에 있는 딸네 집에서 살았더랬는데 허 참, 사위 놈이 장살 하다가……."

그는 심심했던 참에 좋은 말상대를 만났다는 듯이 길게 말을 늘어놓기 시작했다. 재섭은 그의 이야기가 길어지자 건성으로 들어 넘기면서 다시 아까의 상념으로 돌아가기 위해 생각을 모았다. 무슨 생각을 했었지. 생각이라기보다는 무슨 그림자 같은 형상과 어떤 말할 수 없는 느낌 같은 것이었는데……. 약간은 고통스럽고, 또 약간은 달콤하고, 또 약간은 괴로운 어떤 것이었는데…….

그러고 보면 자기가 왜 그곳 태백으로 가고 있는지 자신도 잘 알고 있는 것 같지 않았다. 쉬러 간다……. 딴에는 틀린 대답은 아니었다. 그리고 물론 겉으로 드러난 이유에는 그보다도 더 확실한 것이 있었다. 그곳 산속 수도원에 있는 모 원장 신부가 새로 건물을 하나 지었는데 그 건물 한쪽 벽에다 벽화를 좀 그려 주었으면 하는 부탁을 하였던 것이다. 그러나 정확히 말하자면 재섭이 직접 그 부탁을 들은 것은 아니었고, 친구인 박명호가 자기에게 들어온 것을 자기는 시간이 없으니 재섭이 자네가 좀 맡아 주면 어떻겠느냐고 미루었던 것이었다. 무보수의 순전한 노력 봉사일 거라는 단서와 함께.

재섭에게 벽화가 전혀 낯선 것은 아니었다. 80년대에는 박명호를 따라 어떤 공장의 담장에다 삼십 미터가 넘는 그림을 그려 준 적도 있었다. 여름 한 달 동안을 그 그림에 매달려 끙끙거렸는데, 그림이 거의 완성되어 갈 무렵 어느 날 아침에 가 보니, 그 위에 누가 마구잡이로 흰 페인트칠을 해놓은 것이 아닌가. 정말 전신의 맥이 쭉 빠져 버리는 느낌이었다. 알고 보니 경찰에서 뒤늦게 그 그림의 내용을 문제 삼은 끝에 구청에다 통보하여 하룻밤 새 지워 버렸던 것이었다.

그 문제를 가지고 미술판과 당국 간에 창작 표현의 문제와 불법 설치물 철거 문제를 두고 열띤 싸움이 벌어졌었다. 결국 그림을 부탁했던 공장 측의 일방적인 철회로 싸움은 싱겁게 끝나고 말았지만, 재섭은 한 순간 자신의 공력을 들였던 작품이 그렇게 쉽게 사라질 수 있다는 사실에 크게 실망을 하지 않을 수가 없었다.

그러나 박명호의 생각은 달랐다. 그의 말에 의하면 어떤 예술도 영원할 수는 없으며 다만 자기가 살아가는 시대적 요구에 충실할 뿐이라는 것이었다. 그는 예술의 영원성보다는 효용성에 더 가치를 두고 있었고, 그의 표현에 의하면 '보다 좋은 사회를 건설하기 위한 싸움의 도구'로서의 역할에 더 무게를 주었다. 그러므로 그는 벽화나 걸개그림 같은 선전적 효과가 큰 작품에 보다 많은 관심을 가져야 한다고 말했다. 그래서 그런지 그의 작품에는 사회성이 짙게 배어 나왔고, 힘과 분노가 넘치고 있었다.

미술 대학 시절 박명호는 재섭의 단짝이었다. 두 사람은 캔버스를 들고 늘 붙어 다니다시피 했었다. 그러므로 재섭은 박명호의 생각을 누구보다도 잘 이해하고 있었다. 어떤 시기에는 실제로 그의 영향을 받아 그와 함께 일을 하기도 했었다. 박명호는 빈민 신문에 익명으로 만화를 그렸고, 후배들과 함께 시위 집회 장소에 걸리는 대형 걸개그림을 만들기도 했다. 깎지 않은 수염이 항상 허술하게 나 있는 그는 키가 큰 대신 몸이 아주 야위었고 약간의 폐병까지 앓고 있었다. 재섭은 그를 이해했지만 그러나 그렇다고 그의 뜻에 전적으로 찬동하고 있는 것은 아니었다. 아니, 오히려 그 반대에 가까웠다. 그가 가난한 집안의 반대를 무릅쓰고 미대를 택한 것은, 물론 개인적 취향도 있었지만 전적으로 자신의 삶을 이전에 살았던 위대한 화가들처럼, 변화하는 무상한 일상적인 세계로부터 영원한 예술의 세계에다 던져 넣고 싶은 욕구 때문이었다. 변화하는 세상과 시대의 필요성에만 충실해야 한다면 도대체 실용적인 기술이 아니라 예술을 택했어야 할 이유가 없지 않겠는가.

그게 재섭의 생각이었다. 그러나 조용한 화랑의 한쪽 벽면을 장식한 채 돈 많은 부인에게 팔려 갈 차례를 기다리는 그런 예술 역시 무의미하다고 느끼고 있었다. 그들을 위해 그림을 그려야 한다면 참으로 비참한 일이 아닐 수 없다. 인간과 사물의 뒤에 숨어 있는 영원한 그림자를 그려 내면서 동시에 시대적인 힘과 고통을 그려 내는 것. 그것이 바로 자신이 해결해 가야 할 예술적 과제라고 생각했다. 그리고 그 해답에 관한 한 아무도 노와주지 않는 것이었다.

그가 이런 어려운 질문에 대한 실마리를 채 풀지 못한 채 헤매고 있었으면서도 박명호의 제안을 약간의 주저 끝에 선뜻 받아들인 것은 요즘의 자신을 둘러싸고 있는 이러저러한 현실로부터 탈출해 보고 싶은 강한 욕구에 사로잡혔기 때문이다.

사실 그 일만 놓고 볼 땐 돈도 되지 않을 게 뻔했을 뿐만 아니라 예술적인 성취도도 그렇게 기대되지 않는 일이었다. 이름 없는 수도원의 시멘트 벽에 그리는 그림에서 무엇을 기대할 수 있겠는가. 게다가 무엇보다도 그 수도원이 있는 태백은 멀기도 했거니와 아직 한 번도 가보지 못했던 곳이었다. 그러나 그는 이미 후회하지 않기로 마음을 먹었었다. 어떤 일이나 그 일을 선택하게 된 과정에는 필연성이란 게 없는 법이다. 그러므로 선택이란 것도 결과적으로 보자면 어쩔 수 없는 필연의 소산인 것이다. 일단 그렇게 생각하니 마음이 편해지는 것이었다. 그런데다 굳이 밝히자면 벽화 그리기는 하나의 핑곗거리에 불과했다.

재섭은 최근 들어 자신이 더없이 황폐해지고 지쳐 있음을 느끼고 있었다. 이 년 전 네 살배기 딸 승희가 교통사고로 죽고 나서부터 약간씩 발작 증세를 보이던 아내는 얼마 전에 결국 그의 곁을 떠나가고 말았다. 그때 그는 박명호를 비롯한 몇몇 친구들과 기획 전시회를 앞두고 있었기 때문에 내내 화실에만 붙어 있었다. '고문전'이라는 이름이 붙어 있는 그 전시회는 지난 시절 군사 통치하에서 고통받았던 인간의 모습을 재현해 내는 작업의 일환으로 기획된 것이었다. 그는 무척 바쁘게 일했다. 그는 아내가 가출한 사실을 알고 나서도 계속 일에만 열중했다. 그는 이른바 민중 미술 쪽에서 일하는 친구들과는 약간의 거리를 가지고 있었지만 이 기획전은 마음에 들었다. 고문만큼 인간의 내부를 적나라하게 표현해 줄 수 있는 것이 없을 것이기 때문이었다.

그는 깊이를 알 수 없는 어둠 속에서 일그러진 채 울부짖는 사내의 모습과 그를 둘러싸고 있는 세 명의 사내를 그렸다. 그들은 팽팽한 긴장 속에 놓여 있었지만 동시에 각기 어쩔 수 없는 불가해한 운명에 의해 그 역할이 주어져 있는 것처럼 보였다. 그래서 세 명의 고문자는 한 명은 악마의 형상을, 다른 한 명은 천사의 형상을, 또 다른 한 명은 인간의 형상을 하고서 울부짖고 있는 사내를 중심으로 둘러서서 마치 수술실의 의사들처럼 때로는 무표정하고 때로는 약간 슬픈 표정으로 지켜보고 있는 그림이었다. 다만 인간의 형상을 한 사내는 자신의 또 다른 모습인 그를 외면하는 듯 두려움이 역력한 표정으로 비스듬히 몸을 돌리고 있었다. 그리고 울부짖는 사내의 주변을 제외하고는 주위는 온통 무거운 어둠에 싸여 있었다.

친구들은 그가 자신의 상심을 달래기 위해 그렇게 일에 매달리고 있는 것이라고 이야기했다. 그러나 재섭은 그렇게 일에 열중하는 자신의 속에 들어 있는 또 다른 계산을 자신만은 알고 있었다. 그것은 아내의 가출에 관해서였다. 그는 아내가 언젠가는 가출하게 될 것이라는 사실을 이미 알고 있었다. 그럴 뿐만 아니라 마음 한쪽 은밀한 구석에서는 아내가 가출할 것을 은근히 기다리고 있었는지도 몰랐다. 승희의 죽음은 곧 두 사람 사이의 죽음을 뜻했고, 재섭에게나 아내에게나 현실의 삶에 대한 절망을 뜻했다. 신경이 극도로 날카로워진 재섭은 자기보다 더 날카로워져 있는 아내와 자주 다툼을 벌였다. 두 사람은 마치 가학적으로 서로를 파멸로 이끌고 가듯이 괴롭혔고, 스스로 메말라 갔다.

그런 중에 재섭은 아내 몰래, 가끔 화실에 놀러 오는 영애라는 후배와 사귀었다. 그녀는 장식이 많은, 유행하는 옷을 입고 다녔고 귀에는 커다란 귀고리를 하고 있었다. 그리고 매우 거슬리는 소리를 내는 쇠로 만든 팔찌를 끼고 있었다. 그녀는 세련되고 예쁘긴 했지만 허영기가 많았고 또 경박스러웠다.

그러나 재섭은 속으로 그녀를 혐오하면서도 그녀에게 사랑을 고백했고, 그녀와 화실의 한쪽 이동 칸막이로 막아 놓은 매트리스 위에서 대낮에 정사를 벌이곤 했다. 영애 역시 재섭의 그런 이중성을 어느 정도 알고 있었고, 그런 그에게서 약간의 동정심과 약간의 경멸감을 느끼고 있었다. 그녀는 재섭과 같이 복잡한 인간이 싫었다.

창문을 뚫고 들어오는 화살 같은 창백한 햇살. 귀엽던 승희와 아내의 모습. 마치 물에 풀어 놓은 잉크처럼 천천히 퍼져 가는 담배 연기. 아무렇게나 뒹굴고 있는 물감 통과 캔버스. 담요 밑에 벌거벗은 몸을 반쯤 가린 채 가만히 누워서 흥흥 콧노래를 불러대고 있는 영애. 철그렁거리는 쇠팔찌 소리. 그리고 엎드려서 담배를 태우고 있는 서른여덟의 신경질적인 표정의 사내인 자기……. 그 모든 것이 괴로운 꿈만 같았다.

그때 문득 그의 머릿속에 떠오른 것이 인도 여행이었다. 그것은 마치 늪지대에 빠져 허우적거리다가 본 신기루 같은 것이었다. 왜 하필이면 그때 인도가 떠올랐을까. 그 이유는 자신도 분명히 알 수 없는 것이었지만, 아마도 무언가 발가벗은 듯한, 근원적인 것에 대한 그리움 때문이었을 것이다. 누더기처럼 자신의 삶에 걸쳐져 있는 모든 것을 한꺼번에 벗어 버리고 싶은 마음. 마치 나방이 허물을 벗어 던지듯 불투명하고 숨 막히는 불안과 죄의식의 너울을 훌훌 벗어 버리고, 가벼운 몸으로 가볍게 날아가 버리고 싶은 욕망. 그것 때문이었을 것이다. 비록 가난하고 고통스러운 여행이라 하더라도, 아니 그렇기 때문에 더욱 진지하게, 그는 인도 여행을 꿈꾸었다. 그는 언젠가 보았던 '후지와라' 라는 한 일본인이 쓴 《인도 방랑》이라는 책의 어떤 구절을 떠올렸다. 거기에는 이렇게 씌어 있었다.

걸을 때마다 내가 보였다. 내가 배워 온 세상의 허위가 보였다. 그러나 나는 아름다운 것도 많이 보았다. 거대한 가주말나무에 둥우리를 짓고 사는 수많은 삶을 보았다. 그 뒤에 솟아오르는 거대한 비구름을, 인간에게 싸움을 걸어 오는 사나운 코끼리를, 코끼리를 정복한 의기양양한 소년을 보았다. 코끼리와 소년을 감싸 안은 높은 숲을 보았다. 세상은 좋았다. 대지와 바람은 황량했고……. 꽃과 꿀벌은 아름다웠다. 나는 걸었다. 내가 만나는 사람들. 그들은 비참할 정도로 가난하고 못났다. 그들은 비참했다. 그들은 익살맞았다. 그들은 쾌활했다. 그들은 고귀하면서 황량했다. 세상은 좋았다…….

영애와의 정사가 끝나면 재섭은 담배를 태우며, 거대한 가주말나무와 거대한 비구름과 코끼리와 헐벗은 인간들이 살아가는 풍경을 떠올렸다. 그곳이 꼭 인도가 아니라도, 지구 상의 어떤 알지 못하는 곳이라 하더라도, 떠나가고 싶었다. 그리하여 자신과 만나보고 싶었다. 그리하여 또 이 그림자처럼 지나가는 현상적인 삶의 깊숙한 곳에 자리 잡고 있을 본질적인 삶과 마주해 보고 싶었다.

전시회는 그런대로 성황을 이루었지만 그는 자신의 내면에 쓰레기처럼 가득 차 있는 괴로운 짐은 벗어 버릴 수가 없었다. 가출한 아내는 처음에는 친구 집을 전전하다가 최근에는 어떤 종교 단체가 운영하는 기도원에 들어가 있다는 소문이 들렸다. 전시회가 끝나고 평가회를 가졌던 밤. 드디어 그동안 자신을 버텨 주고 있었던 자제력의 사슬이 끊여져 버리고 말았다. 재섭은 엉망으로 취해 술집 바닥에다 구토를 하며 고래고래 고함을 지르기도 했고, 아무에게나 행패를 부려대기도 했던 것이다. 그는 또 죄 없는 박명호의 면상 가까이 얼굴을 바싹 대고는 침을 튀기면서 하소연이라도 하듯이 말했다.

"이봐, 명호! 고상한 민중 미술가 선생! 난 쓰레기네. 알겠니? 내 속에는 온통 냄새나는 쓰레기로 가득 차 있다구. 나는…… 그래, 나는…… 이봐, 명호. 잘 봐. 이 쓰레기 같은 인간의 모습을! 나는 내가 징그러워."

그는 자기도 알지 못하는 말을 횡설수설 내뱉었다. 그러다가 자기 연민에 젖어서 종국에는 커다랗게 소처럼 울어대었다.

"너무 자학하지 마."

명호는 부드럽지만 엄격한 표정으로 말했다. 재섭은 그렇게 오랫동안 울었다.

다음 날 술이 깼을 때 그에게 남아 있는 것은 깊은 물 밑에 앉아 있는 것 같은 외로움과 참담한 부끄러움이었다. 몸에도, 마음에도, 영혼에도 온통 빈 구멍이 뚫린 것처럼, 황량한 바람이 스치며 지나갔다.

그때 박명호가 그에게 벽화를 부탁했던 것이었다. 아마도 그는 친구인 재섭이 극도로 지쳐 있다고 생각하고는 이 도시를 벗어나 깊은 산속에서 조금 쉴 수 있는 일거리로서 그 일을 배려해 준 것이었는지도 몰랐다. 재섭은 잠깐 생각에 젖어 있다가 고개를 끄덕이고 말았다. 일도 일이었지만 수도원이라는 단어가 주는 고전적인 경건함이 그의 마음에 이상한 감동의 물결을 일으켰던 것이었다. 일단 마음의 결정을 한 이상 지체할 이유가 없었으므로 재섭은 그 날짜로 짐을 챙겨서 바로 다음 날 떠났던 것이다. 그러니까 바로 어제의 일이었다.

그러나 재섭은 자신이 태백의 수도원으로 떠난다는 사실을 아무에게도 알리고 싶지 않았다. 물론 영애에게도 가르쳐 주지 않았다. 다만 혹시 돌아올지도 모르는 아내가 다소 걱정이 되었지만, 그녀 역시 당분간 자신의 부재가 필요할지도 모른다는 생각이 들었다. 그는 떠나기에 앞서 화실에 있는 전화의 자동 응답기에다 대고 잠시 망설이다가 천천히 또박또박 녹음을 시켰다.

"그는 지금 부재 중입니다. 그는 인도로 갔습니다."

그러고는 잠시 있다가 더듬거리듯이 빠르게 말해 버렸다.

"……감사합니다."

그는 '미안합니다' 하고 말하려다가 대신 '감사합니다' 하고 말했다. '미안하다'는 말 속에는 무언가의 여운이 묻어 있었는데, 그런 여운이 갑자기 싫어졌기 때문이었다. 그러나 느닷없이 '감사합니다' 하는 말 역시 해놓고 보니 어색하기는 마찬가지였다. 그러나 그는 더 이상 그런 사소한 문제로 망설일 필요가 없다는 판단을 하고는 곧장 청량리로 가서 아침 열 시 제천행의 중앙선 열차를 탔던 것이었다.

어느새 깜박 잠이 들었었나. 깨어 보니 열차는 마악 터널을 통과하고 있는 중이었다. 옆을 보니 김밥을 권하던 중늙은이도 모로 고개를 젖히고 자고 있었다. 재섭은 입이 찢겨져라 하품을 하고는 기지개를 켰다.

열차가 제천에 도착한 것은 거의 두 시가 가까워졌을 무렵이었다. 재섭은 역을 빠져나와 다시 택시를 타고 시외버스 정류장으로 가서 태백행 버스로 갈아탔다. 2월의 하늘은 빗기에 젖은 채 잔뜩 찌푸려 있었지만, 다행히 바람은 불지 않았고 기온도 그렇게 춥게 느껴지지는 않았다. 태백행 버스는 수시로 있었다. 평일이라 그런지 버스마다 텅텅 비어 있었다. 재섭은 운전수의 반대편인 오른쪽 앞자리에 앉았다. 제천서 국수를 하나 먹긴 했지만 허술한 요기여서 그랬는지 배가 조금 고팠다.

짙은 초록색 선글라스를 낀 운전수는 깡마른 젊은 사람이었다. 그는 이런 시외버스의 단골 메뉴인 흘러간 뽕짝 메들리를 커다랗게 틀어 놓고 있었다. 테이프의 앞뒷면이 자동적으로 바뀌었기 때문에 똑같은 노래가 여러 번 반복되었지만 그는 갈아 끼울 생각은커녕 혼자서 신이 난 표정으로 따라 부르기조차 했다. 몇 안 되는 승객들이었지만 손님들이야 아랑곳하지 않는 모습이었다. 재섭은 배도 고팠지만 머리를 쿵쿵거리는 뽕짝의 리듬에 차츰 멀미가 일었다. 그러나 운전수에게 카스테레오를 꺼 달라고 일부러 부탁하기가 싫어서 그대로 견디고 있었다.

사람의 그림자가 거의 눈에 띄지 않는 메마른 겨울 풍경은 차창 밖에 마치 해골처럼 버려져 있었다. 모두 갈색 계통의 단조로운 색조였다. 산간이라 낮이 짧은 탓인지 그 갈색의 풍경 위로 벌써 오후의 기운 없는 햇살이 낮은 각도로 넘어지고 있었다. 텅 빈 넓은 버스와 메들리로 흘러나오는 옛날 노래. 그리고 배고픔과 멀미가 겹쳐 재섭은 어쩐지 자꾸 세상 밖으로 혼자 떨어져 나가는 기분이 되었다.

그러고 보면 지난 몇 해 동안 자기에게 행복한 일이라고는 한 번도 일어나지 않았던 것 같은 생각이 들었다. 승희가 살았으면 어땠을까. 조금은 달랐을 것이었다. 귀여운 승희. 발음이 분명치 않은 말로 "아빠, 우리도 멍멍이 하나 사자" 하고 조르곤 했었는데……. 그리고 또 다른 죽음이 하나 있었다. 오랜 친구였던 정민의 죽음이 바로 그것이었다. 그는 자살을 했다. 지난 시절 민주화 운동에 온몸을 바쳐 싸워 왔던 정민의 죽음은 재섭에게뿐만 아니라 모든 친구들에게 커다란 충격을 주었다. 정민은 한 통의 유서를 남겼는데 거기에는 자기가 존경하고 따랐던 어떤 선배의 정치적 변절이 자기의 삶에 얼마나 큰 혼란과 절망을 가져다주었는지 모른다는 것과, 자신은 요즘 도대체 어떻게 살아가는 것이 무의미하지 않을까 하는 고민에 싸여 있으며, 분명한 것은 살아가면 살아갈수록 점점 더 살아갈 자신이 없어진다는 것, 이라는 내용이 들어 있었다.

따뜻한 살붙이 승희의 죽음과 수많은 괴로운 질문을 남긴 친구 정민의 죽음은 재섭의 가슴으로부터 '행복'이라는 단어를 앗아가 버렸다. 그의 머릿속에는 밝고 화사한 자기 모습 대신에 우울한 자화상이 먼저 떠올랐다. 그리고 인생이란 행복보다도 불행이 더 많아서 그 불행의 늪을 행운이라는 연잎 같은 걸 밟으며 아슬아슬하게 건너가는 것일지도 모른다는 생각이 들었다.

"혁명이 없어졌다는 것은 참을 수 있다. 하지만 온 존재를 걸 수 있는 절대적인 가치가 사라졌다는 것은 참을 수 없다."

언젠가 정민은 술자리에서 우울한 표정으로 그렇게 말했었다. 한때는 열정으로 불타던 그의 깊은 갈색빛 눈이 기억났다.

재섭은 기분을 전환하고 싶어서 손가락 하나 들어갈 만큼 창문을 열고 담배를 한 대 빼어 물었다. 바람이 윙윙 소리를 내며 지나갔다. 그에 따라 담배 연기도 빨려 나가듯이 빠져나갔다.

'아아, 나는 무엇에다 나의 온 존재를 걸어 왔는가. 아니, 그런 게 있기라도 했던가.'

재섭은 속으로 혼자 외쳤다.

'그러나 설사 그런 게 없다 한들 어떠랴!'

그렇게 아무렇게나 떠오르는 대로 횡설수설 속으로 말했다. 그러고 나니 이상하게 속이 좀 후련해지는 기분이었다. 그러고는 다시 실무적인 고민, 이를테면 내일부터 그리는 벽화에 시간이 얼마나 걸릴까. 그리고 어떤 내용을 그려야 할까 하는 것으로 방향을 옮겼다. 그러자 마치 늪에서 빠져나오듯이 우울하고 괴로운 상념에서 조금 벗어날 수가 있었다. 어쨌든 눈앞에 할 일이 기다리고 있다는 것은 고마운 일이었다.

'잊자. 모든 것을 잊어버리자. 그리고 한동안 그림에만 몰두하자.'

재섭은 스스로에게 다짐이나 하듯이 이렇게 중얼거렸다.

버스는 중간에 몇 군데 잠시 정차했을 뿐 쉴 새 없이 달렸다. 제천에서 가까운 거리로만 알았는데 버스가 태백에 도착했을 때는 이미 날은 어둑어둑해져 있었다. 어두워지고 있는 하늘에서 가벼운 빗기까지 듣고 있었다. 수도원은 그곳에서도 이십여 리는 더 들어가야 했다. 그곳 근처로 가는 버스 시간을 물어보니 아직 한 시간이나 남아 있었다. 재섭은 우선 밥부터 좀 먹어야겠다고 생각하고는 정류장 근처에 있는 조그만 식당으로 들어갔다.

저녁을 먹고 나오자 사방은 이미 어두워져 있었고, 그 대신 흰 안개가 이 조그만 산간 도시를 포위라도 하듯이 자욱하게 몰려와 있었다. 재섭은 배낭을 등에 메고는 어슬렁거리는 걸음으로 버스 타는 곳을 향해 걸어갔다. 조그만 산간 도시라 했지만 밤이 되자 네온 불빛이 제법 호사롭게 밝혀져 있었다.
십여 분 있다가 버스가 왔다. 재섭은 재빨리 버스에 올라타고는 맨 앞자리에 앉으면서 운전수를 향해 커다랗게 말했다.
"아저씨. 수도원 아시죠? 수도원 앞에 좀 내려 주세요."
"허어. 그럽시다."
운전수는 재섭의 모습을 흘낏 한 번 보고는 농기가 잔뜩 담긴 어투로 말했다.
"얼마나 걸리나요?"
"뭐, 얼마 안 걸립니다. 한 이십 분……?"
재섭은 등에 멘 배낭을 벗어서 품에다 꼭 안고서 앞쪽을 쳐다보았다. 헤드라이트 불빛이 헤쳐 놓은 어둠 속으로 안개가 빠르게 흘러가는 게 보였다. 버스 안에는 앞쪽으로만 대여섯 사람이 앉아 있을 뿐이었다.
"안개가 많이 끼었군요."
재섭은 낮에와는 달리 다소 활기를 되찾은 목소리로 말을 걸었다.

"예전에는 이렇진 않았었는데, 저 아래에 저수지 공사를 한 후론 안개가 많이 낀답니다. 여기는 처음이신가요?"

"예."

"이 도로도 포장된 지 얼마 되지 않았어요. 예전에는 이런 날에 운전해 가려면 보통 일이 아니었지요. 가끔 안개 속에 산짐승 같은 게 나타나기도 하는데 그럴 땐 사고가 나기 십상이거든요."

재섭은 다소 허풍기가 있어 보이는 운전수가 자기를 놀리려고 그런 말을 하는 게 아닌가 반신반의하면서도, 하긴 그럴 수도 있겠다는 생각이 들었다. 멀리 안개 속에서 깜박이를 켠 트럭이 한 대 달려왔다.

"여기 수도원을 찾는 사람이 많습니까?"

"겨울철에는 뜸한 편이지요. 하지만 날씨가 따뜻해지면 사람들이 많이 찾아오더군요. 뭐, 들리는 이야기로는 원장 신부가 아주 재미있는 사람이라나 봐요."

재섭은 자기도 알고 있다는 듯이 가볍게 고개를 끄덕거렸다.

그래도 안개가 끼어 있는 게 낮의 을씨년스러운 풍경보다는 나았다. 안개가 가벼운 안개비로 변했는지 차창에 물기가 잔뜩 맺혔다가 뒤로 굴러 떨어졌다. 헤드라이트가 헤쳐 놓은 안개 속으로 물기에 번들거리는 도로와 나무와 바위가 보였다. 재섭은 자기가 지금 어딘가 환상의 먼 구석으로 들어가고 있다는 착각에 빠졌다.

"자, 다 왔어요. 저어기 골짜기 안이오."

이윽고 운전수가 차를 세우고는 차창 밖 한쪽 어둠을 향해 손가락으로 가리키면서 말했다.

"고맙습니다."

재섭은 배낭을 들고 탈 때와 마찬가지로 재빨리 뛰어내리면서 말했다. 그를 남겨 둔 버스는 다시 출발을 했다. 안개 속에 버스의 빨간 미등

이 빨려 들어가듯이 사라졌다. 그러자 재섭은 어둠 속에 자기 혼자 덩
그러니 서 있는 것을 발견했다. 참으로 오래간만에 내해 보는 어둠이었
다. 안개 속에서 가는 비가 조금씩 내리고 있었다. 차고 상쾌한 비였다.
차고 상쾌한 비는 맨살을 간질대듯 부드럽게 감겼다.

재섭은 다시 배낭을 등에다 메고 운전수가 가르쳐 준 방향을 향해 걸
음을 옮기기 시작했다. 다리를 건너고, 골짜기로 접어들자 어둠 속에서
물 흘러가는 소리가 요란하게 들려왔다. 그 물소리에 섞여 마치 저 깊
은 심연에서 흘러나오는 것처럼, 그러나 분명하고 맑은 공명을 가진 종
소리가 뎅뎅, 들려왔다. 재섭이 눈을 들어 보니 어두운 골짜기 저쪽에
비와 안개에 젖은 불빛이 여러 개 떠 있는 게 보였다. 재섭은 그곳을 향
해 발걸음을 빨리 하기 시작했다.

울퉁불퉁한 길을 얼마나 걸었을까. 이윽고 어둠 속에서 커다란 성채
처럼 서 있는 수도원이 나타났다. 나중에 알았지만 수도원은 산비탈을
깎아서 층층으로 집을 지었기 때문에 밑에서 보면 커다랗고 높은 성처
럼 보였던 것이었다. 더구나 밤이어서 더욱 그렇게 보였는지 몰랐다.

빗물이 뚝뚝 떨어지는 시커먼 목조 건물의 처마 끝에는 백열등이 하
나 달려 있었다. 그나마 그 백열등 빛이 어둠을 조금 밀어내 주고 있었
다. 백열등 불빛 아래서 재섭은 어디로 가야 할지 몰라 잠시 얼떨떨하
게 서 있다가 그 목조 건물이 본관이 틀림없을 거라는 확신을 하고는
그쪽을 향해 걸어갔다. 목조 건물로 올라가는 나무 계단은 물기에 젖어
서 미끄러웠다. 누가 위에서 내려오다가 재섭을 보고는 공손하게 옆으
로 비켜 주었다.

"사무실로 가려면 어디로 가야 합니까?"

재섭이 약간 긴장된 목소리로 물었다.

"예. 바로 저깁니다."

불빛에 반쯤 그림자가 졌기 때문에 나이를 알 수 없는 사내는 여전히 공손한 태도로 바로 위쪽을 가리키고는 계단 아래로 내려가 버렸다.

사내에게 물어 볼 필요도 없었다는 듯이 계단 위 오른쪽에 곧 사무실이 나타났다. 그 방이 사무실이라는 것은 벽에 붙어 있는 각종 게시판을 보아도 금세 알 수 있었다. 게시판에는 이곳 생활에 있어 유의 사항이나, 시내로 가는 버스 시간표, 일과표, 공지 사항 등이 붙어 있었다.

반투명의 유리문으로 희미한 형광등 불빛이 배어 나와 있었다. 재섭은 소리가 나지 않게 극도로 조심하면서 미닫이로 된 유리문을 살며시 열었다. 사무실 안에는 작은 책상이 하나 있었고, 그 뒤에 예닐곱 명이 앉을 수 있는 낡은 소파가 하나 놓여 있었다. 책상 앞에는 안경을 쓴 젊은 친구가 노트 위에 무언가 정리를 하고 있었다. 그리고 그 뒤 소파에는 까만 투피스를 입고 까만 스타킹을 신은 삼십 대 초반의 여자와 부부처럼 보이는 이십 대 후반의 남녀가 앉아 무언가 이야기를 나누고 있었다.

"안녕하십니까?"

책상 앞에 앉아 있던 안경 쓴 친구가 여전히 자기 일을 계속하면서 별로 놀라는 빛이 없이 말했다. 그의 대수로워하지 않는 태도로 보아 이 수도원에 드나드는 사람이 많다는 것을 금방 알 수 있었다. 재섭은 안으로 들어가서 가만히 문을 닫고는 나를 향해 다시 말했다.

"원장 신부님은 어디에 계십니까?"

그러자 그는 비로소 뜻밖이라는 듯이 고개를 들어 재섭의 차림새를 한번 훑어보았다.

"어디서 오셨는데요?"

젊은 친구가 잠시 주저하는 사이 소파에 앉아 있던 까만 원피스 차림의 여자가 자리에서 일어나며 재섭을 향해 슬핏 미소를 지으면서 말했다. 재섭의 머리카락과 눈썹은 비를 맞아서 물기에 약간 젖어 있었다. 재섭도 그녀를 향해 시선을 돌리고는 사기도 따라 가벼운 미소를 지어 보였다. 수녀같이 보이지는 않았지만 종교적인 경건함이 밴 얼굴이었다.

"예…… 저는…… 도재섭이라 합니다. 원장 신부님의 부탁으로 벽화를 그리러…….."

"아, 그러시군요. 그렇지 않아도 화가 선생님이 오실 거라고 하셨는데."

그녀는 갑자기 반가운 표정이 되어 말했다. 그 말을 듣자 그때까지 자기가 혹시 잘못 온 것은 아닐까 하고 걱정이 되었던 재섭은 조금 안심이 되었다.

"좀 앉으세요."

까만 원피스의 여자가 자리를 비켜 주며 말했다.

"고맙습니다."

재섭은 배낭을 벗어 안고는 소파에 앉았다. 배낭도 눅눅하게 젖어 있었다.

"그런데 어쩌나. 신부님은 지금 출타 중이세요. 그러나 걱정하지 마세요. 우리 사무장님이 다 알고 계실 테니까. 잠깐만 기다려 주시겠어요? 연락하면 곧 오실 거예요. 저는 김마리아라고 해요. 그런데 어쩌나. 죄송하지만 이분들하고 잠깐 나눌 이야기가 있어서."

그녀는 매우 사근사근하고 쾌활하게, 그리고 어떻게 보면 조금 어린애 같은 수다스러움으로 말했다.

"아, 괜찮습니다. 계속하세요."

재섭은 부드럽게 말하고는 그들에게 방해가 되지 않도록 일부러 외면한 채 방을 살폈다. 장식이 없는 소박한 방의 한구석에는 조그만 나무 십자가 등 기념품이 놓여 있었고, 한쪽 벽은 다른 방과 통하도록 트여 있었다.

재섭은 무심한 표정을 지었지만 한 귀로는 그들의 이야기를 다 듣고 있었다. 젊은 부부는 신혼여행차 이곳에 들렀는데, 남편은 교회의 전도 사라고 했다. 그들은 이곳에서 하룻밤 잘 생각이었지만 빈방이 없었기 때문에 태백으로 나가는 차편에 대해 알아보고 있는 중이었다. 사방은 너무 조용하였고, 바람 소리와 빗소리만 더욱 정적을 더해 주고 있을 뿐이었다. 그 속에서 어디선가 낮고 아름다운 화음으로 찬송가를 부르는 소리가 들려왔다.

이윽고 머리를 짧게 깎은 잠바 차림의 사내가 이빨이 환히 드러나게 미소를 지으며 문을 열고 들어왔다. 눈썹이 유난히 짙은 사십 대 초반의 사내였다.

"화가 선생님이시라구요?"

그는 손을 내밀어 악수를 청하면서 말했다. 그의 손은 금방 밖에서 들어와서 그런지 차가웠다.

"어서 오세요. 그렇지 않아도 기다리고 있었습니다. 아침에 박명호 씨가 일부러 전화를 하셨더군요. 저는 여기 사무장인 안창숩니다. 세례 명은 베드로고."

"안녕하세요. 도재섭이라 합니다. 그런데 신부님은……?"

"건강이 좋지 않아서 며칠 간 서울 병원에 가셨습니다. 곧 오실 겁니다. 그런데 저녁은 어떻게 하셨어요?"

"하고 왔습니다."

재섭은 쉬고 싶은 마음이 들었기 때문에 얼른 대답했다.

"아, 그러시군요. 그럼 당장 내일부터라도 수고를 좀 해주세요. 내일 아침에 그림을 그릴 건물이랑 벽을 보여 드리겠습니다."

"페인트랑 붓이랑 부탁을 해놓았을 텐데……."

"걱정 마세요. 작업내도 옛날 공사할 때 쓰던 길 손질해 놓았으니까요. 나머지 필요한 게 있으면 언제든지 저한테 말씀하세요."

"알겠습니다. 내일 아침에 점검해 보도록 하지요."

"여기 생활에 대해서는 마리아 자매님이 안내해 주실 겁니다. 다만 여기는 신부님과 수녀님들이 사는 그런 수도원이 아니라 일반인들이 위주가 되어 있는 공동생활의 형태라는 것만 이해해 주시면 되겠습니다. 다른 종교를 가진 사람도 물론 환영이고요. 저는 지금 저녁 예배 안내 중이어서…… 나중에 뵙겠습니다."

그가 나가고 나자 재섭은 비록 짧은 순간이었지만 이 모든 게 갑자기 익숙한 모양으로 느껴지는 것을 깨달았다. 긴장이 풀어지자 갑자기 피로가 몰려왔다. 그러자 자기도 모르게 하품이 나오는 것을 억지로 참았다.

"죄송합니다."

그제서야 까만 원피스 차림의 김마리아가 그에게로 몸을 돌리고 일어나면서 말했다.

"저를 따라오세요. 앞으로 머무실 방으로 안내해 드리겠습니다."

재섭은 배낭을 들고 일어났다. 김마리아는 방 한쪽 구석에 놓인 서랍장에서 작게 개켜 놓은 흰 베갯잇과 이불보를 하나 꺼내어 들고 앞장을 섰다.

밖으로 나오자 빗발은 더 굵어져 있었고, 바람이 불고 있었다. 어둠 속에서 추적거리며 내리는 비가 전등 주변에 물뿌리개처럼 퍼지며 내리는 게 보였다. 바람에 묻혀 온 습한 빗물이 재섭의 얼굴과 목에 시원하게 감겼다.

"일하러 오셨습니다만 가능한 한 이곳의 일과 시간을 지켜 주시는 게

서로 편할 거예요. 강제적인 것은 조금도 없지만."

앞서 가는 그녀가 혼잣말처럼 말했다. 어둠 속에 까만색 계통이 묻혀 버려서 뒤로 묶은 머리카락 사이로 드러난 목만 더욱 희게 느껴졌다. 재섭은 그 순간 불현듯 그녀에게서 이미 오래전에 잊고 있었던 먼 옛날 의 그리움 같은 게 느껴져서 약간 당황스러운 기분이 되었다. 그러자 집을 나간 아내의 모습이 떠올랐다. 어쩐지 그 모습이 《그리고 아무 말 도 하지 않았다》에 나오는 여주인공 케테와 겹쳐 생각되었다. 아내를 생각하자 그는 다시 무언지 모를 연민과 죄책감이 되살아났다.

"다섯 시 반에 기상이고요, 여섯 시에 조도가 있어요. 아침 기도지요. 그리고 일곱 시 이십 분에 아침 식사가 있고……."

김마리아는 그런 걸 가르쳐 주는 게 자신의 의무라고 생각하는지 계 속해서 빠르고 사무적으로 말했다.

"여기가 대예배실이에요. 식사도 여기서 하니까 기억해 두세요. 저기 가 부엌이고. 그리고 저곳은 자매님들 숙소니까 밤에는 가서는 안 됩니 다. 그리고 이곳에는 가족 단위로 와 있는 사람도 있어요. 장기적으로 와 있는 사람도 있고."

짚 같은 걸로 지붕을 이어 놓은 건물이 비스듬한 계단을 따라 미음 자형으로 서 있었고, 그 위 산비탈 쪽으로 다시 여러 채의 건물이 서 있 었다. 재섭은 그녀를 따라 맨 위에 있는 건물로 들어갔다. 어둠 속에서 보니 2층으로 된 조잡한 시멘트 건물이었는데 1층에는 조그만 방이 여 러 개 들어 있었고 위층에는 큰 방이 두 개 있었다. 그녀는 재섭을 2층 에 있는 큰 방 중의 하나로 안내하였다.

"자, 이 방이에요. 손님들이 몇 분 계시지만 괜찮을 거예요. 그럼 편 히 쉬세요."

그녀는 베갯잇과 이불보를 재섭에게 주고 가볍게 웃으면서 인사를 하고는 다시 비가 떨어지는 어둠 속으로 내려가 버렸다. 그녀가 사라지는 것을 보고 있다가 재섭은 천천히 여닫이 방문을 열고 안으로 들어갔다.

그 방은 중앙에 연탄난로가 놓인 커다란 다다미방이었다. 십여 평의 넓은 공간에 뚝뚝 떨어져서 세 사람이 이불을 덮고 엎드려서 책을 보거나 잠을 자고 있는 게 보였다. 난로에 불기가 없는지 방 안도 한데처럼 썰렁했다. 그들 중 아무도 재섭에게 말을 걸어 주는 사람이 없었기 때문에 재섭도 말없이 한쪽 구석에 놓인 두꺼운 요와 이불을 가져와 눈치로 그들처럼 깔아 놓고는 배낭에서 칫솔과 수건을 꺼내 들고 세면장으로 갔다. 물은 이빨이 시릴 정도로 찼다.

세면을 하고 돌아온 재섭은 다른 사람들처럼 이불 속에 홑청을 깔고 들어가 가만히 누웠다. 그러고는 오늘 하루의 일을 떠올렸다. 비록 하루밖에 되지 않았는데도 아주 많은 시간이 흘러가 버린 것 같았다. 어둠 속에서 아까 골짜기 입구에서 들었던 그 종소리가 다시 뎅뎅, 울리는 소리가 들렸다. 저녁 기도가 끝났음을 알리는 종소리였다. 재섭은 갑자기 자기 존재가 더없이 작고 초라한 느낌이 들었다. 그리고 커다란 세상의 한구석이 내팽개쳐져 있다는 느낌과 함께 까닭 없는 불안이 가슴속에 맴돌았다. 그러나 하루 종일 차에 시달렸기 때문에 재섭은 곧 깊은 잠 속에 빠져 버렸다.

다음 날 아침, 눈을 떴을 때는 아직 창문에 물빛 어둠이 가시지 않고 남아 있었다. 어디선가 작은 참새들이 여러 마리 떼를 지어 재재거리며 우는 소리가 들렸다. 재섭은 이상하게 머리가 맑아지는 것을 느끼며 천천히 일어나 옷을 껴입고 세면도구를 챙겨서 밖으로 나갔다.

간밤에 내렸던 비는 어느샌가 그치고 날은 활짝 개어 있었다. 물기를 담뿍 머금은 나무와 건물 위로 이제 마악 해가 뜨기 시작하는 햇빛이 산 위에서 긴 광선을 뿌리고 있었고, 차가운 바람은 본관 위의 굴뚝에서 나오는 연기를 이리저리 흩어 놓고 있었다. 그가 들었던 건물은 산 등성이 가장 높은 곳에 있었기 때문에 아래쪽에 펼쳐져 있는 이런 정경이 눈에 훤하게 드러났다.

"잘 잤습니까?"

그때 뒤에서 누군가가 말을 걸어왔다. 뒤를 돌아보니 수건을 목에 걸친 사십 대 초입의 대머리 사내가 웃고 있었다. 그의 머리와 얼굴에서 허연 김이 연기처럼 피어오르고 있었는데 그것 때문인지 무척 건강해 보이는 사내였다. 손에 든 비눗갑을 보니, 세수를 하고 오는 길인 모양이었다.

"어젯밤에 오셨지요? 오는 걸 봤습니다."

"예."

"배낭이 큰 걸 보니 오래 머물 생각인가 보죠?"

"예."

"저는 이제 곧 내려갈 예정입니다. 온 지가 일주일이나 되거든요."

"아, 그렇습니까."

재섭은 묻지도 않았는데 친절하게 자기 설명을 하는 대머리 사내를 향해 웃으면서 답했다.

"곧 식사 시간이 돼요. 세수하고 같이 내려갑시다."

"예. 그러지요."

재섭은 그런 가벼운 대화가 기분 좋게 생각되었다. 사내가 방에 들어가고 나자 커다랗게 기지개를 한 번 켜고는 세면장을 향해 천천히 걸어갔다.

세면을 하고 식사하러 대예배당 쪽으로 걸어 내려가는 동안 대머리 사내는 자기는 소설가이며, 잠시 작품도 구상하고 머리를 쉬기 위해 이곳에 왔으며, 와 있는 동안 내내 잠만 잤으며, 게으름은 창조의 어머니이며, 이곳은 참으로 부시런한 사람들만 사는 곳이어서 자기를 이해해 주는 사람은 한 사람도 없다는 것이며, 자기는 종교 문제에 대해서는 사실 하등 관심이 없다는 것이며 등을 혼잣말처럼 중얼거렸다. 재섭은 그의 말을 반도 듣고 있지 않으면서 건성으로 "그렇군요", "그래요?", 또는 꽤나 생각이 깊은 듯이 "흐음" 하고 받아 주었다.

대예배당 근처로 가자 구수한 밥 냄새가 흘러나오고 있었다. 대부분의 사람들은 식사 시간 전에 이미 아침 기도를 함께 드렸는지 예배실 안에는 벌써 삼사십 명의 사람들로 가득 차 있었다. 남녀가 반반 정도인 그들은 연령도 다양하였고, 부인네와 아이들도 있었다. 마루가 깔린 대예배실은 넓고 소박하게 느껴졌는데 단상에는 작은 구리 십자가와 옛 활자로 찍은 커다란 성경책이 놓여 있었고, 한쪽 벽에는 페치카가 설치되어 있었다. 페치카에서는 장작불이 타고 있었다.

"어서 오세요."

누군가가 그들을 맞으면서 말했다. 다리를 절고 있는 그는 다른 사람들과 함께 베니어로 짠 간단한 모양의 상을 배열하고 있었다. 똑같은 상이 몇 줄인가 늘어서고 나자 각자 끼리끼리 자리를 잡고 방석을 깔고 앉았다.

재섭은 대머리 소설가와 함께 한쪽에 앉았는데, 그곳에는 어젯밤에 보았던 사무장이 와서 마침 같은 상에 마주앉았다.

"잘 주무셨어요?"

그는 처음 만났을 때처럼 이빨을 환히 드러내고 웃으면서 말했다.

"예."

"춥지는 않던가요?"

"왜 춥지 않겠수. 불기 하나 없는데. 난 이불을 두 개씩이나 덮고 잔

다우.”

이번에는 재섭이 대신 자칭 소설가라는 대머리 사내가 농 반 투정 반
으로 눈을 껌벅거리며 말을 받았다.

“난롯불이 꺼진 모양입니다. 그런 데다 어떤 사람은 연탄을 피우는
걸 아주 싫어하거든요.”

사무장은 여전히 웃음을 잃지 않은 표정으로 말했다.

이윽고 밥이 들어왔다. 보리가 반이나 섞인 밥이었다. 그리고 반찬은
된장국과 김치, 콩나물 무침 하나가 전부였다. 그러나 재섭은 꼬르륵
소리가 날 정도로 배가 고팠기 때문에 식사 기도를 하는 동안 내내 침
이 감돌았다. 그런데 기도가 끝나고 나자 이번에는 사무장이 일어나서
어젯밤에 새로 오신 분을 한 명 소개하겠다고 했다.

“화가 선생님이 한 분 오셨습니다. 우리 형제들이 땀 흘려 지어 놓은
건물 벽에 예쁜 단장을 해주실 분이지요.”

그러고는 재섭이더러 일어나서 인사를 하라고 눈짓을 했다. 재섭은
얼굴이 약간 붉어지는 것을 느끼며 자리에서 일어나 꾸벅 인사를 했다.

“도재섭이라 합니다. 잘 알지도 못하면서 큰일을 맡아서 걱정이 앞섭
니다. 많이 도와주시고 격려해 주시기 바랍니다.”

여기저기서 박수 소리가 터져 나왔다. 그러고 나서 식사가 시작되
었다.

“재섭 형제. 많이 드세요. 모자라면 더 달래구.”

사무장이 말했다.

“그러고 보니 같은 예술을 하는 사람이었군요. 잘됐어요. 이제 나의
게으름을 이해해 줄 사람이 한 사람 생겼으니.”

대머리 소설가가 짐짓 진지하게, 그러나 한편 익살맞은 어투로 말했
다. 특히 ‘같은 예술 하는 사람’ 이라는 표현이 어쩐지 우스꽝스럽게 들

렸다.

"윤배 형제님께서도 틈이 나면 재섭 형제님을 좀 도와주시그래요? 그렇지 않아도 손이 좀 필요할 텐데."

사무장이 여전히 사람 좋게 웃으며 말했다.

"아이쿠. 날더러 시다를 하라구요?"

대머리 소설가는 당했다는 표정으로 커다랗게 웃으면서 말했다.

"좋아요. 나도 어차피 밥값은 해야 할 테니까. 그리고 사실 마침 말이 나와서 하는 말이지만 나도 그림에는 관심이 많았어요. 학교 다닐 땐 미술반 활동을 했었거든요. 선생님의 칭찬이 대단했죠."

"잘됐군요."

재섭은 그가 혹시 쓸데없는 참견이라도 하고 나서면 어쩔까 은근히 겁이 났지만 일단 환영의 표시를 했다. 어차피 이런 일이란 혼자서는 할 수 없는 일이었으므로 다소간 취미라도 가진 사람이 도와주는 것도 괜찮을 것 같은 생각이 들었다.

아침을 먹고 모두 뿔뿔이 작업을 하러 나가고 나자 사무장은 재섭과 대머리 소설가―그의 이름이 홍윤배라는 것은 아침을 먹으면서 알았다―를 데리고 벽화를 그려야 할 건물로 데려갔다. 그 건물은 골짜기를 끼고 약간 아래쪽으로 돌아간 모퉁이에 있었다. 특별히 새로울 것도 없는 단조로운 2층 시멘트 건물이었다. 다만 앞쪽 현관 쪽에는 다소 멋을 부린 계단을 만들어 놓았고, 통나무로 만든 십자가가 걸린 탑에는 모자이크 장식을 한 유리 창문이 빙 돌아가며 달려 있었다.

"이 건물입니다. 조금 허술해 뵈긴 하겠지만 모두 우리 손으로 만든 것이지요."

사무장이 말했다.

"아까 보셨다시피 손님들이 많을 땐 대예배실이 턱없이 좁거든요. 그래서 이렇게 새로 지은 거랍니다. 이걸 지을 땐 신부님도 손수 들것을 지셨어요. 지금은 연세도 많으시고 몸도 편찮으셔서 그렇게 하진 못하시지만…… '노동이 곧 기도요, 기도가 곧 노동이다' 라는 게 우리 신부님의 생각이시거든요. 신부님은 이 새 건물을 마지막 일로 남겨 두시고 싶은가 봐요. 그래서 특별히 애정을 쏟은 건물이지요."

재섭과 대머리 소설과 홍윤배는 그의 뒤를 따라 천천히 그 건물 주위를 돌면서 설명을 들었다. 흰 칠을 해놓은 벽에서 아직도 은은한 시너 냄새가 가시지 않고 있었다.

"박명호 형제에게 벽화를 부탁한 것도 그런 이유 때문입니다. 봄에 개관을 하기 전에 마쳤으면 하고……. 다행히 재섭 형제를 소개해 주시더군요."

그의 설명을 듣는 동안 재섭은 초조한 마음이 들어 괜히 오줌이 마려웠다. 간단한 벽화 작업으로만 알고 대충 무난하게 장식적인 그림 하나를 그려 주면 되리라 하고 왔었는데, 말을 듣고 보니 그게 아닌 듯해서였다. 그런 데다 사실을 말하자면 재섭에게 종교 그림은 처음이었던 것이다. 이럴 줄 알았으면 거절을 하든가, 사전에 충분한 준비를 해오든가 했어야 했는데……. 얼핏 그런 후회마저 들었다.

그러나 그런 내색은 하지 않은 채 사무장의 뒤를 따라 묵묵히 걸어갔다.

"이 벽입니다."

이윽고 사무장은 한쪽 벽 앞에 서서 말했다. 재섭은 약간 뒤로 물러서서 보았다. 다행히 그렇게 넓지는 않았다. 가로가 약 오 미터, 높이가 약 팔 미터 되는 길쭉하게 생긴 한쪽 측면의 벽이었다. 그러니까 아래쪽 반 정도를 여백으로 남겨 두면 가로가 약 오 미터, 높이가 약 삼 미터 되는 그림이 될 터였다. 다른 쪽 측면은 산에 가려서 보이지 않았기 때문에 필요가 없었을 것이었다. 재섭은 눈을 가볍게 찌푸리며 보일락 말락 고개를 끄덕였다.

"얼마나 걸릴까요?"

사무장이 물었다. 웃지 않는 그의 모습에서는 다소 차갑고 엄격한 분위기가 느껴졌다.

"글쎄요."

재섭은 속으로 가만히 계산해 보면서 말했다. 우선 구상을 하고 밑그림을 그리는 일부터가 문제였다. 그것만 잘되면 색칠을 하는 일은 어느정도 기계적인 일이었다. 벽화란 어느 정도의 거리에서도 잘 알아볼 수 있어야 하기 때문에 그렇게 세밀한 묘사를 할 필요는 없었다. 주변의 환경과 잘 어울리면서도 어떻게 특색 있는 표현을 해주느냐는 게 관건이었다.

"겨울이라 낮이 짧아서요. 게다가 날씨가 불규칙해서……."

"그렇겠군요. 어쨌든 수고 좀 해주세요."

사무장이 다시 천천히 발걸음을 옮기며 예의 미소를 지으면서 말했다. 그러자 다시 엄격함 대신 부드러운 인상이 되었다.

"벽화라…… 벽화라면, 난, 뭐니 뭐니 해도 어릴 때 담벽에다 하던 낙서가 떠오르는군요. 어른들이 뭐라 해도 우리들에겐 우리들만이 가졌던 은유랄까, 그런 게 있지 않았습니까? 그게 최고의 벽화지 뭡니까?"

대머리 소설가가 딴에는 유식한 채 한마디를 하고 혼자 웃었다. 그러나 재섭은 그 흰 벽의 공간에 채워 넣어야 할 내용 때문에 벌써부터 혼자 걱정이 앞서는 것이었다.

"자, 그럼 나중에 또 봅시다."

갈래길로 접어들자 사무장은 인사를 한 다음 아랫길로 가버렸다. 재섭은 묵고 있던 방으로 들어가서, 배낭에서 스케치북과 연필을 챙겨 다시 나왔다. 대머리 소설가 홍윤배는 쓰고 있던 작품의 마무리를 해야한다는 핑계를 대고 아무도 없는 썰렁한 빈방의 이불 속으로 다시 들어가 버렸다. 아마도 잠을 자기 위해서일 것이었다. 하긴 지금 단계에서는 그가 방해만 될 게 뻔했기 때문에 재섭은 권하지 않고 혼자 나왔다.

그러고는 방금 전에 보았던 건물께로 가서 건물의 윤곽을 대충 스케치한 다음, 그 건물뿐만 아니라 수도원 전체가 한꺼번에 내려다보이는 뒷산을 향해 느릿느릿 걸어 올라가기 시작했다.

무엇을 그릴 것인가. 재섭은 그 후 며칠 동안, 거의 날마다 마른풀들이 바람에 서걱이는 뒷산의 언덕배기에 올라가서 혼자 생각에 잠겼다. 저 아래 골짜기 한쪽에 가는 띠처럼 얼음이 얼어 있는 게 보였고, 가끔 까마득히 하늘 높이 비행기가 정적을 깨며 천천히 흘러갈 뿐 사방은 쥐죽은 듯이 고요했다.

길다면 길고 짧다면 짧은 날이 며칠째 순식간에 지나가 버렸다. 그동안 재섭은 오전에는 스케치북과 읽다 만 소설책《그리고 아무 말도 하지 않았다》를 들고 산으로 올라갔고, 점심을 먹고 난 오후에는 까닭 없는 피로감 때문에 대머리 소설가처럼 내내 잠을 잤다. 이곳의 단조로운 생활에 적응해 나가기 시작하자 그 자신 역시 예전부터 이곳에 살던 사람처럼 변해 갔다. 처음에는 그에게 다소간의 호기심을 가지고 어렵게 대하던 사람들도 차츰 그를 자신들의 일부로 생각하기 시작했고, 가끔 지나치다가 마주치면 농담 같은 걸 던짐으로써 정다움을 표시하곤 했다. 겉으로 보면 평범한 나날이었다.

그럼에도 불구하고 그에게 무언가 창조적인 고민을 하고 있다는 표시 같은 게 하나 있었다면 그것은 이제 마악 제멋대로 자라나기 시작한 수염이었다. 재섭은 그게 꼭 그런 표시를 내기 위한 것이 아니라 귀찮아서 내버려 두었던 것이었지만 사람들은 그가 예술가라는 선입견 때문에 그렇게 생각하지 않는 눈치였다. 그러나 누가 뭐라고 생각하든 상관할 필요가 없었다.

그리고 사실 그런 상상이 꼭 틀린 것만은 아니었다. 스케치북을 들고 산으로 올라가 있을 때는 물론이고 오후에 이불 속에 들어가 게으르게 잠을 청하고 있을 때도 그의 머릿속은 벽화에 대한 궁리로 가득 차 있었던 것이었다.

무엇을 그릴 것인가. 쉽게 생각하면 생각할 수도 있는 문제였다. 종교화에는 종교화가 가진 일정한 소재적인 제한이 이미 주어져 있었다. 그런 소재를 가지고 주변의 환경과 어울리도록 색채와 구도를 적절하게 배치를 하면 되는 것이다. 그리고 소재의 내용은 성경 중의 어떤 장면을 해도 무방할 것이었다. 사람들은 일단 그림이 가진 시각적 효과 때문에 기본적인 점수는 주게 마련일 것이었다.

그럼에도 불구하고 어떤 까닭인지 재섭은 선뜻 일에 착수할 수가 없었다. 그것은 아마도 그의 마음 어딘가에 이런 모든 상식적인 생각을 거부하도록 하는 무언가가 계속 충동질을 하고 있었기 때문인지도 몰랐다.

그는 언젠가 화집에서 보았던 중세의 화가 뒤러의 〈일만 명 기독교도의 순교〉라는 작품과 〈그리스도에 대한 애도〉라는 작품을 떠올렸다. 그의 그림은 끔찍함과 잔인함으로 가득 차 있었지만 동시에 어린애 같은 장난기와 유쾌함이 느껴졌었다. 수난과 승리, 죽음과 부활, 인성과 신성으로 상징되는 예수는 그 자체가 하나의 모순이었다. 중세의 화가들은 그 모순 속에서 인생의 의미와 예술의 본질을 찾아갔는지도 몰랐다.

그러나 이런 수도원의 벽에 맞는 그림은 수난보다는 승리, 죽음보다는 부활, 인성보다는 신성에 초점을 맞추어야 할 것 같았다. 그것이 전체적으로 엄숙하고 절제되고, 또 다소 무거운 수도원의 분위기에 어울릴 것 같았기 때문이다. 고난과 고통을 벽에다 새겨 두고 오래오래 보아야 한다는 것은 비록 신에 대한 경외와 감사로 차 있다 하더라도 '고문전'에 걸렸던 그림들처럼 사람들의 마음을 어둡게 하기 마련이었다.

　그러나 재섭은 애초부터 자기는 그런 엄숙하고 성스러운 그림을 그릴 자신이 없었다. 비록 설사 그렇게 그릴 수는 있다 하더라도 그것은 자신의 내면 깊은 곳에서 나온 것이 아니라는 것을 자신도 잘 알고 있었다. 그는 지난 시절 내내 고통받는 인간의 내면에 더 익숙해져 왔다. 말하자면 절망과 고통, 불행 속에서 버둥거리는 인간이야말로 그가 익숙한 인간의 존재였고, 어떻게 생각하면 더 본질적인 인간의 모습으로 느껴졌던 것이었다.

　그리고 다른 한 가지의 문제는 종교적 초월의 세계와 현실의 세계를 어떻게 조화시키느냐 하는 것이었다. 그것은 재섭에게 단지 벽화의 문제에만 한정된 것이 아니라 종교 전체에 대한 태도를 결정짓는 문제였다. 재섭에게 종교란 단지 어떤 종교를 믿느냐, 믿지 않느냐는 문제가 아니라 이 무의미하게 흘러가는 존재의 세계에 대한 근원적인 물음이었고, 한 개별적 인간의 실존에 대한 물음이기도 했다. 그러나 현실을 초월해 버린 그런 세계 역시 괴롭고 우울하게 느껴졌다. 건강한 현실적 삶이 담겨 있지 않으면 종교는 결국 사회주의자들의 말처럼 대중을 현혹시키는 아편으로밖에 작용하지 않을 것이기 때문이었다. 비록 수도원에 갇혀 있는 그림이라 하더라도 재섭은 현실의 모습을 어느 정도는 담아내 보고 싶었던 것이었다.

　뒷산은 텅 비어 있었고, 가끔 안개만 몰려다닐 뿐 무거운 정적이 자리 잡고 있었다. 수도원에서는 담배가 금지되어 있었기 때문에 재섭은 그곳에서 담배를 피웠다. 무서운 정적 속에서 혼자 바위에 걸터앉아 담배를 태우고 있으면 어쩐지 깊이를 알 수 없는 외로움이 가슴패기를 파고들곤 했다. 그 외로움 속에 아내의 모습이 떠올랐다. 그녀는 지금 어디에 있을까. 생각하면 둘 사이가 이렇게 변해 버린 것이 꼭 누구의 탓만은 아닐지 몰랐다. 사랑에 기대어 한평생을 살아간다는 일은 이 변덕많은 인간 존재에게 처음부터 불가능한 일일는지도 몰랐다. 지금쯤 어딘가에서 자기처럼 혼자 방황하고 있을 아내의 쓸쓸한 그림자를 생각하면 가슴이 미어져 왔다.

재섭은 우울한 생각을 떨쳐 버리기라도 하는 듯이 다시 아무렇게나 《그리고 아무 말도 하지 않았다》를 폈다. 프레드는 발걸음이 닿는 대로, 아무 생각도 없이 천치 아이와 금발의 젊은 빵집 아가씨를 따라가서 한 잔의 커피와 과자를 먹고 있다. 그의 아내 케테는 케테대로 신부에게 고해 성사를 하고 그 빵집에 가서 외상으로 과자를 산다. 생각하면 그들 역시 참으로 외로운 인간들이었다. 아니, 외로움이 살 속과 뼈속에 깊이 밴 사람들이었다. 그러고 보면 누군들 외로운 존재가 아니고 무엇이겠는가. 예수마저도 예외가 아닐 것이었다. 아니, 그야말로 외로움의 표상인지도 몰랐다. 만일 그가 신이었다면…… 홀로 인간의 무대로 내려와 자기는 이미 다 알고 있는 연극을 해야 했다면! 더구나 그토록 괴롭고 고통스러운 역의 연극을…… 제국의 식민지, 서른세 살의 가난한 나사렛 젊은이의 모습으로…….

닷새째 되는 날, 재섭은 드디어 벽에다 그림을 그리기 시작했다.

우선 공사 때 사용했던 작업대를 옮겨 왔다. 이 일은 생각보다 힘든 일이어서 새 건물 바로 뒤 공터에 있는 나무 작업대를 그림을 그릴 벽 아래로 옮기는 데 아홉 명의 사람들이 붙어서 서너 시간을 끙끙대지 않으면 안 되었다.

작업대를 옮겨 놓고 나자 재섭은 먼저 빗자루로 벽을 깨끗이 쓸어 내고, 커다란 깡통에 든 페인트를 작은 통에다 옮겨서 재기 시작했다. 그 일을 하는 동안 대머리 소설가 홍윤배도 시종 신이 난 얼굴로, 마치 자기가 그림을 그릴 당사자인 것처럼 부산을 떨어댔다.

"나도 한때 화가가 될 꿈을 꾼 적이 있었다오."

막대기로 페인트 통을 휘저으면서 그가 말했다.

"로망 롤랑이 쓴 소설 중에 《장 크리스토프》라는 게 있어요. 주인공이 음악가였지요. 내용은 다 까먹었지만 이런 구절 하나는 기억에 남아 있어요. '그림자에도 색깔이 있다.' 어때요? 정말 멋있는 말이지 않습니까? 그림자에도 색깔이 있다니! 그런데 구상은 다 되어 있습니까?"

"모르겠소."

재섭은 다소 애매하고 무뚝뚝하게 대답했다.

사실 그의 머릿속에는 아직도 분명한 상이 잡혀 있지 않았다. 가슴속에 무언가 차오르는 것이 있긴 했지만 그것이 구체적인 그림이 되기에는 여전히 혼란스러운 상태에 있었다. 그러나 그런 상태에서라도 일단 시작하는 게 좋을 것 같았다. 시간은 계속 흘러갔고, 그에 따라 초조한 마음이 들기 시작했기 때문이었다. 일단 시작을 해놓으면 무언가가 어우러지게 마련이었다. 그리고 어차피 외벽의 벽화란 몇 년이 흘러가면 지워지고 말 것이었다.

"내가 어리석은 질문을 했나 보우. 좋아요. 하지만 조수가 된 이상 나한테만큼은 슬쩍 말해 줄 수도 있잖소? 어차피 알게 될걸……."

홍윤배는 섭섭한 듯한 표정으로 은근하게 말했다.

"광야의 예수를 그릴 생각이오."

재섭은 밑그림을 그릴 물감을 섞으면서 다소 귀찮은 듯이 짤막하게 말했다.

"광야의 예수? 광야의 예수라……."

그는 뜻밖이라는 듯이 되묻고는 혼자 생각에 잠긴 듯이 중얼거렸다.

처음에는 그냥 아무렇게나 던진 말이었는데, 그렇게 말해 버리고 나니까 재섭 역시 자기도 자기 가슴속에 어렴풋한 상태로 떠돌고 있던 무언가가 분명한 하나의 상으로 떠오르는 기분이었다. 그래. 어쩌면 그게 자기가 그리고자 했던 것이었는지 몰랐다.

광야의 예수. 긴 밤이 지나가고, 멀리 지평선 위로 흰 띠처럼 새벽빛이 터 오는 광야를 배경으로, 고개를 숙인 채, 깊은 생각에 젖은 얼굴로 걸어가고 있는 누더기 차림의 한 젊은이의 모습. 인간 존재에 대한 한없는 동정과 연민, 미래에 닥쳐올 끔찍한 죽음에 대한 불안, 드넓은 우주와 같은 광야의 깊은 침묵 속에 혼자 있는 외로움. 이런 것으로 가득 차 있는 눈빛. 흰 띠 같은 새벽빛 위로 화면을 누르고 있는 듯한 깊고 무거운 어둠. 그 아래 앙상한 가지들만 남은 채 드문드문 서 있는 키 작은 나무 몇 그루. 그리고 이제 마악 윤곽이 드러나기 시작하는 돌멩이들…….

그것이었다. 그것이 재섭의 가슴속에 맴돌다가 홍윤배에 대한 대답과 함께 떠오른 그림이었다.

"당신은 신의 존재를 믿고 있소?"

이윽고 대머리 소설가가 다시 물었다.

"모르겠소."

잠시 생각하다가 재섭은 여전히 무뚝뚝한 목소리로 대답했다.

"난 무신론자요. 신이 있든 없든 내겐 아무 상관이 없으니까. 그리고 설사 천국이 있다 해도 난 그렇게 매력을 느끼지 않을 겁니다. 왜냐하면, 아무런 고통도 갈등도 없는 그런 세계란 얼마나 심심하겠느냐, 이 말입니다. 그렇지 않소?"

"모르겠소."

재섭은 그림에 대한 생각에 빠져 있었기 때문에 그의 말을 한 귀로 들으면서 기계적으로 대답했다.

"아무튼 난 이런 일이 좋아요. 사실…… 그동안 좀 답답했거든요."

홍윤배는 자기가 괜히 무거운 이야기에 빠져 들고 있다고 느꼈는지 그제야 미소를 지으며 말했다.

점심을 먹고 오후가 되자, 재섭은 배낭에서 페인트 자국으로 얼룩덜룩한 작업복을 꺼내 갈아입었다. 그리고 작업모 대신 챙이 있는 푸른색 등산모를 쓰고, 목에는 수건을 한 장 둘렀다. 그러고 나서 흰 목장갑을 끼자 완전히 다른 모습의 사람이 되었다.

사람들은 그의 그런 모습에서 비로소 그가 화가라는 사실을 새삼 발견한 듯한 표정이었다. 대야 같은 걸 얻으러 부엌에 들렀을 때, 마침 그곳에서 만난 김마리아도 그런 사람 중의 하나였다.

"어머. 재섭 형제. 이제 일을 시작하시는가 보죠?"

그녀는 환한 미소를 지으면서 말했다.

"예. 그런 셈이죠."

"좋으시겠어요. 전 그림에 대해선 맹물이지만."

"그럼 저는 설탕물쯤 되나요?"

재섭의 농에 그녀는 호호 소리를 내며 활짝 웃었다. 대야를 빌려 나온 후에도 그 웃음소리의 여운이 귓가에 남아서 맴도는 듯했다. '광야의 예수' 생각에 다소 무거웠던 재섭의 마음이 조금 가벼워지는 느낌이었다.

그래, 불멸의 예술 작품이 다 뭔가. 그것 역시 언젠가는 없어져 버릴 하나의 존재에 불과한 것이 아닌가. 그리고 한없이 이곳에 붙어 있을 수도 없지 않은가. 마음만 먹으면 넉넉히 잡아 보름이면 충분할 것이다. 그동안에 끝내도록 하자. 집으로 아내가 돌아왔을지도 모르지 않는가. 연애 시절, 한때는 자기의 가슴을 감동의 눈물로 채웠던 그녀. 군대 시절 그들은 서로 얼마나 열심히 편지를 보내고 받았던가. 그리고 가난했지만 아름다웠던 신혼. 그들이 세 들어 살던 이층집 베란다에 그녀는 여름이면 채송화, 봉선화, 나팔꽃 같은 것을 기르고는 했었다. 두 사람의 사이를 이렇게 황폐한 상태로 몰고 온 것은 순전히 자기의 잘못인지도 모른다. 승희의 죽음. 그것은 하나의 핑계에 불과했는지도 모른다. 그는 이유 없이 흔들렸고, 그 흔들림의 끝에 승희의 죽음이 있었을 뿐이었다.

밑그림을 그리는 데는 그렇게 오랜 시간이 걸리지는 않았다. 가로는 오 미터의 길이를 전부 이용했고, 높이는 아랫부분 이 미터를 남겨 두었다. 혹시 손이라도 타면 더럽혀질 염려도 있었지만 그보다도 조형상 비례가 맞지 않았기 때문이었다. 옅은 회색 계통의 색으로 밑그림을 그리는 데에만 이틀이 거렸다. 재섭이 밑그림을 붓질해 나가는 동안, 대머리 소설가 홍윤배는 바로 옆에 있는 언덕에 쭈그리고 앉아 다른 사람들 몰래 담배를 피우면서 구경을 하거나 말참견을 하고는 했다. 처음의 선입견과는 달리 그는 매우 섬세한 일면도 있어서 어쩌면 가짜 소설가는 아닐지도 모른다는 생각을 갖게 하였다.

"좋은 생각이 하나 떠올랐소."

언덕에 한가롭게 쭈그리고 앉아서 재섭이 하는 일을 물끄러미 바라보고 있던 그가 하루는 말했다. 재섭은 돌아보지 않고 계속 벽만 쳐다보며 붓질을 계속하고 있었다.

"나는 언젠가 당신을 내 소설 속에 등장시키겠소."

재섭은 그 순간 하마터면 웃음이 터져 나올 뻔하였다. 그러나 그 대신 빙그레 미소만 지었다.

"비극적인 예술가로 말이오."

대머리 홍윤배는 아랑곳하지 않고 계속 말했다.

"당신의 몸에는 비극적인 냄새가 나오. 그리고 당신이 그리는 그림에서도. 요컨대 당신은 세상이란 옷이 맞지 않는 그런 부류의 사람이라는 뜻이오."

그러고는 잠시 있다가 다시 말했다.

"여기 수도원에 들어와 있는 사람들 대부분이 그렇겠지만."

밑그림을 다 그렸을 무렵 한차례 눈이 내렸다. 골짜기를 온통 덮으며 내리는 눈 덕분에 작업은 일시 중단되지 않을 수가 없었다. 골짜기는 한동안 흰 눈의 이불 밑에서 고요한 침묵에 잠겼고, 밥을 짓고 방을 덥히느라 때는 연기만 이 골짜기에 생명이 있다는 표시처럼 떠오르곤 하였다. 한없이 정결하고 경건한 풍경이었다. 그 위로 하루에 여덟 번씩 맑고 투명한 종소리가 울렸다. 기도 시간과 식사 시간을 알리는 종소리였다. 그렇게 또 이틀이 지나갔다.

사흘째는 날이 활짝 개었다. 햇살이 눈이 부시게 비쳤고, 나무와 건물에서 녹아 떨어지는 눈 소리가 사방에서 요란하게 들렸다. 수도원은 다시 활기를 띠기 시작했고, 느낌이 그래서 그런지 몰랐지만 다소 소란스러워진 것 같았다.

재섭은 다시 작업을 계속하기 시작했다.

밑그림에 따라 먼저 하늘과 광야의 바탕색을 칠했다. 어차피 나중에 덧칠을 해야 할 것이었기 때문에 우선 하늘은 약간 검은색이 도는 청색으로, 그리고 광야는 밝은 주황색으로 깔았다. 그리고 예수의 윤곽은 검은 선으로 다소 분명하게 드러나게 했다. 벽이 넓은 데다 작업대가 낮아 그렇게 바탕색을 칠하는 데도 무척 힘이 들었다. 그런 데다 수성이라서 마르는 데 시간이 상당히 걸리는 것이었다. 그렇게 바탕색을 칠한 다음, 재섭은 매일 조금씩 세밀하게 색을 입혀 나가기 시작했다. 하늘의 색은 위쪽의 가장자리에는 짙은 검은색에 가깝게 덧입혔고 지평선에 가까워질수록 깊은 물빛 같은 감청색으로 차츰 변하게 했다. 새벽의 하늘빛을 표현하는 일은 무척 어려운 일이었다. 자칫하면 늦은 저녁하늘과 구분이 가지 않을 것이기 때문이었다. 그 하늘의 색을 표현하기 위해 재섭은 새벽 일찍이 혼자 뒷산으로 올라가 날이 밝을 때까지 변해 가는 하늘의 색깔을 관찰해 보기도 했다.

그러한 하늘의 색채와 조화를 이루어야 하는 것이 바로 광야의 색이었다. 광야의 색 역시 아래쪽 가장자리는 검은 그림자에 싸여 있도록 덧칠을 했고, 지평선 쪽으로 갈수록 조금씩 밝은 색채를 띠어 가도록 칠했다. 그리고 앙상한 나무와 여기저기 버려져 있는 듯이 뒹구는 돌멩이의 윤곽 역시 지평선의 새벽빛을 받아 바야흐로 잠에서 깨어나는 것처럼 가장자리 일부가 밝은 모양을 띠도록 했다. 그리고 지평선은 처음에 생각했던 대로 하얀 띠 같은 것이 길게 뻗어 있도록 그렸다. 하늘과 광야가 다 같이 어두웠기 때문에 그 흰색은 마치 두 개의 공간을 크게 양분해 내고 있는 느낌을 주었다.

이런 작업을 해가는 동안 재섭은 한 가지 일에 골몰하는 인간들이 흔히 그렇듯이 얼이 빠진 사람처럼 보였다. 얼굴과 손에는 페인트 얼룩이 늘 덕지덕지 붙어 있었고, 수염은 제멋대로 자라나다 못해 그가 처음부터 그렇게 수염을 기르고 다녔던 사람처럼 보이게 했다. 그리고 눈빛은 멍한 듯이 보이기도 했고, 날카로워 보이기도 했는데 어쨌든 그것은 그가 자기만의 세계에 깊이 빠져 있어서 다른 사람의 접근을 허용치 않는 표시처럼 보였다. 그런 데다 워낙 말이 없었긴 했지만 더욱 말이 없어져 버렸다.

말하자면 재섭은 조금씩 그 일에 미쳐 가고 있었던 것이었다.

그러나 그곳 사람들은 재섭의 그런 모습을 어느 정도는 자기 식대로 이해를 해주었다. 그들 역시 인생의 궁극적인 문제를 놓고 일반적인 사회생활과 결별하여 살아가고 있는 사람들이었다. 낮에 보면 그들은 모두가 친절하고 아무런 고통도 느끼지 않는 사람들처럼 부드러운 인상을 하고 있었지만, 밤의 어둠 속으로 접어들면 그들 중 누군가는 상처받은 영혼이 터져 나오듯 처절한 음성으로 기도를 올리는 것이었다. 골짜기의 어둠 속 여기저기서 밤마다 누군가가 울부짖는 처절한 기도 소리를 들을 수 있는 것은 흔한 일이었다. 그러나 다음 날이 되면 누가 간밤에 그렇게 처절한 목소리로 기도를 했는지 아무도 모를 정도로 모두 조용하고 평온한 얼굴을 하고 있었다.

아무튼 그들은 여전히 친절하였고 이해심이 많은 태도로 재섭을 대해 주었다. 식사 시간에도 재섭을 위해 따로 한쪽 구석에 조용한 자리를 마련해 주었다. 아니, 일부러 그렇게 해준 것은 아니었는데 자연히 그렇게 되어 버린 것이었다. 그 자리는 페치카와 단상 사이에 있는 자리였다. 식사는 언제나 매우 단출하고 경건하게 이루어졌다.

"재섭 형제님. 잘되어 가나요?"

그런 중에도 김마리아가 지나가면서 슬쩍 말을 걸어 주기도 했다.

재섭은 말없이 미소로써 대답을 대신하였다.

다만 대머리 소설가 홍윤배만은 처음이나 다름없이 재섭이 일하는 옆에 늘 붙어 앉아서 이것저것 잔소리를 늘어놓곤 하였다. 어떤 때는 물을 떠다 주기도 하고 잔일을 거들어 주기도 했지만, 대부분의 시간은 빈둥거리면서 말참견하는 것이 그의 일이었다.

"정말 대단하군요. 그렇게 단순한 색채를 통해서도 인간의 고뇌를 표현할 수 있다니."

그는 그렇게 혼자 중얼거리듯이 말하기도 했고,

"만일 신이 있다면 당신은 그 신이 지금 우리를 위해 무엇을 해줄 수 있다고 생각하시우?"

하고 도전적으로 물어 오기도 했다.

그 질문에 대해서는 스스로 재미난 표정으로 이렇게 대답을 했다.

"언젠가 니체는 《차라투스트라는 이렇게 말했다》라는 책에서 선언이라도 하듯이 말했지요. '신은 죽었다'고. 그런데 나는 우리들이 살아가는 이 시대야말로 신이 죽어 버린 시대가 아닌가 생각해요. 생각해 보세요. 공룡들만이 어슬렁대고 있었던 중생기에 만일 신이 있었다면 그가 무슨 일을 할 수 있었겠어요. 참 기가 막힐 노릇 아니었겠습니까? 그런데 지금 우리가 살아가는 이 시대가 바로 그 공룡들의 시대와 다를 바가 뭐가 있겠느냐 이 말입니다. 정말이지 그는 이 땅 위에서 더 이상 아무런 일도 할 것이 없어졌어요!"

그러고는 갑자기 진지해진 표정으로 나지막하게 마치 비밀스러운 말이나 하는 듯이,

"우스꽝스럽게도 그의 존재를 부정한 사회주의의 몰락이, 오히려 그의 죽음을 재촉한 꼴이 되고 말았지 뭡니까. 역사의 아이러니예요."

하고 말했다.

재섭은 그의 말을 한 귀로 들으면서 손놀림을 부지런히 해대었다. 그러면서 속으로는, 대머리 소설가 역시 겉으로는 단순하고 낙천적으로 보이지만 사실은 몹시 복잡한 인간일지도 모른다는 생각이 들었다. 인간의 내면이야말로 얼마나 많은 미로로 이루어져 있는가. 재섭은 붓끝에다 신경을 모아 미세한 부분을 그리며 혼자 생각했다.

맑은 날이 계속되었기 때문에 일은 순조롭게 진행되어 갔다. 그리고 겉으로 보면 매우 단조로운 일상의 연속이었다. 아침을 먹고 일에 매달리기 시작하여 점심때까지 열중을 한 다음, 점심을 먹고 나서 약간의 휴식 후 다시 저녁 해가 떨어질 무렵까지 계속되는 그런 일이었다. 변화 없는 단조로운 날들은 순식간에 흘러갔다. 그런 중에도 변화하는 것이 있다면 날씨와 재섭이 그리는 벽화였다. 재섭이 여기에 온 지도 어느새 보름이 흘러가 버렸다. 그사이에 날씨도 많이 풀려 골짜기의 얼음과 눈도 거의 녹아내렸고, 아직 차가운 바람결에선 성급한 느낌이었는지 모르지만 언뜻언뜻 봄기운 같은 게 느껴졌다.

그동안 벽화도 어느 정도 진척이 되어 멀리서 보아도 그가 어떤 그림을 그리고 있는지 금방 알 수 있게 되었다. 특히 바야흐로 새벽이 터 오는 검은 하늘과 짙은 그림자에 싸인 황토빛 광야는 흰 벽의 바탕과 어울려 멀리서 보면 눈에 잘 띄면서도 거슬리지 않도록 훌륭하게 처리가 되어 있었다.

남은 것은 이 그림 중에서 가장 중요한 부분인 예수의 형상에 관한 것이었다.

재섭은 처음에는 그가 낡고 찢어진 누더기 옷을 입고 있는 모양을 그리려 했었지만 주변 배경이 너무 어두웠기 때문에 처음의 구상을 포기하고 밝은 흰옷을 입고 있는 것으로 바꾸었다. 그리고 길게 주름살이 진 부분은 강한 먹선으로 거칠게 터치함으로써 흰빛이 더욱 두드러지도록 하였다. 다만 지평선 반대가 되는 이쪽은 많은 부분이 검은 그림자에 싸여 있도록 처리하였다.

그렇게 해놓고 보니 일단 시각적인 효과는 충분히 거둔 셈이 되었다.

이제 그 위에 밑그림으로 남겨 둔 예수의 얼굴 부분과 그 그림 전체에 흐르는 감정과 분위기를 살려야 할 차례였다. 예수의 얼굴 부분도 대충 윤곽이 잡혀 있긴 했지만 그 얼굴에 잠긴 표정을 그려 넣자면 좀 더 세밀한 붓질이 가야 했다.

그림이 완성되어 가자 사무장을 비롯한 수도원의 식구들은 방해가 되지 않도록 조심하면서, 마치 지나가는 걸음에 들른 것 같은 무심함과 참을 수 없는 궁금증이 뒤섞인 표정으로 일부러 그의 그림을 보러 찾아 오고는 했다.

"재섭 형제. 정말 수고가 많으시군요."

머리가 짧고 눈썹이 짙은 사무장이 예의 미소를 지으면서 말했다.

"그렇지 않아도 신부님에게서 소식이 왔었어요. 글피에는 돌아오시 겠다고. 재섭 형제의 그림에 대해서 말씀을 드렸더니 빨리 보고 싶다면 서 먼저 감사의 말씀을 전해 달라고 하시더군요."

그리고 김마리아도 찾아왔다. 그녀는 이런 산속에서는 보기 힘든 사 과와 배 등을 깎아 쟁반에 담은 다음 보자기로 덮어서 남들 눈에 띄지 않도록 조심하면서 살짝 건네주고는 갔다. 그러나 대머리 소설가의 눈 은 속일 수가 없어 그만 들키고 만 것이 두 번이나 되었다.

"아아, 도 형은 정말 행복한 사나이오."

그는 이빨을 다 드러내고 웃으면서 놀리듯이 말했다.

"이 수도원에서 그녀에게 일찍이 이런 대우를 받았던 사람은 없었다 우."

그런 다음 자기가 먼저 과일 조각을 집어 버석버석 먹어 치우는 것이 었다.

마지막 손질을 남겨 두고 재섭은 하루를 쉬었다.

그날은 아침을 먹고 나서 오래간만에 혼자 뒷산으로 올라갔다. 그곳 은 언제나처럼 깊은 정적에 싸여 있었고, 마른풀들만 키를 이룬 채 서로 몸을 부비면서 서걱거리고 있었다. 재섭은 수도원과 그림이 내려다 보이는 바위에 자리를 잡고 앉았다. 골짜기에서 안개 같은 것이 피어오르고 있었다. 처음 여기에 왔을 때 느꼈던 황량함은 이제 어느 정도 가셔졌지만, 어쩐지 가슴의 한구석을 스치고 지나가는 바람 소리 하나는 여전히 지워지지 않고 있었다. 재섭은 담배를 꺼내어 불을 붙이고는 연기를 깊게 들이마시면서 천천히 피웠다. 까닭 없는 슬픔과 불안이 가슴 속을 안개처럼 채우고 있었다.

그때 작은 산새가 한 마리 산과 산 사이의 허공에 직선을 그으며 비스듬히 날아갔다. 그것이 지나간 공간에 정적이 흔적처럼 남아 있었다.

이제 서두르면 꼭 하루분의 일이 남아 있는 셈이었다. 기나긴 밤을, 뼛속 깊이 파고드는 추위와 외로움에 떨다가 이제 마악 밝아 오는 여명 속으로, 새벽이슬에 젖은 몸으로 터벅터벅 걸어가는 젊은 예수의 형상. 그것을 완성해야만 했다.

그는 그 황량한 들판에서 무엇을 꿈꾸었을까. 그리고 육신의 조국인 식민지 유대는 그에게 무엇이었을까. 그는 왜 죽음으로써만 자신의 영광을 드러낼 수밖에 없었을까. 만일 구원을 위해서라면 그것은 과연 무엇을 위한 구원일까. 구원 이후에는 어떻게 될까. 대머리 소설가의 말처럼 그가 만일 이곳에 살아 있다면 이 공룡들이 어슬렁거리는 세상에서 무엇을 할 수 있을까. 그는 정말 죽은 것은 아닐까.

재섭은 점심도 거른 채 하루 종일 산속을 돌아다니며 이런저런 의문에 시달리다가 아무런 해답도 발견하지 못하고 오후 늦게야 산에서 내려왔다. 내려오면서 보니까 수도원은 이제 마악 날개를 펴기 시작하는 산 그림자에 평화롭게 안겨 있었고, 그 한쪽 끝에 자리 잡은 새 건물의 벽에는 마지막 손길을 기다리는 미완성의 벽화가 저녁 햇살을 받아 반짝이고 있었다.

그날 밤의 일이었다.

멀리서 부언가 소란을 떠는 소리가 들려와서 새섭은 자신도 모르게 눈을 떴다. 누군가가 다투는 소리 같기도 했고, 비명 소리 같기도 했다. 창문을 보니 아직 어둠이 짙게 깔려 있었다. 잘못 들은 것인가. 그럴 것이다. 이런 수도원에서 그런 소리가 들릴 리가 만무하지 않은가. 그렇게 생각하면서 다시 잠이 들려 하는데 누군가가 방으로 들어와서 재섭의 어깨를 흔들어 깨우는 것이었다. 다급한 목소리였다.

"재섭 형제님! 재섭 형제님!"

재섭은 그제야 일어난 사람처럼 부스스 상체를 들면서 짐짓 게으른 목소리로 말했다.

"왜 그러세요?"

"큰일 났어요! 밖으로 나가 보세요."

재섭을 깨운 사람은 다리를 저는 박달진이라는 친구였다. 어둠 속에서 봐도 어지간히 흥분해 있는 표정이었다.

"아니, 왜요?"

재섭은 여전히 뭉기적거리는 어투로 말했다.

"글쎄. 빨리 나가 보시라니까요! 윤배 형제가 벽화에다……."

"예, 벽화?"

재섭은 그 소리를 듣는 순간 깜짝 놀라서 자기도 모르게 마치 스프링에 튕겨 나듯이 벌떡 일어났다. 그러고는 다급하게 옷을 껴입으며 말했다.

"아니, 벽화에다 무얼 어떻게 했다는 말이오?"

"글쎄, 윤배 형제가 재섭 형제가 그린 그림 위에다……."

재섭은 한 귀로는 달진의 설명을 들으면서 빠른 동작으로 옷을 껴입고 밖으로 나갔다. 사방은 아직 두터운 어둠 속에 잠겨 있었다. 그 어둠을 몰아내듯이 군데군데 환한 외등이 켜져 있었다. 그리고 구름 한 점 없이 맑은 밤하늘엔 주먹만 한 별들이 골짜기를 가득 채우듯이 떠 있었다. 차가운 공기가 얼굴에 싸늘하게 잠겼다. 달진은 절뚝거리는 걸음으로 그의 뒤를 황급히 따라나서면서 숨찬 목소리로 계속 말했다.

"자기가 마무리를 하겠다고 붓을 들고······."

재섭은 순간 마치 한 방 맞은 것 같은 기분이 되었다.

"그런데 마침 사무장님이 밤 기도를 마치고 오다가 불이 켜져 있어······ 재섭 형젠가 하고······. 그런데 홍윤배 그 사람이었지 뭐요!"

재섭은 그제야 어떤 상황이 벌어졌는가를 희미하게나마 그려 볼 수 있었다. 홍윤배. 그가······ 왜? 무엇 때문에······? 재섭은 걸음을 빨리 하면서 혼란스러워진 머릿속을 정리해 보려 노력했지만 더 이상 아무런 가닥도 잡을 수가 없었다.

"그래서 어떻게 되었어요?"

재섭은 침통하게 말했다.

"그래서 사무장님이 고함을 지르며 얼른 작업대 위로 달려 올라가서 말렸는데······. 그 와중에 윤배 형제가 그만 발을 헛디뎌 아래로 떨어졌지 뭡니까. 머리를 다쳤어요!"

두 사람은 그렇게 이야기를 나누면서 새 건물 쪽으로 뛰다시피 걸어갔다. 빠르게 달리다 보니까 달진은 더욱 심하게 절룩거렸다.

곧 백열등 불이 환하게 켜져 있는 새 건물이 나타났다. 벽화가 그려진 벽 아래에 사람들이 대여섯 명 서서 웅성거리고 있는 게 보였다. 백열등 불빛에 그들의 그림자가 커다랗게 흔들거리고 있었다. 가까이 가자 웅성거리는 소리는 점점 더 크게 들려왔다.

"시내 병원으로 옮겨야겠어요."

누군가가 말했다.

"이 시간에?"

또 누군가가 말했다.

"할 수 없어요. 피가 많이 나니까. 누가 좀 업어야겠는데…… 요셉 형제!"

사무장의 목소리였다. 그때 재섭이 마침 그곳에 나타났다. 사무장은 그를 흘낏 한 번 본 다음 큰 소리로 한 번 더 불렀다. 백열등 불빛에 비친 그의 얼굴은 백지장처럼 하얗게 변해 있었고, 온통 땀에 젖어서 번들거리고 있었다.

"요셉 형제!"

요셉으로 불렸던 덩치 큰 친구가 앞으로 나섰다.

"부탁합니다. 수고 좀 해주세요."

대머리 소설가 홍윤배는 이마를 다쳤는지 얼굴이 온통 피에 젖어 있었다. 상처 부위를 누군가가 수건으로 눌러 놓았는데 거기에도 빨간 피가 배어 나오고 있었다.

"괜찮아요. 머리를 좀 다친 것뿐이니까."

사무장이 걱정스러운 표정을 짓고 있는 재섭을 향해 안심을 시키듯이 말했다.

그때 홍윤배가 슬며시 눈을 떴다. 붉은 피가 나뭇가지처럼 흘러내린 그의 얼굴은 험악하게 일그러져 있었다. 재섭의 얼굴을 발견한 그는 억지로 미소를 지었다. 피에 젖은 채 미소를 짓고 있는 그의 모습은 악마처럼 끔찍하게 보였다.

"나는 당신을 알아."

그는 힘들게 입을 뗐다.

"당신 속에도 신은 없어. 그러니까 당신은 신을 그릴 수가 없지. 저 그림은 가짜야. 가짜라구."

그는 약간 쉰 목소리로 말했다.

"당신의 그림 속에는…… 인간들의 절망과 고통만이 가득하지. 난 알아. 저건 바로…… 당신의 자화상일 뿐이야. 그래. 당신의 자화상…… 그렇다면 차라리 정직하지. 그러나 그게 절망한 신의 모습을 가정하고 있는 건…… 견디기 어려웠어."

그런 다음 그는 힘이 드는지 눈을 감으면서 마지막으로 중얼거리듯이 말했다.

"신은 절대로 절망해서는 안 돼. 알겠소……? 물론…… 나는 무신론자지만."

곧 요셉이라 불렸던 친구가 그를 업었고, 또 다른 사람 하나가 머리의 수건을 손으로 누른 채 그들의 옆에 서서 따라갔다. 그 뒤를 사무장을 비롯한 몇 사람도 총총걸음으로 따라 내려갔다. 봉고차가 있는 수도원 입구 쪽으로 가는 것일 터였다. 어둠이 곧 그들의 모습을 빨아들이듯이 지워 버렸다.

남아 있던 사람들도 더 이상 자기들이 할 수 있는 일이 없다는 것을 깨닫고는 재섭에게 몇 마디 위로의 말 같은 걸 던지고 나서 뿔뿔이 각자의 숙소로 흩어져 버렸다.

혼자 남은 재섭은 잠바 주머니에서 담배를 꺼내어 물고는 비로소 벽화가 그려진 쪽을 천천히 살폈다. 백열등이 하나 켜져 있긴 했지만 그림자가 져 있어 그가 어떤 곳에 손을 댔는지 분명하게 보이지는 않았다. 재섭은 작업대 위로 올라가 보았다.

그러자 아직 채 마르지 않아서 물기가 번쩍이는 부분이 분명하게 드러났다. 예수의 얼굴과 후광 부분이었다. 재섭은 처음에 후광을 그려 넣지 않았었는데 그곳에 그는 밝은 노란색으로 둥그렇고 큰 후광을 그려 넣어 놓았던 것이었다. 그리고 얼굴에 해당되는 부분에는 마치 어린 아이가 그린 그림처럼 단순하고 소박하기 짝이 없는 그림이 그려져 있었다. 비록 거칠고 다소 유치하긴 했지만 그런내로 윤곽이 드러나 있는 그림이었다. 특히 그가 정성을 다한 듯이 보이는 예수의 눈 부분은 크고 섬세하게 묘사가 되어 있었다. 그가 그것을 통해 무엇을 보여 주려 했는지는 금방 알 수 있었다. 그 눈은, 이제 마악 새벽이 터 오르는 지평선을 향해 쏘아보고 있는 듯한 눈빛을 가지고 있었다. 말하자면 그것은 고뇌와 절망에 싸인 그런 어둠의 눈이 아니라 무겁고도 깊은 밤을 정복하고 나온 승리자의 벅참과 새로운 도전으로 가득 차 있는 그런 눈이었던 것이다.

재섭은 그 앞에서 잠시 난감한 표정으로 서 있었다. 그가 칠한 부분은 그렇게 대단한 것은 아니어서 금방 지우고 다시 그릴 수 있을 정도였다. 그러나 재섭은 어떻게 해야 할지 마음의 결정을 내리지 못하고 작업대에서 내려와 근처에 있는 모래 자루 위에 앉았다. 그림이 엉망으로 변해 있었지만 이상하게도 그 대머리 홍윤배에 대하여 원망이나 분노 같은 감정은 조금도 일어나지 않았다.

몇 개비의 담배를 태우며 그렇게 망연하게 앉아 있는데, 어느새 멀리 동녘 산등성이 위로 희미하게 여명이 터 오는 것이 보였다. 그에 따라 별빛은 사위어 가고, 공기 속에는 수많은 흰색 입자 같은 것들이 흩어져서 사물의 윤곽을 부드럽게 드러내어 주기 시작했다. 그러자 어둠 속에 갇혀서 하나로 보였던 것들이 돌멩이는 돌멩이대로, 나무는 나무대로, 벽은 벽대로, 제 모습을 가지기 시작했다. 대예배실 근처에 있는 식당 굴뚝에서는 어느샌가 검은 연기가 뭉게뭉게 피어오르고 있었다.

재섭은 시시각각으로 변해 가는 그 광경을 가만히 쳐다보고 있다가 무언가에 이끌린 듯이 자리에서 벌떡 일어나서 작업대 위로 올라갔다.

그날, 재섭은 하루 종일 식사도 잊어버린 채 신이라도 들린 사람처럼 벽화에 매달려 있었다. 처음에는 그가 식사 시간을 잊어버린 줄 알고 부르러 왔던 사람들도 그가 아무런 말도 들은 체하지 않고 계속 일에 열중하는 것을 보고는 고개를 흔들면서 돌아가 버렸다. 점심시간이 지났을 무렵에는 김마리아가 죽을 끓여서 왔다. 그녀는 걱정스러운 표정으로 재섭을 올려다보았다. 그러나 재섭은 그것을 한쪽 옆에다 두고 가라고 시키고는 작업을 계속하였다.

"재섭 형제. 난 재섭 형제의 마음을 알아요. 그림을 빨리 끝내 버리고 내려갈 생각이라는 거……."

그녀는 아래쪽에서 꾸물거리고 있다가 약간 떨리는 목소리로 말했다. 그제야 재섭은 잠시 붓놀림을 멈추고 그녀 쪽을 잠자코 내려다보았다. 그녀는 흰색 재킷을 입고 있었다. 그 흰색 재킷은 속에 받쳐 입은 검은 투피스와 어울려 무척 밝아 보였다.

잠시 그렇게 보고 있다가 재섭은 다시 붓칠을 계속하기 시작했다. 그녀는 무언가 생각에 잠긴 듯이 혼자 조금 더 그렇게 머뭇거리고 있다가 몸을 돌려서 빠른 걸음으로 돌아가 버렸다.

재섭은 거의 미치광이 같은 모습으로 변해 있었다. 모자는 벗겨져 머리카락은 마음대로 날렸고, 입술은 하얗게 타 있었다. 그는 하루 종일 물 한 모금 마시지 않았던 것이었다.

오후 늦게가 되자 작업은 거의 마무리 단계로 접어들었다.

그는 홍윤배가 그린 그림을 말끔히 지워 내고 그 위에 다시 자기 그림을 입혔다. 긴 머리칼이 어깨 위로 흘러내린 서른세 살의 고뇌 많은 한 젊은이의 모습이었다. 그의 얼굴 반쪽은 어두운 그림자에 싸여 있었지만 다른 반쪽은 새벽빛을 받아 밝은 빛에 싸여 있었다. 재섭은 대머리 소설가 홍윤배의 의견을 받아들여 그의 눈빛이 멀리 지평선 쪽을 바라보고 있도록 했다. 그리고 그 눈빛은 영원히 밝아오지 않을 것 같았던 시난밤의 처절한 외로움과도, 그리고 장차 닥쳐올 수많은 고난에 대한 두려움과도, 당당히 맞서 싸우는 열정으로 불타고 있었다. 그리고 그의 턱은 자신의 비극적인 운명에 대한 자긍심을 표시하듯이 약간 앞으로 튀어나와 있었고, 입가에는 온화하고도 힘이 넘치는 미소가 흐르고 있었다. 그러나 그럼에도 불구하고 전체적으로는, 자기 운명에 대한 의문을 떨쳐 버리지 못한 한 젊은이의 쓸쓸함과 슬픔이 화면 가득히 배어 있었다.

그리고 후광에 대해서는 오랜 고민 끝에 처음 생각대로 지워 버리기로 마음을 먹었다. 그는 처음부터 신의 아들 예수가 아니라 인간의 아들 예수를 그리고 싶었던 것이다. 더구나 '광야의 예수'는 어디까지나 불가해한 자신의 운명과 싸우고 있는 인간의 모습에 가까워야 한다고 생각했다. 후광을 그려 넣으면 지금까지 바탕에 깔았던 그런 의도와는 달리 평범한 종교화의 하나로 변해 버릴 가능성이 있었다. 재섭은 그 대신에 머리 윤곽을 따라 부드럽게 감싸듯이, 지평선의 가장 밝은 부분을 표현했던 흰색으로 역광을 그려 넣었다.

검은 산 그림자가 깔릴 무렵 재섭은 드디어 그림 그리기를 모두 마쳤다. 가로 오 미터, 높이 삼 미터의 대형 벽화였다. 저녁이 되자 골짜기 위에서 바람이 불어왔다. 그리고 이제 마악 산을 넘어가는 저녁노을이 벽화 위에 길게 걸려서 황금빛으로 빛나고 있었다.

그림이 완성되자 사람들이 찾아와서 감탄과 찬미를 드렸다. 그러나 재섭은 너무나 지쳐 있었던 데다 긴장이 풀린 탓인지 가벼운 현기증이 일었다. 작업대의 계단을 내려오는데 다리가 휘청거렸다. 계단을 거의 다 내려왔을 무렵 재섭은 자기도 모르게 그만 아득한 상태가 되어 아래로 굴러 떨어지고 말았다. 사람들이 소리치며 달려오는 소리가 들렸다.

재섭은 온몸이 땅속으로 깊이 빠져 들어가는 느낌 속에 그대로 정신을 잃어버렸다.

얼마나 시간이 흘렀을까. 재섭이 눈을 떴을 때는 밤이었다. 그리고 그곳은 다다미방이 아니라 따뜻한 온돌방이었다. 낡은 나무 책상 외에는 아무 가구도 없는 그 방은 작고 어두웠지만 깨끗하게 정리가 되어 있었다. 형광등이 켜져 있는 벽에는 뿔로 새긴 성모 마리아의 상이 하나 걸려 있었고, 책상 위 책꽂이에는 조화임에 틀림없는 꽃이 유리 화병에 꽂혀 있었다. 그때 멀리서 은은하게 찬송가를 부르는 소리가 들려왔다. 그리고 뎅뎅거리는 맑은 종소리도 들렸다. 이 골짜기에 처음 왔을 때 들었던 바로 그 종소리였다.

한없이 낮은 숨결로 누워 있는 재섭의 머릿속으로 지난날의 일들이 파노라마처럼 스쳐 갔다.

그 속에서 처음 제천행 열차를 탔던 기억이 마치 까마득한 옛날 일처럼 떠올랐다. 차창 밖으로 빠르게 지나가는 을씨년스러운 겨울 풍경 속으로 멀리 연기가 피어오르고 있었다. 그리고 그 풍경에 오버랩 되어 비치던 지치고 메마른 삼십 대 말의 사내. 바로 도재섭 자신이었다. 승희의 죽음과 아내의 가출. 그리고 창백한 햇살이 햇살처럼 비치는 화실에서의 우울한 정사. 그 모든 것이 그의 머릿속으로 마치 비현실적인 꿈처럼 떠올랐다 스러졌다. 그리고 긴 여행의 끝 무렵 어둠 속에서 안개비에 젖어 있는 수도원이 나타났다.

언제부터인가 그의 가슴속에는 불씨가 꺼져 버리듯 열정이 사라져 버렸다. 그와 함께 희망도, 꿈도 사라져 버렸다. '이 세상에 더 이상 혁명이 없어졌다는 것은 참을 수 있다. 그러나 자기의 온 존재를 걸 수 있는 절대적인 가치가 사라졌다는 것은 참을 수가 없었다.' 그것은 정민의 말이었다. 그래. 그랬을 것이다. 적어도 그에게는……. 그것을 위하여 그는 감옥에도 있다 왔으니까. 그러니까 그런 희망이 사리진 순간 그는 더 이상 무의미한 삶을 견디기 힘들었을 것이었다.

그러나 자기는 무엇인가. 자기는 애초부터 이 세상에 그런 절대적 가치가 존재한다고 믿지 않았던 사람이 아닌가. 그런데도 어쩔 수 없이 찾아온 이 무력함은 무엇인가.

재섭은 그 순간 마치 잊고 있었던 일처럼 인도를 떠올렸다. 거대한 가주말나무와, 그 뒤로 피어오르는 거대한 구름, 그리고 사나운 코끼리와 용감한 소년과 헐벗은 인간들의 모습을 떠올렸다. 강가에는 무수한 주검들이 혹은 화장을 기다리며, 혹은 수장을 기다리며 늘어서 있었다. 그것은 정민의 '절대적 가치'와는 또 다른 절대의 모습이었다.

벽화는 실패하였다.

그곳에는 그 어떤 절대적인 모습도 없었다. 궁핍과 불의에 고통하는 인간을 위한 분노도 없었고, 인간의 존재의 본질에 대한 고뇌도 없었다. 누가 뭐라 해도 재섭 자신은 그것을 알고 있었다.

재섭은 패배감과 자괴감으로 가슴이 아프게 저려 오는 것을 느꼈다.

그래. 대머리 소설가 홍윤배의 말이 맞았다. 그것은 바로 재섭 자신의 자화상일 뿐이었다. 초라하고 메마른 인간 도재섭의…….

재섭은 어두운 천장에다 시선을 던졌다.

그때였다. 누군가가 가볍게 노크를 하는 소리가 들렸다. 그러고는 대답을 기다리지 않고 곧 문이 열렸다. 재섭은 초점이 없는 멍한 눈으로 그쪽을 바라보았다.

"재섭 형제. 일어나셨어요?"

김마리아 그녀였다.

"몇 시나 됐소?"

그제서야 재섭은 상체를 일으켜 세우며 말했다.

"아홉 시예요. 그냥 누워 계세요. 깨우지 않으려 했는데, 사무장님이 저녁이라도 먹어야 하지 않겠느냐고 해서……."

"괜찮아요. 별 생각이 없으니까."

재섭은 두 손으로 얼굴을 한 번 부비고는 넘넘하게 말했다.

"수고하셨어요. 다들 재섭 형제의 그림이 독특하다고 하더군요. 저는 잘 모르지만…… 그렇게 슬픈 모습을 하고 있는 예수님의 상은 처음이에요."

그녀의 말에 재섭은 소리 내지 않고 허하게 웃었다.

"그러나저러나 홍 선생은 어떻게 되었어요?"

조금 있다가 재섭은 그제야 생각난 듯이 물었다.

"그 사람 미쳤어요!"

그녀는 갑자기 언성을 높여서 말했다. 평소와는 달리 그녀는 조금 흥분한 모습이었다.

"진짜 소설가도 아니에요! 지금까지 한 편의 소설도 쓴 적이 없으니까요. 예전에도 이곳 수도원에 와서 며칠씩 잠만 자다가 갔지 뭡니까. 신학 대학을 나와 한때는 목회를 했다는 말도 있지만 그것도 거짓말일 거예요."

그리고 나서 조금 미안했던지 곧 말소리를 누그러뜨리면서 말했다.

"태백에 있는 병원에다 입원을 시켰는데, 사무장님 말씀으로는 괜찮은가 봐요. 자세한 것은 사진 촬영이 나와 봐야 한다지만."

재섭은 잠시 그의 얼굴을 떠올렸다. 머리카락이 별로 없는 휑한 머리. 그리고 약간의 냉소기를 띠고 있는 갈색의 큰 눈. 두터운 입술. 어떻게 보면 우스꽝스럽게 보이기도 했지만 그것은 하나의 가면일 뿐 그 밑에는 더없이 복잡하고 심각한 표정이 숨은 그림처럼 감추어져 있는 얼굴이었다. 그는 스스로 무신론자임을 자처했지만 이제 와서 생각하면 그는 결코 무신론자가 아니었던 것 같았다. 피에 젖은 끔찍한 얼굴로 그는 재섭에게 마지막으로, '신은 절대로 절망해서는 안 돼. 알겠소?' 그렇게 말하지 않았던가. 그것은 그 자신이 이 세상에 절망해 있다는 뜻이기도 했다.

"그리고 편지가 왔어요. 아까 낮에 전해 주려고 했는데…… 너무 열중이어서."

그때 김마리아가 손에 들고 있던 봉투를 건네주면서 말했다. 그러고는 자리에서 일어났다.

"편지……?"

재섭은 너무나 뜻밖이어서 자기도 모르게 눈을 동그랗게 떴다. 누가, 어떻게 알고……? 재섭은 편지를 받아 들고 먼저 발신인 쪽을 보았다. 그러자 그의 얼굴은 더욱 얼떨떨한 표정으로 변했다. 거기에는 박미경, 바로 자기 아내의 이름이 적혀 있었던 것이었다.

"부인인가 보죠?"

그의 표정을 보고 있던 김마리아는 약간 쓸쓸하고 의미 있는 미소를 지어 보이고는 밖으로 나갔다.

그녀가 나가고 나자 재섭은 천천히 봉투의 한쪽을 찢어 내고 긴장된 표정으로 편지를 꺼내었다. 가슴이 조금 뛰었다. 오래간만에 보는 낯익은 글씨였다. 재섭은 단숨에 읽어 나가기 시작했다.

　재섭 씨.

　화실로 전화를 했더니 인도로 가셨더군요. 인도라니? 처음에는 얼마나 놀랐는지 몰라요. 그런데 조심성 없게도 명호 씨가 그곳을 알려 주지 뭡니까? 자기가 가르쳐 주었단 말은 하지 말아 달라면서. 그렇지 않았으면 정말 인도로 간 줄 알았을 거예요. 재섭 씨. 말 없이 집을 나간 것…… 미안해요. 우린 그동안 너무 지쳐 있었어요. 혼자 있으니까 정말 옛날 생각이 많이 나더군요. 기억나세요? 예전에 휴가 나와서 나랑 함께 북한강에 갔던 거. 그땐 달맞이꽃이 참 흐드러졌었지요. 이 세상 살아가면서 함께 추억할 무엇이 있다는 것만큼 소중한 일이 어디 있을까요?

두려운 질문이지만…… 이런 질문을 두려워하는 저 자신이 또한 두렵지만…… 아직도 저를 사랑하고 있는지요? 저도 이젠 방황을 마치고 그만 집으로 돌아가고 싶어요. 다시, 아기도 갖고 싶구요. 이젠 승희도 우리들 속에서 떠나보낼 때가 된 것 같아요.

인도에서 돌아오면 전화해 주세요. 보고 싶어요.

당신의 아내가

단숨에 편지를 다 읽은 재섭은 다시 음미하듯이 이번에는 천천히 한 번 더 읽어 보았다. 그러고 나서 다시 봉투에 곱게 접어서 넣었다. 그 순간 왠지 콧등이 찡하게 울리면서 눈앞이 흐려졌다. 아직도 자기를 사랑하느냐고……? 재섭의 입가에 희미한 웃음이 떠올랐다. 그러자 눈가에 맺혔던 눈물이 볼을 타고 굴러 떨어졌다. 그리고 어딘가에서 자기처럼 혼자 떠다니고 있을 아내의 모습이 소설 속의 여주인공처럼 떠오르는 것이었다.

비가 내리고 있는지 바람 소리에 섞여 무언가가 투닥투닥 떨어지는 소리가 들렸다. 재섭은 이런저런 상념에 젖어 있다가 다시 깊은 잠 속에 빠져 버렸다.

다음 날 재섭은 아침 일찍 배낭을 꾸렸다.

"아니, 재섭 형제. 벌써 가시려구요?"

그런 재섭을 본 사무장은 깜짝 놀라면서 말했다. 재섭은 웃으면서 고개를 끄덕여 주었다.

"안 돼요. 몸도 아직 회복이 덜 됐을 텐데⋯⋯."

그러나 재섭은 이미 떠날 채비를 다 하고 있었다. 아침을 먹고 재섭은 뒷산에 올라가서 마지막으로 사방을 한 번 둘러보았다. 그동안 정들었던 골짜기가 한눈에 다 들어왔다. 흰 눈이 날리던 골짜기에 어느덧 아른아른 수증기가 피어오르고 있는 것 같았다. 그 가운데에 수도원이 아담하게 안기듯이 자리 잡고 있었다. 그리고 그 아래 계곡의 모퉁이에 서 있는 새로 지은 건물의 한쪽 벽에는 그가 잠시 이곳에 머물렀다는 표시처럼 마악 완성된 벽화가 아침 햇살을 받아 환하게 빛나고 있었다.

마치 눈 속에 그 모든 광경을 각인해 두기라도 할 듯이 그렇게 한참 동안 서서 바라보고 있던 재섭은 이윽고 배낭을 들고 천천히 사무실 쪽으로 걸어 내려갔다. 사무실에는 사무장이 혼자 앉아 있다가 재섭을 보고는 벌떡 자리에서 일어났다.

"정말 가실 걱정이세요?"

"예."

재섭은 미소를 머금은 채 짤막하게 대답했다. 그는 잠시 곤혹스러운 표정을 지었다.

"내일이면 신부님도 오실 텐데⋯⋯. 그저께 밤의 일로 상처를 받았다면 정말 죄송합니다."

그는 진심으로 미안하다는 표정을 지으면서 말했다.

"아닙니다. 저는 아무렇지도 않습니다. 오히려 많은 것을 깨달은 걸요."

재섭이 말했다.

"그러나저러나 이거 섭섭해서 어쩌나. 정말 하루만 더 있다 가면 안 될까요?"

사무장은 간절한 표정을 지으며 말했다.

"미안합니다만 이왕에 나선 길이니 그냥 가는 게 좋겠어요."

"알겠습니다. 더 이상 붙잡지는 않겠습니다. 그 대신 제가 버스 타는 데까지 바래다 드리지요."

재섭의 고집에 사무장은 할 수 없다는 듯이 말했다. 재섭은 그것마저 사양할 수 없어 고개를 끄덕였다. 사무장은 서랍에서 무언가를 꺼내더니 안주머니에다 넣었다. 재섭은 사무실 벽 안쪽을 슬쩍 들여다보았다. 그녀가 보이지 않는 게 조금 섭섭한 기분이 들었다. 그러나 곧 그런 기대를 단념한 채 배낭에서 무언가를 꺼내어 사무장에게 주면서 말했다.

"이걸 마리아 자매님께 좀 전해 주시겠습니까. 그동안 고마웠다는 말도 함께……."

"아, 그러죠."

그는 약간 의외라는 표정을 짓더니 이윽고 과장된 표정으로 웃으며 그걸 받았다. 표지가 다 떨어진 문고본 소설책이었다.

"그리고 아무 말도 하지 않았다……?"

그는 다시 평상시의 조용한 미소를 지으며 혼자 중얼거리듯이 제목을 소리 내어 읽어 보았다.

그들은 사무실을 나와 나란히 나무 계단 아래로 걸어 내려갔다. 처음 이곳에 도착했을 때 이 나무 계단은 얼마나 미끄럽게 보였던가. 사무실이 있는 곳을 몰라 망설이고 있을 때 비에 젖은 채 어둠 속에 나타났던 그 나무 계단이었다.

마침 작업을 하러 대부분의 사람들이 나가 버린 수도원은 텅텅 비어 있었다.

그곳을 빠져나오자 곧 울퉁불퉁한 길이 나타났다. 길가에는 이제 한창 물이 오르기 시작한 잡목들이 회초리처럼 서 있었고, 그 뒤로는 줄기가 곧은 침엽수림이 산등성이를 타고 뻗어 있었다. 바로 길 옆 계곡으로는 산속의 정적을 깨듯이 빠르게 흘러가는 물소리가 들렸다.

침엽수림 사이로 언뜻 벽화가 그려진 건물이 보였다. 그러나 재섭은 일부러 땅만 내려다보며 묵묵히 걸어갔다. 그의 앞에는 사무장이 두어 걸음 떨어져서 걸어가고 있었다.

골짜기 사이를 거의 다 걸어 내려가는 동안 두 사람은 각기 자신의 감정에 젖어서 아무 말도 하지 않았다. 가게를 지나 다리께 근처에 왔을 때 앞서 가던 사무장이 비로소 무슨 생각 끝이었는지 문득 입을 열었다.

"재섭 형제가 처음 이곳에 왔을 때가 기억나는군요. 배낭을 안고 사무실에 앉아 있었지요? 그때 재섭 형제는 무척 지쳐 보이더군요. 그래서…… 사실 난 저 양반이 어떻게 벽화를 그려 낼까 하고 속으로 걱정이 들었습니다."

재섭은 배낭을 메고 그의 뒤를 묵묵히 따라가며 귀를 기울였다.

"그러나 그게 얼마나 어리석은 일이었는가를 곧 깨달았지요. 특히 전 재섭 형제가 그 벽화에 바치는 열정에 깊은 감동을 받곤 했습니다. 누가 뭐라 하든 그게 어디 보통 벽환가요."

그는 뒤로 돌아서서 재섭의 눈을 보며 감동 어린 목소리로 말했다.

"그게 비록 재섭 형제의 자화상이라 하더래두 말이에요."

그러고 나서 천천히 덧붙이듯이 말했다.

"그건 한 인간의 소중한 기도입니다. 상처 많고 고뇌 많은…… 우리는 모두 당신이 그린 그 벽화를 향해 찬미의 십자가를 그을 것입니다. 그리고 당신을 기억할 것입니다."

이윽고 그는 다시 부드러운 미소를 떠올리며 안주머니에서 흰 봉투를 하나 꺼내 재섭에게 주었다.

"그리고 이건 감사의 표십니다."

"아니, 뭡니까?"

"별 생각 마세요. 얼마 되지도 않으니까. 마리아 자매님이 오늘 떠날 걸 알고 미리 챙겨 두셨더군요."

재섭은 사양하다가 끝내 마지못하여 받았다.

"생각지도 않았었는데…… 아무튼 고맙습니다."

"수고의 대가로 치자면 형편도 없어요. 겨우 차비나 될까 모르겠어요. 그러나저러나 신부님을 뵙고 가셨으면 더욱 좋을 뻔했는데."

그는 손을 뒤로 모아 쥐고 다시 앞서 가면서 말했다. 짧게 깎은 그의 머리칼 사이로 바람이 지나갔다. 재섭은 봉투를 접어 바지 주머니 속에다 넣었다. 조금 더 걸어가자 덩그러니 혼자 서 있는 버스 정류장의 간판이 보였다. 오래 기다리지 않아 버스 한 대가 모퉁이를 돌아오는 게 보였다.

"자, 그럼……."

재섭은 사무장과 악수를 나누고는 배낭을 들고 얼른 버스에 올라탔다.

"고마워요, 재섭 형제! 날 따뜻해지면 꼭 한번 오세요! 기다릴게요!"

떠나가는 버스를 향해 사무장이 손을 흔들면서 커다랗게 말했다. 그러나 그의 소리도 곧 버스의 소음에 묻혀 뒤로 사라지고 말았다.

버스 안은 올 때와 마찬가지로 텅텅 비어 있었다. 앞좌석 몇 개만 채우며 앉아 있던 늙수레한 시골 사람들이 재섭의 행색에 잠시 호기심 어린 눈빛을 보내다가 곧 무심한 표정이 되어 고개를 돌렸다. 재섭은 뒤쪽으로 가서 중간쯤에 자리를 잡고 앉았다.

안개 속을 헤치며 처음 이 길을 오던 생각이 났다. 그때는 자기 혼자 세상의 한쪽 구석으로 끝없이 빠져 들어가고 있는 기분이었다. 그러나 지금은 따뜻하고 화창한 햇빛이 그 길 위에 투명한 유리처럼 눈부시게 깔려 있었다.

재섭은 그제야 바지 주머니에서 봉투를 꺼내어 보았다. 풀로 붙여 놓은 봉투 속에는 하얀 종이로 접은 사이에 십만 원짜리 수표 한 장이 들어 있었다. 그리고 종이 위에는 가늘고 작은 글씨로 짤막한 편지가 씌어 있었다.

찬미 예수
재섭 형제님. 감사합니다. 당신에게 많은 축복이 있길 빕니다.
김마리아

재섭은 편지를 접어 수표와 함께 다시 봉투에 넣고는 멀리 창밖을 내다보았다. 산등성이 양지쪽에는 어느새 붉은 진달래 망울이, 볼이 잔뜩 부풀어 올라 마악 터져 나올 준비를 하고 있었다. 재섭은 갑자기 그날 안개비 내리던 겨울밤과 까만 원피스를 입고 있던 흰 얼굴 하나가 생각나 하늘을 한 번 올려다보았다. 아무런 감정이 없는 그 편지에서 재섭은 어쩐지 남모를 아픔이 느껴졌다. 그러자 그 하늘 위로 불현듯 거대한 가주말나무와, 그 뒤로 솟아오르는 거대한 비구름과, 코끼리와 헐벗은 인간이 살고 있는 인도가 떠올랐다. 그 모든 것은 이 세상 살아가는 동안 언제 다시 만나게 될지 모르는 풍경과 얼굴들이었다. 그리고 그것은 또한 어떤 이룰 수 없는 것에 대한 영원한 슬픔인지도 몰랐다.

태백에 가면 아내에게 전화를 해야겠다고 생각했다.

빈집

신 경 숙

1963년 전북 정읍 출생.
서울예술전문대학 문예창작과 졸업.
1985년 《문예중앙》에 〈겨울 우화〉 당선.
작품집 《겨울 우화》《풍금이 있던 자리》《깊은 슬픔》
《아름다운 그늘》《종소리》 등.
한국일보문학상, 오늘의 젊은 예술가상,
현대문학상, 만해문학상, 동인문학상 수상.

빈집

사랑을 잃고 나는 쓰네

잘 있거라, 짧았던 밤들아
창밖을 떠돌던 겨울 안개들아
아무것도 모르던 촛불들아, 잘 있거라
공포를 기다리던 흰 종이들아
망설임을 대신하던 눈물들아
잘 있거라, 더 이상 내 것이 아닌 열망들아

장님처럼 나 이제 더듬거리며 문을 잠그네
가엾은 내 사랑 빈집에 갇혔네

—기형도, 〈빈집〉 전문

스페인은 언제 가시우?

밤이 되면서부터 내리기 시작한 눈을 흠뻑 맞아 눈사람이 되어 스튜디오 경비실을 막 지나려는 그를 보며, 아니 그의 어깨에 걸린 기타를 보며, 늙은 경비원이 습관처럼 물었다.

봄이 오면…….

자신이 생각해도 어처구니가 없어 대답을 줄여 버리려는 참인데 스튜디오 뜰의 거위 우리의 꽥꽥 소리가 그의 소리를 잘라먹었다.

웬 뜰에 거위를?

그가 늙은 경비원이 거위를 기르고 있다는 걸 모르고 꽥꽥거리는 소리에 짜증을 내며 물었을 때 경비원은 앉아 있던 자리에서 엄한 표정을 지으며 벌떡 일어났었다.

집 지키는 덴 거위가 최고요. 나는 이때껏 거위만큼 집 잘 지키는 사나운 놈은 못 봤소. 나 어려서두 산골짝에 있는 내 집도 거위 두 마리만 있으면 하나도 안 무서웠다니까. 그러니 상관 마오. 댁은 여기 사는 사람도 아니잖우.

후에 알고 보니 늙은 경비원의 그런 신경질적인 반응은 그에게만 보이는 반응이 아니었다.

도저히 주거용 건물이 있을 것 같지 않은 시내의 한복판에 이 스튜디오는 뭔가 비현실적으로 삐딱하게 서 있었다. 평수는 가장 넓은 게 열네 평이고 가장 많은 게 열 평짜리의 원룸 형식의 방들이었다. 그러니 제대로 된 살림을 사는 이들은 없고, 시내에 직장을 둔 혼자 사는 사람들이나, 혹은 굽어진 사연을 안은 채 둘이 사는 사람들, 간혹 신혼부부들도 있는 것 같았으나, 그는 지난 일 년을 그녀의 집에 드나들면서 여기에서 어린아이가 달린 가족들을 본 적은 없었다.

스튜디오라는 이름이 붙은 건물 주인은 따로 있고 모두들 보증금 얼마에 다달이 집세를 치르며 살고 있었다. 건물 주인의 먼 친척이라는 경비원은 여기에 채용이 되자마자 스튜디오 뜰에 거위 우리를 만들었고, 스튜디오보다 거위 보살피는 일에 더 시간을 보냈다. 늘 게으르게 눈이 내려뜨려져 있는 늙은 경비원의 눈이 부라려지는 순간은, 바로 사람들이 거위에 대해 불만을 드러낼 때였다. 한밤중 혹은 새벽 아무 때나 거위들은 꽥꽥거렸고, 그 소리에 잠 깬 피곤하고 창백한 얼굴들이 창에 얼굴을 내밀고 거위 욕을 하면 경비원은 대번 그 창 쪽을 향해 눈을 부라렸다. 집 지키는 데는 거위가 최고라니께.

갑자기 웬 눈인지 모르겠구먼요. 눈을 보니 조놈들도 발 시렵고 깜짝 놀라겠는가 봐요. 눈 내리기 시작할 때부텀 저리 꽥꽥거리는만요. 아, 내 정신 좀 봐, 스페인은 언제?

봄이 오면, 이라고 다시 대답할 수가 없어 그는 웃으며 돌아섰다. 지난가을엔 뭐라고 대답했던가? 겨울이 오면, 이라고 했지. 겨울이 오면 가야지요. 소양 교육도 받아 놨으니.

스페인. 그는 웃고 있는 자신의 입 꼬리를 갈무렸다. 겨울에는 스페인의 봄, 갈리시아의 이끼 낀 교회에 내리는 비를 생각하며 봄이 오면, 이라고 말했고, 막상 봄이 오면 스페인의 여름, 나자레 해변을 씻어 내리는 대서양의 물결을 생각하며 여름이 오면, 이라고 했다. 그렇게 또 여름이 오면 스페인의 가을, 한낮의 공원에서 푸른 거울 같은 하늘을 보며 빠져 드는 그들의 낮잠을 생각하며 가을이 오면, 이라고 말했다. 그들은 그들의 언어로 시에스타라 불리는, 낮잠 자는 시간을 기준으로 하루를 두 번 산다, 했다. 겨울에는 겨울에는? 지금은 겨울인데 스페인의 겨울은 생각나지 않았다. 다만 계절을 넘어, 변해 가는 것과 변하지 않는 영원한 것의 공존을 넘어, 피레네 산맥이 있을 거였다.

지금은 겨울이다. 그래, 겨울이지. 특히나 오늘은 갑자기 기온이 영하 7도로 떨어져서 그는 학원에서 여기까지 오는 동안 어깨에 짊어진 기타를 한 번도 손으로 잡지 않았다. 눈바람 속에 칼날이 느껴져 주머니 속에서 손을 꺼내기만 하면 그대로 얼음 조각으로 만들어 버릴 듯했다. 그래, 겨울이다. 무방비 상태로 내놓아진 얼굴, 살갗 밑에 살얼음이 쌓인 듯 시려운 겨울.

어깨에, 머리에, 기타에 쌓인 눈을 툭툭 털며, 신발 위에 쌓인 눈도 털기 위해 발을 툭툭거리며, 계단으로 오르려는 그를 이보우, 하며 경비원이 다시 불러 세웠다. 돌아다보니 경비실 창으로 경비원의 늙고 핼쑥한 얼굴만 나와 있다.

깜박했는데 그 꽃 만드는 처녀 이사 갔수? 아우?

그는 대답 대신 낮에 그녀가 이삿짐이 실린 트럭에 올라타는 모습을 숨어서 지켜보았던 스튜디오 입구의 건물에 시선을 주었다.

하긴 말두 안 하고 이사했을 리는 없고. 그럼 이 밤중에 뭐 하러 빈집으로 올라가우? 뭘 놓고 갔다 허우? 열쇠는 있소?

그래, 그녀가 떠난 줄을 알면서 나는 왜 저 빈집에 들어가려 하는가? 무의식적으로 이끌려 온 걸음도 아니다. 학원 야간반 수업을 진행 중일 때, 수업을 마치고 미끄러운 학원 현관을 나설 때, 점점 굵어지는 거리의 눈발 속이나, 버스 정류장에서 우두커니 서 있을 때, 그는 분명 그녀가 갔음을 느꼈다.

그는 거리에서 스스로를 향해 속삭이기까지 했다. 낮에 몰래 숨어 그녀를 실은 트럭이 그녀를 태우고 스튜디오를 빠져나가는 걸 보지 않았더냐, 한 달 전부터 그녀가 그녀 주변을 정리하고 있는 걸 느끼고 있었으면서 마치 그녀가 떠나기를 기다리고나 있었던 듯, 모른 척하다 맞이한 오늘이 아니었더냐고. 모른 척한 이유는 있었다. 나는 스페인에 가야 하니까, 언젠가는 그녀를 떠나야 하니까, 그녀가 가려 할 때 보내야지, 그때 상처가 안 되게. 그녀는 갔다. 자주 그녀를 감당할 수 없는 마음이 그녀를 붙잡지 않게 했다. 그녀가 간 줄, 이제 그녀의 집은 빈집인 줄 알면서도, 그는 여기로 오고 있었다, 한사코.

그는 현관문에 열쇠를 꽂다 말고 가만 귀를 기울였다. 그녀가 이사한 방 안은 분명 텅 비어 있을 텐데 방금 전 열쇠를 문에 꽂자 안에서 무엇이 놀라 후다닥거렸다.

혹시 그녀가 돌아왔나?

부질없이 귀를 기울이니 문 안의 기척은 사라지고 조용했다. 그녀가 있을 리가? 그래, 있을 리가. 그가 다시 열쇠를 만지려는 적막 사이로 갑자기 옆집에서 켜는 텔레비전 뉴스 소리가 쨍하니 섞여 들었다.

오늘 오후 한 시쯤 동대문구 이문 2동 307번지 김선식 씨 집에 세 들어 살던 아파트 청소원 부부가 나란히 숨져 있는 것을 셋째 딸인 미영 씨가 발견했습니다. 미영 씨는 회사 기숙사에서 전화를 해도 받지 않아 이상한 생각이 들어 집에 와 현장을 발견했다고 합니다. 경찰은 문이 안으로 잠겨 있고 외부 침입 흔적이 없는 것으로 미루어 자살로 추정하고 있으나 자살할 이유가 전혀 없다는 가족들의 말에 따라 타살 가능성에 대해서도 수사하고 있습니다.

그는 그대로 망연히 서 있었다.

바람이 뼛속까지 획 들어오는 것 같아 그는 다시 손을 열쇠에 갖다대기 전에 손바닥을 비볐다. 어느 날 그녀가 그녀의 손가락에서 빼서 그의 왼손가락에 끼워 준 반지가 오른손 등이며 손바닥에 스쳐졌다.

그는 문을 따고 안으로 들어와 문에 등을 대고 가만 서 있었다. 처음엔 깜깜했던 방 안의 어둠이 차츰 익숙해지자, 흰 벽이 보이고 세면장 문이 열려 있는 게 보였다. 그녀가 떼어 가지 않은 선반이 구석에 그대로 매달려 있는 것까지 눈에 잡혔을 때, 그는 손을 뻗어 방 안의 불을 껐고, 문에서 등을 떼고, 어깨에 짊어진 기타를 풀어 문에 세워 두었다. 봄은 희망이야. 봄이 되면 스페인에 갈 거니까. 거기 가서 파코 데 루시아처럼 악보 없이 플라멩코를 칠 거니까. 그래, 그럴 거니까.

그녀를 만난 날도 봄이었다. 모두들 자칭 기타리스트들인 아는 얼굴들이 모여 객석 의자가 마흔 개도 될까 말까 한 소극장에서 연주회를 열었을 때, 그 자리에 그녀가 왔었다. 그가 마르티니의 〈사랑의 기쁨〉과 마이어의 〈카바티나〉를 접속곡으로 연주하고 났을 때 그녀는 박수를 쳤다. 그가 사티의 〈짐노페디〉를 켜고 마지막으로 타레가의 〈알함브라 궁전의 추억〉을 치고 났을 때도 그녀는 앉은 채로 계속 박수를 쳤다. 쉬지 않고 박수를 치고 또 쳤다. 그녀가 얼마나 많은 박수를 쳤는지 누구나 다 생각했을 것이다. 그녀의 손바닥이 얼마나 아플까를. 그래서 연주회가 끝났을 때 그가 극장을 빠져나가고 있는 그녀 곁으로 가서 물었다. 기타 소리를 좋아하는가 보군요. 그녀는 대답이 없고 그녀와 동행한 그녀 곁의 늙은 여자가 가만 웃었다. 그는 둘이 모녀 사이인 줄 알고 이번엔 늙은 여자를 향해 따님이 기타 소리를 좋아하나 봐요, 라고 다시 물었다. 그녀의 엄마가 아니고 이모라는 늙은 여자가 대신 대답했었다. 이 앤 소리를 들을 수 없어요, 귀머거린걸요.

귀머거리? 그는 멍하니 선 채로 그녀와 그녀의 이모라는 늙은 여자가 극장을 빠져나가 바깥으로 통하는 계단을 오르는 걸 바라보았다. 그의 시야에서 두 여자가 아주 안 보이게 되었을 때 그는 뛰어나가 그녀들을 찾았다. 버스 정류장을 향해 걷고 있는 그녀들을 찾아냈을 때의 그 반가움은, 오래전 한 여자의 정중한 이별 후 처음 느껴 봤던 것이었다. 육 년 만인지 칠 년 만인지, 그동안 그 육 년인지 칠 년 동안, 여섯 번인지 일곱 번인지 봄을 보내면서 여름 가을 겨울을 보내면서 그는 스페인에 가리라, 했다.

자그마치 저 옛날, 1600년대에 지은, 길이 94미터에 폭이 128미터의 사방이 둘러싸인 풍취 있는 마요르 광장에서, 화려한 왕가의 의식과 사나운 투우 축제와 종교 재판의 화형식이 있었던 그 마요르 광장에서, 유랑인들 틈에 섞여 기타를 치리라, 했다. 아, 그리고 마드리드에서 아란후에스로 가는 열차를 타리라, 황야 속에서 저 혼자 기름진 들판을 이루고 있는 아란후에스, 수많은 나무와 식물로 둘러싸여 있는 아란후에스, 그 왕가의 휴양소에서 물소리를 들으며 기타를 치리라, 했었다. 그것만이 그에게 여섯 번인가 일곱 번 봄 여름 가을 겨울 보내는 대안이었다.

신발을 벗고 안으로 들어서려다 그는 다시 멈춰 섰다. 그녀의 냉장고가 놓여 있던 곳, 이제는 텅 비고 어둠이 내려앉아 있는 자리에 그녀가 냉장고 문을 열며 서 있는 것 같다. 밖에 춥죠? 엉덩이까지 내려오는 흰 셔츠를 입은 그녀가 입술을 달싹이며 그에게 다가오는 것 같다. 그는 저절로 춥긴 별로야, 혼자 공허하게 대꾸하다가 어깨를 한 번 움츠리곤 안으로 들어섰다.

그녀는 대답을 소리로 듣지도 못할 거면서 무엇이든 물었다.

텔레비전의 동물의 세계 프로그램에서 밀림의 코끼리들의 천연적으로 알코올이 만들어지는 풀들을 뜯어 먹어 술 취해 비틀거린다는 얘기에 코끼리들이 왜 그래요? 하고 물었다. 그는 거창한 밀림이 자꾸 파헤쳐지고 그나마 살아남은 코끼리들도 자꾸만 터를 뺏기는 데서 오는 스트레스 때문이래, 대답하다가 그녀를 물끄러미 바라보았다. 화면만 보고 진행자의 소리는 듣지는 못하면서 코끼리들이 뭘 하고 있는지를 알고 있는 것인가? 스트레스 때문이래, 라고 대답하는 그의 대답을 이해하긴 하는 것인가? 그의 의아심하고는 상관없이 그녀는 엉뚱한 말까지 더 보탰다. 코끼리들이 스트레스를 받긴 받을 거예요. 이 지구 상에선 커다란 깃들이 점점 없어지잖아요. 다음엔 자신들이 소멸할 것이라는 걸 짐작하고서 그러는지도.

마치 냉장고 앞에 서 있는 그녀를 안으려나 가는 듯 그가 안으로 성큼 들어섰을 때 세면장에서 뭔가 화다닥 움직이는 기척이 났다. 정말 그녀가? 순간 그의 가슴에 반가움이 흘렀다.

화수?

그는 얼른 세면장 안을 들여다봤다. 그녀는 없고 세면대 위 거울 앞에 그녀가 기르던 고양이가 등을 세우고 그를 쳐다보고 있다. 그렇겠지. 그는 멋쩍게 웃었다. 낮에 건물 뒤에 숨어서 그녀의 이삿짐이 트럭에 실려 떠나는 걸 두 눈으로 지켜보았으면서도, 그랬으면서도 그녀가 아직 여기에 있으리라고 생각하다니.

어둠 속에서 사삭거리고 있는 고양이 눈이 새파랗다. 그녀가 기르던 두 마리의 고양이 중 점박이다. 점박이는 그녀가 원래부터 기르던 고양이었다. 갈색 털에 흰색 털이 점처럼 박혀 있어 점박이라고 부른다고 했다.

그녀가 트럭에 올라탔을 때 품에 안고 있던 고양이는 희디흰 것이었다. 그 흰 것은 그녀의 것이 아니라 그가 어느 식당에서 얻어 온 것이었다. 이제는 쟁쟁한 기타리스트가 되어 있는 친구의 독주회에 갔다가 저녁을 먹으러 들른 식당에 새끼 고양이들이 다섯 마리나 있었다. 태어난 지 삼 주나 되었을까. 다른 놈들은 활발하게 식당 손님들의 발밑을 기어 다니고 뛰어다니는데 온몸이 하얀 고양이 한 마리만 움직이지를 않고 주눅이 들어 웅크리고 있었다. 사람들이 새끼 고양이들을 귀여워하니까 음식 시중을 드느라 왔다 갔다 하던 주인이 기르고 싶으면 가져가라, 했다. 어여뻐하면서도 막상 가져가라 하니까 누구도 선뜻 나서지를 않았는데 그의 입이 어느새 내가 한번 길러 볼까요, 말하고 있었다. 그는 여러 마리의 고양이 중 가만히 웅크리고만 있는 흰 고양이를 안고 왔다. 털이 희다고 그는 그 고양이를 흰순이라 불렀다. 흰순이는 순하고 얌전했다. 하지만 전혀 그를 따르지 않았다. 너무 어려서였을까, 흰순이는 그저 가만 웅크리고만 있었다. 아침마다 배달되는 우유를 반으로 나눠 마시고 고양이들은 통조림을 좋아한다기에 슈퍼마켓에서 참치 통조림을 사와 접시에 조금씩 덜어 주었는데, 흰순이는 그가 옆에서 쳐다보고 있으면 그걸 먹지도 않았다. 그가 모른 척하고 있어야 겨우 조금 입에 댔다. 흰순이는 간섭할 필요가 조금도 없었다. 작은 모래 상자를 만들어 옆에 뒀더니 거기에 오줌을 누고 똥도 누고는 안 그런 척 열심히 덮어 놓기까지 했다. 이틀째 되던 날이었다. 새벽에 눈을 떴는데 흰순이가 보이질 않았다. 어디에 있겠거니 했는데 오전 열 시가 돼도 안 보였다. 출입구를 열어 두지 않은 이상 흰순이가 그의 방을 나갈 도리가 없는데 이 구석 저 구석을 다 들여다봐도 기척이 없었다. 그는 정말이지 그때 코미디언처럼 책상 서랍까지 열어 봤다. 그의 방은 7층이었고, 나가면 곧 찻길이었다. 오므리고 앉아 있는 것밖에 사회성이라곤 눈곱만큼도 없어 보였던 흰순이가 방을 빠져나갔다면, 어리둥절한 채 교통사고를 당했을 게 틀림없었다. 제발 방을 빠져나가지 않았기만을 바라며 그는 책 사이사이, 악보 사이사이까지 들여다봤는데도 없었다. 정오가 되었을까, 그렇게 찾아도 기척이 없던 흰순이가 어디선가 가르릉, 소리를 내는 게 아닌가. 소리 난 곳을 헤쳐 보니 악보들 사이사이 뒤편 그의 옛 사진들을 담아 놓은 노란 봉투 속이었다. 폭삭한 솜까지 깔아 준 집을 마다하고 흰순이는 그렇게 구석쟁이를 찾아 들어갔고, 그는 매일 구석을 쑤시고 다니느라 애를 먹었다. 흰순이는 책상 밑바닥에 달라붙어도 있었고, 싱크대 서랍에 들어가 있기도 했으며 이젠 그가 신지 않는 낡은 신발 속에 웅크리고도 있었다. 한번 구석을 파고들면 그가 찾아낼 때까지 거기 오므리고 앉아 있었다. 그게 저 사는 방법이었는지 몰라도 음식을 먹질 않으니 걱정이 드는 건 그의 성가심이었다. 그는 정말이지 그의 방에서 죽은 고양이를 집어내는 일 같은 건 절대로 하고 싶지 않았다. 겨우겨우 찾아내서 밥을 먹이곤 하는 일을 얼마간 하다가 흰순이를 그녀에게 안고 갔다. 그녀가 흰순이의 터였을까? 흰순이는 그녀의 손안에서 금방 투실해져 어린 티를 벗었다. 처음에 흰순이의 등장에 성을 돋우던 점박이는 나중엔 제 집을 흰순이에게 내주고 저가 냉장고 위나 신발장 위, 아니면 흰순이가 자고 있는 집 옆의 방바닥에서 잤다.

그는 숨을 크게 들이쉬었다. 거울 속으로 비친 점박이의 등이 실제의 등과 겹쳐 점박이는 아주 커다랗게 보였다. 그가 세면장으로 들어가서 웅크리고 있는 점박이의 두 눈을 가리며 안아 내리려니 점박이는 갑자기 베란다 쪽으로 화다닥, 튀어 갔다. 그는 자신도 모르게 점박이의 뒤를 따랐다. 한 마린지 두 마린지 생쥐가 찌익— 소리를 내며 어디론가로 사라졌다. 점박이는 아쉽다는 듯 생쥐가 사라진 쪽을 파란 광채의 눈으로 쏘아보고 있다. 아직도 쥐덫이 있군. 그는 점박이 뒤에 서서 이쪽에서 저쪽으로 이어지는 좁은 베란다 끝에 아직 쥐덫이 놓여져 있는 걸 쳐다봤다.

어느 날 그가 그녀에게 쥐가 있나 보다고, 아주 가까운 데서 생쥐 소리가 들린다고 해도 그녀는 설마 쥐가 있을라구요, 하는 표정을 지었다. 그러던 그녀가 어느 날은 쥐덫을 사다 베란다에 설치한 뒤 노트에 썼다. 정말이었어요. 새벽에 세면장에서 생쥐가 비누를 갉아 먹고 있는 걸 봤어요. 그는 새벽에 그녀의 세면장에서 비누를 갉아 먹고 있는 생쥐의 모습이 어땠을까를 떠올려 보려고 했지만 떠올려지지가 않았다. 그는 쥐의 소리를 듣고 그녀는 쥐의 모습만 봤을 뿐이었다. 소리는 모습보다 질기다. 어느 날 새벽에 비누를 갉아 먹느라 그녀에게 모습을 들킨 생쥐는 더 이상 음식이나 비누를 갉아 먹지 않기로 한 모양이었다. 쥐덫을 피해 구석구석 어딘가로 생쥐는 찌익— 소리로만 나타났다가 사라지곤 했다. 모습이 안 보이니 그녀는 곧 생쥐도 쥐덫도 잊었다. 모습만 나타나지 않으면 생쥐는 그녀에게 자신의 존재를 완벽히 숨길 수가 있었다. 하지만 그의 귓속에서 생쥐는 찌익— 소리로 존재했다.

그녀가 못 보는 생쥐의 존재를 그 자신 혼자서 소리로 느끼며 그는 외로웠다. 그 외로움은 언젠가 한 여자가 느닷없이 그를 떠난다고 했을 때, 당신의 기타 소리를 좋아했고 지금도 좋아하지만 그것만으로는 부족함을 느낍니다, 정중하게 말하고서 가 버렸을 때, 그가 그저 담배나 피우고, 얼마간 걸어 다니다가 돌아와 기타를 치던 손톱을 깎고, 두 계절인가를 창 가까이에 앉아서 천장을 지나가는 거미나 바닥을 기어가는 바퀴벌레 같은 걸 보고 있을 수밖에 없었을 때 느끼던 것과 비슷한 것이었다. 빈방에 앉아 그것만으로는 부족함을 느낍니다, 라는 여자의 말을 웅얼거릴 때마다 마음에 스며들던 그것과. 이제 더 앉아 있지 말자, 무슨 일인가 하자, 마음먹으며 다시 기타를 메고 학원에 나갔을 때 사람들은 그에게 기타 소리가 더 좋아졌네, 그로서는 알 수 없는 말을 했다.

그는 생쥐가 사라진 쪽을 바라보며 가르릉—거리는 고양이를 향해 엎드렸다. 그의 손이 닿자 점박이는 이미 세운 등을 더 세우고는 파다닥 튀어 나갔다. 점박이는 방바닥을 딛고, 창틀을 딛고, 그녀가 떼어 가지 않은 선반 위에 사뿐히 올라가 앉았다. 그곳에서 얇은 책 한 권이 툭 떨어졌다. 다가가서 집어 보니 몇 편의 단편소설이 수록된 얇은 책 속에 편지 봉투가 끼워져 있다. 그는 봉투를 내려다보았다.

또 시작이군. 봉투 속의 편지를 꺼내려는데 그의 귓속으로 망치 소리가 신경을 끊듯 섞여 들었다. 도대체 저들은 벽에 무엇을 저토록 박는 걸까? 그녀와 함께 있을 때도 위층에서는 자주 벽을 망치로 두들기는 소리가 들리곤 했다. 저들은 한 번 망치 소리를 내기 시작하면 적어도 두 시간은 소리를 냈다. 두 시간 동안 내내 두들기는 건 아니었지만 십 분 간격에 오 분 간격에 이십여 분 간격에 어김없이 쾅쾅 소리를 냈다. 처음에는 그러려니 하다가, 다음에는 그 벽이 아니라 아래층 이 벽이 허물어질 것 같은 생각이 들다가, 그도 저도 지나가면 그땐 그 층의 벽이 망치에 얻어맞는 게 아니라, 그의 머리를 망치가 내려치는 것 같아졌다. 그 소리에 그는 괴로워죽을 거 같은데 그녀의 검은 눈은 산속처럼 고요했다. 그는 기가 막혀 노트를 꺼내 썼다. 저 소리가 안 들린단 말이야? 그러구선 내 기타 소리를 듣고는 어떻게 그토록 박수를 쳤지? 그녀가 받아썼다. 당신 손가락이 기타 위에서 소리를 냈어요. 나의 손가락이?

겉봉에는 어떤 글씨도 없다. 그는 벽에 등을 대고 앉아 봉투 속에서 편지를 꺼냈다. 편지지의 글자 위로 위층의 쾅쾅거리는 망치 소리, 어딘가로 도망치는 생쥐의 찌익찌익 소리, 스튜디오 뜰의 거위가 화다닥거리며 꽉— 하는 소리가 끼어들었다.

이 글을 그쪽이 읽게 되는지요.

한 번은 그쪽이 이 빈집에 올 것이기에 나도 한 번은 내 마음이 그쪽에게 읽힐 기회를 만들어 봅니다. 그쪽이 선반 위에 놓여질 이 편지를 발견하지 못하면 그만이고 만약 발견한다면 내가 그쪽 몰래 이 집을 비우고 가는 것이 언젠가 한번 그쪽을 떠난 여자 때문이 결코 아님을 알아주세요.

그는 머리가 띵해 잠시 읽는 것을 멈췄다. 위층의 망치 소리가 천장을 흔들고 그가 기댄 벽을 흔들었다. 그 진동에 점박이가 놀라 그의 배 위로 폴짝 뛰어내렸다. 그는 지진 같은 진동을 이루는 망치 소리가 마치 자신의 손등을 내리치고 지나간 것 같은 타격을 느꼈다. 그녀가 그를 떠나간 여자의 존재를 알고 있었던가?

그는 다시 편지로 눈길을 돌렸다.

두통 때문이에요.

두통? 그는 눈을 번쩍 떴다. 두통 때문이라고? 그녀는 단 한 번도 그에게 머리가 아프다는 말을 해본 적이 없었다.

그쪽에겐 기타줄 위에서 춤추듯 움직이는 그쪽 손가락을 보고 있으면 내 귀는 그 손가락들이 내는 소리가 들린다고 했지만 나는 그 무슨 대가를 치르더라도 단 한 번이라도 좋으니 그쪽 손가락이 가는 자리에서 새어 나오는 진짜 소리를 듣고 싶은 욕망이 싹텄어요. 그 소리 속에 사랑하고 욕망하고 후회하며 살아가는 모든 것이 다 담겨 있을 것만 같았어요. 나는 그날부터 두통에 시달렸어요. 그쪽의 손가락이 튕기는 소리를 한 번만 한 번만 내 귀로 듣고 싶어한 그 순간부터요. 어제는 한 줌 먹은 알약을 토해 냈어요. 의사는 내가 마음속으로부터 아무 생각을 하지 말아야 된다고 했어요. 그의 진단처럼 아무 생각도 하지 않으려 했지요. 하지만 나날이 너무나 괴로워서 슬퍼할 수도 없을 지경이었어요. 머리를 한쪽으로 가만히 두고 두 손으로 꼭 껴안고 있어도 두통은 거기까지 따라와서 나를 한밤중에 침대에서 떨어뜨리곤 했어요. 머리 한 군데가 피투성이로 늘어진 것같이 아팠어요. 때로 바로 앞에 앉아 있는 그쪽도 알아보지 못했답니다. 울거나 웃으면 두통은 입 모양이 만들어지는 쪽으로 왈칵 쏠려 웃을 수도 울 수도 없었답니다. 한 번만 당신이 내는 소리를 듣고 싶어한 대가가 너무 슬퍼요. 너무 아파서 이젠 사람이라고 할 수도 없어요. 어느 날 자다가 일어나 찬물에 머리를 넣고 나와, 머플러로 침대와 내 머리를 묶어 두고 배 위에 양손을 포개고서 한 번만 그쪽 손가락이 내는 소리를 듣고자 했던 원을 놓았어요. 그러니 머리가 편안해졌습니다. 안녕, 내 사랑. 차라리 이 빈집에 들어와 이 편지를 읽지 말길. 내가 집 정리를 하는 줄 알면서도 그쪽의 또 다른 마음이 모른 척하였듯 차라리 내가 두통 때문에 그쪽을 버리고 가는 걸 영원히 모르길. 그러면 뒷날 그쪽 마음에 내가 가엾을는지.

아아아— 그는 소리를 지르며 편지를 떨어뜨렸다. 하지만 그의 비명은 쾅쾅거리는 망치 소리를 이기지 못했다. 무엇에 놀랐는지 뜰의 거위들조차 꽉— 외마디를 지르며 파드득거렸다. 망치의 쾅 소리와 거위의 꽉— 소리 사이로 어디선가 찌익— 하며 생쥐가 지나갔다.

철커덕철커덕 지하철 지나가는 소리, 자동차 끼익 급정거하는 소리, 후다닥 계단을 뛰어가는 소리, 오래된 아파트 무너뜨리는 소리, 셔터 내리는 소리 속에 끼어 있을 때마다 그는 생각했었다. 저 소리, 소리들이 결국 살아가고 욕망을 균열지게 할 거라고. 봄이 돼도 햇빛이 들지 않아 그늘진 육교를 지나거나, 강습 시간은 늦었는데 트럭과 소형차들 속에 끼어 움직이지 않는 버스 속에서 기타를 메고 거리를 내다보면서도. 그런데 그녀는?

그랬으면서, 그가 사티의 〈짐노페디〉를 칠 때면 그 곁에 바짝 앉아 마치 자신의 귀에 기타 소리가 들리는 듯 행복에 겨운 미소를 짓다니, 사실은 그 미소가 한 번만 그의 소리를 듣고 싶어하는 간절한 괴로움인 줄도 모르고서 손가락을 보고 있으면 소리가 들린다는 그녀의 말을 단 한 번 의심도 없이, 누구 앞에서보다 그녀 앞에서 손가락을 더욱 깊이 사삭거렸다니, 그럴수록 그녀의 두통이 더 깊어졌으련만.

편지를 든 채로 멍하니 앉아 있는 그에게로 점박이가 다가왔다. 그는 편지를 떨어뜨리고 점박이를 안았다. 그녀가 떠날 때 너는, 너는 어디 있었니.

그녀는 이삿짐을 실은 트럭을 기다리게 하고 흰순이를 품에 안은 채 애타게 점박이를 찾았다. 어딨니? 그녀는 점박이를 찾으려고 이미 열쇠를 채우고 나왔을 여기로 몇 번을 오르내렸고, 트럭 위로 올라가 거꾸로 세워진 의자 사이, 탁자 사이, 책 사이사이를 들여다보았고, 우편함까지를 열어 보았고, 어디 갔을까요? 방금까지 있었는데 경비실을 서성였고, 딱 두 동밖에 없는 스튜디오 여기저기를 돌아다녔고, 나중엔 스튜디오의 황폐한 겨울 뜰과 5층 꼭대기 옥상을 향해 어딨니?를 외쳐대었다.

그는 점박이의 양 겨드랑이에 손바닥을 집어넣고 그녀의 침대가 놓여 있던 자리에 길게 누웠다. 그는 그의 배 위에 점박이를 내려놓았다. 금세 점박이가 앉아 있는 자리에 따뜻한 기운이 퍼졌다. 그는 눈을 가늘게 뜨고 자신의 배 위에 웅크리고 있는 점박이를 쳐다보았다. 너 그때 어디 있었어? 그의 목소리가 공허하게 그녀의 살림이 빠져나간 일곱 평의 실내를 떠돌았다. 흰순이를 품에 안고 애타게 점박이를 찾고 있던 그녀의 초췌한 모습이 떠올라 그는 지금 그의 배 위에서 가만히 앉아 있는 놈이 야속해졌다. 어떻게 들어왔을까? 현관문도 창문도 다 닫혀 있었는데.

그는 망치 소릴 이제 혼자 들으며 자신의 손가락을 쳐다봤다. 그녀가 끼워 준 반지. 정말 아무것도 세상의 어떤 소리도 들리지 않는다고 느껴지던 날 금은방에 가서 사서 낀 거예요. 귓속의 깜깜한 칠흑을 이 반지가 위로해 줄 거라고 혼자 최면을 걸었죠. 그러고 나니 정말 아무 소리도 들리지 않을 때 이 반지를 만지고 있으면 불안하지 않아요. 그는 말했었다. 앞으론 어쩌려고? 이젠 괜찮아요, 소리가 들리지 않아도 살 수 있어요. 무슨 힘으로? 그녀는 썼다. 그쪽이 내 곁에 있는 힘으로.

언제부턴가 자주 그녀의 눈에 눈물이 어렸다. 그랬다, 그는 알고 있었다. 그 눈물의 어림이 그치면 그녀가 가리란 것을. 그는 그녀가 풍기는 이별의 냄새 앞에 무얼 해야 할지를 몰랐다. 그는 알고 있었다. 그녀가 간 후면, 그저 담배를 피우고, 얼마간 걸어 다니다가 돌아와 기타를 치던 손톱을 깎고, 한 계절이거나 두 계절 창 가까이에 앉아 있으리란 걸. 저것 봐라, 여기도 거미가 있지 않은가, 창문 위, 물방울무늬의 거미가 스륵, 제가 짜 놓은 거미줄을 타고 기어 내려오고 있다. 나무나 수풀, 돌 밑이나 풀 속, 바닷가나 사막, 물속이거나 꽃 위가 아니라 저 거미는 왜 여기에서 기어 다니는 건지. 그러다가 어느 날 이제 더 이상 앉아 있지 말자, 무슨 일인가 하자, 마음먹으며 다시 기타를 메고 학원에 나가면 그때도 사람들은 그를 향해 기타 소리가 더 좋아졌네, 그로서는 알 수 없는 말을 할 것이었다.

그는 점박이 머리를 쓰다듬던 팔을 아무렇게나 떨어뜨려 버렸다. 그의 팔은 그에게서 버림받고 바닥에 축 처졌다. 그의 눈에 흰순이를 품에 안고 이놈을 못 찾아 허둥거리던 그녀의 모습이 어려졌다. 찾다가 찾다가 다시 한 번 이미 열쇠를 채운 이 텅 빈 공간에 올라갔다 내려온 그녀는 체념한 듯 고갤 수그리며 인부들에게 품삯을 계산하는 것 같았고, 그러고는 다시 한 번 3층, 그들이 자주 창가의 의자에 앉아 바깥을 내다보곤 하던 그 창을 잠시 바라보더니 트럭에 올라탔었다. 그녀는 그 트럭 기사와 함께 오늘 종일 고속도로를 달렸을 것이다. 그녀가 이 도시를 아예 떠나겠다고 그에게 말한 바도 없는데 그는 그녀의 이삿짐을 실은 트럭이 이 도시의 톨게이트를 지나 온종일 고속도로를 달렸을 거라고 생각한다. 언젠가는요. 내가 떠나온 곳으로 다시 돌아가고 싶어요. 그녀가 떠나온 곳이 어디인지 그는 모른다. 거기가 어딘데?라고 그는 묻지 않았다. 단지 그곳이 아주 먼 곳일 거라는 생각, 여기 바깥일 거라는 생각, 그는 거기까지만 생각했다.

그녀가 그녀의 살림들을 싣고 고속도로로 나갔든 아니든 트럭 기사 옆에 앉은, 어딘가로 옮겨 가는 그녀 곁엔 그가 아니라 한 마리의 고양이가 있어 줬다. 품속에 그 고양이만이 따뜻한 체온으로 안겨 있었다. 어쩌면 지금쯤 그녀와 고양이 한 마리는 종일 고속도로를 달려, 지금쯤 그녀가 떠나와 한 번도 가 본 적이 없다는 그녀의 그곳에 닿아 있을지도 모를 일이다. 낮에 함께 갔으면 너도 그랬을 텐데 너는 왜 여기 이 빈집에 홀로 있니?

그는 누운 채로 자신의 버려져 있는 듯한 팔을 모아 배 위의 고양이를 안았다. 고양이의 부드러운 등털 속에서 그녀의 손길이 느껴졌다. 그랬을 거라고, 그녀도 이렇게 어느 순간 순간을 이 부드러운 등털 속에 손을 묻으며 밤과 낮을 보냈을 거라고 생각하니, 그는 얌전하게 점박이의 등을 만지고 있을 수가 없어졌다. 그의 손길에 힘이 들어가고 어지러워지니 천 년이라도 그의 배 위나 손바닥 위에 웅크리고 앉아 있을 것 같던 점박이는 그를 차내고 가볍게 창틀을 딛고 이제 비어 있을 벽의 선반 위에 가 사뿐히 앉았다.

그가 그의 배 위를 떠나 버린 고양이를 누운 채 우두커니 올려다보고
있는데 포포롱 포포롱— 새 우는 소리가 들렸다. 새 소린 망치 소리에
섞여 그리고 거위 소리에 섞여 있어, 생쥐 소리에 섞여 있어 그는 포포
롱 포포롱, 소리가 초인종 소리라는 걸 한참 뒤에야 알았다. 이 집에 초
인종이 있었나? 그는 벌떡 일어섰다. 포포롱 포포롱 소리가 잠시 멎어
그는 잘못 들었나, 하는데 다시 포포롱 포포롱 거린다. 혹시 그녀가?
그는 성큼성큼 현관 쪽으로 가 문을 땄다.

문밖에 한 남자가 흰 마스크를 입에서 턱으로 밀어 내리고 있다.

누구세요?

관리실 직원이에요.

그런데?

소독 좀 하려구요.

그러고 보니 남자의 다른 손엔 분무기가 들려 있다. 그는 어이가 없
어 분무기를 든 남자를 빤히 쳐다봤다. 밖에 아직도 눈이 내리는가? 남
자의 어깨에 머리에 눈이 소복하다. 허연 남자는 그의 시선을 떨쳐 내
고 그를 밀치고선 안으로 한 발 들어섰다. 그래서 본의 아니게 그가 아
아니, 하며 막은 손바닥이 남자의 가슴을 친 격이 되어 버렸다. 그의 제
지에 남자가 멈칫 섰다.

잠시면 되는데요.

밤 열 시에 무슨 소독을 하겠다는 거요?

다른 집은 낮에 다 했는데 문이 잠겨서… 경비원이 지금 문이 열렸다
기에…… 댁이 가면 또 잠길 것 같으니까.

소독 한 번 안 했다고 무슨 일 나요? 유령같이 한밤에 무슨 소독을
하겠다는 거요?

그는 말하고 나니 섬뜩해졌다. 정말 분무기를 들고 서 있는 남자가,

눈을 흰 모자처럼 쓰고 있는 남자가, 유령인지도 모른다는 생각이 들었다. 그는 유령 같은 남자를 밀어내고 문을 닫아 버렸다. 문이 닫힌 후에도 소독하는 걸 포기하지 못한 유령 같은 남자는 초인종을 다시 눌렀다. 포포롱 포포롱— 새 우는 소리. 그녀는 듣지도 못하면서 초인종을 왜 달아 놨을까? 이 집에 들어올 때 그는 언제나 그녀가 어느 날 손바닥에 얹어 준 열쇠로 직접 따고 들어왔다. 관리인이 초인종을 누르기 전엔 이 집에 초인종이 달려 있었는지조차 그는 알지 못했다. 안에서 그가 대답이 없자, 밖에서 유령 같은 남자가 문을 주먹으로 쿵쿵 두드린다. 문 두드리는 쿵쿵 소리는 쾅쾅거리는 망치 소리에 비하면 소리도 아니다. 유령 같은 남자는 그걸 알았는지 분무기를 들어 철제 현관문을 부술 듯 두드렸다. 발끈한 그는 안에서 따는 보조 키를 따고 문을 와락 밀쳤다. 그 바람에 유령 같은 남자는 소독 분무기를 든 채로 반은 넘어져 있었다.

이 방은 소독할 거 없소!

문 두드리는 양으로 봐서는 지금 어떻게든 소독을 하고 갈 기세더니 유령 같은 남자는 몸을 일으키며 턱에 내려가 있는 마스크로 다시 입을 가리고는 힘없이 계단을 내려갔다.

현관문의 보조 키를 잠그고 그는 방으로 성큼 걸어 들어와 방 가운데 망치 소리와 거위 소리와 생쥐 소리 속에 오래 서 있었다.

한 시간이나 지난 후에 그는 그 자리에 스스륵 무너져 누웠다.

점박이가 요기롭게 가르릉거리며 선반 위에서 내려와 그의 이마 위에 몸을 오그리고 앉았다.

이마가 점박이의 발톱에 파일 듯 아파 왔다.

하지만 그의 팔은 방바닥에 버려져 있을 뿐 힘을 내어 이마에 앉아 있는 점박이를 들어 올릴 줄을 몰랐다.

그가 겨우 점박이를 향해 혼잣말로 너, 저 편지를 내게 읽게 해주려 남이 있었구나, 하는데 몸을 웅크리고 앉아 있던 점박이가 날카로운 이빨을 드러내며 부드러운 털 속에 숨기고 있던 발톱을 카르릉, 세우더니 마치 금방 잡은 살코기를 팽개치듯 힘껏 그의 이마를 찼다.

아악, 그가 비명을 지르는 사이 고양이는 날듯이 창틀을 한 번 딛고는 다시 선반 위로 옮겨 가 앉았다. 점박이 발톱에 할퀴어진 그의 이마는 짝— 금이 가더니 금세 핏물이 그의 눈으로 흘러들었다. 그는 팔을 들어 팔소매로 핏물을 닦았다. 자꾸만 핏물이 눈으로 들어가 그가 몸을 일으켜 숙이자 핏물이 방바닥에 투둑, 떨어졌다. 그는 얼굴을 천장을 향해 들고서 웃옷을 벗었다. 어깨선에서 소매가 붙어 있는 곳을 찢어 이마를 감싸서 뒤로 묶었다. 그렇게 그는 누워서 벽의 선반 위에 올라가 새파란 눈을 빛내고 있는 고양이를 올려다보았다. 너는, 너는 내 두 마음을 보았지? 붙잡고 싶으나 보내고도 싶은 내 두 마음을. 너는 알고 있었지, 마침내는 보내고 싶은 내 마음이 이기는 걸.

그는 방바닥에 팔을 버렸다. 점박이는 알고 있었을 것이다. 그녀의 두통을. 점박이는 보았을 것이다. 그녀가 두통 때문에 한밤중에 잠을 깨어 세면장으로 기어가 찬물에 머리를 담그는 것, 머플러로 침대와 그녀의 머리를 꽁꽁 묶는 것을. 점박이는 느꼈을 것이다. 그녀가 한 번만 그의 손가락이 내는 소리를 듣고 싶어한 것, 그녀 깜깜한 귓속 칠흑의 외로움을. 그래서 너 지금 내게 이러는 거다, 그럴 거다.

그녀, 여기에 앉아 책을 읽을 때도 그토록 머리가 아팠을까? 그 아름다운 색색의 꽃들을 만들 때도? 그녀의 손끝은 마술에나 걸린 듯 색색의 종이 위에서 섬세하고 빠르게 움직여 금세 꽃을 만들어 냈다. 장미, 안개, 아이리스, 백합. 그녀가 조용히 앉아 만든 꽃은 그녀 이모가 하는 서점을 겸한 장식품 가게에 진열되어 팔려 나가곤 했다. 책을 사러 온 손님들이 책을 구경하다 말고 그녀가 만든 꽃에 시선을 주면, 저만큼에서 책방 점원으로 서 있는 그녀를 두고도 그녀 이모는 말했다. 아름답죠, 귀머거리가 만든 꽃이랍니다. 그는 그녀에게 말해 주고 싶었다. 기타는 마음에다 대고 환하게 말하는 진짜 노래야, 아무리 퍼내어도 마르지 않는 샘과 같은 거지, 라고.

하지만 그가 한번 해야 할 말은 그 말이 아니었다는 걸 그는 느꼈다. 그가 했어야 할 말은 그녀가 꽃을 만들 때 나는 사삭사삭 소리에 대해서였다. 그 소리들이 얼마나 아득한가에 대해 말했어야 했다.

그의 마음 깊게 반향되어 외려 앞을 가리는 기타. 그는 악기 중에 피아노와 기타가 가장 좋았다. 나중에 생각해 보니 그 두 악기만이 화음과 멜로디 두 가지 다 할 수 있는 것이라서였는가 보았다. 피아노가 멀어진 건 가지고 다닐 수가 없어서였다. 가지고 다닐 수 없는 피아노가 멀어지는 대신 기타는 그의 신체 중의 하나가 되어 있었다. 그녀처럼.

그러나 그녀는 그에게서 떨어졌다. 헝겊으로 줄을 하나씩 훑어서 깨끗이 닦아 주던 그녀가.

그는 팔을 바닥에 버린 채 소리 소리들 속에서 오래 그러고 있었다.

어느 땐가 그는 버려 놓은 양팔을 들어 허공을 향해 휘저어 보다가 손가락을 깍지 껴 팔베개를 했다.

다시 얼마 후 그는 담배를 한 대 피웠으면 싶었지만 팔을 푸는 게 귀찮아 그대로 가만있었다.

그가 그러고 있는 동안 창밖의 세상으로는 눈이 내렸다.

(오랫동안 기타를 치지 못했던 때가 있었다. 이 땅의 날씨가 나빴고 그는 그 날씨를 견디지 못했다. 그때도 거리는 있었고 자동차는 지나갔

다. 가을에는 퇴근길에 커피도 마셨으며 눈이 오는 종로에서 친구를 만나기도 했다. 그러나 기타를 치지 못했다. 그가 하고 싶었던 말들은 형식을 찾지 못한 채 대부분 공중에 흩어졌다. 적어도 그에게 있어 기타를 치지 못하는 무력감이 육체에 가장 큰 적이 될 수도 있다는 사실을 그는 그때 알았다.

그때 눈이 몹시 내렸다. 눈은 하늘 높은 곳에서 지상으로 곤두박질쳤다. 그러나 지상은 눈을 받아 주지 않았다. 대지 위에 닿을 듯하던 눈발은 바람의 세찬 거부에 떠밀려 다시 공중으로 날아갔다. 하늘과 지상 어느 곳에서도 눈은 받아들여지지 않았다.

그러나 그는 그처럼 쓸쓸한 밤 눈들이 지상에 내려앉을 것임을 안다. 바람이 그치고 쩡쩡 얼었던 사나운 밤이 물러가면 눈은 또 다른 세상 위에 눈물이 되어 스밀 것임을 그는 믿는다. 그때까지 어떠한 죽음도 눈에게 접근하지 못할 것이다.)*

저기가 텔레비전이 있던 곳, 오디오가 놓여 있던 곳, 그녀는 들리지도 않을 소리들을 언제나 켜놓았다. 어느 땐 너무 크게 틀어 놓아 그가 볼륨을 줄여야 했을 정도였다. 저기는 2인용 식탁과 의자가 있던 곳. 그는 빈방에 누운 채로 옷장이 빠져나간 곳을 응시했다. 그러다가 그는 가만 몸을 일으켰다. 일어나 빈방 안을 그는 성큼성큼 걸었다.

그녀가 식탁에 앉아 있다. 그녀가 옷장 문을 열고서 옷걸이를 꺼내 그의 웃옷을 받아 걸고 있다. 그녀가 거울 앞에 서서 로션을 바르고 있거나, 그녀가 텔레비전 채널을 돌리고 있다, 그녀가 세면장 문을 빠끔

---

* 괄호 속의 문장은 기형도 시집 《입 속의 검은 잎》 뒤표지에 새겨진 것임. 소설의 흐름상 '시를 쓰지'가 '기타를 치지'로, '나는'이 '그는'으로, '내가'가 '그가'로 '나'가 '그'로 바뀌었다.

히 열고 수건을 그에게 넣어 주다가 닿은 그의 손을 잡는다. 싫었을 때 그는 방바닥에 내팽개치듯 버려져 있는 그녀의 편지를 주워 들었다. 그는 사진을 찍듯 선 채로 편지의 글씨들을 마음에 찍었다.

이 글을 그쪽이 읽게 되는지요.

한 번은 그쪽이 이 빈집에 올 것이기에 나도 한 번은 내 마음이 그쪽에게 읽힐 기회를 만들어 봅니다. 그쪽이 선반 위에 놓여질 이 편지를 발견하지 못하면 그만이고 만약 발견한다면 내가 그쪽 몰래 이 집을 비우고 가는 것이 언젠가 한번 그쪽을 떠난 여자 때문이 결코 아님을 알아주세요.

두통 때문이에요.

그쪽에겐 기타줄 위에서 춤추듯 움직이는 그쪽 손가락을 보고 있으면 내 귀는 그 손가락들이 내는 소리가 들린다고 했지만 나는 그 무슨 대가를 치르더라도 단 한 번이라도 좋으니 그쪽 손가락이 가는 자리에서 새어 나오는 기타 소리를 듣고 싶은 욕망이 싹텄어요. 그 소리 속에 사랑하고 욕망하고 후회하며 살아가는 모든 것이 담겨 있을 것만 같았어요. 나는 그날부터 두통에 시달렸어요. 그쪽의 손가락이 튕기는 소리를 한 번만 한 번만 내 귀로 듣고 싶어한 그 순간부터요. 어제는 한 줌 먹은 알약을 토해 냈어요. 의사는 내가 마음속으로부터 아무 생각을 하지 말아야 된다고 했어요. 그의 진단처럼 아무 생각도 하지 않으려 했지요. 하지만 나날이 너무나 괴로워서 슬퍼할 수도 없을 지경이었어요. 머리를 한쪽으로 가만히 두고 두 손으로 꼭 껴안고 있어도 두통은 거기까지 따라와서 나를 한밤중에 침대에서 떨어뜨리곤 했어요. 머리 한 군데가 피투성이로 늘어진 것같이 아팠어요. 때로 바로 앞에 앉아 있는 그쪽도 알아보지 못했답니다. 울거나 웃으면 두통은 입 모양이 만들어

지는 쪽으로 왈칵 쏠려 웃을 수도 울 수도 없었답니다. 한 번만 당신이
내는 소리를 듣고 싶어한 대가가 너무 슬퍼요. 너무 아파서 이젠 사람
이라고 할 수도 없어요. 어느 날 자다가 일어나 찬물에 머리를 넣고 나
와, 머플러로 침대와 내 머리를 묶어 두고 배 위에 양손을 포개고서 한
번만 그쪽 손가락이 내는 소리를 듣고자 했던 원을 놓았어요. 그러니
머리가 편안해졌습니다. 안녕, 내 사랑. 차라리 이 빈집에 들어와 이 편
지를 읽지 말길. 내가 집 정리를 하는 줄 알면서도 그쪽의 또 다른 마음
이 모른 척하였듯 차라리 내가 두통 때문에 그쪽을 버리고 가는 걸 영
원히 모르길. 그러면 뒷날 그쪽 마음에 내가 가엾을는지.

"이젠 사람이라고 할 수도 없어요" 부분의 '사람'이란 글씨에 핏물이
튀어 '람' 자가 일그러져서는 '랑'으로도 읽혔다. 그가 핏물이 일그러
뜨려 놓은 부분을 이젠 사랑이라고 할 수도 있어요, 라고 되읽고 있는
틈 망치의 쾅쾅 소리 사이로 고양이가 카르릉, 소리를 내며 뭐에 놀란
듯 팔짝 그의 어깨 위에 뛰어올랐다.

고양이를 놀라게 한 건 악— 비명을 지르며 계단을 뛰어내려오는 소
리였다. 그는 그의 어깨 위에 내려앉은 고양이와 함께 창가로 가서 바
깥을 내다봤다.

광장이랄 것도 없는 스튜디오 앞 작은 뜰로 머리가 헤쳐지고 긴 치마
를 입은 여자가 눈이 쏟아지고 있는 뜰로 튀어나왔다. 차가운 눈바람이
여자의 치마를 위로 확 젖히니 그 바람에 뜰에 내려앉아 있던 눈이 쿨
렁거렸다. 수은등 불빛이 눈빛 위에 창백하게 쏟아지고 있다. 그 불빛
에 비치는 살려 줘요, 외치며 죽어라 도망치는 여자의 발은 눈 위에 맨
발이었다. 온몸이 두려움에 질려 있는 여자의 맨발은 눈 위에 닿을 새
도 없이 화다닥 내달렸다. 잠잠해져 있던 거위 우리 속에서 거위들이

동시에 후다닥거리며 꽉— 소리를 내질렀다.

아이구 이 사람들이, 거위가 놀라잖우.

늙은 경비원이 뛰어나와 거위 우리로 가는데, 맨발의 여자가 뜰을 막 돌아서는데,

거기 섰지 못해,

사나운 소리와 함께 여자가 튀어나온 자리에서 시커먼 남자가 뛰쳐나왔다. 거위들이 다시 후다닥거리며 꽉— 질겁했다.

이 사람들아.

늙은 경비원은 마치 남자가 여자를 향해서가 아니라 거위 우리를 향해 뛰어오기라도 하는 양 눈발 속에서 거위 우리를 가로막고 섰다. 거위 우리를 늙은 몸으로 막고 서 있는 경비원과 사납게 여자를 뒤쫓아가는 성난 남자를 쳐다보는 그의 머리가 띵했다. 저게 뭔가. 눈 속에서 여자를 뒤쫓아가는 남자의 손에서 뭔가 섬뜩하게 번득였다. 처음에는 눈빛인가 했다. 하지만 그것은 남자가 팔을 저으며 내달릴 때마다 휘둘러지며 푸른빛을 냈다. 설마, 그는 한 걸음 물러섰다. 그것이 식칼이라는 걸 깨달았을 때 그는 그만 아득해졌다. 거위 우리를 막고 서 있던 늙은 경비원도 남자의 손에 들려진 것이 식칼인 줄을 알았던지 그 자리에 철버덕 주저앉아 버렸다. 그는 놀란 가슴으로, 그의 어깨 위의 고양이는 새파랗게 광채를 내며, 식칼이 어둠 속에서 휘둘러질 때마다 내는 칼빛을 창가에 서서 쳐다보았다.

저 남자는 저 여자를 붙잡으면 정말로 저 식칼을 내꽂을 것인가? 얼마 후에 그도 거위 우리 앞의 늙은 경비원처럼 창틀 밑에 철버덕 주저앉아 버렸다. 그 통에 그때껏 그의 어깨 위에 파란 눈빛을 내며 앉아 있던 고양이가 가르릉거리며 바닥으로 뛰어내렸다. 처음 보는 싸움 구경이 아니다. 저들은 자주 저렇게 싸웠다. 윗집도 아니고 아랫집도 아니

고 옆 동인데도 그들의 싸우는 소리는 요란하게 벽을 뚫고 들려왔었다. 그러다가 가끔 저렇게 살려 줘— 외마디 소리를 지르며 여자가 아파트 뜰로 튀어나왔고, 뒤이어 남자가 거기 서지 못해를 외치며 따라 나왔다. 그녀는 창에 서서 그들을 구경하다가 늘 피식 웃곤 했다. 그가 왜 웃는가? 물으면 그녀는 그럼 울까요? 했다. 빈손으로가 아니라 식칼을 들고 여자를 쫓아가는 남자를 보고도 그녀는 웃을까? 싸움 때마다 살려 줘— 하는 여자의 외마디를 듣지 못한다 해도 저 남자의 손에 들려진 저 식칼은 보일 것이다. 그래도 그녀는 웃을까? 웃는 그녀를 보고 그가 여전히 왜 웃는가 물을 수 있을까? 그때도 그녀는 그럼 울까요? 라고 대답할 수 있을까.

괜찮아, 괜찮다.

주저앉혀진 몸을 일으켜 세워 다시 창밖을 내다보니 남자가 휘두른 식칼에 놀라 거위 우리 앞에 폭삭 무너졌던 늙은 경비원이 바닥에서 겨우 몸을 일으켜서는 거위들을 달래고 있다. 도망치는 여자와 식칼을 들고 쫓아가는 남자와 거위를 달래고 있는 늙은 경비원과는 상관없이 눈은 하염없이 내렸다. 바람이 불 때면 순간순간 눈은 그가 서 있는 창으로 달려와 판화처럼 어렸다.

그는 주저앉아 편지를 접어 봉투에 넣었다. 그녀의 편지가 얌전히 끼워져 있던 단편소설 책은 저만치 내팽개쳐져 있다. 그는 편지를 처음과 같이 책에 끼워 두었다.

그가 그러고 있는 동안 위층의 쾅쾅 망치 두들기는 소리, 스튜디오 뜰의 거위가 꽉—거리는 소리, 어디선가 생쥐가 찌익— 하며 재게 몸을 숨기는 소리가 그치지 않았다. 빈방에 홀로 앉아 있는 그의 귀에 망치, 거위, 생쥐 소리들이 채워져 그는 감각을 잃어 가며 앉아 있다.

그가 편지를 다시 끼워 넣은 책갈피를 막 닫을 때였다. 그의 옆에 등을 세운 채 가만히 앉아 있던 고양이가 현관 쪽으로 빠르게 걸어갔다. 그 움직임이 얼마나 날쌔던지 획— 바람이 일었다. 점박이는 현관문 밑을 발톱으로 마구 긁어댔다. 그러다간 그를 돌아다봤다. 점박이 눈의 새파란 광채가 더욱 파래져 있었다. 고양이가 몸통을 돌려 그를 보고 있는데도 문 긁는 소리가 계속 나는 게 이상해 그는 몸을 일으켰다. 분명 바깥에서 긁는 소리다. 무슨 소리지? 망치, 거위, 생쥐 소리들 사이로 문 긁는 소리는 신선하게 끼어들었다.

누구요?

그의 목소리가 새 나가자 조용하다. 그러다가 다시 문을 긁기 시작한다. 무얼까? 그는 조심스럽게 보조 키를 따고 현관문을 밀었다. 문밖에 희디흰 고양이 한 마리가 긴장한 채 앉아 있다. 그녀가 안고 트럭에 올랐던 고양이 흰순이다. 안의 점박이는 바깥의 흰순이를 보자마자 야옹, 몸을 완전히 말았다가 폈다.

점박이는 흰순이에게 화다닥 달라붙어 나뒹구는데 흰순이는 무엇에 질린 듯 등을 세운 채 꼼짝 않고 있다. 그는 눈이 휘둥그레진 채 두 고양이들을 내려다봤다. 두 고양이들을 밀어서 안으로 들여놓고 그는 어두운 계단을 쳐다봤다. 누군가 돌아온 고양이 뒤에 서 있을 것 같았는데 아래층으로 내려가는 계단은 어둡기만 하다.

그가 다시 문을 닫고 들어왔을 때도 흰순이는 세운 등을 펴지 않고 질려 있다. 점박이만 흰순이에게 몸을 비비며 발을 들어 얼굴을 쓸어보고 드러누웠다가는 발딱 일어나며 흰순이와 한 몸이 되어 보려 하지만 흰순이의 몸은 외려 바들바들 떨리기까지 했다.

그는 돌아와서 떨고 있는 흰순이의 머리에 손바닥을 갖다 댔다. 얼마나 먼 밤길을 달려왔는지 등의 털이 차갑디차갑다. 너 왜 그러니? 그는 흰순이의 목을 만지고 등을 쓸어내리다가 섬뜩했다. 흰순이의 등에 붉은 핏방울이 점점으로 떨어져 있다. 흰 털에 바싹 말라붙어 있긴 했으나 그건 분명 핏방울이었다. 그가 핏방울을 내려다보자 점박이도 피 냄새를 맡았는지 수선을 그치고는 흰순이의 등털에 말라붙은 핏방울을 핥아 본다. 무엇을 본 게야? 그는 흰순이의 얼굴을 쓰다듬었다. 점박이는 핏방울을 핥다 말고 흰순이의 얼굴에 제 얼굴을 대며 시무룩해졌다. 그렇게 얌전히 그에게 목이며 등에 얼굴을 대보던 점박이가 갑자기 등이 휘도록 몸을 사리더니 베란다 쪽으로 홱 내달렸다. 그 날쌤 사이로 생쥐의 찌익찍—하는 소리가 들렸다. 찌익찍—서리는 소리엔 두려움이 섞여 있다. 점박이가 그렇게 홱 내달아도 흰순이는 가만있다. 그가 점박이를 따라가 보니 베란다의 쥐덫에 생쥐 세 마리가 갇혀 있다. 쥐덫 바깥에서 발을 동동거리고 있던 어미 쥐는 그와 고양이의 출현에 기겁을 한 듯 몸을 사리면서도 새끼가 갇힌 쥐덫 곁을 떠나지 못하고 질려 있다. 카르릉카르릉, 덫에 갇힌 생쥐와 어미 쥐에게 달려들어 그들을 물어뜯고 싶은 점박이는 베란다 문을 사납게 긁어대며 몸을 부딪쳤다. 그는 베란다 문을 더욱 꽉 잠그며 점박이를 안으로 몰았다. 겁에 질린 어미 쥐가 잠시 옆 벽을 타고 물러섰다가는 다시 쥐덫 가까이로 다가오며 까만 두 눈으로 그를 쏘아봤다. 흰순이의 등에 떨어진 핏방울을 핥아 줄 때만 해도 다정히 느껴지던 점박이가 얼마나 맹수 같은지, 그는 순간 자신이 쥐로 태어나지 않은 것을 고맙게 여길 지경이었다. 점박이는 숨기고 있던 발톱과 이빨을 드러내고 화다닥 문 위로 튀어 올랐다가 그의 머리로 팔딱 내려앉았다가 다시 문을 요란하게 긁어댔다. 그 통에 그의 이마에 동여매져 있던 셔츠 팔소매가 풀어져 바닥에 떨어졌다. 그는 점박이를 향해 꽥 소리를 지르면서 안으로 몰고는 떨어진 피 묻은 셔츠 팔소매를 주워 다시 이마에 친친 맸다.

안으로 몰아도 다시 베란다 창으로 향하는 점박이를 안으로 몰고 몰다가 그는 현관문 곁에 세워 둔 기타를 들고 와 기타집에서 기타를 꺼냈다.

그의 손가락이 다섯 개의 기타줄을 퉁겼다. 그가 그녀의 청에 의해 기타를 켤 때 그녀의 무릎 위에 나란히 웅크린 채로 아무 소리도 듣지 못하는 그녀 대신 그의 기타 소리를 듣던 점박이였다. 그는 덫에 갇혀 온몸이 겁으로 단단해진 생쥐들이 찌익찍―거리는 소리 속에서, 그 쥐덫 곁에 맴돌며 안타깝게 찌익―거리는 어미 쥐의 소리 속에서, 위층의 탕탕거리는 망치 소리 속에서, 약이 올라 등털과 꼬리털이 뻣뻣해진 점박이의 카르릉카르릉 소리 속에서, 피 묻은 셔츠의 팔소매를 이마에 동여맨 채로 세 살 때 실명한 로드리고의 〈아란후에스 협주곡〉을 퉁겼다.

로드리고, 아무것도 볼 수 없는 눈으로 어떻게 왕궁의 영화와 향수를 느낄 수 있었을까. 그래, 거기라면 고원 여기저기에 왕궁이 흩어져 있는 아란후에스라면, 아름다운 자연에 둘러싸여 있는 아란후에스라면.

왜 달라졌을까? 처음 그녀가 그의 손가락을 봤을 때 그녀는 그의 손가락 움직임만 보고서도 소리를 들을 수 있다고 했는데, 무엇이 그 소리를 넘어 그녀로 하여금 한 번만, 이라는 원을 품게 하였을까.

그의 손가락은 그의 슬픔을 타고 한 번도 가 본 적이 없는, 그러나 봄이 오면, 혹은 여름이 오면, 가을이거나 겨울이 오면, 다시 또 봄이 오거나 여름이 오면, 가을이 오면, 혹은 겨울이 오면 가 볼지도 모를 스페인의 사방에 흩어져 있는 고성과 폐허, 아란후에스나 알함브라 궁전에서 있을 아직 만들어지지 않은 그의 추억을 연주했다. 거위와 생쥐와 어미 쥐와 고양이와 망치 소리를 상대로 기타를 뜯는 그의 모습은 고즈넉했으나, 그의 손가락은 그가 낼 수 있는 최대한의 음량을 어느 순간 넘어가고 있었다.

창에 어리는 눈처럼 그의 마음에 그녀가 어렸다.

스페인에 가면 시작만 할 것이야. 곡이 끝난다는 이미지조차 머릿속에서 지워 버릴 것이야. 시계는 열둘까지의 숫자를 두 번 돌면 하루가 지날 테지만, 스물여덟 번 돌면 십사 일이 지날 테지만, 그곳에서 나는 그것을 거스를 것이야. 내 소리로 시간을 정할 것이야.

그의 기타 소리가 깊어지자, 베란다 문 앞에서 발광을 하던 점박이가 천천히 돌아와 흰순이의 등에 제 얼굴을 묻고 방바닥에 엎드렸다. 이따금 바르르, 떨던 흰순이가 먼저 잠들었다. 이어 점박이가 잠들었다. 쥐덫 속의 생쥐가 잠들고, 어미 쥐가 갇힌 새끼들 곁에서 잠들고, 위층의 망치 소리가 잠들었다. 싱크대 밑의 바퀴벌레와 천장을 기어가던 거미도 납작하게 엎디어 잠들었다. 그래, 소리여, 자유로이 쾅쾅, 찌익찍, 콱, 찌익, 가르릉을 넘어가라, 울타리를 넘고, 하수구를 넘고, 공기를 넘고, 행렬을 넘고, 자꾸만 멀리 가서, 그녀의 귓결, 그 어두운 속에 닿아라.

그는 기타를 기타집에 넣어 어깨에 메고, 그녀의 편지가 끼워진 책을 처음대로 선반 위에 올려놓았다. 그가 방 안의 불을 끄고 쥐나 고양이가 잠이 깨지 않게 가만가만 걸어 문밖으로 나와 빈집의 문을 잠그는데 옆집에서 막 켜는 자정 뉴스 소리가 확 펴져 나왔다.

……전라남도 광양의 국도에서 1.5톤의 트럭이 눈길에 미끄러져 가로변의 미루나무를 박고 추락해 있는 걸 발견했습니다. 운전기사로 보이는 남자는 중상을 입고 병원으로 옮겨졌고, 이십 대 후반으로 보이는 여자는 사망했습니다. 트럭에 이삿짐이 실려 있는 걸로 보아 이사 중이었던 것 같은데 남자가 중상이라 아직 정확한 신원이 밝혀지질 않고 있습니다. 사고 시간은 오후 여섯 시로 추정되고 발견된 시간은 밤 열 시경입니다. 늦게 발견된 것이 여자를 죽음으로 몰아간 것 같습니다……

그는 진저릴 쳤다.

밤 열 시라면? 관리인이 분무기를 들고 소독을 하겠다고 하던 무렵이었다. 그는 계단을 걸어 내려왔다. 여자가 그녀라는 법이 있나? 다짐을 두는데 그의 안에서 또 다른 얼굴이 반문했다. 그녀가 아니라는 법은 또 어디 있지? 그는 경비실 앞을 지났다. 눈은 계속 내리고 있었다. 그가 뜰의 거위 우리 앞을 지나려니 그 앞에 쭈그리고 앉아 있던 늙은 경비원이 그의 이마에 매져 있는 피 묻은 셔츠 팔소매를 올려다봤다. 경비원은 고갤 갸웃하더니 이내 상관 않고 눈을 맞으며 순하게 잠든 거위만 들여다봤다.

그는 눈 속에 서서 그녀가 살았던 3층을 한번 올려다봤다. 그녀가 없는 빈집의 창은 어두웠다. 빈집을 뒤로하고 고개를 떨구는 그의 내부가 빈집만큼 어두워졌다. 그가 막 스튜디오 입구를 빠져나가는데 순하게 잠든 거위 우리 앞에 쭈그리고 앉아 있던 늙은 경비원이 생각난 듯 외쳤다.

스페인은 언제 가시우?

봄이 오면.

소는 여관으로
들어온다 가끔

윤 대 녕

1962년 충남 예산 출생.
단국대학교 불문과 졸업.
1988년 《대전일보》 신춘문예에 〈원〉 당선 및
1990년 《문학사상》에 〈어머니의 숲〉 신인상 당선으로 등단.
작품집 《은어낚시통신》《옛날 영화를 보러 갔다》《남쪽 계단을 보라》 등.
오늘의 젊은 예술가상, 이상문학상, 현대문학상 수상.

소는 여관으로 들어온다 가끔

1

흐린 봄날…… 비 내리는 오후

"흐린 봄철 어느 오후의 무거운 일기日氣처럼, 그만한 우울이 또한 필
요하다. 세상을 속지 않고 걸어가기 위하여 나는 담배를 끄고 누구에게
든지 신경질을 피우고 싶다"(김수영, 〈바뀌어진 지평선〉). 전국이 대체
로 흐리고, 중서부 지방에는 낮부터 한두 차례 비가 오겠다. 남부 지방
은 오후 늦게나 밤에 비가 조금 오겠다.

5월 7일자《조선일보》는 일기 예보를 이렇게 적고 있다.

그 옆에는 담배꽁초를 버리며 비가 내리고 있는 지평선을 향해 걷고
있는 사내의 모습이 그려져 있다. 해 뜨는 시각은 05:30, 해 지는 시각
은 19:28. 그리고 달이 뜨고 지는 시각은 각각 20:54과 05:59이다. 내
일 새벽에도 해 뜨는 시각이 오늘과 비슷하다면 해가 뜨고 나서도 약

삼십 분이 지나야 달이 지게 된다. 비 올 확률은 서울과 춘천春川이 모두 60%, 지역별 예상 기온은 서울이 16~20℃, 춘천이 13~21℃. 구름 사진을 보니 나이테처럼 생긴 저기압선이 만주 벌판에서 서서히 한반도 쪽으로 내려오고 있다. 중국 동북부와 일본 열도는 고기압 세력권에 놓여 있다.

오늘 춘천으로 가면 서울에서보다 조금 일찍 비를 맞겠다. 하지만 내일 새벽 달이 지는 것을 볼 수 있을는지는 알 수 없다. 나는 15:35에 청량리역에서 춘천행 통일호 열차를 탄다.

그녀가 경남 양산에 있는 통도사의 말사인 내원사에서 행자로 머물다 사미니계를 받고 집으로 내려온 것은 일주일 전의 일이다. 봄은 갓 낳은 달걀과도 같았다. 군데군데 피가 묻어 있고 따뜻하고 애잔한 생각마저 들었다. 지난가을 홀연히 사라지고 나서 그녀는 팔 개월 만에 그렇게 초란初卵 같은 모습으로 돌아온 것이다.

그녀가 사라지고 나서 나는 한 달여 비구니가 수행하는 집을 뒤지고 돌아다니다 포기한 채 집으로 돌아온 터였다. 지쳤던 탓이 아니다. 제 길을 미리 알고 질러간 사람은 찾아지는 법이 아니란 걸 알았기 때문이다. 그저 막연하게 돌아오길 바라고 있었으나 그때쯤 해선 그 또한 부질없는 기대에 불과하다는 걸 깨닫고 있었다. 혹여 돌아온들, 전과 달라질 그녀가 아니라고 믿었기 때문이다. 그녀는 가까이 가면 갈수록 멀게 느껴지는 사람이었던 것이다.

남루한 승복에 바랑을 걸머진 행색으로 그녀는 대문을 밀고 슬쩍 들어섰다. 갸웃이 열린 문틈으로 꽃수레가 덜렁덜렁 지나가고 있었다. 그때 마루에 앉아 있던 그녀의 어머니가 무엇을 먼저 목격했는지는 알 수 없었다. 다만 히뜩 정신을 차리고 보니 웬 새파란 비구니가 마당에 들어와 합장을 하고 서 있었다. 이내 마루에서 뛰어내리려 했으나, 그녀의 어머니는 웬일인지 옴짝도 못한 채 그저 몸만 덜덜 떨고 있었다. 마음이 너무 앞서 갔던 모양이다. 비구니는 태연한 얼굴로 마루에 와 걸터앉으며 전생前生의 제 어미를 보고 말했다.

"그냥 지나가는 길에 들렀습니다."

말문이 막혔지만 그녀의 어머니는 뭐라든 입을 열지 않을 수가 없었다.

"그래, 어데를 가는데?"

"운수납자雲水衲子가 어딜 가겠어요. 법당을 찾아가지요. 내친김에 청평사에 들러 볼까 해요."

이렇게 말하고 그녀는 바랑을 추스르며 이내 자리에서 일어났다. 그때까지도 떨고만 앉아 있던 그녀의 어머니는 어떻게든 그녀를 잡아 볼 요량으로 그냥 나오는 대로 지껄였다.

"하룻밤만 보시하고 가도록 하세요. 스님!"

보시라는 말에 그녀는 물끄러미 제 어미를 쳐다보다, 내일을 믿고 응할 수밖에 없었다.

그날 저녁, 그녀의 어머니는 찬거리를 마련하러 시장에 다녀오다 집 앞에서 지나던 택시에 받히고 말았다. 요추 두 개가 내려앉고 갈비뼈에 금이 갔다. 가까운 한의원에서 사람을 불러 쑥뜸을 하고 정수리에서부터 발가락까지 수십 개의 침을 꽂고 누워, 그녀는 부러 그러는지 헛소리를 해댔다.

"탈상도 하지 않았는데 너마저 가면 나는 어쩌냐, 어쩌냐."

밤에 사람들이 물러가고 나서 그녀는 제 어미에게 바투 앉아 귀에다 대고 말했다.

"부러 그러셨다는 걸 알아요. 쓸데없는 일인 줄 아시면서."

그러고 나서 아침이 되자 그녀는 아침 공양을 마치기가 무섭게 다시 바랑을 짊어지고 마당으로 내려섰다. 안방에 누워 고즈넉이 밖을 내다보고 있는 그녀의 어머니는, 그녀가 대문을 막 나서려는 찰나에 매를 치는 듯한 소리로 외쳤다.

"이년아, 여기가 네 법당이냐!"

그녀는 움찔하며 그 자리에 붙박여 섰다. 그러나 다음 순간, 그녀는 못 들은 척 내처 밖으로 나가 버렸다.

잠시 후에 그녀는 도로 대문을 밀고 안으로 들어섰다. 마치 무얼 놓고 나갔다 그걸 가지러 들어오는 사람의 표정을 하고서.

그녀는 그렇게 환속한 것이다. 그러기에 어디 길을 가다 주저앉는 게 아니다.

그녀의 속명俗名은 금영今映이다. 소양댐 공사로 지금은 수몰 지구가 돼버린 강원도 춘성군 북산면 청평리에서 태어났다. 1966년생 말띠니까 올해 우리 나이로 스물여덟이 되겠다. 두 살 나던 해 댐 공사가 시작되고 그녀는 제 아비 품에 안겨 서울로 왔다. 금영의 생모는 그 후 춘천 샘밭으로 이주해 살다가 금영이 다섯 살 나던 해 봄에 원천강(지금은 소양강)에 몸을 던져 죽었다. 그러니까 지금의 어머니는 금영의 양모養母가 되겠다. 그녀는 선천적인 불임으로 금영을 제 자식처럼 알고 키웠다고 한다. 금영의 생모에 관한 것은 그녀의 아버지가 죽을 때까지 함구하고 있었으므로 더 이상 알 도리가 없다.

그녀의 아버지는 한때 소설을 썼던 사람으로 결혼을 전후하여 결핵을 앓는 바람에 포기하고 말았다. 그렇지 않았더라면 지금쯤 꽤 알려졌을 거라는 게 주위의 말이다. 물려받은 재산은 웬만큼 있었던 모양으로 책이나 실컷 읽자고 서점을 차렸으나 말년에는 전적으로 책방에서 나오는 수입에 기대 생활을 꾸려 나가야만 했다. 작년 여름 지병인 간경화로 세상을 뜰 때까지 그는 여기저기 풍광風光을 기웃대며 떠돌아다니다 죽기 며칠 전에야 집으로 돌아왔다. 그는 제 딸이 소설을 쓰기 바랐다고 한다. 4·19 세대의 한 사람으로, 지금은 비록 붓을 꺾고 있으나 한때 문단에서 필명을 날렸던 제 친구에게 금영을 국민학교 때부터 사숙하게 했다고 한다. 금영의 스승이 되는 그 사람은 내 외숙뻘 되는 친척이기도 하다. 그리고 이태 전 무슨 일인가로 외숙이 사는 세검정에 갔다가 나는 그녀를 만났던 것이다.

당장 그 다음 날, 나는 청평사에 가는 그녀와 함께 춘천행 기차를 타고 있었다. 그때만 해도 그녀의 춘천행이 무얼 뜻하는지는, 물론 알 도리가 없었다. 그저 무턱대고 그녀를 따라나섰을 뿐이었던 것이다.

기차가 느릿한 속도로 하계동을 지나 서서히 서울을 벗어나고 있었다. 잿빛으로 낮게 내려앉은 하늘 밑으로 노란 꽃들이 섬처럼 부옇게 떠올라 있었다. 점점이 스쳐 지나가고 있는 노란 섬들……을 암담히 바라보면서 다시 나는 춘천을 향해 먼저 질러갔을 그녀를 생각하고 있었다.

그녀가 환속했다는 사실을 알게 된 것은 그로부터 사흘인가가 더 지나서였다. 전화기에다 대고 그녀는 심상한 말투로 그저 돌아왔어요, 라고 남의 일을 말하듯 내뱉었다. 봄날 저녁의 서글픈 사양斜陽이 비낀 창문을 비스듬히 끼고 들어와 내 얼굴을 적시고 있었다. 팔 개월 만에 들어 보는 그녀의 목소리는 조율이 안 된 피아노 소리처럼 확실히 낯설게 느껴졌다. 나는 전과 같이 마음을 풀어 놓고 말할 수가 없었다. 그녀는 아주 먼 곳에서 내 전화를 받고 있는 것만 같았다. 돌아오긴 했으되, 마음마저 회향回向한 것은 아니라는 것을 말하기라도 하듯이.

"금요일에 청평사를 다녀올 참이에요. 그런 담엔 어떻게든 다시 살아 볼 궁리를 해야겠죠…… 여태 소는 찾지 못했어요. 어디에도 소는 없었어요. 지금 와선 그게 구원처럼 느껴지기도 하지만요. 아직도 내가 찾아야 할 것이 있다는 게 말이죠."

그녀는 끝내 함께 가자는 말을 하지 않았다. 짐작하고 있던 일이었으나, 그보다도 나는 전화를 끊으면서 예기치 못했던 불안에 시달리기 시작했다. 나는 그녀의 차분히 가라앉은 목소리 뒤에서 울려 나오는 차갑고 축축하고 어두운 빛깔의 묘한 떨림을 감지하고 있었던 것이다. 그 음습한 느낌은 불길한 예감으로 변해 곧바로 뇌수에 꽂혀 들었다. 그리고 그때 나는 청평사 극락보전의 십우도+牛圖를, 수몰 지구가 되어 버린 청평리를, 소 떼를, 제 아비의 등에 업혀 절을 찾아가던 금영의 모습을 아득히 떠올리고 있었다.

어떤 이유에서였는지 금영의 부친은 죽을 때 방문을 닫아걸고 아무도 들어오지 못하게 했다고 한다. 그때 금영은 밖에서 방문을 두드리며 제 생모에 관한 것을 물었다는 이야기였다. 제 아비의 입을 통하지 않고는 영영 들을 수 없는 얘기란 걸 알고 있었기 때문이었다.

"네 에미는 소가 되어 물속으로 갔다. 그뿐이다! 더 이상 알려고 하지 마라. 누구나 먼 것이 있어야만 산다."

날이 캄캄해지며 창밖으로 비가 후득후득 듣기 시작했다. 그리고 밤 아홉 시쯤.

"이 애비는 다음 세상을 믿는다. 거기서 네 에미와 함께 보자."

문틈으로 이 말을 남기고 그녀의 부친은 제 입에다 생쌀을 우겨넣은 채 숨을 거두었다.

그녀가 입산한 것은 부친의 장례식이 끝난 다음 날이었다. 신새벽, 불현 간에 잠자리에서 일어나 그녀는 어디 간다는 말도 없이 홀연히 집을 나서 버렸다.

2

그녀는 리본처럼 생긴 자주색 띠의 밀짚모자를 쓰고 있었다. 모자 안으로 머리칼을 말아 올렸는지 매끈한 목덜미가 하얗게 드러나 보였다. 귀 밑으로 머리칼 몇 올이 커피 향처럼 부드럽게 풀어져 있었다. 얼굴의 나이테를 보니 스물다섯가량. 그쪽으로 자꾸 시선이 갔던 것은 아마 그녀가 쓴 모자 때문이었을 터였다. 그것을 봄으로 해서 나는 금영이 삭발했으리란 것을 깨닫고 있었던 것이다. 그녀는 오늘 어떤 행색을 하고 춘천으로 향했을까.

그녀는 내가 청량리에서 기차를 탈 때 내 맞은편 자리에 미리 와 앉아 있던 여자였다. 그녀는 토마스 알비노니의 〈현과 오르간을 위한 아다지오 G단조〉를 듣다가 막스 브루흐의 〈콜 니드라이〉로 테이프를 갈아 끼우고 있었다. 창틀에 테이프가 놓여 있었으므로 나는 그녀가 듣고 있는 음악이 무언가를 알고 있었다. 나 또한 혼자 있게 되는 밤이면 가끔 듣는 음악들이었다. 각자 옆자리가 비어 있었기 때문에 그녀와 나는 단둘이 마주 보는 자세로 앉아 있었다. 무심코 두어 번 눈길이 마주치긴 했으나 상대는 눈인사도 필요 없는 다만 낯모르는 여행객에 불과할 뿐이었다. 그렇다고 딱히 부자연스럽게 느껴졌던 건 아니었다. 그리고 기차가 강촌역江村驛을 지날 때까지 한두 번 더 눈이 마주쳤다. 그렇지만 서로가 타인임을 빌미로 방관하고 있기는 매한가지였다. 그냥 무無에서 무로 이어지는 적막한 시간의 기나긴 연속.

그런데 어떤 땐, 나와 가까운 곳에 누가 앉아 있다는 사실이 얼마나 안도감을 갖게 하는가. 그녀의 얼굴에도 그 같은 안도감이 엿보였다고 하면 글쎄 착각이었을까. 어떻든 간에 그녀의 얼굴에서 타인과 마주하고 있을 때 나타나는 미세한 긴장이나 동요의 흔적은 보이지 않았다. 그녀는 오래전부터 이 요람처럼 흔들리는 기차를 타고 여행을 하고 있는 사람처럼 보였다. 생각이 거기에까지 미치자 나는 지금 내가 무한궤도를 순환하고 있는 열차에 홀쩍 올라와 있다는 생각이 들었다.

그녀는 제시 노먼이 부르는 〈흑인 영가〉에서 오쇼 라즈니시의 명상 음악으로 테이프를 갈아 끼웠다. 나는 검은색 바탕에 찍혀 있는 굵직한 은박 글자를 홀린 듯 쏘아보고 있었다. 소나무 그림자…… 하고 나는 나도 모르게 혼잣말로 중얼거렸다. 이어폰을 꽂고 있었지만 어쨌든 그 소리를 들었던가. 그녀는 얼핏, 밖에서 문 두드리는 소리를 들은 사람의 표정으로 내 얼굴을 바라보았다. 나는 반사적으로 눈을 창밖으로 돌려 버렸다.

흐린 햇살에 물든 연둣빛 들판이 끝 간 데 없이 이어지고 군데군데 시럽처럼 엎질러져 있는 물줄기가 눈에 비쳐 들었다.

"가만히 듣고 있으면 하나의 상(像)이 떠오를 거예요. 그게 뭔지 말해 봐요."

언젠가 금영이 내게 무슨 음악인가를 들려주며 하던 소리였다. 동숭 동에 있는 '책방 정신세계'에 갔다가 사 온 오쇼 라즈니시의 명상 음악집이었다.

"글쎄, 좀 묘한 음악이군."

그녀가 자꾸 재촉하고 있었으므로 나는 대꾸하지 않을 수가 없었다.

"풍경 소리. 아니면 방울 소리? 어쨌든 그런 소리가 들리는군. 그리고…… 뿔피리 소리, 깊은 우물 속에 떨어지는 물방울 소리, 멀리서 들려오는 징 소리, 누군가 낮은 개울을 건너가는 소리, 다시 음…… 뿔피리 소리."

"그래요, 그럼 그 소리들이 뒤섞여 만들어 내는 이미지가 있을 거예요. 그걸 말해 봐요. 요컨대 하나의 풍경 말이에요."

"풍경?"

"그래요, 아주 장려한 풍경이에요."

"장려한……."

"그러니까 지금 뿔피리 소리가 들려오고 있어요. 물속에서 무엇이 걸어 나오고 있구요. 그러고는 방울 소리를 쩔렁대며 젖은 새벽길을 걸어가고 있어요."

"전에 어디 영화나 텔레비전 같은 데서 본 장면이 떠오르는군."

안개가 뿌옇게 일어서고 있는 강에서 흰 물소들이 푸우푸우, 머리를 흔들며 걸어 나오고 있었지…… 하고 나는 말했다. 언젠가 텔레비전에서 방영한 〈인도 기행〉이란 프로그램에서 본 장면이었다. 하지만 이렇게 대답해야 한다는 걸 나는 벌써부터, 정확히 말하면 그녀와 처음 청평사를 다녀온 직후부터 알고 있던 터였다.

금영의 부친은 때없이 그녀를 데리고 소양호를 찾았던 모양이었다. 서울에서 춘천까지, 가깝다고는 하지만 별일도 없이 부친이 자신을 데리고 춘천으로 향할 때 그녀는 직감적으로 제 생전의 일을 건너짚고 있었다. 샘밭을 지날 때마다 그녀의 부친은 매양 같은 말을 되풀이하곤 했다.

"지금은 여기에 오이밭이 들어섰지만 옛날엔 온통 배추밭뿐이었더니라. 이 애비가 인연을 맺었던 사람이 한때 머물던 곳이기도 하고."

그러나 그게 누구인가는 말하는 법이 없었다. 금영이 다그쳐 물어도 핀잔을 줄 뿐으로 끝내 입을 열지 않았다. 안개 서린 소양호에 올라와서도 금영의 부친은 뜻 모를 소리만 혼자 중얼거릴 뿐, 금영이 묻는 말에 대꾸가 없기는 마찬가지였다.

"저 왼쪽으로 물길을 타고 가면 청평사, 오른편으로 올라가면 추곡에 이르게 되고 거기서 양구, 인제로 물길이 갈리지. 전에는 이 물 밑에 제법 큰 마을이 있었더니라. 그땐 청평사도 마을을 지나서 갔단 말이지. 집집마다 소들을 키웠지. 조석으로 안개가 올라오면 물가에 있는 소들이 한바탕 울어대곤 했어. 장엄했느니라. 어느 핸가 우연히 이곳에 들렀다 그 소의 무리를 보고 그만 주저앉고 말았지. 그때 웬 수국 같던 처자를 만나 가연을 맺었더니라. 끝내는 절연하고 말았지만 멀리 갔던 건 아니야. 바로 이 아래로 갔으니 말이야. 하지만 그런 일이 물속에 잠겼다고 해서 다 끝난 건 아니다."

금영의 부친은 그녀가 다섯 살 나던 해 제 딸을 업고 청평사에 찾아갔다고 한다. 가서는 주지 스님에게 부녀가 함께 출가하러 왔다고 했다.

"지금 등에 부처를 업고 어데 와서 부처를 찾습니까? 하처래하처거何處來何處去라 했으니 그저 하룻밤만 요사채에서 머물고 내려가도록 하세요."

오는 사람 막지 않는다는 불가의 말이 있으나 주지 스님은 이들을 불문에 들일 수 없었을 것이다. 다음 날 새벽에 그들은 올 때와 같은 모습으로 산을 내려갈 수밖에 없었다.

"당시 아버지에게 무슨 일이 있었던가 궁금했어요. 결국 그 이유를 알게 되었지만 어떻게 어린 딸을 업고 절을 찾아가 중이 되겠다고 했는지 알다가도 모를 일이에요."

청평사로 올라가는 산자락을 끼고 돌면 그녀는 한숨을 푹 내쉬며 이렇게 말하곤 했다. 그럴 때면 어김없이 그녀의 눈시울이 붉어지곤 했다.

청평사는 댐의 북쪽에 솟아 있는 오봉산五峯山 남쪽 기슭에 자리 잡고 있는데 신라 진덕여왕 때 창건되었다고 한다. 그로부터 무량한 세월이 지난 뒤, 금영과 내가 처음 청평사를 찾았을 때는 공사 중인 듯 여기저기 석재들이 굴러 있었다. 경내 풀밭에는 달걀을 심어 놓은 듯 주춧돌이 비죽비죽 솟아 나와 있었는데, 무겁無怯한 세월의 잔해로 스산히 남아 초저녁 바람 속에서 조용히 닳아지고 있었다. 때마침 가사불사袈裟佛事를 하다가 공양 때가 되어 스님들이 몰려나오고 있었으므로 우리는 극락보전의 외벽 삼 면을 둘러치고 있는 십우도를 발견했다. 굼뜬 얼굴로 벽 그림을 올려다보고 있는 나에게 금영은 묻지도 않은 말을 늘어놓았다.

"십우도는 선을 닦아 마음을 수련하는 과정을 뜻하는 그림이에요. 불교에서는 사람의 진면목을 소에 비유해요. 십우는 심우尋牛, 즉 소를 찾아 나선다로 시작해요. 다음엔 견적見積, 소의 자취를 보았다는 뜻이에요. 견우見牛, 소를 보았다는 뜻이구요. 득우得牛, 소를 얻구요. 그 다음은 목우牧牛, 소를 길러요. 기우귀가騎牛歸家, 소를 타고 집으로 돌아와요……. 이 그림은 팔상성도라고 해서 조계사 대웅전 벽화에도 있어요. 피리를 불면 흰 소를 타고 산에서 내려오는 그림이죠. 그리고 다음것은 망우존인忘牛存人, 소를 잊고 자기만 존재해요. 인우구망人牛俱忘, 자기와 소를 다 잊어요. 반본환원返本還源, 본디 자리로 돌아가요. 입전수수入廛垂手, 마침내 궁극의 광명 자리에 드는 거예요. 결국 십우도는 마음을 찾고 얻는 순서와 얻은 뒤에 회향할 것을 말하고 있지요."

"마음이라고?"

"그래요, 소는 마음을 뜻해요."

"어렵군. 소가 달 동물이란 소리는 전에 들은 적은 있지. 그러니까 소뿔은 기운 달을 닮아서 부활과 생성을 의미한다는 거지. 뭐, 이집트에선 사람이 죽으면 소의 형상을 본떠 관을 짠다지?"

"원래 소의 한자 표기는 고기 어魚 자였대요. 소 우牛 자와 서로 바뀌었다는 얘기죠. 고기 어 자 밑에 있는 네 개의 점은 바로 소의 네 다리를 뜻한다는 거예요."

"그럼 뭐, 소가 물속에서 살던 짐승이었나?"

"진흙 소가 바다 밑에서 북을 친다는 말도 있잖아요."

이쯤 되면 숫제 입을 다물어 버리고 말지만 어쨌든 금영의 진면목을 알자고 덤비면 이내 오리무중의 길로 들어서기가 일쑤였다. 정말이지 다가가면 갈수록 그녀는 더욱더 멀어지기만 할 뿐이었다. 금영의 그 깊은 마음속에 내가 한 자락 그림자라도 드리운 적이 있는지가 의심스러울 지경이었다. 그녀가 바라보는 것은 언제나 앞이 아니라 뒤였고, 그게 소인지 뭔지는 몰라도 어쨌든 제 마음을 다잡지도 못한 채 회향을 꿈꾸고 있는 그녀를 보면 어떻게 해야 할지 도무지 갈피를 잡을 수가 없었다.

그날 저녁 청평사를 내려와 소양호 선착장으로 나오는 배의 이물에 앉아서 그녀는 무섭도록 적막한 모습으로 물속을 들여다보고 있었다. 그녀는 알고 있었던 것이다. 제 생모가 이곳에 투신해 죽었다는 것을. 이 물 밑에서 자신의 생이 비롯됐다는 것을.

"지금 어머니가 소를 타고 청평사로 올라가고 있어요. 풀밭에 지독한 안개가 껴 있어요. 물에서 나온 소들이 음매음매 그 뒤를 따라가고 있어요."

그녀의 뒷전에 바투 서서 나는 그저 그녀의 목덜미를 낚아챌 채비나 하고 있을밖에 없었다. 옛날엔 소를 뜻했다는, 고기 어 자가 되어 그녀가 물속으로 뛰어들 것만 같아서였다.

하지만 나는 매번 그 순간을 놓쳤다고 해도 좋았다. 서로 만나고 있는 순간에도 그녀는 내가 조금만 방심하고 있으면 어느 결에 슬쩍 사라져 버리곤 했다. 당장 그 처음은 소양호 선착장에 배가 도착하고 나서였다. 배에서 내려 근처 식당 매점에 들어가 담배를 사는 사이 그녀는 내 앞에서 감쪽같이 사라지고 말았던 것이다. 부랴부랴 정류장으로 올라오며 좌판 술집들을 샅샅이 뒤지고 뱀골에서 가마골까지 휘둘러 본 다음, 댐 아래 마을까지 내려왔을 때서야 나는 그녀가 먼저 가 버렸음을 깨달았다. 날은 이내 어두워져 버렸고 강으로부터 꾸역꾸역 안개가 몰려나오고 있었으므로, 하는 수 없이 나는 춘천으로 가는 버스에 올라탔다. 그래도 혹시나 싶어 공지천 '이디오피아'란 카페까지 들러 보았으나 역시 그녀의 모습은 찾을 수가 없었다. 혼자 터덜거리며 돌아오는 서울행 기차 안에서 나는 앞으로 그녀와의 만남이 예사롭지 않으리란 예감에 빠져 있었다. 벌써 두어 번 연애에 실패한 경험이 있는 나로서는, 범속함만큼 사랑에 있어서 소중한 것이 없다는 것을 뼈저리게 느끼고 있던 터였다. 없는 듯싶으면서도 돌아보면 늘 거기에 존재하고 있는 그런 사랑을 나는 꿈꾸고 있었던 것이다. 그렇지 않고 누군가를 만나면서 끊임없이 긴장하고 동요해야 한다면 그것이야말로 경을 칠 일이 아니던가.

다음 날 그녀는 태연한 목소리로 내 전화를 받았다. 아연하게도 그녀는 나와 춘천까지 동행했던 사실조차 뚜렷이 기억하지 못하고 있었다. 그녀는 저 혼자 춘천을 다녀온 것으로 믿고 있었다. 말문이 막혀 더 이상 뭐랄 수도 없었으나 아무튼 기가 막힐 노릇이었다. 그런 일은 그 후에도 자주 일어났다. 커피숍에서, 영화관에서, 전동차 안에서, 거리에서, 다시 소양호에서 그녀는 정오의 그림자처럼 그렇게 흔적 없이 사라져 버리곤 했다. 말하자면 그녀는 나와 만났다는 사실은 기억하고 있으면서도 어떻게 나와 헤어졌는가에 대해서는 거의 기억을 하지 못하고 있었다. 황당한 기분이 들어 상대를 탓할 양이면 그녀는 궁지에 몰린 사람처럼 어쩔 줄을 몰라 했다. 그녀는 자신의 존재를 하나의 타자로 간주하고 매양 그것을 찾아다니느라 넋이 빠져 있는 사람 같았다. 그녀는 스테레오그램 같은 여자였고, 그녀 자신조차도 그 이면에 존재하는 제 모습을 보았다고는 결코 말할 수가 없었다.

"마음이란 건 하나의 타자일 거예요. 내 것이 아니란 말이죠."

"글쎄, 마음이란 게 있기나 한 건가? 있다고 해도 그건 누구도 볼 수 없는 공기 같은 게 아닐까."

"법당을 찾아내야만 보이는 그런 걸 거예요."

"법당? 글쎄…… 우리 육신이 곧 법당 아닐까."

"하지만 누가 지어 놓은지도 모르는 법당인걸요."

"사는 일을 그렇게 깊이 생각하다 보면 한도 끝도 없지. 낯익은 타인을 만나면 그래도 반갑잖아. 또 마음이란 건 그렇게 먼 곳에 있는 게 아닐지도 몰라. 내 것이 아니라고 하더라도 말이야. 누구 말마따나 평상심平常心을 길들이는 일이 중요하지 않을까 싶어."

어느 순간엔가는 그녀에게서 돌아서자고 마음을 먹기도 했으나, 그때쯤 해서 그녀가 내 마음속에 군건한 법당 하나를 지어 놓고 있음을 깨닫고 있었다. 마음이 가는 대로 따라가야지, 억지로는 될 일이 아니란 것을 안 것도 그즈음이었다.

3

기차가 강촌역을 지날 때부터 가랑비가 내리기 시작했다. 들녘은 봄날 오후의 차디찬 우수를 담고 덜 마른 수채화처럼 번지고 있었다. 산은 연두색으로 막 부풀어 오르면서 조산 운동을 하듯 꿈틀대고 있었다. 춥다, 라는 느낌이 듦과 동시에 나는 앞에 앉아 있는 여자에게로 눈을 돌렸다. 아까부터 그녀가 나를 쳐다보고 있다는 것을 나는 느낌으로 알고 있었다. 눈이 마주치자 그녀는 반사적으로 눈을 아래로 내리깔았다. 하늘색 반소매 재킷에 매화 무늬가 낭자한 샤넬라인 스커트가 묘한 대조를 이루고 있었다. 무릎 밑으로 쥐색 스타킹을 신은 길쭉한 다리와, 황색 줄무늬의 흰색 단화가 비죽이 눈에 들어왔다. 내가 쳐다보고 있다는 걸 알았는지 그녀의 몸이 서서히 말미잘처럼 움츠러들었다. 강촌을 지났으니 남춘천역이나 춘천역에서 내리리라. 어디를 가는 길인지 도무지 짐작할 수 없는 모습으로 그녀는 무연히 창밖만 내다보고 있었다.

오늘 밤엔 저 먼 곳에 있는 달에도 비가 오겠다.

금영은 지금 어디쯤 질러가고 있는 걸까. 오늘 과연 만날 수 있을까. 망설이지 말고 일찍 출발했더라면 좋았을 것을. 청평사 부근에서 머물리라 했으니 강을 건너가면 만날 수도 있으리라. 하지만 그녀의 말을 곧이곧대로 믿을 수도 없는 노릇이다. 이번에도 나는 무작정 그녀의 뒤만 믿고 따라온 것이다. 그녀가 무작정 그녀 자신을 뒤쫓아갔듯이 말이다.

그녀는 청평사로 간 게 아니라 청평리를 찾아갔다, 라는 생각이 든 것이 기차가 춘천으로 들어가는 마지막 터널로 들어가고 있을 때였다.

기차 안이 돌연 컴컴해졌다. 그녀와 다시 눈이 마주쳤다. 그녀와 나는 비 내리는 저녁나절, 불현듯 막다른 골목에서 맞닥뜨린 얼굴이 되어 서로를 쳐다보았다……. 애써 비켜 가고자 해도, 서로 스치지 않고서는 지나갈 수 없는 그런 길이 있다. 그러니까 서로가 원하고 원하지 않고의 문제가 아니라 도저히 피해 갈 수가 없다란 느낌이 드는 경우가 있는 것이다. 말하자면 그런 경우에 나는 직면해 있었다.

"저, 어디까지 가시죠?"

그녀는 줄다리기를 하다 얼결에 잡고 있던 줄을 놓쳐 버린 사람처럼 일순 기우뚱거렸다. 잠시 후 그녀는 의외로 침착하게 내 말을 되받았다. 그러나 목소리가 사뭇 떨리고 있었다. 내가 말을 거는 순간에야 비로소 앞에 누군가가 앉아 있었다는 것을 알았다는 얼굴이었다.

"남춘천역에서 내려요."

그녀는 목적지를 말하지 않고 그렇게 에둘러서 말했다.

"저는 청평사까지 갑니다."

남춘천역에서 내리는 여행객의 대부분이 소양호나 청평사로 간다는 것을 알고 있었으므로 나는 그렇게 넘겨짚어 말했다. 그녀의 표정이 다시금 갈맷빛으로 흔들렸다. 그러나 그녀는 더 이상 대꾸하지 않았다. 그쯤에서 피하고 싶었을 것이다. 얼마 후 기차가 남춘천역에 도착하자 그녀는 숄더백을 어깨에 메고 자리에서 일어나 슬쩍 눈인사를 건넨 다음 먼저 차에서 내렸다.

광장으로 나오자 빗방울이 제법 굵어져 있었다. 그녀는 푸른 비닐우산을 사들고 맞은편 버스 정류장으로 가고 있었다. 차부에서 표를 사고 소양댐으로 가는 12번 좌석 버스에 올라타자 뒷자리에 다소곳이 앉아 있는 그녀가 보였다. 아마도 내가 차에 올라타는 것을 보고 있었으리라. 버스는 몇몇 학생들과 촌부들이 타고 있을 뿐 자리가 텅 비어 있었다. 다섯 시 사십오 분에 버스가 출발했고 샘밭을 지나 소양댐에 도착했을 때는 여섯 시가 좀 지나 있었다. 그리고 샘밭을 지나오면서 나는 예기치 못했던 불안을 붙잡고 있는 나 자신을 목도하고 있었다.

소양호에 도착하니 쌀겨 같은 비안개가 호반을 병풍처럼 둘러치고 있는 참이었다. 드문드문 여행객들의 모습이 눈에 들어왔으나 날씨 탓인지 호반 주변은 한산한 편이었다. 아무튼 그런 풍경을 일견하고 나서야 나는 뭔가 심상찮던 예감의 정체를 알아 버린 듯싶어 곧장 선착장으로 줄달음을 쳤다. 방심하고 있었다, 이렇게 늦게 배를 타본 적이 없다, 라는 생각이 들면서 돌연 낭떠러지 앞에 몰린 기분이 들었다. 그리고 숨이 차 있는 상태에서 배가 끊겼어요, 라는 매표소 관리인의 말을 들었을 때 나는 또다시 금영이 내 앞에서 홀쩍 사라져 버렸다는 낭패감에 진저리를 치고 있었다. 배를 타러 왔다가 돌아가는 몇몇 사람들의 모습이 눈에 띄었다.

"날씨 탓인가요? 왜 벌써 배가 끊어졌죠?"

암담한 기분에 빠져 나는 좀 따지는 듯한 말투로 사내에게 물었다.

"날씨가 어때서요? 저기 배 시간표 보세요. 초행인가 보죠?"

이런 일에 이골이 난 듯 사내는 비죽비죽 웃는 얼굴로 태연하게 맞대거리를 해왔다. 다섯 시 사십 분이 막배였다. 제기랄. 초행일 리 없으나 전에 청평사에 가기 위해 막배를 탄 적은 없었던 것이다. 딱하다는 듯이 사내가 한마디 더 질러 넣었다.

"양구, 인제로 들어가는 배도 이 시간이면 다 끊어져요. 좀 일찍 오시지 않구서."

"다른 배는 없습니까? 이내 다녀올 수 있잖습니까."

"단속이 심해 놔서 들어가려 하질 않아요. 여긴 군사 지역인 데다 댐 경비를 맡고 있는 사람들 눈을 어떻게 피하겠어요."

사내와 실랑이를 하고 있는 사이에 소양호 위에 밀빛 안개가 구름처럼 내려 덮이고 있었다. 그야말로 눈 깜짝할 사이라고 해도 좋았다. 일시에 눈앞 풍경이 흐트러지며 금세 옷깃이 축축이 젖어 버렸다. 뒷전에서 밤꽃 향내가 낮게 낮게 깔려 내려와 안개와 몸을 뒤섞고 있었다. 시나브로 날이 어둬지며 청평사로 가는 물길은 그야말로 사막처럼 아득해 보였다. 이번에도 그녀는 나를 뒤에 떨군 채 질러가 버렸다……는 생각만 겹쳐 올 따름이었다.

그러나저러나 여기서 이렇게 주저앉으면 안 될 텐데.

"내일 아침에 나오십쇼. 아홉 시 반에 첫 배가 뜨니까요."

그땐 이미 늦은 다음일지도 모른다. 허나 뭐라 더 대거리를 할 여지도 없었다. 캄캄한 기분으로 나는 청평사로 가는 물길을 노려보며 뒷걸음질을 칠 수밖에 없었다.

그리고 식당과 기념품 등속을 파는 가게 옆을 휘적휘적 지날 때 나는 밀짚모자의 여자가 내 옆을 지나, 아래로 내려가고 있는 것을 보았다……. 잠시 후엔 그녀도 돌아와야 하리라.

정류장으로 돌아오는 길에는 좌판 술집들이 즐비하게 늘어서서 함부로 소매를 잡아끌었다. 어디나 안개가 내리고 있었고 어디에서나 한결같이 골뱅이, 옥수수, 다슬기를 팔고 있었다. 길 중간께의 좌판에서 나는 다시 소매를 붙잡히고 말았다. 주문도 받지 않고 삼십 대의 여주인은 내게 소주와 삶은 골뱅이 한 접시를 내놓았다.

4

"옛날에 나그네를 태운 소가 청평사에 와서 죽었다는 전설이 있대요."

그냥 생각나는 대로 해보는 말이 분명했을 여자의 얘기를 듣는 순간 나는 정신이 번쩍 드는 성싶었다. 여자는 밀짚모자를 벗어 무릎 위에 올려놓으며 머리채를 등 뒤로 풀어 내렸다. 떨리는 손을 술잔으로 가져가며 나는 여자에게 되물었다.

"그게 언제죠?"

"그걸 어떻게 알겠어요. 다만 전설일 뿐인데요. 춘천에서 여고를 나온 친구한테 들은 얘기예요."

뒤미처 내가 왜 이런 말을 했는지는 사실 나도 알 수가 없었다. 어쨌든 나는 말하고 있었다.

"그건 아마 오래된 얘기가 아닐지도 모릅니다."

여자가 가만가만 내 얼굴을 살폈다.

"그 후 나그네는 청평리에서 한동안 살았다죠. 동네 처녀와 인연을 맺어 딸까지 하나 낳았다고 합니다. 그러나 나그네는 다시 길을 놓아 가버렸지요. 그러고는 이듬핸가 댐 공사가 시작될 때 딸을 데리러 왔다지요, 아마."

여자는 먼 데 소리를 듣듯 내 얘기에 귀를 기울이고 있었다. 둘 다 배를 놓친 처지에, 서둘러 갈 길이 없는 것도 마찬가지였고, 무엇보다도 기차를 함께 타고 왔으므로 그녀와 나는 구면인 행세를 하고 있었다. 선착장에서 이쪽을 향해 비스듬히 걸어 올라오던 그녀가 나를 발견했을 때 이번엔 피하지 않고 곧장 디기왔던 깃은, 글쎄 나도 설명하기가 힘들었다. 다만 막다른 골목에서 다시 마주쳤다, 빠져나갈 수가 없다, 란 생각을 이번엔 그녀가 했으리란 짐작뿐이었다.

그녀는 양구로 가던 길에 나처럼 배를 놓치고 말았다. 초행이었다. 더 자세한 얘기는 하지 않았지만 군부대로 누굴 면회하러 가던 길인 모양이었다. 하지만 춘천으로 나가면 미시령을 넘어 양구로 가는 버스가 있을 텐데 어째서 여기 이렇듯 주저앉아 있는 걸까. 이런 생각을 하고 있는 사이 여자가 혼곤한 얼굴로 다시 물어 왔다.

"그런 다음에는요?"

"그 후 어느 해던가 나그네는 제 딸을 업고 청평사로 올라가 중이 되겠다고 했답니다. 이튿날 도로 내려오고 말았지만요."

"묘한 얘기네요. 왜 스님이 되겠다고 했을까요."

"어떻게 그 마음을 헤아리겠습니까."

마음, 이라는 말에서 나는 다시금 금영을 생각했고 그리고 절망하고 있었다.

"……그럼 그 나그네와 인연을 맺었다는 처녀는 어떻게 된 거죠?"

"한동안 샘밭에 내려와 살다가 어느 날 이곳에 와서 투신했다죠."

"어디, 여기에 와서 말인가요?"

여자의 눈구멍이 하얗게 벌어졌다. 꺼끔하니 비가 그치고 있었다.

"그렇다는군요. 그들이 인연을 맺은 곳이 바로 이 물 밑이 아닙니까.

도로 그곳으로 돌아간 거죠. 아무튼 나그네를 태운 소가 청평사에 와서 죽었다는 말은 사실일지도 모릅니다. 청평리엔 소가 많았다고 하니 그런 곡절이 있을 법도 한 거죠."

여자는 붉어진 눈으로 안개에 싸여 있는 소양호를 오래오래 더듬었다. 사이사이 나는 술잔으로 손을 가져갔다. 몸이 떨려 술기운이 아니면 견디기가 힘들었다.

"저, 이런 말 물어봐도 되는지 모르겠어요. 청평사엔 무슨 일로 가시는 길이었죠?"

한동안 나는 대꾸를 못하고 멀리 가마골 쪽에다 시선을 박고 있었다.

"제가 괜한 걸 물어봤군요."

"아뇨. 하지만 얘길 하자면 길지요. 어떻게 들릴지 모르겠지만 저는 법당을 찾아 나선 셈입니다."

반문하지 않았으나 순간 여자의 눈주름이 가늘게 떨렸다.

"아니, 어쩌면 소를 찾아 나선지도 모르는 일입니다."

소…… 하고 되뇐 다음 여자는 말끝을 흐렸다.

"한데 사람의 마음이란 게 어디 그렇게 쉽게 찾아지는 건가요. 그건 아주 멀리 존재하는 혹성 같은 걸 겁니다."

여자가 내 눈 깊은 곳을 들여다보는 시늉을 했다. 스테레오그램을 쳐다볼 때처럼 초점 없는 눈으로 말이다. 약 십 초쯤이나 여자는 그런 얼굴을 하고 있었다. 그리고 여자가 침묵하는 동안에 나는 이런 생각들을 하고 있었다. 저 안개 뒤편 마을에 가 있을 금영을, 뒤따라가다 보면 늘 막배처럼 끊어져 버리는 우리의 관계를, 언제나 나에겐 객지인 이곳 소양호를, 이제사 어렴풋이 알게 됐지만 멀리 있음으로 해서 내게 존재한다고 믿게 된 그녀를…….

파라솔 밑으로 어둠이 켜켜이 다가오고 안개와 추위 때문에 더는 그곳에 앉아 있을 수가 없었다. 나는 그저 예사롭게 그녀를 돌아보며 어떻게 할 것인가를 물었다.

"실은 아까 춘천으로 나가 양구로 가는 버스를 탈 셈이었어요. 배를 타자고 생각한 건 이쪽이 지름길이었기 때문이구요. 내일 아침 일찍 배를 타고 양구로 들어갈까 해요. 여기 이러고 앉아 있는 것은 글쎄……뭐랄까요, 왜 이런 경우 있잖아요. 가야만 한다는 건 알고 있지만 갈 수 없다라고 믿게 되는 그런 경우……."

그녀는 고개를 수그리며 말꼬리를 흐렸다. 무슨 사정이 있겠거니 싶었다. 내게도 그 같은 사정은 있는 것이다.

"선생님은요?"

"저도 사정이 비슷합니다. 오늘 밤은 요 아래 여관에서 지낼 참입니다."

댐 아래쪽에 민박집이 있다는 걸 알고 있었으므로 나는 그렇게 말했다. 하지만 여관이 있는가는 모르고 한 말이었다. 여자는 자리에서 일어나며 뜬금없이 이런 말을 했다.

"우스운 얘기지만 어렸을 땐 늘 여관에 가보고 싶어했어요. 나그네의 집이란 말이 좋았어요. 먼 길을 가다 지친 나그네가 저녁이면 들어가 홀로 누워 있곤 하는 그런 집 말이죠."

정류장까지 오자 버스가 보이지 않았다. 택시 두어 대가 헤드라이트를 켜놓고 서서 사람이 오기를 기다리고 있었다. 그녀와 나는 주저주저하며 택시 뒷좌석에 올라탔다. 차를 따로 타야 했을 텐데, 라는 생각이 들었을 땐 이미 택시가 출발하고 난 뒤였다. 운전기사가 행선지를 물었으나, 그녀는 한동안 대답을 하지 않았다. 그가 백미러로 우리를 쳐다보고 있었으므로 나는 내 행선지부터 먼저 말했다. 춘천으로 나가는 택시니 그녀는 내처 가면 되리라.

차에서 내려 휭하니 달아나고 있는 택시의 꽁무니를 눈으로 좇으며 그녀는 지독한 안개예요, 하며 혼잣말로 중얼거렸다. 정말이지 지독한 안개였다. 이걸 는개라고 한다던가. 횟집 담벼락에 붙어 있는 '민박'이란 나무 간판에 안개가 더께처럼 달라붙어 있어 글자를 알아보기 힘들 지경이었다. 그녀는 연신 밭은기침을 해댔다. 야영을 온 학생들이 있는지 길 건너편 강안에서 〈광야에서〉란 노래가 어둠을 타고 들려오고 있었다. 거기 모닥불이 석류처럼 타오르고 있는 게 보였다.

어떻게 해야 할지 갈피를 못 잡고 있었는 데다, 아무래도 길 안내는 내 몫이지 싶어 나는 그녀를 데리고 우선 횟집 안으로 들어갔다. 방을 잡기에는 아무래도 좀 이른 시각이었다. 빙어회 한 접시와 감자전과 경월 소주 한 병이 나왔다. 그래, 나는 지금 멀리 강원도에 와 있는 것이다. 그리고 이렇듯 생면부지의 여자와 마주 앉아 술을 마시고 있는 것이다.

"아까 그 얘기 듣고 싶어요. 그 나그네 얘기 말이에요. 그 후로 어떻게 되었는지 궁금해요."

할 말이 궁색했던 탓이었을 것이다. 여자가 젓가락으로 감자전을 뒤적이며 그렇게 말했다.

"……애초에 청평리에 왔을 때 그는 이미 결혼한 몸이었다죠."

"아, 나그네도 혼인을 해요?"

"애를 못 낳는 여자였지요. 나중에 청평리에서 데려간 아이를 금지옥엽처럼 키웠답니다. 나그네는 작년에 세상을 떠나고 말았죠. 결혼을 하긴 했지만 평생 운수처럼 떠돌다 죽었다고 합니다."

서서히 몸 안에 술기운이 퍼지면서 무거운 피로가 몰려왔다. 그리고 그때쯤에는 더 이상 그런 얘기를 늘어놓고 싶지가 않았다.

"그러니까 바로 작년에 죽었다는 말인가요?"

"……그렇답니다."

그녀는 귓불과 눈자위가 분홍빛으로 달아올라 있었으나 아직 말 발음만은 또렷했다. 그녀는 술 주전자 안에다 오이채를 집어넣으며 아직도 더 무슨 말을 듣고자 하는 얼굴로 나를 쳐다보았다.

"나그네가 데리고 온 딸은 나중에 커서 입산 출가를 하고 말았죠. 피는 속일 수 없었던 모양입니다. 비록 얼마 전에 환속하긴 했지만요."

"아, 그랬군요…… 환속."

여자는 다시금 석연찮은 눈빛으로 나를 골똘히 들여다보았다. 그러고 나서 여자는 한참을 망설이는가 싶었는데 마침내는 이렇게 물어 오고야 말았다.

"선생님은 그런……."

이제 올 데까지 다 왔다. 더 이상 내가 무슨 말을 하랴. 대답 대신 나는 안개가 쳐들어오고 있는 문 쪽께로 눈을 돌리며 담배를 피워 물었다. 어쩌자고 나는 이러고 있는 걸까. 이러다간 내일 아침 청평사로 들어가는 첫배를 놓치고야 말지. 벽시계를 보니 얼추 열한 시가 다 돼 있었다.

여자는 아주 사무친 얼굴로 이제는 제 생각에 골똘해 있는 듯싶었다. 여자에 대해 무언가를 물어보려 했으나 나는 그만두고 말았다. 누구에게나, 남들은 들어도 알 수 없는 곡절이 있게 마련인 것이다.

그리고 어느 결엔가 나는 여자가 선생님, 뭐 어쩌고 하며 흐느끼는 소리를 들었다. 흐느끼는 소리를 들었지만 나는 그쪽으로 눈을 돌리지 않았다.

금영, 나는 오늘 이 핏빛 안개 속에다 너를 묻으려나 보다.

그녀와 나는 안개의 늪 속에 들어와 있었다. 자꾸 기침이 나오려 했으나 나는 소리를 내지 않으려고 용을 썼다. 가슴속에서 참을 수 없는 갈증이 목울대로 타올랐다. 안개가 아니더라도 사위는 깊은 어둠에 싸여 한 치 앞을 분간할 수가 없었으며 그녀와 나의 발자국 소리만 스적스적 귀에 들려올 뿐이었다. 그녀와 나는 안개 속에 부옇게 떠 있는 '민박' 이란 간판 앞을 안짱걸음으로 지나쳤다. 그녀 또한 소리를 내지 않으려고 안간힘을 쓰고 있다는 것을 나는 알 수 있었다. 마치 무슨 소린가를 내고 나면 제 몸이 훌쩍 사라져 버리기라도 할 것처럼.

어디 석류나무가 있는 여관이 있을 텐데.

그때 어디선가 불현듯 뿔피리 소리가 들려왔다. 환청이겠거니 싶어 두어 번 도리질을 치다 나는 그녀에게 목쉰 소리로 물었다.

"무슨 소리가 들리지 않아요? 마치 뿔피리 소리 같은데."

그녀가 화들짝 놀라며 캄캄한 안개 속에다 짐짓 귀를 들이대는 시늉을 했다.

"그래요…… 무슨 소리가 들려요."

이 말은 그녀가 취해 있었기 때문에 아마 건성으로 한 소리였는지도 몰랐다. 그러나 안개 저편으로부터 분명 뿔피리 소리가 들려오고 있었다. 나는 마법에 걸린 사람처럼 웅얼거렸다.

"소나무 그림자!"

그녀가 우뚝 그 자리에 멈춰 섰다. 내가 한 소리를 들은 모양이었다. 그녀는 잠에서 막 깬 얼굴로 나를 바라보았다. 종잡을 수 없다는 듯 여자는 맥없이 휘청거렸다. 그러고 나서 다시금 침묵이 버겁다고 느껴질 때 묵묵히 내 옆을 따라 걷던 그녀가 툭 끊어진 소리를 내뱉었다.

"오쇼 라즈니시…… 맞아요, 뿔피리 소리."

그녀와 나는 민박집 하나를 더 지나치고 있었다. 서서히 나는 불안해지기 시작했다. 여관은 이런 곳에 있을 법하지가 않았다. 이대로 가다가는 이 첩첩한 안개 속에서 길을 잃고 말 터였다. 그녀가 잠꼬대 같은 말로 속삭였다.

"정말 저만치서 뿔피리 소리가 들려오고 있어요. 이곳은 우리가 살던 동네가 아닌가 봐요. 우린 너무 멀리 온 것 같아요."

우리가 살던 동네? 그녀의 뜻 모를 소리에 나는 고개를 갸웃거리며 소리가 들려오는 쪽으로 몸을 기울였다. 두려운지 그녀는 어느새 내 팔을 잡고 있었다. 그녀와 나는 막다른 길의 끝에 다다라 있었다. 우리는 불과 서너 걸음 앞에서 무너져 내리고 있는 싸리나무 울타리를 망연히 바라보고 있었다.

"길이 막혔나 봐요. 돌아가요."

떨리는 목소리로 그녀가 내 팔을 잡아끌며 속삭였다. 안개는 울타리 이쪽과 저쪽을 쉴 새 없이 넘나들며 낄낄거리고 있었다. 도무지 방향을 분간할 수가 없었다.

"울타리 넘어서 조금만 더 올라가 보도록 하죠. 피리 소리가 여기 어디쯤에서 끊어진 것 같은데."

나는 귀를 쫑긋거리며 떨고 있는 그녀를 울타리 너머로 잡아끌었다. 그리고 무너진 울타리 사이를 간신히 비집고 나가 조심스럽게 앞을 더듬어 나가고 있을 때 누군가가 내 어깨를 툭 쳤다.

뒤미쳐 나는 그녀가 내지르는 외마디 소리를 들었다.

"여관이에요!"

나는 흘끗 그녀의 얼굴을 쳐다보았다.

"보세요, 여관 간판이잖아요."

5

그녀와 나는 유리문을 열고 기웃기웃 안으로 들어섰다. 안은 소리 한
점 없이 조용했다. 누군가 청소를 해두고 돌아간 집 같았다. 실내에는
톱밥 냄새가 은은히 배어 있었다. 복도 끝까지 녹색 등이 환하게 켜져
있었으며 2층으로 올라가는 계단 옆에 열대어를 키우는 커다란 어항이
놓여 있었다.

잠시 후에 살구색 원피스 차림의 사십 대 아주머니가 어서 오세요,
하면서 나와 잠자리에 드는 아이들을 데리고 가듯 방으로 우리를 안내
했다. 딱히 무어라 집어 말할 수는 없었으나 여주인은 국민학교 때 여
자 친구의 어머니 같은 인상을 풍겼다. 방으로 들어가자 미리 준비해
둔 따뜻한 물 주전자와, 아직 상표도 뜯지 않은 수건과, 습자지에 싼 청
잣빛 물 컵과 면도기가 경대 위에 가지런히 놓여 있었다. 방 안에서도
역시 톱밥 냄새가 나고 있었다. 갓 풀을 먹인 듯 이불에선 바삭바삭한
소리가 났다. 원앙 자수가 놓여진 차렵이불이었다.

"이상할 정도로 정갈한 방이에요. 여태까지 한 번도 본 적이 없
는……."

그녀는 방 구석구석을 둘러보며 그렇게 넋 빠진 소리를 했다. 여주인
은 우리가 벗어 놓은 신발을 거꾸로 돌려놓은 다음 조용히 문을 닫고
나갔다.

"이모처럼 느껴지는 사람이에요. 이상해요, 이곳에 이런 여관이 있다
는 게."

대꾸하지 않았으나 나 역시 그 같은 생각을 하고 있기는 마찬가지였
다. 그리하여 나는 그녀가 오래전에 생이별을 했다가 오늘 해후한 연인
처럼 느껴졌다. 그리고 헤어지기가 싫어 이렇듯 여관으로 쫓겨 들어와
있는 것이다.

"씻지 않고 이대로 이불 속에 들어가고 싶어요. 옷을 입은 채로 말이죠."

그녀의 목소리가 사뭇 떨리고 있었다. 그러라고, 대꾸하려다 나는 입을 다물었다. 그녀는 팔짱을 끼고 창가로 다가갔다. 유리창으로 안개가 주름주름 흘러내리고 있었다.

"저 물어볼 게 있는데요. 아까 정말 뿔피리 소리를 들었던 거예요?"

자정이 좀 지나 있었다. 불을 끄고 나는 그녀 옆에 누워 있었다. 나는 들었다고 대답할 수밖에 없었다.

"역시 그랬군요. 환청이 아니었군요."

"⋯⋯소나무 그림자."

별 뜻 없이 나는 그렇게 입엣말로 웅얼거렸다. 그러자 그녀가 화답이라도 하듯 이렇게 중얼거렸다.

"콜 니드라이."

콜 니드라이⋯⋯ '신神의 날'이란 뜻이던가.

"아까부터 내내 소를 생각하고 있었어요. 아까 십우도 얘길 하고 있다는 건 저도 알고 있었어요."

소, 하고 나는 나직이 되받았다. 그러자 갑자기 코끝이 매워 왔다.

천장을 향해 반듯하게 누워 있던 여자가 내 쪽을 향해 돌아눕는 소리가 들려왔다.

"여긴 나그네를 태운 소가 가끔 들어올 법한 그런 곳이에요."

나그네, 하고 나는 나직이 되받았다. 나는 백 년 전부터 이 여자와 이렇게 누워 있는 것만 같았다. 먼지에 덮여 미동조차 하지 않은 채 말이다. 나그네와 나그네로 만나서 말이다. 이번엔 내가 말했다.

"여기가 법당이란 그런 생각을 하고 있었습니다."

법당, 하고 여자가 나직이 되받았다. 법당⋯⋯ 하고 다시 내가 나직이 되받았다.

그러한 어느 순간에 내 손이 저절로 그녀의 귀에 가 닿았다.

귀…… 하고 되받던 여자의 목소리가 갑자기 찢어진 북처럼 떨리더니 흑, 하고 내게로 무너져 왔다.

여태껏 한 번도 본 적이 없는 아름다운 몸이었다. 나는 아주 천천히 헤아리며 문을 열고 안으로 들어갔다. 그리고 나는, 양구론 이제 못 가, 그냥 서울로 돌아갈…… 하고 주절대는 여자의 소리를 얼핏 들었다. 그때 나는 이런 생각을 하고 있었다. 이제는 나도 청평사로 갈 수 없으리라 하는. 아니, 가야 한다는 것은 알고 있지만 갈 수 없다는 믿음이 생겼다고 하는.

6

새벽녘에 나는 물소리를 듣고 잠에서 깨어났다. 눈을 뜨지 않고 나는 가만히 소리가 나는 쪽에다 귀를 기울였다. 그것은 욕실에서 들려오는 소리였다. 나는 먼지를 쓰고 누워 아득히 쏟아지는 물소리에 귀를 기울이고 있었다. 오랫동안 귀에 사무쳐 있던 소리였다. 그리고 나는 금영이 지척에 와 있다, 그녀가 여기에 들어와 있다, 라는 생각을 하고 있었다. 그러한 생각 끝에, 나는 안간힘을 다해 눈을 비벼 떴다.

그때던가. 창문 가까이에서 예의 그 뿔피리 소리가 들려왔다. 나는 잠자리에서 일어나 비틀비틀 창문으로 다가갔다. 뿔피리 소리는 점점 크게 들려왔다. 그리고 그 소리에 섞여 웬 짐승들의 발자국 소리가 들려오는 듯싶었는데, 갑자기 멀미가 느껴지며 나는 방 한가운데서 기우뚱하고 흔들렸다. 간신히 벽을 짚고 버티고 서서, 나는 창문 밖에서 내리고 있는 새벽의 푸른 안개를 쳐다보며, 비로소 이토록 오래 나를 사로잡고 있던 것의 정체가 무엇이었던가를 곰곰이 생각하고 있었다.

그러고 나서 정말로 누가 방 안에 들어와 있다고 생각한 건, 아니 내 등 뒤에 누군가 다가와 숨을 죽이고 서 있다는 걸 안 것은 정신이 바로 돌아왔을 때였다. 나는 여인의 침실 휘장을 들치는 기분으로 조용히 뒤를 돌아다보았다.

그녀는 천천히 내게로 다가왔다. 그러더니 내 가슴팍에다 대고 머리를 비벼대기 시작했다. 전생에서 보았음 직한 아주 낯익은 형상이었다. 나는 그녀의 귀를 잡고 그 커다란 눈을 가만히 들여다보았다.

그녀는 울고 있었다. 나는 얼핏 소 울음소리를 듣고 있었던가. 그토록 찾아 헤매던 먼 것이, 내 가슴 안에서 이렇듯 조용히 흐느끼고 있었다. 나는 말할 수 없이 사무친 생각이 들어, 한껏 두 팔을 벌리고, 그녀의 떨고 있는 몸을 힘주어 그러안았다. 그때, 가슴속에서 무엇이 쑤욱 빠져나가는 듯한 차디찬 느낌이 엄습해 들었다.

'나' 라는 하나의 공간을 남겨 두고.

히뜩 정신을 차리고 보니 조금 전까지만 해도 내 가슴에 있던 그녀가 어느 결에 문밖으로 소리 없이 사라지고 있었다.

7

밀짚모자의 여자는 안개 속을 무사히 지났을까.

언젠가 소를 탄 나그네가 되어 여기 오리라.

다섯 시 오십 분.

해가 떴고 상기는 달이 질 시각이었다.

미궁에 대한 추측

이 승 우

1959년 전남 장흥 출생.

서울신학대학 및 연세대 연합신학대학원 졸업.

1982년 《한국문학》에 〈에리직톤의 초상〉으로 신인상 수상.

작품집 《구평목 씨의 바퀴벌레》《가시나무 그늘》《따뜻한 비》

《세상 밖으로》《생의 이면》《나는 아주 오래 살 것이다》 등.

대산문학상 수상.

미궁에 대한 추측

일찍이 에게 해 주변에서 번창했던 한 위대한 문명의 존재를 우리에게 알려 준 사람은 하인리히 슐리만과 아서 에번스였다. 그들이 이 지역에 대한 발굴을 시작하여 황금 가면과 사자 문과 양손에 뱀을 든 여신상을 보여주기까지 인류는 에게 문명에 대해 아무것도 알지 못했다. 19세기 중엽, '호머'를 단순한 이야기꾼으로서만이 아니라 역사적 사실들을 기록한 위대한 역사가로 믿었던 한 남자, '호머에게 미친' 슐리만의 집념이 에게 문명의 유적들을 땅속에서 끌어냈다. 트로이가 맨 처음 햇빛을 보고, 이어서 미케네도 그 역사의 어두운 지하실로부터 모습을 드러내었다.

"미노스 왕이 구 년 동안 통치하였다"라고 호머가 기록하고 있는 위대한 도시 크노소스는 에게 해의 남단에 위치한 크레타 섬의 중심지였다. 그런데 이 섬을 발굴한 사람은 슐리만이 아니라 아서 에번스였다.

그는 1900년부터 크노소스의 발굴을 시작했는데, 그 과정에서 크고 복잡하고 이상한 건물을 발견했다. 전설적인 미노스 왕이 다스리던 크노소스 궁전으로 밝혀진 이 건물은 완만한 경사면 위에 세워져 있었다. 그 때문에 이쪽에서 보면 1층인 곳이 다른 쪽에서 보면 3층이기도 하고, 어떤 쪽에서는 4층으로 보이기도 했다. 건물 한가운데 직사각형 모양의 넓은 정원이 있었으며, 그 정원을 둘러싸고 수많은 크고 작은 방들이 배치되어 있었다. 1층만 해도 방의 수가 백 개가 넘었다. 그 방들 가운데는 제실祭室과 집무실과 아틀리에, 또는 창고 같은 식으로 그 용도를 어렵지 않게 추측할 수 있는 것들이 있었다. 하지만 훨씬 많은 방들은 무엇 때문에 필요했을까, 하는 질문은 별로 중요하지 않다. 그보다 훨씬 의심스럽고 이상스러운 것은 그 건물 내부의 한없이 좁고 길고 꾸불꾸불한 통로와 턱없이 많은 계단들이었다. 그 안에서 길은 길을 만나 길이 된다. 방향 감각이 사라져 버리는 것은 순식간의 일이고, 마침내는 어디가 들어왔던 곳인지, 어디가 나가는 곳인지조차 알 수 없게 되어 버린다. 이 한없이 복잡한 구조의 건물에, 그래서 '라비린토스(미궁)'라는 이름이 붙여졌던 것이다.

이 미궁의 존재는 수세기 동안 그 방면의 전문가들뿐만 아니라 수많은 평범한 사람들의 호기심을 유발시켜 왔다. 나 역시 그들 가운데 한 사람이다. 지금으로부터 4천 년이나 전의 것인, 흡사 함정과도 같은 이 건물은 어떤 목적으로 만들어졌으며 그 용도는 무엇이었을까. 그리고 이 건물을 만든 사람은 누구였으며 이 건물 안에서 산 사람은 누구였을까. 그 까마득한 과거의 한 시절에 이곳에서 무슨 일들이 있었던 것일까. 정말로 왕이 이 미궁에서 살았을까. 만일 그랬다면 그는 이 복잡하고 도무지 들고나는 방향을 종잡을 길 없는 이런 곳에서 어떻게 살았을까. 알려진 바에 따르면, 그는 크레타 섬의 군주였다. 그가 무엇 때문에 이런 불편을 감내하려 했을까. 그에게 무슨 괴상한 취미라도 있어서 신하들과 숨바꼭질 놀이 같은 걸 하며 놀았단 말인가. 그러려고 이런 건물을 설계했단 말인가. 어딘가 장난스럽고 우스꽝스럽긴 하지만, 그런 해석을 무조건 터무니없는 것이라고 매도하는 것은 온당한 일이 아니다. 그것 역시 미궁의 수수께끼에 대해 해볼 수 있는 여러 가지 자유로운 추측 가운데 하나일 수 있기 때문이다.

이 가정은 미노스 왕이 강력한 군주였다는 사실과 그가 다스리던 크레타 섬이 당시 지중해 일대에서 최고의 번영을 누리고 있었다는 사실로부터 약간의 지원을 받는다. 그 두 가지의 조건들은 외부 세력으로부터 위협을 받지 못해 무료해진 이 절대 군주로 하여금 무언가 색다르고 자극적인 놀이를 강구하게 하였을 것이라는 추측을 가능하게 한다.

물론, 다시 말하지만, 이것은 하나의 추측에 불과하다. 그리고 이 추측은 유일한 것이 아니라 많은 다른 추측들 가운데 하나일 뿐이다. 이보다 더 그럴싸한 다른 해석들도 얼마든지 있을 수 있다. 이 미궁의 존재에 대해 명쾌하게 기술해 놓은 원전을 우리는 가지고 있지 않기 때문이다. 요컨대 B.C. 2000년에 크레타 섬에 살던 사람은 지금 이곳에 살고 있지 않은 것이다. 선장이 없으면, 뱃길을 안다고 나서는 이가 더 많아지는 이치일까. 딱 부러지게 답을 댈 수 없는 이 미궁의 수수께끼는 많은 사람들의 추리력에 불을 지피는 역할을 했고, 그리하여 각자의 경험과 상상력에 의해 이런저런 확언할 수 없는 해석들이 수도 없이 태어났다. 그 가운데 어떤 것들은 세상에 공개되었지만, 훨씬 많은 것들은 개인들의 머릿속에서 빠져나오지도 못했다.

여기 소개하는 이 책은 미궁에 대해 의문과 호기심을 품어 온 한 호사가가 그것의 비밀을 풀어 보겠다고 자유롭게 상상력을 발휘해 본 기록들 가운데 하나다. 《미궁에 대한 추측》이라는 제목의 이 얇은 책을 나는 몇 해 전 유럽 일대를 여행하던 중 우연히 발견했다. 겨우 팔십 페이지 정도인 이 낡은 책은 서기 1939년 파리에서 간행되었고, 저자는 장 델뤽(Jean Delluc)으로 되어 있었다.

먼지가 자욱 내려앉은 고서가의 한 귀퉁이에 꽂혀 있는 이 책을 보는 순간 솔직히 나는 조금 흥분하였다. 나는 제목만 보고 두말없이 값을 치렀다. 슐리만이 호머에게 그랬던 것처럼 나는 그때까지 미노스 왕의 미궁에 미쳐 있었다. 미쳐 있었다고 하는 것은 아마도 조금은 과장된 표현일 것이다. 하지만 그때 나는 마침 지중해 일대를 돌며 크레타와 미케네 문명을 답사하고 돌아오는 길이었다. 오래전에 인류가 이루어 놓은 문명의 편린들을 직접 눈으로 확인한 감동이 채 가라앉기 전에 그 책이 발견되었기 때문에 우연한 일이 아닌 것처럼 생각되었던 것이다. "미궁에 미쳐 있었다"라는 문장은 그러니까 그 순간의 나의 그런 들뜬 기분을 간접적으로 드러낸 표현이라고 이해하면 좋을 것 같다.

나는 그 책을 쓴 장 델뤽이라는 사람이 누구인지를 알아내기 위해 파리의 한 대학 도서관을 찾아가기까지 했었다. 처음의 기대와는 달리 그는 역사가나 고고학자가 아니었고, 뜻밖에도 거의 이름이 알려져 있지 않은 소설가였다. 1891년에 태어나 1950년에 죽었고, 오랫동안 한 지방 신문의 편집자 일을 하다가 말년 무렵에 서너 편의 소설을 써낸 것으로, 내가 확인한 대학 도서관의 인명사전은 전하고 있었다.

고작 세 줄로 압축되어 소개된 그의 대표작은 《악몽》과 《어두운 외침》이었고, 그것들은 공포물로 분류되어 있었으며, 당연히 문학사적 의미를 거의 부여받지 못하고 있었다. 더욱 어이없게도 《미궁에 대한 추측》이라는 작품은 아예 언급조차 없었다. 따라서 나는 내가 찾고 있는 장 델뤽이 《악몽》과 《어두운 외침》을 쓴 그 장 델뤽인지 아니면 그 둘이 전혀 다른 사람인지 알 수 없었다. 나는 그 도서관에 장 델뤽의 저작이 소장되어 있는지 알아보았다. 다행히 《악몽》이 있었고, 나는 그 책의 작가 소개에서 《미궁에 대한 추측》이라는 제목의 소설을 찾아냈다.

그러니까 그렇게 해서 얻은 이 얇은 책도 분명하게 말하거니와 역사적인 자료는 아닌 셈이다. 추측하건대 이 책의 저자는 그저 신화와 역사의 수렁을 메우는 벽돌 조각 하나를 찾는 일 따위에 하릴없이 신명나하는, 나와 같은 부류의 몽상가이고, 그는 그러니까 자신의 머릿속에서 우글거리고 있는 그 허구의 생각들을 자유롭게 (소설이라는 비교적 자유로운 문학 장르에 기대어) 펼쳐 보이고자 했던 것 같다. 그의 책 속에 들어 있는 내용들이 뭐 특별히 새롭거나 기발한 것이라고 말할 수 없을지도 모른다. 그 내용들 가운데 일부는 내 머릿속으로도 수없이 들락날락하던 것들이었고, 미궁의 존재에 대해 궁금해하는 사람이라면 한 번 이상씩 머릿속에 떠올려 보았을 그런 상상들이다.

그럼에도 불구하고 굳이 내가 이 책을 번역하려고 하는 것은 이 이색적인 소재를 가지고 한 편의 작품을 만들어 낸 사람이 있다는 사실을 우연히 발견한 단순한 감격 때문인지 모른다. 그의 미궁은 나의 미궁이기도 하였던 까닭이다. 하지만 내가 처음부터 이 책을 번역하겠다고 나선 것은 아니었다. 나에게 이 책은, 그 작가의 미미한 존재와 더불어, 문학적 가치에 대한 믿음을 분명하게 심어 주지 못했다. 어느 곳에서도 나는 그 작가의 이름을 다시는 들어 보지 못했고, 이 책에 대해서는 더욱 그랬다. 이 책을 읽은 사람이 나 말고 또 누가 있었을지 의심스러웠다. 거기다 지적 호기심을 충족시킨다는 측면에서도 소수의 색다른 취향을 가진 몽상가들을 제외하면 그다지 유인력이 있어 보이지 않아서 오랫동안 소개할 생각을 하지 못했었다.

독자들은, 그러면⋯⋯? 하고 물을 것이다. 그렇다면 왜 이제 와서 번역하기로 했는가? 이 책의 문학적 가치에 대한 믿음이 갑자기 생겨나기라도 했다는 말인가. 지적 호기심의 충족이라는 측면에서 썩 유용한 텍스트로 다루어야 할 무슨 갑작스러운 사정이 생기기라도 했단 말인가. 바로 그렇다. 나는, 내가 장 델뢰의 《미궁에 대한 추측》을 번역하기로 한 동기 가운데 중요한 사실 한 가지를 감추고 있는데, 나중에 밝혀지겠지만, 그것은 최근 들어 그의 책에 나타난 내용을 단순히 공상에 불과하다고 내버릴 수는 없는 사정이 생겨났기 때문이다.

지난해에 그 궁전의 벽에서 새로 발견된 상형문자와 선문자線文字를 해독하는 데 성공한 한 연구가가 비교적 상세하게 미궁이 전립된 역사적 정황을 추적해 냈다는 소식은 이미 알려졌다. 그런데 장 델뢰이 1939년에 발행된 책에서 벌써 그 사실을, 물론 소설의 형식으로지만, 상당히 세밀하게 기록해 놓고 있는 것이다. 영국인 벤트리스가 최초로 선문자 B의 해독에 성공한 해가 1952년이었다는 사실을 상기한다면 이 저자의 직관은 참으로 놀라운 면이 없지 않다.

사람들은 문자 해독을 통해 미궁의 비밀을 벗겨진 사실만을 강조할 뿐, 이미 오십 년 전에 그 가능성을 추측했던 한 몽상가의 저작에 대해서는 전혀 언급하지 않는다. 그것은 물론 당연한 일이다. 요즘 사람들이 그 작품의 존재를 전혀 알지 못하기 때문이고, 또 그 작품이 잘 정리된 연구서가 아니라 창작물의 형식을 취하고 있기 때문이다.

나는 그 점이 몹시 안타까웠다. 나는 내가 가지고 있는 이 자료를 만인들 앞에 내놓는 것이 합당하다는 판단을 하기에 이르렀다. 그렇게 결정을 내리고 나자 엉뚱스레 사명감 같은 것이 생겨나기까지 했다. 이 무명의 몽상가에게 합당한 명예를 안겨 주어야 한다는 이상한 정열이 나를 이끌었다.

물론 그는 몽상가에 불과하고, 따라서 그것은 우연한 행운에 불과하다고 주장할 사람이 있을지 모르겠다. 하지만 그렇다고 하더라도 그의 공은 과소평가될 수 없다고 나는 생각한다. 대부분의 역사적인 발견들에는 우연한 행운이 큰 몫을 차지하고 있음을 알기 때문이다. 예컨대 슐리만이나 에번스가 크레타 - 미케네 문명의 흔적을 찾아낸 과정에도 그들의 집념과 노력을 가치 있게 만드는 초인간적인, 눈에는 보이지 않는, 우연한 손길이 개입해 있지 않다고 말할 수 없다는 말이다. 가령, 에번스가 미노스 왕조의 크노소스 문명을 발굴해 낸 영웅이 된 데에서도 우리는 보이지 않는 우연의 개입을 또렷하게 감지할 수 있다. 우연의 손길이 슐리만 대신 에번스를 택했음을 시사하는 일화가 있다. 슐리만은 트로이와 미케네를 발굴하고 나서 크레타 섬이 이 문명의 중심지였으리라고 추측했었다. 그리하여 그는 곧 이 섬에 대한 발굴 작업에 나섰다고 한다. 하지만 그는 그 땅의 주인이었던 한 터키인의 탐욕과 비열함을 참아 내지 못하고 그만 도중에 철수해 버린다. 그 때문에 크레타 섬의 크노소스를 발굴하는 행운이 영국의 고고학자 아서 에번스에게 넘어갔다고 전해진다. 그 터키인이 슐리만에게 조금만 호의적이었다면, 그리고 슐리만이 그 터키인의 탐욕과 비열함을 견딜 수 있을만큼의 여유만 있었다면, 아서 에번스에게는 그 행운이 찾아가지 않았을 것이다.

하긴 그것이 행운이었다 하더라도, 그 행운은 또한 그가 만들어 낸 것이라는 사실을 부정하면 안 된다. 모든 행운은 어느 만큼 우연에 의지하지만, 그 우연한 행운의 손은 맹목이 아니기 때문이다. 그런 점에서 아서 에번스의 행운이 그가 만든 행운이라고 평가된다면 장 델뢰의 업적이 설령 우연한 행운에 불과하다 하더라도, 그 역시 그의 몫을 정당하게 평가받아야 하지 않겠는가.

내가 이 책을 펴내기로 작정한 사연이다.

도대체 왜 미궁이어야 했는가. 누가 이런 미궁을 무엇 때문에 필요로 했는가. 그것이, 크레타 섬의 미궁에 관심 있는 사람들이 갖고 있는 호기심의 핵심이고, 또 이 책의 출발점이다.

이 질문에 대한 대답을 장 델뤽의 책에서 찾기 전에 우리가 먼저 참조해야 할 하나의 우뚝한 기둥이 있다. 우리는 그 기둥에 잠시 우리의 말을 묶어야 한다. 모든 세기와 모든 사회에 걸쳐 가장 많이 알려진 그리스 신화는, 신화의 형태로, 미노스 왕의 미궁에 대한 이야기를 전하고 있다. 이 신화에 의하면, 미궁을 만들도록 지시한 사람은 미노스 왕이고, 왕의 명령에 따라 직접 이 궁을 설계하고 만든 사람은 세공인細工人 다이달로스였다. 신화는, 계속해서 이 미궁이 무엇 때문에 만들어져야 했는지에 대해 언급한다. 미노타우로스라고 하는 괴물이 있다. 머리는 황소고, 몸뚱이는 사람인 이 반인 반우의 미노타우로스는 사람을 잡아먹는 식인 괴물이다.

이 괴물의 탄생에는 사연이 있다. 미노스 왕은 그에게 왕권을 보장해준 포세이돈과의 약속을 지키지 않았다. 왕은 바다의 신 포세이돈에게 자신의 왕권을 보장해 달라고 요청하고 그 증거로 바다에서 황소를 나오게 해달라고 빌었었다. 만일 포세이돈의 도움으로 자신이 계속 왕의 자리를 유지하게 되면 그 황소를 신에게 재물로 바치겠다고 기도했다. 그러나 그는 신과의 약속을 지키지 않았다. 바다에서 나온 포세이돈의 그 황소가 너무 아름다웠기 때문이다. 왕은 그 황소를 보는 순간 너무 마음에 들었고, 그 훌륭한 황소를 죽여 신들에게 바친다는 게 어쩐지 아깝고 억울하다는 생각이 들었던 것이다. 포세이돈은 화가 났다. 그리스 신화에서 신들은 화를 잘 내고, 화가 나면 반드시 보복을 한다. 그리고 신들이 인간에게 보복하기 위해 흔히 사용하는 방법 가운데 대표적인 것은 사람의 마음을 붙잡아 일종의 최면을 거는 것이다.

포세이돈은 미노스의 아내인 파시파에로 하여금 그 황소를 사랑하도록 만들어 버린다. 이 최면은 신이 건 최면이기 때문에 빠져나갈 수가 없다. 최면에 걸려 황소를 사랑하게 된 파시파에는 애가 타고, 마침내 자신의 사랑을 이루기 위해 조언자를 찾아간다. 다이달로스가 그 사람이다. 왕비는 다이달로스에게 그 황소와의 사랑을 이룰 수 있게 해달라고 부탁한다.

신화에 의하면, 예술가의 창조적 영감으로 빛나는 이 흥미 있는 세공인 다이달로스는 나무로 소의 모형을 만들어 암소 가죽을 씌우고, 그 속에 왕비를 숨겨 소들이 뛰노는 목장에 놓아두었다고 한다. 그러자 황소가 이 모형을 암소로 착각하고 접근한다. 그리하여 파시파에는 자신이 최면에 걸린 줄도 모르고 황소와의 사랑을 이룬다. 그 얼마 후 그녀는 머리는 황소고, 몸뚱이는 사람인 괴물을 낳는다. 이 괴물이 바로 미노타우로스다.

괴물은 위험했다. 신화는 이 괴물이 사람을 잡아먹었다고 전한다. 미노스 왕은 그의 아내인 파시파에가 그런 것처럼 다이달로스를 찾는다. 다이달로스는 자신의 직업과 상관없이 이 왕의 가문에서 매우 중요한 역할을 맡아 하는데, 그것은 상담자 또는 조언자의 역할이다. 왕은 다이달로스에게 이 괴물을 가두어 둘 건물을 짓도록 지시한다. 일단 안으로 들어가면 아무도 나올 수 없는, 미로와 미로로 이어진 건물, 그 안에 우두인신牛頭人身의 괴물을 가둔다. 미궁은 그렇게 만들어졌다.

계속 전하는 신화에 의하면, 미노스 왕은 아테네 여행 중 갑자기 변을 당한 자기 아들의 죽음에 대한 책임을 물어 아테네를 공격하는데, 그 싸움에서 이긴 왕은 아테네인들에게 구 년마다 한 번씩 미소년과 미소녀 일곱 명씩을 바치라고 요구한다. 이 열네 명의 소년과 소녀들은 미궁에 갇힌 미노타우로스에게 인신 공양으로 제공된다. 그런데 어느

해 이 일곱 명의 소년들 속에 아테네의 왕자 테세우스가 자진하여 섞인다. 그리고 이 용감한 아테네의 왕자는 사랑에 빠진 미노스의 공주 아리아드네의 도움을 받아 미노타우로스를 무찌르는 데 성공한다.

신화는 테세우스를 처음 본 순간 공주의 마음이 흔들렸다고 말한다. 그녀는 속국의 왕자에게 한눈에 반해 미궁의 설계자 다이달로스를 조른다. 미궁에 들어가서 살아나올 수 있는 방법을 알려 달라고. 다이달로스는 단순한 세공 기술자가 아니다. 그는 매우 특별한 존재다. 아버지와 어머니와 딸이 모두 다이달로스에게 의지한다.

다이달로스는 망설임 끝에 누구에게도 발설해서는 안 되는 그 미궁의 비밀을 공주에게 알려 준다. 실타래의 한끝을 미궁의 입구에 묶어 놓고 풀면서 들어간 다음 그 실을 되감으면서 나오면 그곳을 어렵지 않게 빠져나올 수 있다는 것이었다.

테세우스는 공주가 알려 준 방법대로 하여 미노타우로스를 죽이고 미궁을 빠져나온다. 그러고는 아리아드네 공주와 함께 배를 타고 아테네로 도망쳐 들어간다. 아마도 그녀는, 조국 또는 혈육과 사랑 사이에서 망설임 없이 사랑을 택한 최초의 여자였으리라. 한편 왕의 명령을 어기고 미궁의 비밀을 발설한 다이달로스는 아들 이카로스와 함께 자신이 만든 미궁에 갇히는 것으로 되어 있다.

이 유명한 이야기는 크노소스의 미궁이 발견됨으로써 역사적인 근거가 없는 황당무계한 신화에 지나지 않는다는 누명을 벗었다. 니코스 카잔차키스는 실제로 이 익숙한 신화를 기본 골격으로 하고 에번스에 의해 발굴된 여러 유적들을 참고하여 매우 재미있는 한 편의 소설을 쓰기도 했다. 몇 가지 사소한 의도적인 왜곡을 제외하면(가령 아테네인들로부터 구 년마다 한 번씩 받은 것으로 되어 있는 인신 공양을 일 년마다 한 번씩으로 바꾼 것과 같은) 니코스 카잔차키스는 그리스 신화가 전하는 이야기에 거의 충실히 따르고 있다. 그는 미노타우로스라고 하는 괴물의 존재를 의심 없이 받아들인다.

어떻게 그럴 수 있을까. 그는 진정으로 반인 반우의 그 괴물이 아테네의 청소년들을 잡아먹었다는 이야기를 사실로 믿었던 것일까. 대답할 수 없다. 우리는 그의 《미노스 궁전에서》가 하나의 소설이라고 하는 점을 인정해야 한다. 아울러 소설적 진실이란 게 따로 있을 수 있다는 사실도 인정하는 것이 좋겠다. 예를 들면, 니코스 카잔차키스는 그 이야기를 역사적인 사실로는 믿지 않으면서, 소설적 진실로는 받아들였을 수 있다는 것이다. 그리고 그는, 대부분의 작가들이 그러하듯이 자신 속에서 아무런 모순이나 괴리도 느끼지 않았을 것이다. 왜냐하면 그는 역사가가 아니라 소설가이기 때문이다. 우리는 점을 이해해야 한다. 소설가는 증거하거나 논쟁하기 위해 글을 쓰는 것이 아니라 이야기를 들려주기 위해 글을 쓰는 사람이기 때문이다.

만일 우리가 이 지중해 출신의 소설가가 쓴 소설에 전적으로 의지하여 미궁의 비밀을 캐내려 한다면, 아무런 혼란도 느낄 필요가 없을 것이다. 왜 미궁이 필요했는가. 우리는 니코스 카잔차키스가 그런 것처럼 신화의 목소리에 귀 기울이면 그만이다. 왜 미궁이 필요했는가. 미노타우로스라고 하는 반인 반우의, 식인 괴물이 있었다. 그 괴물을 가두기 위해서 미노스 왕은 한번 들어가면 도저히 밖으로 나올 수 없는 건물을 짓도록 명령했다.

그렇지만 만일 우리가 미노타우로스라고 하는 괴물의 존재를 비신화화하여 역사의 빛 아래서 조명하려고 한다면 이야기는 썩 많이 달라지게 된다. 우리는 소설가가 쓴 소설을 재미있게 읽지만, 우리는 소설가가 아니다. 소설가가 소설적 진실을 갖고 있는 것처럼 독자들도 자기가 읽은 소설 속에서 소설적 진실이라는 것을 발견한다. 소설적 진실이라는 말 속에는 역사적 허구, 또는 허구적 역사라는 카드가 겹쳐져 보인다.

신화란, 일반적으로 이해하고 있는 것과 같은 비중으로 종교적인 기원에 연결되어 있는 것은 아니다. 신화들은 문학적 욕구에 의해 더 많이 태어났다고 해야 할 것이다. 말하자면 신화들은 일종의 구전 문학, 즉 사람들 속에서 거의 자연 발생적으로 만들어져서 시간과 사람들 사이를 떠돌아다니던 거대한 이야기 덩어리들이었을 것이다. 이야기들은 상상력의 산물이지만, 그래서 자유롭게 허공을 날아다니지만, 그 상상력은 땅의 견고함에 기초하고 있다. 사실의 기반 위에서만 상상력은 날개를 단다. 그러므로 우리가 어떤 이야기 속에 묻어 있는 상상력의 층을 구별해 낼 수만 있다면, 우리는 그 이야기를 붙들고 있는 본래의 역사적 사실에 접근할 수 있을 것이다.

옷은 몸을 감싸고 있다. 옷은 몸에 붙어 몸을 풍부하게 한다. 어떤 옷은 화려하고 어떤 옷은 고상하다. 어떤 옷은 고급스럽고 어떤 옷은 촌스럽다. 어떤 옷은 운동할 때 입고, 어떤 옷은 잠잘 때 입는다. 입고 있는 옷의 질감과 색깔과 디자인에 따라 같은 사람도 다르게 보인다. 그렇지 않다면 우리가 무엇 때문에 제각기 다른 여러 벌의 옷을 가지고 상황에 따라 갈아입으려 하겠는가.

옷을 벗지 않으면 몸이 보이지 않는다. 몸을 보기 위해서는 마땅히 옷을 벗어야 한다. 옷이 날개라는 말은 옳다. 상상력이 날개라는 말도 옳다. 우리는 몸에 이르기 위해 옷을 벗는(긴)다. 이것을, 한 신학자가 신약 성서 속의 예수 연구를 하면서 사용했던 용어를 빌려와 '비신화화'라고 불러 보자. 왜 비신화화가 필요한가. 그것은 왜 옷을 벗는— 벗기는—일이 필요한가, 하는 질문과 그 구조가 같다. 몸에 이르기 위해서 '비非옷화'가 필요하다. 해석되지 않은 텍스트는 벙어리에 다름 아니다. 그것은 우리에게 아무것도 전해 주지 않는다. 벙어리는 말을 하지 못하기 때문이다.

도대체 미궁은 왜 만들어졌을까. 그리고 그곳에서는 무슨 일들이 일어났을까.

이 신화에서, 우리가 제일 먼저 옷을 벗길 대상은 미노타우로스다. 이 괴물이야말로 미궁의 비밀을 가두고 있는 가장 무겁고 큰 자물쇠다. 이 자물쇠를 풀 수만 있다면, 우리는 미궁의 매우 깊은 곳까지 이를 수 있을 것이다. 이 괴물은 무엇이었을까. 이 괴물에게서 옷을 벗겨 내면 무엇이 나올까.

장 델뤽은 기원전의 한 역사가의 견해를 우리에게 소개한다. 필로크로스라고 하는 이 역사가는 이미 기원전 3세기쯤 전에 미노타우로스를 나름대로 비신화화하려고 했다. 그의 해석에 따르면, 주기적으로 아테네의 젊은이들을 잡아먹은 괴물로 묘사된 미노타우로스는 사실은 괴물이 아니었다. 그는 단지 보통 사람보다 힘세고 용맹스러운 그 나라 최고의 용사일 뿐이었다. 에게 해 일대에서는 과격하고 거친 운동 경기가 유행했는데, 각종 운동 경기를 석권한 승리자에게는 '황소'라는 뜻의 '타우로스'라는 이름이 붙여졌다고 한다. 이 경기의 우승은 큰 영광이어서 우승자는 당대 최고 시인들의 헌시의 대상이 되곤 했었다. 이 타우로스는 미노스 왕의 군대를 지휘하는 지휘관이 되었으므로, 미노스의 타우로스, 즉 미노타우로스라고 불리었을 것이라고 해석한다. 그리고 식민지에서 끌려온 아테네의 소년 소녀들은 이 타우로스에게 상으로 주어졌던 것이다.

이 해석은 상당히 그럴싸하다. 당대 최고의 용사에게 부여된 황소라는 이름이나, 그의 초인간적인 힘에 대해 평범한 백성들이 품었을 외경심과 공포심이 반인 반우의 괴물을 상상하게 했을 수 있다. 그러나 아쉽게도 필로크로스의 이 해석은 미노타우로스에게만 집착한 나머지 미궁의 존재를 전혀 언급하지 않고 있다. 마치 미궁에 대해서는 아무런 관심도 없다는 듯이. 그런 것이 있기나 했느냐는 듯이.

《미궁에 대한 추측》의 저자는 그 사실을 지적한다. 혹시 미궁과 미노타우로스 가운데 하나를 무시해야 한다면 그것은 미노타우로스여야 하지, 미궁이 아니다. 필로크로스는 이해하지 못했을지 모르지만, 우리에게 미궁의 존재는 엄연하다. 미궁을 해석하지 않고 이 신화를 풀려고 함으로써 필로크로스는 스스로 자신의 해석이 갖는 한계를 인정했다. 어떤 이유에서인지 미궁에 대해 언급하지 않음으로써 그의 퍽 재치 있는 미노타우로스 해석은 장 델뢰의 지지를 얻는 데 실패한다.

이 얇은 책은 그러면 미궁에 대해 무엇을 말하려 하는가. 번역자인 내가 이 책의 서두에 저자의 말들을 주절주절 옮겨 놓는 것은 저자에게도, 또 호기심을 가지고 이 책에 접근할 독자들에게도 온당한 일이 아닌 줄 안다. 하지만 먼저 읽은 독자의 입장에서 이 책이 어떤 구조를 가지고 있으며, 그 구조 안에 담겨진 내용의 핵심이 무엇인지를 귀띔해 주고 싶은 욕구를 억누르지 않는다고 해서 크게 허물이 되리라고 생각지는 않는다.

등장인물은 넷이다. 한 사람은 건축가이고, 또 한 사람은 법률가이고, 나머지 두 사람은 종교학자와 연극배우다. 이들은 어느 날, 우연히 한 여관에 묵게 된다. 그리고 고전적인 추리 소설의 발단이 대개 그런 것처럼 (이 책의 저자가 그런 유의 소설을 적어도 두 편 이상 썼다는 사실을 상기할 것) 이틀 낮 이틀 밤 동안 폭설이 내려 길이 끊어지고, 닷새 동안이나 발이 묶이게 된다. 그들은 식당에 모여 인사를 나누고, 트럼프를 하고, 장기를 두고, 책을 읽고, 노래를 부른다. 그래도 길이 끊어졌다는 불안과 무료는 사라지지 않는다.

어느 날 밤, 연극배우가 한 가지 제안을 한다. 지금까지 각지를 여행하면서 보거나 듣거나 경험한 것 가운데 가장 재미있는 이야기를 차례대로 하나씩 하자. 이 제안은 그곳에 모인 모든 사람들의 환영을 받는다. 연극배우가 먼저 시작하고 종교학자가 그 다음 순서를 맡았다. 건축가에게 차례가 돌아왔을 때, 그는 한때 번창했던 에게 해 일대의 눈부신 문명에 대해 이야기한다. 그리고 그는 미노스의 미궁에 대한 자신의 남다른 관심을 드러낸다. 그 이상한 건축물은 이집트의 피라미드와 함께 오랫동안 그의 호기심의 대상이 되어 왔었다는 것이다.

그의 고백이 발단이 되어 좌중의 분위기가 새롭게 변한다. 그 미궁은 누가 어떤 필요에 의해 건축했을까. 그곳에서는 무슨 일들이 일어났을까. 이 의문에 대한 각자의 견해들이 활발하게 논의되기 시작한 것이다. 사람들은 무료하던 차에 마침 시간을 보낼 거리가 생겨서 잘되었다는 듯이 갑자기 이상스러운 열기를 가지고 이 토론에 덤벼든다. 점차 열기가 고조되면서 목소리도 높아진다.

물론 이 토론은 특별한 격식 같은 것에 구애되지 않고 자유롭게 진행된다. 여기서 불쑥 한마디 하면, 저기서 또 불쑥, 하는 식이다. 이야기되는 내용에도 제한이 있을 수 없다. 그들은 마음껏 자신들의 상상력을 발휘했다. 마치 그들의 발을 묶어 놓은 폭설에 화풀이라도 하려는 듯이 밤을 새워 대화를 나눈다. 그들이 대화를 마치고 일어났을 때, 창밖은 환하게 밝아 있었고, 그 지독하던 눈보라도 그쳐 있었다.

이 책의 거의 대부분은 그러니까 그날 밤에 그들이 나눈 대화들을 그대로 옮겨 놓은 기록인 셈이다. 자신의 상상력에 불필요한 제한을 가하기를 좋아하는 독자가 아니라면 누구나 이 흥미진진한 상상력의 성찬에 쉽게 매료될 것이라고 나는 생각한다.

나는 여기에 그 네 사람의 인물들이 미노스의 미궁에 대해 추측하고 있는 바를 간단하게 요약하고 싶은 충동을 느낀다. 부디 나의 주책없는 친절을 너그럽게 이해해 주기 바란다. 만일 작가의 입을 통해 곧바로 미궁의 진실에 다가가기를 원하는 독자가 있다면, 나의 이 시답잖은 친절을 과감하게 건너뛰는 것도 나쁘지 않을 것이라는 충고를 첨가해 둔다.

먼저 법률가의 견해. 나는 그리스 신화가 미노타우로스라고 하는 식인 괴물을 가두기 위한 목적으로 이 궁전을 만들었다고 전하는 사실에 가장 먼저 주목한다. 그리고 신화가 역사적 사건을 사실 그대로는 아니지만, 은유적으로 담고 있다는 점을 전제한다.

미노스 왕 시절의 크레타에는 절대 왕정이 수립되어 있었고, 무적의 함대를 가지고 바다를 제패한 미노스 왕은 주변 일대에 여러 속국들을 거느리고 있었다. 신화는 아테네가 크레타의 식민지였을 것임을 암시하고 있지 않은가. 최초의 발굴자 에번스는 특히 미궁이 발견된 크노소스가 정치, 경제의 중심지로서 인구가 약 8만에 이르렀을 것이라고 추정하였다. 그쯤 되면 사회를 어지럽히는 흉악범들이나 보안 사범들도 상당히 늘어났을 것이라는 추측이 자연스럽다. 또 자국의 독립을 쟁취하기 위해 크고 작은 소요를 일으키는 식민지 국가의 열혈 당원들도 꽤 있었을 것이다. 거기다 전쟁 포로들까지 합치면 사회로부터 격리해야 할 숫자가 적지 않았을 것이라고 추측할 수 있다.

말하자면, 이 특이한 양식의 건축물은 중형을 선고받은 죄수들을 사회로부터 격리하기 위해 만들어진 감옥이었을 것이다. 법률가는 덧붙인다. 어쩌면 크레타 섬에서는 사형 제도라는 것이 따로 없었을지 모른다. 이 건물을 말하자면 사형틀이나 마찬가지가 아니었을까. 죄수들은 이곳에 한번 들어가면 다시는 세상 구경을 할 수가 없었을 테니까. 크노소스 말고도 크레타 섬 일대의 다른 지역에서 이와 유사한 양식의 건축물이 더 발견되었다는 점이 이 추측을 지원한다.

종교학자는 견해가 다르다. 그는 종교학자답게 이 미궁을 일종의 신전으로 이해하고 싶어한다. 지중해 일대를 장악하여 역사 이래 가장 강력한 왕국을 건설한 미노스 왕은 전체 백성들을 하나로 통합할 모종의 상징체계를 필요로 했고, 숙고 끝에 정교한 하나의 신화를 만들어 제공하기로 결정했을 것이라는 게 그의 해석의 출발점이다.

이 경우 미노타우로스는 괴물이나 죄수의 총칭이 아니라 신적 숭배의 대상이 된다. 미노타우로스는 실재했을 수도 있고, 실재하지 않았을 수도 있다. 이래도 좋고 저래도 상관없다. 필요하고 중요한 것은 사람들로 하여금 공포와 경외의 대상인 미노타우로스가 존재한다는 사실을 믿게 하는 것이다. 종교는, 초월적 존재가 있느냐 없느냐가 아니라, 그것을 믿느냐 믿지 않느냐가 문제인 세계다. 믿지 않는 자에게는 있어도 없고, 믿는 자에게는 없어도 있다. 실은 그것이 신의 정체다.

그렇다면 미궁은 왜 미궁이어야 했을까. 그곳에는 미노타우로스, 즉 신적 존재가 살기 때문이다. 미궁에는 아무도 들어가지 않으려 한다. 왜 그랬을까. 그곳에 들어가면 다시는 밖으로 나올 수 없다는 풍문이 그 이유 가운데 하나다. 그러나 더 분명하고 확실한 대답은 그곳에 미노타우로스가 살고 있기 때문이라는 것이다. 미노타우로스는 가까이 할 수도 없고 그래서도 안 되는 존재다. 왜? 그는 사람과는 다른 존재니까. 그에게 노출되는 것은 곧 죽음을 의미한다. 미노타우로스가 괴물이기 때문이 아니라 미노타우로스가 신성한 존재이기 때문이다.

고대인들에게 신성한 것은 곧 두려움의 대상이고, 그것에 접촉하는 것은 불경이다. "신을 본 자는 죽는다." 종교학자는 강조한다. 미궁은 신적 숭배 대상인 미노타우로스를 더욱 신비화하고 성스럽게 하기 위해 고안된 특별한 양식의 신전이었을 것이다. 아테네의 젊은이들이 미노타우로스에게 제물로 바쳐졌다는 전언이야말로 이 미궁이 종교적인 목적으로 건축되고 활용되었을 것이라는 추측을 지원하는 결정적이 증거다. 아마도 크레타 섬의 군주는 미궁 안의 신성한 존재로 하여금 반인 반우의 형상을 갖게 하여 더욱 신비감을 더하고, 또 그에게 인신 공양을 받게 함으로써 일반인들의 공포심을 증폭시켜, 보다 효과적으로 통치하려 하였는지 모른다.

다음은 건축가의 견해. 그의 해석은 유별나다. 그는, 앞서의 법률가나 종교학자가 그런 것처럼 건축가답게 상상한다. 그에 의하면, 미궁은 창의력이 분출하는 한 예술가의 작품이다. 그는 다이달로스라는 이름의, 신화 속에서 세공인으로 나오는 인물을 부각시킨다. 그는 누구였을까. 실마리를 거기서부터 찾아보자고 그는 제안한다. 다이달로스는 누구였을까. 그의 이름에는 '교묘한 공인工人'이라는 뜻이 있다. 그는 아들 이카로스와 함께 갇혀 있던 미궁에서 밀랍으로 날개를 만들어 붙이고 탈출하는 데 성공했던 인물이다. 그는 장인이었고, 발명가였으며, 또 비범한 예술가였다. 미궁만이 아니라 그곳에서 발견된 모든 신상들과 조각들이 아마도 그의 작품이었을 것이다. 그의 특별한 재능은 왕이곧 법인 그 나라에서 그의 위상을 매우 특별하게 만들어 주었을 것이라고 추측할 수 있다. 그리고 그는 과학자일 뿐 아니라 본질적으로 예술가였기 때문에 실용성과는 상관없는 건물을 짓고 싶은 욕망을 품었을 것이라고 상정해 보자.

예컨대 이 세상에서의 삶을 마감할 때가 가까워졌음을 감지한 늙은 예술가는 군주에게 봉사하기 위해서가 아니라 자신의 욕망에 봉사하기 위해서 자신의 생애 최후의 걸작을 만들고 싶었다. 그는 쓰임새를 염두에 두지 않은 작품을 구상했다. 그리고 그를 신임한 군주는 그에게 그 복잡하고 특별하고 쓸모없는 건축물의 설계와 건설을 허용했을 수 있다. 안정된 사회 분위기와 최강대국을 만들어 놓은 미노스 왕의 여유와 허세가 그 정도의 도락을 가능하게 하지 않았을까. 그리하여 다이달로스는 그 자신의 남은 인생을 이 필생의 작업에 걸었을 것이다.

미궁의 비밀을 발설한 죄로 아들과 함께 자신이 만든 미궁에 갇히는 신세가 되고 말았다는 신화적 발언은 어쩌면 그가 스스로 사신의 최고의 작품 속으로 들어가 그 작품의 일부가 되었다는 사실을 돌려서 말한 것이 아닐까. 그는, 말하자면 한번 들어가면 누구도 밖으로 나올 수 없는(심지어는 그 자신조차) 정교하고 교묘한 건축물을 설계했을 것이다. 그리고 실제로 그 자신이 그곳에서 빠져나오지 못함으로써 그 건물이 본인의 의도대로 완성된 완벽한 작품임을 자신과 세상에 증명해 보인 것이 아니겠는가.

이 건축가의 추측을 연장해 나가면, 우두 인신의 괴물 미노타우로스에게 정기적으로 희생된 아테네의 젊은이들은 이 신기하고 복잡한 건물에 달라붙은 믿을 수 없는 단서 조항(들어가면 나오지 못한다는)에 콧방귀를 뀌며 의심을 표명했던 일단의 모험심 많은 젊은이들로 해석할 수 있다. 들어가는 곳이 있으면 나오는 곳도 있다고 그들은 생각했을 것이고, 그렇게 큰소리쳤을 것이다. 그러나 미궁 속으로 들어간 그들 젊은이들은 영영 밖으로 나오지 못했을 것이다. 이런 이야기들이 시간이 지나면서 조금씩 변질되어 미궁에는 사람을 잡아먹는 흉악한 괴물이 산다는 식으로 구전되었을 것이다.

건축가의 해석은 법률가나 종교학자의 그것에 결코 뒤지지 않는다. 나는 그 세 인물들의 견해 속에 들어 있는 뛰어난 상상력의 자유로운 발산에 매료되었다. 그렇지만 마찬가지로 매력적이고, 인상적인 생각이 하나 더 준비되어 있다. 네 명의 인물 가운데 가장 많은 대사를 부여

받고 있는 이 마지막 인물은 연극배우다. 그의 설명은 연극배우답게 훨씬 구체적이고 상세하다.

그는 한 편의 재미난 드라마를 상상해 낸다. 미궁은 무얼 하는 곳이었고, 그것은 누가 무엇 때문에 만들었을까. 그도 건축가와 마찬가지로 다이달로스라고 하는 장인을 이 드라마의 주인공으로 설정한다. 그가 설정하는 또 한 명의 주인공은 미노스 왕의 부인인 파시파에다. 신화 속에서 포세이돈의 황소에 반해 다이달로스에게 도움을 청하고, 다이달로스의 도움을 받아 황소와 사랑을 나누고, 그 결과 황소 머리에 사람의 몸을 한 괴물을 낳았다고 전해진 여자다.

그런데 연극배우는 이 파시파에의 연인으로 황소 대신 다이달로스를 지목한다. 파시파에가 사랑한 '포세이돈의 황소'는 바로 다이달로스였다는 것이다. 다이달로스의 풍부한 예술적 기질과 현실 밖의 세계에 대해 자주 관심을 기울이는 그의 자유분방한 정신은 정복자이고 무사인 남편과는 사뭇 다른 인상을 주었을 것이고, 만일 그녀가 그전부터 남편에 대해 불만이 많기라도 했었다면, 의외로 쉽게 다이달로스에게 빠져들었으리라고 추측해 볼 수 있지 않을까.

그녀가 황소를 사랑한다고 알려진 것은 그렇다면 무슨 연고인가. 그것은 다이달로스가 밤늦은 시간에 왕의 아내인 파시파에를 만나러 갈 때 자신이 직접 만든 황소 가면을 뒤집어쓰고 왕궁을 출입했기 때문이라고 연극배우는 해석한다. 그가 소의 모형을 만들어 왕비에게 씌워 준 것이 아니라 그 자신이 쓰고 다녔다는 것이다. 아무리 조심을 했다 하더라도 밀애를 위해 왕궁을 드나드는 이 황소가 사람들 눈에 띄지 않을 까닭이 없었을 것이다. 그리하여 사람들 사이에 황소 머리를 한 괴물에 대한 소문이 들끓기 시작한다. 나중에는 그 괴물이 용모가 아름다운 젊은 남녀들만을 잡아먹는다는 식으로 확대되기에 이른다. 가만 놔두면 잠잠해질 것으로 기대했던 소문은 시간이 흐르면서 점점 악성으로 변해 가고, 크노소스만 아니라 크레타 섬 전체로 퍼져 나가고 만다.

그 일로 민심이 흉흉해지고 사회가 불안해지자 왕은 온 나라에 비상 사태를 선포하고 이 괴물을 잡아내라고 명령한다. 그러나 온갖 칼 쓰는 무사들과 힘깨나 쓴다는 용사들이 달려들지만, 아무도 성공하지 못한다. 온 나라 안이 더욱 시끌시끌해지고, 백성들의 불만은 높아만 간다. 울화통을 끓이고 있는 왕에게 누군가 한번 들어가면 다시는 나올 수 없는 미궁을 만들어 괴물을 가두라고 진언한다. 그 진언자는 누구였을까. 아마도 다이달로스 자신이라는 편이 가장 적절할 것이다. 그 소문 속의 괴물의 존재를 믿지 않는 단 두 사람 가운데 한 사람이 그였다. 그런데도 그는 짐짓 그 소문을 그대로 믿는다는 태도를 취한다. 그의 제안은 자신의 왕국이 혼란해지는 것을 가장 두려워 한 왕에 의해 선택의 여지가 없는 것으로 받아들여진다.

왕은 묻는다. 누가 그런 건물을 설계할 수 있는가. 다이달로스가 대답한다. 제가 할 수 있습니다. 왕이 다시 묻는다. 누가 그 건물 안으로 그 신출귀몰하는 괴물을 잡아넣을 수 있는가. 다이달로스가 다시 대답한다. 제가 할 수 있습니다. 왕이 고개를 갸웃한다. 이 나라의 뛰어난 무사들과 용사들이 성공하지 못한 일이다. 건축가인 그대가 어떻게 한다는 말인가. 다이달로스가 또 대답한다. 괴물과의 싸움은 힘이나 무기로 하는 것이 아니옵니다. 그런 것은 사람과의 싸움에나 유용할 뿐입니다. 괴물은 초인입니다. 힘으로는 초인인 괴물을 이기지 못합니다. 왜냐하면 언제나 괴물이 사람보다는 힘이 세기 때문입니다. 괴물은 그래서 괴물입니다. 괴물을 이기기 위해 필요한 것은 힘이 아니라 책략과 지혜입니다. 왕이 고개를 끄덕이며 묻는다. 그대에게 그런 책략과 지혜가 있는 줄 내 오래전부터 인정해 오고 있는 터이다. 하지만 어떻게 하겠다는 말이냐. 다이달로스가 가장 공손하게 머리를 숙이고 대답한다. 송구스럽사오나 그것을 이 자리에서 말할 수가 없습니다. 계략은 입으로 말해지는 순간 이미 계략이 아닙니다. 계략은 정신의 힘이고, 그것은 흡사 마법과도 같은 것입니다. 말을 하면 그 말은 공기가 삼키고, 그러면 그 순간 마력을 잃게 되고 맙니다. 괴물은 공기 속에서 우리들의 지혜와 책략을 눈치 채고 말 것입니다. 왕은 고개를 끄덕이고 그리고 말한다. 좋다. 그대에게 미궁의 설계와 건축을 맡기겠다. 되도록 빨리 괴물을 잡아들여 온 나라의 소란을 막아 주기 바란다. 필요한 경비와 장비와 인력은 원하는 대로 청하라.

이 견해를 경청하면, 다이달로스가 미궁을 만든 것은 그의 예술가적 욕구 때문이 아니다. 라비린토스는 다이달로스가 예술혼의 산물이 아니라, 이 연극배우의 상상에 의하면, 사련邪戀의 산물이다. 그는 그가 섬기는 군주의 아내와의 허락되지 않은 사랑을 나눌 그들만의, 은밀한 공간을 확보하기 위해 자신의 재주를 발휘했다. 어쩌면 그 미궁 건설이라는 아이디어는 애인인 파시파에의 머리에서 나온 것인지도 모른다.

어쨌거나 다이달로스는, 자기 말고는 누구든 한번 들어가면 다시는 밖으로 나올 수 없는 복잡한 건축물을 설계하는 데 성공한다. 그리고 이제 그는, 자신만이 알고 있는 통로를 이용해 그곳에서 마음 놓고 애인을 만난다. 미궁이 완성된 후 황소 머리를 한, 식인 괴물에 대한 소문은 잠잠해지고 나라는 다시금 평온을 되찾는데, 그것은 그 황소 머리를 한 괴물이 미궁 속으로 들어갔기 때문이다. 괴물이 산다는 미궁 근처로 접근하는 사람도 없었으므로 소문은 곧 사그라들었던 것이다.

연극배우는 여기서 자신의 드라마를 멈추지 않고, 테세우스에게로 자신의 상상을 밀고 나간다. 그렇다면 미궁 속으로 들어가 미노타우로스를 죽이고 나왔다는 테세우스는 누구였으며 실제로 그가 한 일은 무엇이었을까. 연극배우는, 미노스 왕과 파시파에의 딸인 아리아드네 공주(신화 속에서 첫눈에 테세우스에게 반해 그에게 미궁의 비밀을 가르쳐 주었다고 나오는)가, 테세우스가 아니라 바로 다이달로스를 사랑했을지 모른다고 추측한다. 그렇게 가정을 세우면 자신의 드라마를 그럴듯하게 완성시킬 수 있다는 것이 그의 설명이다. 그리하여 그의 드라마는 비극을 향해 달려간다. 다이달로스를 사랑했던 아리아드네는, 자신의 사랑을 받아 달라고 간청한다. 그러나 다이달로스는 냉담하기만 하다. 그로서는 어머니와 딸을 함께 사랑할 수 없었을 것이다. 낙심해 있던 아리아드네는 우연한 기회에 다이달로스가 그녀의 어머니인 파시파에를 사랑하고 있다는 사실을 알아차린다. 분노에 사로잡혀 자신의 감정을 추스르지 못한 아리아드네는 그 비밀을 아버지인 미노스에게 일러바치는 대신 오래전부터 자기에게 사랑을 갈구해 온 테세우스에게 말한다. 그리고 약속한다. 미궁 속에 들어가 다이달로스를 죽이면 그대의 사랑을 받아들이겠노라고. 테세우스는 용기를 내어 미궁 속으로 들어간다. 그리고 그는 다이달로스를 처치했다는 증거로 황소 가면을 들고 나온다. 테세우스는 파시파에까지 죽일 수 없었다. 아리아드네도 그것까지 요구한 것은 아니었다. 그러나 파시파에는 다이달로스와 함께 미궁 속에서 나오지 않았다. 그녀는 애인과 함께, 애인 곁에서 죽는 쪽을 택했다……. 연극배우의 드라마는, 얽히고설킨 남녀 간의 애증으로 얼룩져 있고, 모든 러브 스토리가 그러한 것처럼, 비극으로 끝이 난다.

　장 델뢰은, 명시적으로는 이들 네 명의 등장인물 가운데 어느 편도 들지 않는다. 연극배우에게 가장 많은 대사를 주고 있는 것이 사실이긴 하지만, 그것은 연극배우라는 인물의 성격을 고려한 때문일 것이다. 말하자면, 그는 한두 마디 설명으로 자신의 견해를 풀어내는 대신 한 편의 길고 복잡한 드라마를 재현해 보이는 쪽이 연극배우의 역할에 더 잘 어울린다고 판단했을 것이다.

저자 스스로 서문에서 밝히고 있는 것처럼 애초에 그는 무슨 결론을 이끌어 낼 생각 같은 것은 없었다. 그는 단지 자신의 머릿속에서 오랫동안 숙성된, 저 오래전 크레타 섬에 실재했던 미궁과 관련된 상념들을 자유롭게 풀어 놓고 싶었을 따름이었다. 그는 객관적인 결론을 유추해내기 위해 이 글을 쓴 것이 아니었고, 마찬가지로 논쟁을 하거나 자료를 제공하기 위해서 이 글을 쓴 것도 아니었다. 그는 서문을 통해 이 책이 허구임을 분명히 밝히고 있고, 제목도 '추측'이라는 단어를 쓰고 있다. 그러니까 이들 네 개의 상상 가운데 어느 하나가 진실이고, 나머지는 거짓이라는 식으로 말하는 것은 그의 뜻을 거스르는 것이고, 따라서 온당한 일도 아닐 것이다. 설령 고고학적 자료들에 의해 역사적 사실이 무엇인지 비교적 선명하게 드러났다 하더라도 사정은 다르지 않다.

차라리 그 네 사람의 입을 통해 말해진 각기 상이한 해석들이 모두 나름대로의 진실을 담고 있다는 편이 보다 진실에 가까울 것이다. 왜냐하면 장 델뤽은 이 네 개의 해석 가운데 어느 하나도 버리고 싶지 않았을 터이므로. 하나의 사실을 둘러싸고 있는 네 개의 각기 다른 진실. 이것은 개수의 문제가 아니라, 객관적 사실과 주관적 진실 사이의 문제다. 사실은 딱딱하고 고정되어 있지만, 진실은 부드럽고 유연하다. 진실이 넷인 것은 네 명의 인물, 네 개의 정황이 있기 때문이다.

거듭 말하지만, 그는 학자가 아니라 작가였고, 연구를 한 것이 아니라 작품을 쓴 것이었다. 마치 그의 글의 어느 부분에서, 미궁이 실용적인 목적과는 상관없이 단지 다이달로스의 예술적 욕구를 충족시키기 위해 만들어졌다고 상상된 것처럼, 그 역시 이 책을 실용적인 목적을 떠나 단지 즐기기 위해서 썼고, 쓰면서 충분히 즐겼을 것이었다.

하지만 독자들은 그의 글을 읽으면서, 자신이 처한 입장과 가지고 있는 직업이나 세계관에 따라, 작중의 네 명의 인물이 그러하듯, 네 사람의 견해 가운데 어느 한쪽 의견에 공감을 표하고 싶은 욕망을 느낄 것이다. 그 욕망은 너무 자연스럽다. 그리고 지난해 그 미궁에서 새로 발견된 벽면의 선문자 B가 해독되었다는 정보까지 확보하고 있는 독자라면, 별 망설임 없이 넷 가운데 어느 한 사람의 손을 들어 주려고 할 것이다. 우리가 손을 들어 줄 사람이 건축가인지 법률가인지 종교학자인지, 아니면 연극배우인지는 여기서 내가 밝히지 않는 편이 좋겠다. 그 것까지 누설해 버린다면, 나는 정말로 독자들의 책 읽는 즐거움을 너무 많이 훼손시켰다는 비난을 면하지 못하게 될 것이다.

하지만 굳이 한 번 더 되풀이하자면, 고고학자들에 의해 드러난 딱딱하고 고정된 소위 '역사적 사실'이라고 하는 것에 집착하는 것은 이 책을 재미있게 읽는 방법이 아닐 것이다. 그런 뜻에서 차라리 지난해의 연구 발표에 대한 정보를 가지고 있지 못한 독자가 행복할지 모르겠다. 그런 사람들은 이 책을 읽어 가면서 누구의 견해가 정당하다고 평가받았을지를 나름대로 추측해 볼 수 있을 것이고, 그것은 상당히 즐거운 책 읽기의 경험이 되리라고 생각한다.

다만 한 가지 분명하게 언급해 두고 싶은 점은, 참으로 우리가 손을 들어 주어야 할 사람은, 건축가나 법률가나 종교학자나 연극배우 가운데 한 명이 아니라 바로 이 진기한 책의 저자인 장 델뤽이라는 것이다. 그는 놀랍게도 오십 년이나 전에, 그리고 학자들이 크레타인들이 사용했던 선문자를 해독해 내기도 전에, 마치 눈으로 보기라도 한 것처럼 까마득한 옛날 에게 해의 한 섬에서 일어났던 일들을 생생하게 그려 보인 것이다.

이 책을 집어 든 당신의 정신이 낡은 관념으로 너무 딱딱하게 고정되어 있지만 않다면, 저자와 함께 4천 년 전의 크레타로 상상력의 여행을 떠나 보는 것은 매우 색다르고 흥미 있는 경험이 될 것이라고 나는 확신한다. 우리의 정신은 종종 이색적인 경험을 통해 고양되기도 하는 법이다. 상상력이란, 이를테면 다이달로스가 그의 아들 이카로스와 함께 만들어 달고 미궁을 빠져나왔다고 하는 그 밀랍의 날개와 같은 것이다. 이 책이 부디 독자들의 어깨에 날개를 달아주기를. 그리하여 미궁과 같은 이 세상을 빠져나가 시실리의 풍요롭고 자유로운 하늘로 날아갈 수 있게 되기를······.

너무 장황해진 느낌이다. 이 책에 대해 너무 많은 것을 미리 말해 버림으로써 혹 독자들의 호기심을 빼앗지나 않았는지 걱정된다. 만일 그랬다면, 그것은 전혀 나의 의도가 아니었음을 너그럽게 이해해 주기 바란다.

각 심사위원들의 중점적 심사평

관념에 작은 틈을 내는 다이아몬드 같은 글

김윤식(金允植, 문학평론가)

역사의 종언 이후의 글쓰기 또는 세기말의 글쓰기라는 표현도 있거니와, 90년대 중반에 접어든 우리 문학의 소설 쓰기엔 어떤 변모의 징후가 엿보이는 것일까. 이런 물음을 자주 던져 보는 사람도 있으리라 믿거니와 나도 그런 축의 하나다. 그러나 현장 속에 있는 사람의 경우 그것은 늘 암중모색과 흡사하여 좀처럼 어떤 징후가 잡히지 않는다. 그런 징후가 드러나는 경우란 이미 상당한 변모가 진행된 뒤가 아닐까.

금년도 이상문학상 후보작들을 접하고 느낀 것은 단편 형식의 뚜렷함이다. 한동안 단편이 중편 위세에 숨죽이며 한쪽 담장 밑에 웅크리고 있는 형국이었다. 표현 내용의 절박함, 전달 의욕의 과잉성이 중편 형식을 창출해 내었기에 그것은 응분의 무게를 지닌 것이었고 또 그런 대접을 받아 왔으나, 이젠 사정이 썩 달라진 것 같다. 단편의 새삼스러운 반짝임이 그 증거의 하나리라.

단편 형식의 글쓰기에서 먼저 돋보이는 것은 감성적인 형식이다. 아직도 논리화될 수 없거나, 영원히 실체화될 수 없는 우리의 감성적 세계가 엄연히 있는 법이다. 이를 에로스(그리움)의 징후라 부를 수도 있을 것이다. 신경숙 씨의 〈빈집〉이 이러한 글쓰기 유형을 대표하고 있다. 그것은 감각이 아직도 실체를 이루기 전의 단계를 보여 주는 세계이기에, 보이기는 하나 소리가 없는 세계 또는 그 반대일 수 있다. 그것은 '그'의 애인이 빠져나가고 그녀가 남긴 사랑만이 갇혀 있는 빈방을 '그'가 보고, 만지고, 듣는 것과 흡사하다. 우화적 수법으로밖에 표현할 도리가 없는 그런 절실함이 감성적 글쓰기의 특징이자 특권이다.

단편 형식의 글쓰기에서 또 하나 돋보이는 것은 무엇인가. 최윤 씨의 〈하나코는 없다〉가 이에 해당된다. 일상적 삶 속에서 우리는 누구나 몇 개의 통념화된 고정관념을 갖고 있다. 남녀 간의 우정이 있을 수 없다는 것도 그런 것 중의 하나다. 이러한 고정관념이 생긴 것은 그만한 이유랄까 곡절이 있었을 터이며, 어쩌면 인류의 지혜의 소산이라 할 것이다. 그러나 그러한 고정관념들이 어떤 측면에서 보면 공동 환상의 일종이 아니었겠는가. 하나코가 없지 않고 실제로 있다면 어쩔 터인가. 이 점에서 최윤 씨의 소설은 관념적이다.

관념에 대하여 관념으로 맞서기. 적어도 굳은 관념에 대해 의심하고 그 관념에 아주 작은 틈을 내는 다이아몬드 같은 것이 최씨의 특징적이자 특권적인 글쓰기다. 그 중요성은 어디 있는가. 일목요연한 해답이 주어진다. 관념을 의심하고 그것에 아주 작은 틈을 내는 극히 사소한 일이 조금씩 조금씩 그 관념의 힘을 쇠약하게 만들며, 허물어지게 하며, 마침내 무화시킬 수조차 있는 가능성에 해당되기 때문이다. 작가 최윤, 그는 관념 소설이 빈약한 우리 문학 풍토에 때맞추어 나타난 한 마리 까마귀다.

여자, 그리고 인간의 익명성을 격조 높은 기법으로 형상화

이어령(李御寧, 문학평론가)

아무 주저감 없이 〈하나코는 없다〉에 표를 던졌다. 오랫동안 찾아왔던 이상적인 단편소설의 한 모형을 찾은 것 같아 기뻤다. 실존주의 이후 끝없이 되풀이해 온 '타자他者'의 문제를 이만큼 실감 있게, 그리고 이렇게 격조 높게 그린 작품은 찾기 힘들 것 같다.

미지의 도시를 여행하는 공간적 탐색과 한 인간을 찾아가는 존재론적 탐구가 교묘한 대위법을 이루면서 이야기의 천을 짜 가는 그 구성력도 놀랍다. 안개·물·난간·미로·의자…… 여러 가지 이미지의 소도구 역시 작품 구석구석 적절하게, 그리고 밀도 있게 잘 배치되어 있다.

뿐만 아니라 끝까지 그 정체가 감춰진 하나코에 대한 궁금증과 그 추적의 추리 소설적 전개도 이 소설을 지루하지 않고 끝까지 읽게 하는 요소의 하나다.

〈하나코는 없다〉는 제목 그대로 타자 또는 집단의 시선 속에서 소외되고 증발되어 버린 한 여성의 존재 상실을 그리고 있다. 여성의 좁은 시각에서 보면 페미니즘의 문제가 될 것이고, 좀 더 넓은 인간의 시각으로 보면 익명성이라는 현대 사회의 문제가 될 것이다. 그러나 하나코는 집단 앞에 놓여 있는 개개의 '나'인 것이다. 하나코가 없듯이 그들 속에서 나는 없다. 이 소설의 감동은 바로 나 자신—가해자면서도 동시에 피해자인—을 그 속에서 읽을 수가 있기 때문이다.

조금 염려스러운 것은 문학적 감성이나 안목이 부족한 일반 독자들이 과연 이 소설을 제대로 맛볼 수 있을까 하는 의구심이다. 크게 울리는 고음만 듣고 그 밑에 깔린 잔잔한 베이스 악기의 소리는 귀에 들어오지 않는 미숙한 감상자의 경우처럼 말이다.

삶의 미로 찾기와 이중 코드

이재선(李在銑, 문학평론가)

본상 후보로서 내가 특별히 주목한 작품은 김영현의 〈그리고 아무 말도 하지 않았다〉와 최윤의 〈하나코는 없다〉 두 편이다.

우선 〈그리고 아무 말도 하지 않았다〉는 독일 작가 하인리히 뷜의 〈그리고 아무 말도 하지 않았다(Und Sagte Kein Einziges Wort)〉 (1953)의 표제를 그대로 인유引喩하고 있는 작품이다. 인용이나 인유는 이것뿐이 아니다. 화가 알브레히트 뒤러(A. Dürer)가 또한 인유되고 있기도 하다.

이 작품은 오늘의 우리 소설들이 거의 그 일반적 경향으로 지니고 있는 실험적인 글쓰기나 자기 산출적인 일인칭 서술 방법을 쓰지 않고 다분히 전통적인 서술 방법에 근거해 있는 안정된 형식의 작품이다. 뿐만 아니라 고통을 승화하거나 시대적 고통과 고뇌에 공명하는 예술론적 성격을 함의하고 있는 작품이기도 하다.

주인공 재섭은 화가다. 예술의 영원성보다는 시대적인 효용성만을 강조하는 친구 박명호와는 달리 그 융합을 지향하는 주인공이 딸의 죽음과 그로 인한 아내의 발작 증상으로 스스로의 삶이 황폐해져 가고 있는 단계에서 시골 성당의 벽화를 그리게 되는 이야기다. 벽화 그리기는 물론 종교적인 의미도 있겠지만, 보다 중요한 것은 시대적인 아픔과 고

통을 초월—이 초월은 인도행으로 자주 거론됨—하여 묵시적인 비전에
대한 도상학圖像學적 의의를 지니고 있다고나 할까. 김동인류의 예술가
소설이 지닌 좌절과 실패의 양상이 아니란 점이 중요하지만. 지나친 인
유가 거슬리고 단축화의 절도가 아쉽다.

〈하나코는 없다〉는 내가 가장 주목한 작품이다. 낯선 이국 도시에의
여행이란 다소는 이상하고 환상적인 분위기를 그 기조에 깔고 있는 이
작품은, 상당한 언어적 절제 속에서 미로와 같이 불분명함으로 가려진
삶의 비의秘義의 한 단면을 매우 유니크하게 제시하고 있다. 과거와 현
재란 시간과 공간의 거듭되는 교차와 더불어 오늘의 세파와 익명의 노
시 공간 속에서 전개되어 가고 있는 삶의 마모 현상과 인간 상호 관계
성의 진위眞僞를 적절하게 드러내 주고 있다.

작품은 처음부터 '안개'와 '미로', '환상'이란 분위기로 비롯되고 있
다. 그렇듯이 이 작품에서 작가가 제시하고자 하는 것은 그런 불분명한
모든 관계의 미로성과 비밀이다. 이 관계의 비밀과 미로다움은 여기에
서는 근원적으로 부부 사이에서 비롯하여 우정이란 이름의 친구 사이
에 이르기까지에 걸쳐져 있다.

서른두 살의 성숙한 나이로 처자를 거느리고 무역 회사의 간부인 주
인공은 아내와의 찌든 일상의 삶을 벗어나기 위해서 출장을 핑계로—
실은 치밀한 계획이 전제된—이국에 가 있는 암호를 만들기 대상인
'하나코'를 찾으려고 한다. 이런 주인공은 하나코와의 통화를 통해서
실은 그의 많은 친구들 역시도 그런 하나코를 찾거나 잘 알고 있으면서
도 진실을 숨기고 정보를 위조하고 있었다는 것을 알아차리게 되는 것
이다. 이런 친구들의 숨김과 속임의 행위를 통해서 세파에 시달리면서
소멸되어 가거나 마모되어 가고 있는 우정의 미로를 드러내 보이고 있
는 것이다.

이러한 삶과 존재 양상의 미로 찾기와 더불어 이 작품이 시학적인 측면에 있어서 더블 코드 양상을 지니고 있는 점도 간과해 버릴 수 없는 특성이다. 표면/이면, 있음/없음의 역설 구조가 그것이다. 마지막에서 암시되는 여성의 우정도 이와 무관하지 않은 현상이다.

소설 본령으로서의 형상, 그 모범적인 답안

이호철(李浩哲, 소설가)

문학사상사 측에서 일정한 예선 심사의 경로를 통해 미리 뽑은 우수 작품들을 일괄 통독해 보고 난 전체적인 소감부터 말한다면, 형상, 즉 일정한 '형形' 과 뚜렷한 '상象' 으로 남은 작품이 몇 편 되지 않았다는 것이다.

그런대로 좍좍 읽히기도 하고, 그렇게 읽으면서 나름대로의 재담才談 맛도 느껴지지만 끝까지 다 읽고 나면, '형' 과 '상' 으로 남아 떨어진 것이 없이, 읽는 도중에 어느새 다 뿔뿔이 흩어져 날아가 버리는 거였다.

이렇게 된 이유인즉, 작가 속에서 미리 이야기가 완전히 농익지 않은 채, 즉 머리끝에서 발끝까지 혈관 구석구석 통하면서 무르익지 않은 설익은 상태로 쓰기 시작했기 때문일 것이다.

그렇다면 써 나가는 과정에서라도, 수없이 파지破紙를 내면서 이야기를 농익혀야 했을 터이다. 좍좍 능숙하게 써 나가는 것만이 능사는 아니다. 도리어 '취사선택', 무엇을 취하고 무엇을 버릴 것이냐, 특히 버리는 데에다 주안을 두어야만 제대로 유기적인 '형' 과 '상', '형상' 을 얻어낼 수 있을 터이다.

주제넘게 몇 마디 한 것을 양해하기 바라겠거니와, 요즘 우리는 소설이라는 것을 너무 쉽게 쓰고 있는 것이나 아닌지, 깊이 반성해 보아야 하지 않을까.

심사에 들어서면서 나는 대강 이런 순서로 작품들을 챙겼다. 최윤(〈하나코는 없다〉), 김영현(〈그리고 아무 말도 하지 않았다〉), 김문수(〈온천 가는 길에〉)…….

김문수는 60년대 작가로서 꾸준히 자신의 길을 가고 있는 것이 이번 작품에서도 드러나고 있다. 기초적으로 형과 상을 획득하고 있다. 역시 엄한 작가 자세와 연륜年輪이 아로새겨져 있다.

김문수의 〈온천 가는 길에〉는 중진重鎭다운 품격을 지녔고, 김영현의 〈그리고 아무 말도 하지 않았다〉는 오늘 이 시대를 살아가는 그런 쪽 지식인의 대강 할 만한 이야기를 펼쳤다는 정도의 덤덤한 미덕은 지니고 있다. 그러나 형과 상을 획득해 내는 소설 본령本領으로 친다면, 최윤의 〈하나코는 없다〉가 그중의 압권이었다.

읽고 난 뒷맛이 풍성하고, 하나코라는 한 여인의 실체가 손에 잡힐 듯이 다가온다. 게다가 '하나코는 없다'고 소설 표제에다 붙인 이 작가의 오늘의 도시적인 삶들과 행태에 대한 통렬한 시각時角. 사실 그렇지 않은가. 이 작품을 읽고 나서, 우리는 요즘 도시 속에서 살아가는 이런 부류 사람들의 익명성匿名性을 다시 한 번 날카롭게 확인하게 되는 것이다.

원고지에 불과 백 장 남짓한 이 소설이 왜 좋은 소설인가. 나는 틈나는 대로 이 작품에 대한 본격적인 작품론까지 하나 써 볼 요량이거니와, 바로 그런 충동을 느낀 것은, 오늘의 우리 작단 현황에 대한 강한 경종警鐘의 뜻도 담겨 있다.

소설 본령으로서의 형상, 형과 상이 날로날로 스러져 가고 군소리와 잡설들만 횡행하는 속에서, 이 작품은 작품 자체로써 모범적인 답안 하나를 내보이고 있는 것이다.

다만, 문장은 너무 거칠다. 외국 소설을 서툴게 번역한 문장 같은 유의 표현이 곳곳에 널려 있다. 그러나 이 작가의 경우는, 이 작품에 담겨 있는 만만치 않은 메시지와 그 거친 문장이 묘하게 어울려 보이기도 해서, 함부로 문장 세련되기를 강권하는 것도 뭣하지 않을까 싶기도 하다.

오늘 도시 속에서 살아가는 우리들 삶의 어느 '사각死角 지대' 같은 단면을 이만한 이야기에 담아 그야말로 핀셋으로 집어 올리듯이 날카롭게 끄집어낸 그 소설가적 역량力量을 높이 산다.

베네치아의 안개의 미로

최일남(崔一男, 문학평론가 · 소설가)

사람의 입맛따라 다르겠지만 울고 들어갔다가 웃고 나오는 독일어가 있는가 하면, 웃으며 덤볐다가 울고 나온다는 영어 공부도 있다. 그만큼 상대적이다. 양자 간 언어 구조가 지닌 체계적인 측면과 예외가 많은 성향 탓도 있다.

소설 읽기를 그렇게 할 수도 있을까. 물론 비교의 전제 자체가 틀린 점이 없지 않다. 누가 할 일이 그렇게도 없어 처음부터 손수건 준비의 서정성마저 차단된 고역에 오만상을 찌푸리겠는가. 누가 실성한 사람처럼 희희낙락하며 허가받은 거짓 이야기를 들추겠는가. 그냥 읽을 따름이다. 편하게 들어갔다가 만고에 편한 '독후감'이라는 잣대로 재며 나오는 까닭에 울고 웃는 따위, 필요에 몰린 향학열과 비유할 것이 못 된다.

그러나 있기는 있다. 무엇이 있는고 하니 작자에 대한 기존 지식과 연루된 긴장과 해이가 있다. 이름 석 자가 풍기는 어떤 이미지라든가 정황에서 독자는 그다지 자유롭지 못하다. 긴장과 해이의 좋고 나쁨을 떠나 그렇다.

내 보기에 최윤은 '긴장' 쪽이다. 반드시 주제가 그렇다기보다는 내용 면에서 쉬운 해찰을 허락하지 않는다는 뜻이다. 요소요소에 매복시킨 기호 문장을 건성으로 지나쳤다가는 작품의 해법이 미로를 헤매기 쉽다.

〈하나코는 없다〉가 바로 그런 예다. 코 하나만 달랑 예쁜 여사를 중심으로 늙지도 젊지도 않은 남자들이 벌이는 '중과부적의 우정'을 시험하다가, 미로에 빠지는 게 싫어 본래의 제 구멍으로 모두들 돌아가는 이야기를 베네치아의 안개가 감싼다. 그렇게 독자를 쉽게 풀어놓는가 했더니, 읽고 나서 생각하면 다시 긴장을 요구하는 묘미가 있다. 기분 좋게 속았구나 웃는다.

그의 전작 역시 대강 비슷하다. 너무 큰 소재를 작은 그릇에 뭉떵뭉떵 썰어 볼품이 없는 건 고사하고, 스스로 감당하고 나선 하중荷重에 못 이겨 애기가 마침내 푸석돌 푼수로 깨지는 경우와 다르다. 충실한 밑그림 위에 큰 생각을 잘게 저며 전체 상을 괜찮게 조각해 내는 솜씨가 신선했다.

〈하나코는 없다〉 역시 근사한 접근이라고 보았다. 도시적 생활 감각이 어느덧 골수에 밴 '그'를 비롯한 동류들에게, '하나코'는 여왕봉 구실을 한다. 그러나 가벼운 일탈의 대상으로 만든 가상의 여왕봉일 따름이다. 현실적인 벼랑 의식에 짓눌린 자들의 권태와 우수가 날조한 '하나코'는, 그러므로 없어도 그만, 있어도 그만이다. 있다고 믿는 동안의 함정과 미로는 달콤할지언정, 아무도 깊이 빠지지는 않는다. 그들이 누군데.

이탈리아하고도 베네치아에서 시작하는 주인공의 '하나코' 찾기에 이은 실망은 그래서 당연하다. '하나코'는 그녀가 국내에 있을 때처럼 나이에 상관없이 피우게 마련인, 여인의 '누님성' 치마폭으로 감쌀 뿐인데도 그들은 수도水都 베네치아의 하이칼라 객수客愁에 젖어 저마다 딴전을 부린다. '나 몰래 P도 J도 왔다 갔구나' 하고 돌아서는 발길에

서울의 아내와 아이들 모습이 잡힌다. 예비된 실망이 없었더라면 되레 큰일 나지 않았으랴. 그것은 P와 J도 매일반이리라. 작가가 설정한 절묘한 반전과 더불어, 그들의 한시적 일탈 꿈꾸기와, 남녀 간의 우정 뛰어넘기 미로가 빈틈없이 얽힌다. 드디어 없던 일로 치는 환상이 그들에겐 차라리 감미롭다. 최윤의 소설의 맛이다.

여기서 나도 해석의 반전을 시도한다. 만약 베네치아라는 물의 공간을 떼어 내면 어찌될까 상상한다. 장소의 신토불이를 따지자는 게 아니다. 하기야 작자도 베네치아를 떠나지 않고 그 안에서 말을 마쳤을 법한데, 베네치아의 안개 지수가 곧 작품의 실질을 다소 헐겁게 끌고 간 느낌이다. 베네치아 덕이 클망정 작품의 간이 싱거운 쪽으로도 작용한 셈이다. 그리고 보면 뒤로 갈수록 묘사가 풀려 있는 것도 걸린다. 국외서의 환상적 긴장이 국내로 시선을 돌리는 순간 현실적으로 해이해지는 얼룩이 눈에 띈다. 처음부터 '하나코'에 대한 설명을 자제한 이유는 알 만하다. 구색으로 저립作立시킨 그녀의 '친구'는 누구인지 궁금할밖에.

수상작으로 꼽는 데 반대하다가 동의하는 과정에서 밝힌 나대로의 이유는, 따라서 〈하나코는 없다〉 이후 작품에 대한 기대였다. 작가를 위해서도 이왕이면 이번 것보다 덜 심심한 작품을 뽑자는 마음이 앞섰거늘 그것도 상대적이었다. 전작들의 성과에 비추어 〈하나코는 없다〉를 내세워도 무방하지만, 수상의 기쁨 못지않은 '부담'을 뒤로 돌리고 더 기다렸으면 싶었는데, 덩달아 일찍 축하를 하게 만들었다. 믿음도 그만큼 크다.

대상 수상자 최윤의
수상 소감과 문학적 연대기

수상 소감 _ 더 깊이, 더 멀리 꿈꾸는 문학을 위한 질문 던지기
"어떤 가능한 약속보다 더 깊이, 더 멀리 꿈꾸는 문학을 위해
질문 던지기를 게을리 하지 않는 작가가 되라는
뜻으로 그 진의를 이해하고자 한다."

문학적 연대기 _ 먼 우회 끝에 찾은 나 자신과 소설
"내 머릿속에는 늘 무수한 사람들이 걸어 다니고 있고,
세상에 대한 경계를 모르는 기대와
근본적인 호기심은 내 단 하나의 재산이다."

더 깊이, 더 멀리 꿈꾸는 문학을 위한 질문 던지기

수상 소식을 접하고 오랫동안 종이 앞에 앉아 있었건만 나는 이런 자리에 적합한 소감을 쓰는 데 역시 익숙하지 못하다. 밝고 신나는 글을 쓰고 싶은데 그게 마음대로 되지 않으니 어찌할까. 나의 마음을 그대로 반영할밖에.

요즈음의 우리 문화에서 차지하는 문학의 지위 하락, 더 나아가서는 진정한 문학의 위기에 대해 많은 언급들이 있었던 것 같다. 어느 시대에나 그랬듯이. 그러나 어느 때보다도 더 컸던 우려의 목소리들.

그런가 하면 이런 위기를 만드는 요인들에 대해 문제를 제기하고, 우려를 표명하는 것 자체가 마치 시대에 뒤떨어진 것처럼 치부되는 경향도 만만찮게 존재했다. 후자 쪽이 지배적이었다고 말하는 편이 더 정확하겠다.

가치 하락의 인식이 자주 만들어 내는 문학에 대한 의기소침한 냉소주의, 그런가 하면 누적된 문화의 두께를 단번에 무화하면서 도도한 대중성에 의해 정당화된 획일화 경향 때문에 만연된 무관심, 그 어느 쪽에도 동의하기 어려웠던 만큼 많은 외로움을 느끼고 있던 즈음에 이상문학상 수상 소식을 접했다. 그 소식이 야기한 몰염치한 기쁨과 흥분이 채 가시기도 전에 나를 사로잡은 것은 오히려 배가된 외로움이었다고 말한다면 과장된 수사일까.

문학이 현기증 나는 가치 하락을 경험하고 있다면 그 원인을 아무리 외적 요인에 돌려 보아야 별다른 의미가 없을 것이다. 그것은 다른 무엇에 앞서 문학인들의 책임이자, 문학 내부의 문제이며, 문학이 늘 변화하는 현실의 대응력을 기꺼이 잃어버렸을 때 그에 대해 엄살 섞인 불평을 하는 것은 구차하리라. 불평을 하지 않기 위한 방편으로 나는 얼마 전부터 몇 개의 질문을 던지게 되었다. 그리고 그 질문의 내용을 매번 재확인해 보지 않고는 앞으로 나아가기가 힘들었다.

이 비문자의 시대에 문자의 힘을 아직도 믿으며, 문자에 매달리는 사람의 대열 한끝에서, 나는 어떻게 떠나 버리려는 세상을 설득할 것인가.

문학이 태어난 이래 수많은 문학의 갈래가 태어나고 스러졌듯이, 어느 날 내 꿈속의 예언자의 말처럼 소설이 더 이상 소설이 아닐 때, 소설이 그만 지치고 왜소해져 스스로 와해되려 할 때, 그래도 나는 그것을 고집하고 그 가능성을 넓혀 볼 시도를 할 것인가. 인간을 박대하고 비화하는 허깨비 문화의 광풍과 소란 속에서, 나의 언어, 나의 시대에 대한 어쩔 수 없는 애정의 노래를 과연 전달할 수 있을 것인가.

바로 오늘, 다른 시대가 아닌 20세기 말인 지금, 공존하는 역설적인 논리에 자승자박하는 지구의 한 모퉁이에서, 한국어로 소설을 쓰는 일은 무엇을 의미하는가.

대답을 향한 나의 진전은 느렸고, 그 흔적은 희박했다. 때로 대답 없는 질문은 나의 게으름을 정당화해 주기도 했음을 고백한다. 이것은 소설을 발표하기 시작한 지 육 년째를 맞으면서 내가 겪은 가장 커다란 도전이었다. (우리) 문학의 미래 모습에 대해 과장되게 비관하는 것은 아닐까 하는 의심이 들 정도로, 다른 무엇에 앞서, 나는 늘 극단적인 낙천주의자였으므로 나를 엄습하는 비관의 느낌은 당황스러운 것이었다.

내가 던진 질문을 대부분의 문학인들이 각자 제기하고 있었으리라 짐작하게 하는 증거를 찾는 데에 다른 어느 때보다도 많은 시간을 투자했다. 그 흔적이 찾아졌을 때의 기쁨은 묘사 이전의 것이다.

한 가지는 확실히 말할 수 있을 것이다. 질문을 각자 홀로 던질 수는 있어도, 그 답변은 결코 혼자서 찾아지는 것이 아니라는 생각, 한 시대가, 더 나아가 문학의 모든 과거가 함께 모색해야 하는 문제이기 때문에 더더욱 과거의 글, 현재의 글과의 내밀한 연대가 절실했다.

그럼에도 나 자신으로 말할 것 같으면, 경망스러운 우려와 재빠른 포기의 말들에 혐의를 두거나, 손쉬운 결론을 제시하면서 질문 자체를 억압하는 모든 편견에 냉소를 보냈을 뿐, 아직 암중모색의 한가운데에서 그다지 벗어나지 못한 형편이다.

이런 와중에서, 결코 자랑할 수 없는 글밖에는 선보일 수 없었던 즈음에 수상의 소식을 접하게 되어 송구스럽기 짝이 없다. 다만 이 수상의 진의를 가늠해 보고자 노력할 뿐이다.

급변하는 시간의 불규칙한 경계 밖에서 오래 남을 수 있는 작품, 현실이 제공하는 어떤 가능한 약속보다 더 깊이, 더 멀리 꿈꾸는 문학을 위해 질문 던지기를 게을리 하지 않는 작가가 되라는 뜻으로 그 진의를 이해하고자 한다.

그러한 뜻을 이상문학상이라는 충격 요법으로 전달해 주신 심사위원 선생님들께 깊이 감사드린다.

그리고 이 상을 마련한 문학사상사에 고마움을 전한다.

1994년 7월

최 윤

먼 우회 끝에 찾은 나 자신과 소설

나는—적어도 아직까지—사실적인 자서전에서 재미를 느끼지 못한
다. 아마 앞으로도 그럴 것 같다. 게다가 자전적인 글을 쓸라치면 갑자
기 늙는 기분이 든다. 바야흐로 나도 나이 먹는 것을 억울해하는 나이
에 다다른 것이다.

나는 모든 자전류의 글에서 자기 미화의 흔적을 본다. 그리고 이것이
때로 자전적인 글의 작으나마 매력이 된다. 자신의 삶이 허구적으로 재
구성되는 부분이기 때문에. 소설은 시초에 누군가의 전기의 무한히 변
주된 허구적인 구성이 아니던가.

특출한 사건 없는 나의 삶에 대해 사실적으로 쓰라니! 충분한 여유만
있었다면 나는 좀 더 즐거이, 사실적인 자전을 쓰는 더 재미있는 방법
을 고안했으리라. 그러나 시간적으로 멀어 연속적인 이야기보다는 몇
개의 그림으로 남아 있는 유년만을 제외하고는 대부분 평범한 이력이
나열될 뿐인 이 심심한 방식을 용서하기 바란다.

나는 1953년 7월 3일 서울 돈암동에서 태어난 삼선동을 거쳐 명륜동
에서 나의 유년과 성장기의 대부분을 보냈다. 네 딸 중의 둘째. 유년에
는 누구나 그렇겠지만, 무수한 삶의 모험의 축소된 원형을 경험한다.
그리고 내 성향의 중요한 틀은 이때에 형성되었다고 생각한다. 그러나
막상 이야기를 하려면 참을성이 없어지고 강하게 각인된 장면들이 반

복적으로 떠오를 뿐이다. 대충 아래와 같은 일화들이다.

막 글을 깨우칠 무렵 나는 신문의 연재소설을 즐겨 읽었다. 물론 아무것도 이해하지 못한 나는 모르는 단어가 나올 때마다 단어 발음의 느낌에 따라 나름대로 뜻을 정의하고 그 단어들을 사용하기를 주저하지 않았다.

기억나는 것은 '음탕'이라는 단어로, 나는 그것을 '진지하고 무거운 어떤 것'으로 정해 버리고, 명륜동의 작은 시장 거리에 나타나던 한 심각한 표정의 신사를 자칭할 때 쓰곤 했다. 내가 누구누구 삼촌은 음탕하다고 말했을 때, 그 내막을 알아차리신 부모님은 기절초풍을 하시면서 소형 국어사전을 사 주셨다. 내 친구의 삼촌은 당시 목사 지망생이었기에 나의 실수는 여러 사람의 오해를 불러일으켰지만 그렇다고 내가 그 장난을 멈춘 것은 아니다.

국민학교의 첫 소풍은 4·19 때문에 무산되었다. 나는 분홍색 소풍 가방 속의 색색 별사탕을 며칠을 두고 깨물어 먹었다.

막 군대를 제대한 한 남자 선생님이 부임했는데, 그 선생님은 숙제를 해 오지 않은 아이들에게 벌로, 송아지에게 하듯이 목에 검인 도장을 찍어 주었다. 나는 집에 와서 네 살 위의 나의 언니와 의논했고, 이튿날 둘이 손을 잡고 교무실로 가서 조용하고도 엄숙하게 그 선생님께 이의를 제기했다. 부모님께는 비밀로 했다.

나는 거리를 쏘다니기를 좋아했고, 그래서 이상한 사람들도 많이 만났다. 그중의 어떤 이들은 지금도 생생하게 기억난다. 특히 내가 이해할 수 없는 행동을 벌인 사람들은, 혜화국민학교를 가려면 꼭 지나쳐야 했던 시장 거리의 사람들, 플라스틱 칫솔에 새겨진 작은 여인상을 건네주던, 감옥에서 나왔다는 초라한 아저씨, 뒷동네의 청년 깡패들, 문둥이라고 배척되던 어떤 가장, 가수를 희망하던 못생긴 동네 여인……은 지금 만나도 알아볼 것 같다. 화폐 개혁이 되던 날의 시장의 혼란은 가히 장관이었다. 나에게는 잔칫날 같았다.

만화가가 되기를 꿈꾸었던 약 이 년 동안 나는 만화 그리기에 정전했다. 만화를 그리기에 알맞게 칸이 쳐진 산수 공책을 대량 구입했으며, 어쩌다가 손에 들어온 일제 톰보 4B 연필은 꼭 만화를 그릴 때만 사용했다. 나와 다락에 숨어서 만화 그리기에 몰두했던 친구는 어느 날 디프테리아로 죽었다. 내가 경험한 첫 번째 죽음이었다. 나는 조원기, 박기정, 박기당의 만화를 많이 읽었다.

어쩌다가 끌려가게 된 글짓기 대회를 나는 끔찍하게 싫어했다. 정해진 시간, 정해진 소재, 뙤약볕. 두 번째로 나갔을 때 주제는 '바람'이었는데, 나는 "산 위에서 부는 바람 고마운 바람……"이라는 노래 가사를 그대로 베껴 적었고, 예상대로 그 다음부터는 그런 자리에 나가지 않아도 되었다.

나는 "바나나 보트 데이요"를 부르는 해리 벨라폰테의 목소리를 좋아했다. 그 음악을 들으면 잠 많던 나를 깨울 수 있었다…….

이때 만난 세상의 층은 다양했으며 사람들의 행동은 지금보다 깊은 서사성을 지니고 있었다고 생각된다. 유년은 나에게 언젠가 꼭 길게 풀어야 할 수수께끼다. 놀이에의 몰입, 수많은 사람들과의 만남, 끝없는 유랑과 여행, 말 재미의 추구, 인간에 대한 부당한 대우나 사회 및 제도에 대한 나름대로의 비판적 판단……. 유년은 감히 나의 전성기였다. 흠뻑 받은 가족의 애정이 역으로 나를 세상으로 끊임없이 내몰았다. 내가 지니는 단 하나의 장점이 있다면 그것은 아마 세상에 대한 연민의 시선이리라. 이 시기에 형성된 것임에 분명하다.

그럭저럭 1966년 경기여중에 입학했다. 고등학교 시험이 없었던 첫 해였던 만큼 그지없이 자유로운 삼 년을 보냈다. 도서관 청소를 배정받으면서 아마도 내 일생에 두 번째로―늙어서는 그때보다 더 많이 읽을 것이므로―다독을 했다.

그럼에도 이즈음의 나는 화가가 되고 싶어 중학교 3학년 말에 사설 아틀리에에 다녔으며, 한편으로는 몰래 다음에 교지에 발표될 첫 번째 소설을 썼다. 제목도 내용도 생각나지 않는다. 방학 동안 그려 미술 담당 선생님께 보인 그림은 별 반응을 얻지 못했다.

나는 동급생들을 관찰했고, 그 기록을 '그린 필드'인가 뭔가 하는 공책에 기록하느라 방과 후의 빈 교실을 자주 지켰다.《현대문학》을 자주 읽었으며, 이때의 나는 말이 없었다.

고등학교에 자동적으로 진학하면서는 좀 더 구체적으로 동업자 의식을 느끼면서 인구에 회자하는 국내외 작가들의 작품을 읽었다. 중학교 때와는 달리 기호에 따른 독서를 했다. 이때, 마음에 드는 작가의 작품들을 수집해 읽는 습관이 생겼다.

내 체질에 맞지 않는 시를 마른 나뭇잎 위에 적어 가지고 다니는 문학소녀들의 무리 때문에 감상주의와 시 장르를 몹시 싫어하게 되었다. 시와는 대학교에 가서 화해했다. 각자의 재능을 드러내기에 바빴던 성장기의 친구들에게서 세상에 존재하는 모든 종류의 존재의 드라마를 볼 수 있었던 기간이기도 하다. 이름도 까마득한 몇 명의 친구들과 '송죽'이라는 고전적인 이름의 필사 문집도 한두 번 냈던 것 같다.

나는, 그렇지만 그들과 함께가 아니었다는 생각을 종종 한다. 공통점이라고는 반항밖에 없던 소위 문제아들과 명동의 통기타 가수들을 방문하거나 영화관, 음악 감상실로 부지런히 돌아다녔지만 확실히 나의 정신은 다른 곳을 헤매고 있었다.

고등학교를 통틀어 나와 같이 다녔던 친구들은 대부분 스스로 혹은 주위에서 아웃사이더로 칭하던 부류였다. 고등학교 삼 년은 솔직히 괴로웠다. 그렇지만 제각기 장점이 많던 동년배들 덕분에 나는 사람의 단점보다는 그 가능성에 대해 기대를 가지는 낙관론자가 되었다.

대학 입시를 위해 일시적으로 삶에 이별을 고하는 표시로 〈다다이즘이란 무엇인가〉라는 제목의 글을 써서 교지에 발표했다. 공부는 대학에 가서 하겠다고 외치고 다녔으므로 입시를 앞둔 마지막 순간에 발작처럼 베케트의 냄새가 향기롭지 않게 풍기는 〈평행선〉이라는 제목의 희곡을 신춘문예에 공모, 물론 낙방. 사학과를 지원하려 했으나 지금은 고인이 된 담임선생님의 설득에 따라 서강대학교 국문과에 입학했다.

대학에서 내가 몰두했던 것은 내게 부족하다고 생각되던 자질의 함양이었다. 그때까지의 내가 직관적, 즉흥적, 충동적이었다면 대학에서의 나의 사고는 분석과 실증과 논리에 더욱 가까웠다. 난생 처음으로 학교가 재미있었던 나는 뒤늦게 자발적인 모범생이 되었다. 국문학은 내 지적 형성의 중요한 전환기였다. 매일 크는 것을 느꼈다.

한편 연극반에 이어 교지 편집에 몰두했고 문학에 목매달던 여러 친구를 사귀어서 방황은 집단적이 되었다. 그러나 일 년에 한 학기는 학교가 문을 닫던 유신 시절, 나는 질기게 대학 근처의 어두운 장소에 친구들과 늘어붙었던 만큼이나 자주 서울을 떠났다. 후에 혼자 하는 여행에 진절머리를 낼 정도로. 여럿이 떠난 적도 많았다.

별다른(?) 이유도 없이, 예고도 없이, 마포서에 끌려가서 사진도 찍히고 지문도 여러 번 남겨 놓았다. 몇 편의 보잘것없는 습작의 발표. 이어 3학년 때의 교지 특집 사건으로 내 방 안의 책장이 뒤집어지는가 했더니, 그 당장에 줄무늬 치마를 입은 채로 마포 구치소로 연행되어 짧은 잡범 생활. 이상하게도 계절이 언제였는지 까맣게 생각이 나지 않는다.

대학 4학년 말에 다시 소설가의 꿈이 발동해 뜻을 어머니께 아뢰었더니 여름 방학에 과천 근처에 방을 얻어 놓으셨다. 한 달 정도 머무르다가 결국 학문을 하기로 결정하고 집으로 돌아와 대학원에 입학했다.

프랑스 비평에 영향을 받았고 대학원 논문으로, 허윤석의 단편들을 중심으로 〈소설의 의미 구조 분석〉이라는 논문을 썼다. 개고된 비로 그 논문으로 1978년 12월 《문학사상》의 비평 부문 등단.

나는 아무도 내쫓지 않았지만 유배를 가는 기분으로 프랑스 유학을 떠났다. 한국 문학에 대해 과대망상적 평가를 하고 있었던 나는 외국에서 우리 작품이 번역되어 있지 않은 상황에 기절초풍하듯이 놀랐다. 나의 젖줄인 그 문학이 이렇게 안 열려져 있다니!

어쩔 수 없이 비교 문학에 대한 막연한 계획을 그 때문에 포기하고 프랑스 현대 작가 마르그리트 뒤라스에 대해 학위 논문을 쓰기로 마음을 정했다. 그때는 돌아다닌 만큼, 관찰한 만큼 배우던 시간이었다. 이십사 시간 의무라곤 거의 없이 하고 싶은 일만 골라 할 수 있었던, 어딘가 중학교 때의 몰입과 자기 침잠을 연상시키던 시절이었다. 그전까지 나를 한구석에서 지배하던 삶에 대한 여러 두려움이 이때 없어졌다.

그러던 중에 80년이 되었고, 광주 사태의 기사가 프랑스 신문을 뒤덮을 때 육체적으로 앓았던 기억이 난다. 언어적, 시간적, 문화적 장애 때문에 논문 준비 외에 기껏해야 프랑스어로 쓴 장난스러운 단시나 수필 종류가 내가 하던 습작의 전부였다. 소설 쓰는 일은 어려웠다.

1983년 여름에 귀국한 나는 그사이 바꾼 전공 분야에 따라 서강대학교의 불어불문학과에서 가르치기 시작했다. 그 당시 내가 하던 외국의 새로운 이론 소개에 느낀 한계와 회의를 표현하기 위해 벌인 그 활동을 오퍼상을 차렸다고 지칭했는데, 오래가지 않아 지쳤다. 뿐만 아니라 유

학 전에 무책임하게 이름을 걸어 놓은 바 있었던 비평가로서의 활동을
시작하기에는, 비평 이외의 다른 언어, 내 존재 상태와 성향에 부합하
는 소설 언어에 대한 욕구가 학위 논문과 학교 일로 너무 오랫동안 억
눌려 있었다. 어느새 매일 아침 일찍 일어나 나는 소설을 쓰고 있었고,
먼 우회 끝에 나를 되찾으면서 가히 행복했다.

　시간이 지나 생각하니 나의 사십이 년은 단숨이었고 그사이 만난 어
느 누구도, 어떤 경험 하나도 버린 적이 없다. 내 머릿속에는 늘 무수한
사람들이 걸어 다니고 있고, 세상에 대한 경계를 모르는 기대와 근본적
인 호기심은 내 단 하나의 재산이다. 나는 실수 많은 나의 개인사에는
무관심하다. 나는 어쩌면 비어 있다. 그러니 생활이 아직까지도 아마추
어 단계에 머물러 있을 수밖에.

최윤의 작품 세계를 말한다

일상적인 삶과의 치열한 싸움
"작가의 지금까지의 삶이 그래 왔듯이
지루한 일상적인 삶을 극복하려는 자기와의 치열한 싸움이
이지적인 틀 속에서 이루어지고 있다."
— 이태동(문학평론가)

상처의 내면화, 울림의 사회화
"최윤 소설은 상처와 기억의 복합 심리 위에
인식의 긴장을 통해 형성되는 실체다."
— 우찬제(문학평론가 · 서강대 교수)

일상적인 삶과의 치열한 싸움

이태동(李泰東, 문학평론가)

지적으로 끌질한 언어로 그려 낸 삶의 미로

치밀하게 계산된 기하학적 구도構圖와 엄밀하게 끌질한 서정적인 언어로써 미로 속의 삶의 풍경을 그리면서 90년대를 앞서 가는 작가 최윤이 금년도 이상문학상을 타게 된 것은 결코 우연이 아니다. 어쩌면 그는 이상李箱과 가장 가까운 작가일지도 모르기 때문이다. 여기서 작가 최윤을 두고 이상과 가깝다고 하는 말은 그가 이상처럼 난해한 지성을 가지고 있다는 것뿐만이 아니라, 그가 일상적인 권태로운 현실에 대해 이상만큼이나 치열하게 저항해 왔다는 의미기도 하다.

이러한 사실은 그가 최근에 발표한 〈푸른 기차〉의 표제어에 다음과 같은 이상의 〈권태〉를 인용하고 있는 것으로도 충분히 증명이 되겠다.

아— 이 벌판은 어쩌라고 이렇게 한이 없이 늘어놓였을꼬?
어쩌자고 저렇게까지 똑같이 초록색 하나로 되어먹었노?

사실 그는《너는 더 이상 너가 아니다》라는 그 자신의 말과 같이, 또 자서전적인 이야기를 우화로 만든 듯한 〈판도라의 가방〉 속의 여주인공처럼 새장 속에 갇혀 있는 자신을 해방시키기 위해, 또 진부하고 일상적인 삶으로부터 자신을 벗어나게 하기 위해 '말하는 그림'을 수없이 그려 왔다.

그가 그린 그림이 그의 '판도라 가방' 속에 있는 그것과 얼마나 일치하는지는 모르겠지만, 한국 문학사에 분명히 하나의 획을 긋게 될 〈회색 눈사람〉·〈아버지 감시〉, 그리고 이번에 이상문학상을 수상한 〈하나코는 없다〉 등은 모두 변신하고 싶어하는 그의 희망을 나타내는 '판도라 가방' 속의 여인이 그린, 탁월한 '말하는 그림'들이다.

　내가 바로 내가 그린 그림 속의 여인과 사랑에 빠진 사람입니다. 나는 그 거대한 여객선의 선실의 벽을 잊지 못합니다. 그 여명 속에서 밤새 내가 그린 그림 속의 여인이 드러나던 순간의 전율을 한시도 잊지 못할 것입니다. 그 여인이 바로 새장을 든 여인이었어요. 나를 향해 신비의 미소를 짓고 있는 가방의 임자이기도 하구요. 나는 사람들이 깨기 전에 선실 칸막이의 벽에서 그림이 그려진 부분을 잘라 냈습니다. 그때서야 내가 아무렇게나 잘라 낸 그림이 얼마나 정확하게 내가 맡고 있는 007가방에 들어가는지를 알고 놀랐지요. 단언하건대 나는 가방의 크기를 염두에 두고 그림을 오려 내지도 않았으며 가방 안의 우단의 천이 만들어 내는 곡선이 그림의 모서리와 부합한다는 것을 그때서야 알아차렸을 뿐입니다. 늘 그랬듯이, 내가 그린 그 그림이 결국 나의 여행 행로를 바꾸어 놓고 말았습니다. 다른 모든 그림이 그랬던 것처럼 말이죠. 나는 오랫동안 가방 속에 들어간 그림을 바라보았습니다.

'판도라 가방' 속에 들어간 그림은 말할 것도 없이 그의 성공작을 의미하고, 그것은 그로 하여금 그의 인생 '행로'를 바꾸어 놓았다. 그런

데 '판도라 가방' 속에 들어간 그림, 아니 자신이 그린 그림에 언제나 새장의 문을 열어 줄 수 있는 여인을 담고 있다는 것은 그의 소설 세계에서 실로 중요한 의미를 나타내어 주고 있다.

비록 여러 비평가들은 작가 최윤의 주제가 다양한 변주를 이루고 있다고 말하지만, 그것은 표면적인 현상이고 그의 작품 세계의 밑바닥에는 작가의 지금까지의 삶이 그래 왔듯이 지루한 일상적인 삶을 극복하려는 사기와의 치열한 싸움이 이지적인 틀 속에서 이루어지고 있다.

그의 데뷔작 〈저기 소리없이 한 점 꽃잎이 지고〉는 비록 6 · 25 이후 가장 비참했던 민족적 비극인 광주 민주화 운동 사건을 그의 독특한 문체와 상상력을 통해서 형상화하고 있지만, 그 작품의 심층에는 타성에 젖은 일상적인 삶과 일치해서 생각할 수 있는 '검은 휘장' 을 찢으려는 작가의 숨은 의도가 치열하게 숨 쉬고 있다. 이 작품은 튼튼한 객관적 시점을 가지고 있지만, 그것은 작가의 손에 의해 쓰였기 때문에 작가 자신의 의식을 반영하고 있다는 것은 새삼스럽게 밝힐 필요도 없겠다.

〈아버지 감시〉와 〈회색 눈사람〉과 같은 그의 대표작이 우리에게 크나큰 감동을 주는 것은 그의 절제된 언어와 잘 만들어진 소설 구조 때문이기도 하겠지만, 이들 작품들은 권태롭고 진부한 우리들의 삶을 의연한 인간 의지로써 찢어 놓았다든가 아니면 뒤집어 놓았기 때문이다.

이를테면, 〈아버지 감시〉의 소재는 보기에 따라 소설 앞부분에서 정물처럼 그가 들여다보고 있는 생명이 없는 식물도감만큼이나 진부하다. 그러나 이 작품을 성공작으로 만든 것은 독자의 기대를 뒤엎는 아버지의 흐트러짐이 없는 인간적인 신념과 그의 의연한 자세다.

여기서 심리적으로 심한 갈등을 지니고 있던 아들이 아버지에 대해 가졌던 말할 수 없는 증오와 멸시를 존경으로 바꾸고 아버지의 바람막이가 되고자 하는 것은, 아버지가 식물학 연구만 하던 아들의 기대를 뒤엎으며 자기의 남은 삶을 어떻게 살 것인가를 말하듯이 "프랑스 코뮌 당시 147명의 위대한 인민 혁명 전사들이 마지막 순간까지 싸우다가 무참히 사살된 역사적"인 현장 페르 라셰즈 묘지를 찾아가고 있을 때였다.

　　나는 한바탕 들이닥치는 바람에 잠바의 깃을 올릴 생각도 잊고 70년대의 노인답지 않은 빠른 걸음으로 저만큼 앞서 가시는 아버지의 구부정한 뒷모습에서 시선을 뗄 수가 없었다. 마치 십여 년 전 그 불편하던 여름날 이곳에서 아버지 생각을 한 이후부터 줄곧, 행여 아버지를 만날 수 있을지도 모른다는 기대 속에서 하루하루를 살아오기라도 한 것 같은 감정의 착각에 사로잡혀 나는 뛰다시피 아버지에게 다가갔다. 정말 추우신지 바람에 온통 붉어지기까지 한 얼굴을 돌리시며 아버지께서 다시 물으셨다.
　　"거참 바람 한번 극성스럽구나. 아직도 멀었냐?"
　　나는 길 저쪽 끝에서부터 또 한차례 몰려오는 바람을 막을 양으로, 아버지의 어깨를 껴안으면서 대답했다.
　　"이젠 거진 다 왔습니다. 아버지."

　　동인문학상을 탄 〈회색 눈사람〉의 경우도 마찬가지다. 이 작품이 우리에게 그렇게도 큰 감동을 준 것은 남다르게 지적으로 끌질을 한 절제된 서정적 언어도 언어려니와, 일상적인 삶을 살아가는 사람들의 기대를 뒤엎은 가난한 여대생 강하원이 온갖 아픔과 어려움을 극복하면서 우리에게 보이고 있는, 때 묻지 않은 초극적인 숨은 사랑과 그 실천 의지 때문이다.
　　그러나 이 작품이 "술병 밑바닥 유리의 어두운 두께로 다가오는" 우리의 일상성을 뒤엎는 것은 이것만이 아니다. 작품의 무대가 되고 있는 지하 비밀 인쇄소뿐만 아니라, 이모의 돈을 훔쳐 대학에 진학해서 학교에 나가지 않고 있던 강하원이, 자기가 가졌던 모든 것을 바쳐서 연탄가루를 뒤집어쓴 '회색 눈사람'이 상징하는 '안'이라는 사람을 희생적으로 사랑한 것도 들 수 있다.

안에 대한 화자인 강하원의 사랑은 겉으로 보기에는 단순히 지나간 상처에 지나지 않는 듯이 보이지만, 그의 마음속으로 들어가 볼 때, 안과 함께 지하 인쇄소 사무실에서 어둠을 태우는 조개탄의 불빛만큼이나 뜨거웠던 것이다. 강하원의 아픔이 아름다움으로 변신할 수 있었던 것은 일상적인 것을 거부하고 그것을 밤하늘의 별처럼 승화시키려는 그의 숨은 노력 때문이다.

진부하고 안이한 현실에 저항하고자 하는 작가의 의도를 가장 선명하게 그려 낸 작품은 아마도 무미건조한 현재의 삶을 상처로써, 아름다웠던 과거에 대한 짙은 향수로써 여과시킨 〈한여름 낮의 꿈〉일 것이다. 한여름이 얼마나 무덥고 지루한 시간인가는 여기서 새삼스럽게 밝힐 필요가 없다. 작가 최윤은 '한여름 낮'을 진부한 일상적인 삶과 일치시키면서, 소설 속의 화자로 하여금 사계四季 중에 여름이라는 계절의 일 순간만이라도 일상적인 삶에서 벗어나서 자기가 추구하고자 하는 삶을 영위하도록 한다.

이 작품의 화자는 어릴 때 집을 나가서 이웃집의 미모의 여인과 더불어 사군자四君子를 치던 아버지의 모습을 자신과 일치시키면서 일상에서 벗어난 자기만의 창의적인 삶을 살고자 한다. 그런데 문제는 그의 아내가 그의 이러한 노력을 단순히 고칠 수 없는 병으로만 인식하려고 할 때 그는 '한여름 낮의 꿈'에서 깨어나기를 거부한다. 작가 최윤의 작중 인물에게 '한여름 낮의 꿈'이 필요했던 것은 현실이 그만큼 물질에 오염되었고 참된 인간 가치를 외면하고 있기 때문인 듯하다.

그러나 작가 최윤은 타락하고 병든 현실을 도피하는 풍경만을 그리지는 않았다. 그는 그것을 치유하고 인간이 인간으로서 살아남을 수 있는 방법을 분명히 제시하는 일을 잊지 않았다. 〈당신의 물제비〉는 겨울 안개와도 같은 진부한 현실의 회색 휘장을 찢고 시간의 강물을 의연하게 건너는 모습을 돌팔매질하는 이미지를 통해 미묘하게 제시하고 있다.

이 작품은 알레고리적인 성격을 많이 지니고 있지만, 그의 작품 세계를 가장 선명히 비춰 주는 거울이 되고 있기도 하다. 이 작품 속에서 화자는 삶의 여정을 나타내는 고속도로 위를 이름 모를 정부情婦와 함께 달리다가, 참혹한 교통사고를 일으켜 죽은 남편의 얼굴에 스며 있는 미소를 보고, 심한 충격을 받아 일종의 정신병을 앓는다. 그러나 그를 구해 준 사람은 그의 치료를 맡은 병원의 정신과 의사가 아니라, 정년 퇴임을 한 민주환 박사였다.

작가는 복잡하고 불가사의한 인생을 묘사하듯 이 작품의 긴장감을 위해 상징적 미스터리의 연막탄을 치면서 언어로 만든 미로의 그림자를 가면假面처럼 두텁게 던지고 있지만, 민 박사가 그를 정신병으로부터 구해 준 것은, 수면 위에 던져진 돌처럼 도덕적인 인간 가치를 잃지 않고 자기 자신을 해체됨 없이 꿋꿋이 지키면서 적극적으로 생의 강물을 건너라는 무언無言의 가르침이다.

어느새 나는 민 박사와 스스럼없이 가까워져 있었고, 임종 얼마 전 나는, 할아버지에게 어리광을 부리듯이, 한 학자의 반생을 뒤흔든 그 돌 조각의 행방을 물은 적이 있었다. 그는 대답 대신 딴청을 부리며 나들이나 가자고 했다. 우리가 간 곳은 그의 고향 근처, 복동 씨의 집이 있는 한 강가 마을이었다. 그는 강가의 길을 걷다가 길 위에 널브러진 여느 조약돌 중의 하나를 집어 들었다. 그리고 그 것을 내게 건네주며 강물 멀리멀리까지, 가능한 한 멀리 던져 보라고 했다. 내 손을 떠난 그 납작한 조약돌은 한 번, 두 번, 세 번 매끄러운 수면 위를 스치며 날아갔다. 물 차는 제비처럼 날렵하게. 내 짧은 생애에 가장 멋지게 띄워 본 물수제비였다.

민 박사의 이러한 가르침은 6·25 때 그를 구해 준 돌팔매에 실린 종이쪽지는 물론 외과 의사로서의 봉사 생활 및 은퇴 후 약초를 캐면서 인간을 치유하기 위해 노력한 그의 연구 업적과 밀접한 관계가 있다고 볼 수 있겠다. 주인공인 화자가 민 박사의 서재를 정리하면서 자신의 병을 치유하는 것 또한 이것과 깊은 관계가 있다. 왜냐하면 연구를 하는 삶이란 생의 강물을 건너는 데 있어 돌을 가슴에 품고 살아가는 것과도 같은 것이기 때문이다.

그는 돌을 가지고 있었다. 누구나 심장 한구석에 깊이 박혀 있는 돌을 가지고 있을 것이다. 그것에 물을 주고 그 주위를 가꾸며, 어느 날 많은 시간이 지난 후에 그 돌이 아주 하찮은, 여느 들길에서 흔히 발견되는 그런 조약돌에 불과하지 않는다는 것을 알아차릴 때까지. 돌을 심고 가꾸는 것은 삶의 행로에 닥쳐 드는 아픔을 이겨내기 위함이다.

이 작품에서 작가 최윤은 돌을 강물 위에 물수제비로 던지듯 살아가는 것이, 적극적이고 능동적인 삶이 반드시 '계산된' 결과와 똑같이 나타나지 않더라도 그것은 그것대로의 뜻이 있다고 말한다.

돌을 가슴에 안고 그것의 무게를 추적하며 일생을 살았던 민 박사는 그의 일생을 돌과도 같이 남다른 의지를 가지고서 보통 사람으로서 해내기 어려운 도덕적인 일생을 성실하게 살았다.

그러나 교통사고로 참혹한 죽음을 당한 화자의 남편은 적극적이고 도덕적인 삶으로부터 도피하려고 하다가 죽음을 당하지 않았던가? 화자가 죽은 남편의 얼굴에서 본 그토록 선명히 남아 있는 미소는 힘겨운 '삶의 미로'를 적극적으로 수용하지 않고 부정하는 일종의 쓴웃음과도 같은 것이리라. 남편과 정부는 삶을 출구 없는 미로로 잘못 보고 생을 '왜곡된 미로'로 보았기 때문에, 삶에 대해 부정적인 미소를 던지면서 그것을 도피하려다가 사고를 당해 죽어 갔던 것이리라.

미로의 인생길에 뛰어 들어가는 적극적인 삶

삶의 미로를 농담濃淡 짙은 서정적인 언어로써 화학적으로 형상화한 〈하나코는 없다〉의 주제는 〈당신의 물제비〉의 그것과 유사하며, 또 그 연장선상에 있다고 하겠다. 작가는 이 작품의 주제를 작품의 시작 부분에서 다음과 같이 선명히 제시하고 있다.

폭풍이 이는 날에는 수로의 난간에 가까이 가는 것을 금하라. 그리고 안개, 특히 겨울 안개를 조심하라……. 그리고 미로 속으로 들어가라. 그것을 두려워할수록 길을 잃으리라.

새삼스러운 해석이지만, 수로의 난간은 삶을 살아감에 있어서 자기의 힘이 아닌 다른 사람에 의존하는 것이고, 겨울 안개는 퇴폐적인 감상에 빠지는 것을 말한다. 그리고 미로 속으로 들어감은 출구가 없을 것만 같이 보이는 삶 속으로 뛰어 들어가서 적극적인 삶을 살아가는 것을 말한다. 작가에 의하면 삶은 길이 없는 미로 같지만, 그것을 피하지 않고 그 속으로 뛰어 들어갈 때 역설적으로 그 속을 헤쳐 갈 수 있는 길을 발견할 수 있다는 것이다. 그래서 이 작품은 삶의 복잡한 미로 속을 걸으면서도 '돌'과도 같이 흔들리지 않는 단단한 인간 의지와 자긍심을 가지고 시간의 강을 건너는 하나코라는 여인을, 그렇지 못한 인간형인 남자 주인공과 치밀하게 대조시켜 놓고 있다.

페미니즘적인 성격을 강하게 나타내는 이 소설에서 남성들은 고독의 순간에 자신을 혼자 힘으로 굳건히 지탱하지 못하고 현실을 도피해서 죽음과도 같은 퇴폐적인 감상의 늪에 빠져 하나코에게 의존하려는 모습을 보이고 있다.

모자를 취급하고 있는 무역 회사 직원인 작품 속의 화자는 물 위의 도시인 베네치아에 도착했을 때 심한 고독을 느끼고, 대학 시절부터 알고 있던 하나코를 만나서 밀회密會를 하고 싶은 유혹을 느낀다. 다시 말하면 그는 베네치아에서 죽음처럼 내다보이는 물이 무서워서 하나코와도 같은 '난간'이 필요했을지도 모른다. 아니, 그는 '돌'이 아닌 '물'이 나타내는 퇴폐적인 죽음의 유혹에 몸을 던지고 싶었을지도 모른다.

이처럼 강박적으로 하나코에 대한 기억이 떠오르는 것은 이상한 일이었다. 강박적? 그보다도 고집스럽게라고 말하는 편이 낫겠군, 하고 그는 중얼거렸다. 그녀가 산다는 곳에서 멀지 않은 곳까지 와 있기 때문일까, 아니면 안개와 미로 같은 좁은 길과, 길을 따라가다 보면 어김없이 한끝이 드러나는 물 때문일까. 그렇지. 이상하게도 하나코 하면 물이 연상되었었다. 그래서 모두 마지막으로 자연스럽게 그 강변으로의 여행을 생각했는지도 몰라.

그러나 하나코는 그에게 '수로의 난간'이 될 수 없는 여인이었고, 물의 유혹에 빠질 수 있는 사람은 더더욱 아니었다. 하나코는 삶의 미로 속을 걸어가지만 언제나 그의 잘생긴 코처럼 의연하게 자기를 지킬 수 있는 인물이었다. 하나코는 혼자만의 고독을 지키며 허무주의의 늪 속으로 빠지는 사람이 결코 아니었다.

그가 '미로 속을 들어가듯' 남자 친구들의 초대를 거절하지 않고 받아들인 것은 생의 미로 속으로 들어가는 것이 자신을 구원하는 방법이라는 것을 알았기 때문이다. 하나코는 자신을 지킬 줄 알았기 때문에 남자 친구들이 부를 때는 언제나 그들에게 자연스럽게 다가가서 자신의 고독을 물리쳤다. 이러한 사실은 하나코 옆에 언제나 그녀의 여자 친구 한 사람이 머물고 있는 것으로도 충분히 증명될 수 있겠다.

보다 구체적으로 말하면, 갈대밭 근처의 늪지대 같은 술집에서 남자들은 수렁에 빠진 듯이, 혼자 힘으로 스스로 설 수 없는 듯이 하나같이 하나코에게 의존하려고, 싸움을 하듯 광란적으로 팔을 흔들면서 웃지 못할 희비극을 연출하지만, 그녀는 담담한 표정으로 늪 속의 술집을 빠져나가 어둠의 미로를 헤쳐 나갈 만큼의 단단한 용기를 가진 사람이었다.

반면에 남자 주인공은 베네치아에서 겨울 안개와도 같이 위험한 센티멘털에 대한 집요한 강박 관념에 빠져서 하나코를 전화로 불렀으나, 그녀가 옛날이나 지금이나 다름없이 누구에게나 똑같이 친절하듯이 그를 대하면서 자기 자신을 지킨다는 사실을 깨닫자, 그는 '실망의 자유'를 느끼면서 하나코에 대한 자신의 마음을 단념한다. 그 결과 그는 그녀에게로 가지 않고, 로마로 가는 침대차 속에서 물 위에 자기를 비추고 서 있는 등불을 바라보면서, 하나코라는 여인이 자신을 어떻게 지키고 살아가는 여인인가를 깨닫고 현실이 아닌 환상과도 같은 이상한 물의 도시, 베네치아가 던지는 위험한 그림자에서 자신을 구출한다.

때문에 이 작품의 주제적인 측면에서 중요한 것은 두 가지다. 하나는 하나코가 남자 주인공과는 달리 고독과 슬픔, 그리고 죽음의 유혹이 있는 이탈리아에서 자기를 지키며 세계적인 디자이너로 코를 높이면서 성공할 수 있었다는 것이고, 다른 하나는 남자 주인공은 하나코가 자신을 지키면서 그를 초대하는 그 목소리 때문에, 자기를 잃어버릴 몽상의 미로 속으로 빠져 들어가지 않고 자기의 삶을 건강하게 개척할 수 있었다는 것이다. "그렇게 날 몰라요?" 하는 하나코의 전화 목소리는 얼핏 들으면, 그를 유혹의 세계로 초대하는 듯한 목소리 같지만 그것은 틀림없이 그녀가 모든 유혹에서 자기 자신을 지킬 수 있다는 것을 나타내는 말이었다.

아무튼 이 작품의 끝부분에서 남자 주인공이 하나코가 던지는 인간적인 미로의 수수께끼를 풀 수 있었기 때문에 늪에서부터 자신을 구원할 수 있었던 것은 고마운 일이다. 남자 주인공은 수상水上의 도시인 베네치아의 유혹에서 벗어나면서 자신을 지켰고, 하나코는 이탈리아와 같은 미로의 도시 속으로 들어갔지만 능동적인 삶으로 자신을 의연히 지키면서 성공했다.

김승옥의 〈무진기행霧津紀行〉을 연상시키면서도 그 작품과는 달리 여성의 인격과 존엄성을 한껏 부각시킨 이 작품은 90년대를 장식할 수 있는 수작秀作이라고 하지 않을 수 없다. 결국 하나코는 생의 미로 속에 있으면서도 일상적인 것의 늪 속에 빠지지 않고 그것과 싸우면서 적극적인 삶을 살았기 때문에, 세계적인 독립된 디자이너로서 그녀 자신의 코를 그렇게 높일 수가 있었다. 이제 하나코를 언제나 유혹의 대상對象으로 삼았던 남자 주인공에게는 그녀의 존재가 없지만, 여성으로서 하나코는 뚜렷이 존재하고 있는 것이다.

하나코의 얼굴은, 옆에서 웃고 있는 친구의 얼굴 쪽으로 반 정도 돌려져 있어서 오똑하게 돋아난 코가 더욱 부각되어 보였다.

작품 〈하나코는 없다〉가 작가 최윤이 소유한 희망을 나타내는 '판도라 가방' 속에 있는 그것과 일치하는지 않는지는 우리로서는 모를 일이다. 그러나 이 작품이 미로의 인생길을 의연히 살아가고 있는 작가 최윤의 자화상의 일부인 듯한 인상印象은 씻을 수가 없다. 비록 이 작품의 그림이 그의 '판도라 가방' 속에 있는 것과 일치한다고 하더라도, 최윤이 이 작품을 발표한 이상 그 가방은 자연적으로 열쇠가 채워져서 열리지 않으리라. 그래서 그는 자신을 새장과도 같은 가방 속에서 해방시키기 위해 또 열심히 글을 써야만 할 것이다.

그가 이 다음에 어떤 그림을 그릴지는 모르지만, 우리는 그가 지금까지 소설 속에 그린 그림보다 더 크고 광활한 벽화를 그릴 수 있기를 기대한다.

상처의 내면화, 울림의 사회화

우찬제(禹燦濟, 문학평론가 · 서강대 교수)

상처와 기억, 그 복합 심리

작가 최윤의 평판적인 〈회색 눈사람〉은 "아프게 사라진 모든 사람은 그를 알던 이들의 마음에 상처와도 같은 작은 빛을 남긴다"라는 문장으로 끝난다. 일상적인 소통 공간에서 흔히 오갈 수 있는 어휘 수준으로 조합된 이 절제된 문장에서 우리는 최윤 소설의 몇몇 중요한 특성을 짐작할 수 있다.

먼저 그가 일차적인 문학적 질료로 삼고자 하는 대상은 "아프게 사라진 모든 사람"이다. 그것이 대상이 되는 이유는 "그를 알던 이들의 마음에 상처와도 같은 작은 빛"을 남기고 있기 때문이다. "작은 빛"은 달리 말해 기억이라고 해도 좋다. 상처와도 같은 기억을 남긴 원상 역시 상처긴 마찬가지다. 아니, 원상은 더 큰 실제적인 1차 상처다. 이 원상의 기억 때문에 살아남은 자는 오랫동안 2차 상처를 보듬고 살아야 한다. 최윤 소설에서 공통된 화제의 하나는 바로 이것이다. 2차 상처를 가진 사람들에 의한 1차 상처 기억하기, 혹은 기억의 회로 찾기다.

그러나 최윤의 경우 기억이든, 기억의 회로든 쉽게 재현되지 않는다. 1차 상처의 빛과 2차 상처의 그림자 사이에 드리워져 있는 복잡한 실타래 때문이다. 사정은 퍽 난처하다. 그가 그런 상처 때문에 아프게 살다 고통 속에서 죽어 갔기 때문에 참 슬프다. 그렇지 않니? 수준의 평면적인 담론을 작가가 거부하는 까닭이다. 왜? 그 같은 평면적인 기억이라면 우리의 인식 지평에 새로운 충격을 더하지 못한다.

1차 상처와 2차 상처는 시간 거리를 둔 채 객관적인 대상과 주관적인 인식 주체로 떨어져 있는 것이 아니다. 그 거리는 사실 복합 심리로 소용돌이치는 치열한 자장이다. 복합 심리 위에 인식 대상과 주체, 1차 상처와 2차 상처, 상처와 기억, 과거와 현재, 현재와 미래는 뒤섞이고, 상호 주관적인 대화 지평이 형성된다. 이 대화 지평에서 기억은 이제 단순한 서사적 재현을 넘어선다. 즉, 미메시스mimesis의 세계를 넘어선 세미오시스semiosis의 세계가 창조되는 것이다. 이렇게 어렵게 구축된 세미오시스의 세계는 부단히 미메시스 세계의 문제성을 환기시켜 준다. 그리고 그 문제성에 대해 전면적인 반성을 하게 한다. 그 반성의 자리 위에서 인식 주체는 새로운 길트기를 시도할 수 있게 된다.

다시 말하지만, 최윤 소설은 상처와 기억의 복합 심리 위에 인식의 긴장을 통해 형성되는 실체다. 1988년 등단 작품인 중편 〈저기 소리없이 한 점 꽃잎이 지고〉에서부터 장편 《너는 더 이상 너가 아니다》, 동인문학상 수상작인 〈회색 눈사람〉은 물론 〈워싱턴 광장〉, 그리고 이번 이상문학상 수상작인 〈하나코는 없다〉 등 일련의 작품들이 이 같은 소설 문법을 지닌다.

이 같은 소설 문법은 기실 작가로서 최윤이 견지하고 있는 사회문화적 태도와도 관련되는 것이다. 우리 사회가 오랫동안 인식의 "소화 불량증"(《너는 더 이상 너가 아니다》) 상태에 걸려 있다고, 그는 진단한다. 즉물적이거나 즉자적인 태도 때문에 부황하게 감상적이거나 심하게 경직되어 있다고 본다.

이런 인식의 소화 불량증 상태를 작가는 최근작 〈푸른 기차〉에서 이렇게 진술한다. "가족과 돈과 탄생과 죽음에는 이의 없이 감격하며, 이권과 권력과 민족과 핏줄에 대해서는 세 줄을 넘지 않는 논의 끝에 무조건 동의하는 사람들, 선과 악, 상과 하, 전과 후, 안과 밖에 대해 불변의 지식을 소유하고 있는 사람들……." 재래식 가족주의나 이데올로기, 이분법, 흑백 논리 등등에 대해 그가 어떤 사유를 보이는지를 짐작하게 하는 예문이다.

하여 최윤은 인식의 "소화 불량증" 상태에서 벗어난 지평으로 나아가고자 한다. 막힌 인식의 벽에 구멍을 내어 새로운 사유의 빛을 투시하고자 한다. 그리고 그런 작업을 할 수 있고, 해야 되는 영역이 바로 문학이라고 작가는 믿고 있다. 그래서 최윤은 때때로 광기의 지대와 현실의 지대를 뒤섞고, 이데올로기의 지대와 리얼리티의 지대를 가로지른다. 인식의 소화 불량증이란 벽을 허물고 진정한 지혜의 창천으로 비상하고자 한다. 그리고 그것을 통해 그는, 철학자 김진석의 화두처럼, '포월匍越'의 인식 지평으로 나아가고자 한다.

이데올로기 비판, 문학 비판의 새로운 차원

최윤의 상상력과 문학 태도는, 그런 의미에서 매우 전복적이라고 해도 좋다. 이런 태도는 그의 대부분의 작품을 관통하는 것이지만, 주제적인 측면에서 특히 〈아버지 감시〉와 《너는 더 이상 너가 아니다》를 우선 주목할 필요를 느낀다. 우리 사회의 허구적인 경직성을 즉자적인 이데올로기와 즉물적인 욕망의 측면에서 조망하고 전복시키고자 한 소설들이다(물론 형식적인 차원에서 볼 때 〈아버지 감시〉는 최윤 소설에서 비교적 예외적인 작품으로 보이지만, 그의 문학적 태도를 살펴보는 과정에서는 먼저 언급할 필요가 있다고 생각한다).

이미 많은 평가가 있었던 바와 마찬가지로, 〈아버지 감시〉는 이데올로기라는 망령을 예리한 지성적 인식안으로 조망한 작품이다. 소설은 아버지와 아들이 처음으로 해후하는 이야기다. 아버지는 한국전쟁 때 남쪽의 가족을 버리고 월북하여 북한에 살다가 다시 중국으로 망명하여 산 기구한 운명의 인물이다. 아들은 그런 아버지를 둔 까닭에 남한에서 상처받은 삶을 살다가 프랑스에 유학, 거기서 식물학 연구소의 연구원으로 정착하여 살고 있다. 아버지가 이데올로기를 추구하며 살아온 인물이라면, 아들은 그 이데올로기의 상처를 인식하며 반이데올로기적으로 살아온 인물이다.

이 같은 아버지와 아들이 동구의 공산권이 몰락하던 시기에 파리에서 처음으로 만나게 된다. 이 만남은 혈족의 운명적 만남임에 틀림없지만, 거기엔 분단의 역사와 이산의 설움, 그리고 그에 따르는 왜곡 구조로 인해 생길 수밖에 없는 분명한 '거리'를 어찌하지 못하는 만남이기도 하다. 말하자면 '핏줄'로는 화해할 수 있으되, '이데올로기'적으로는 도저히 화해할 수 없는 그런 만남의 방식인 셈이다. 그러므로 정히 문제적인 만남일 수밖에 없다.

이 만남의 문제성을 작가는 핏줄도, 이데올로기도 아닌 제3의 방식으로 해결하고 있다. 그 제3의 방식이란 서로의 실재를 확인한 연후에 그 실재를 통한 전면적인 반성과 새로운 만남의 기획이다. 여기서 실재를 확인한다는 것은 피차 서로가 가지고 있던 이데올로기적 망령을 거두어 낸다는 것을 의미한다. 현실적으로 아버지가 추구했던 사회주의는 실패했다. 아들은 그 실패한 사회주의를 추종했던 부당한 아버지 때문에 철저하게 상처받았다고 생각하는 인물이기에 거리를 둔 채 아버지를 감시한다. 즉, 아버지는 부당했기 때문에 실패했고, 실패했으므로 아들에게 용서를 구해야 한다고 생각한다. 그러나 아버지는 다르다. 자신이 비록 실패했지만, 실패했기 때문에 부당했다고는 생각지 않는다.

더욱이 실패했기 때문에 용서를 빌어야 한다고는 생각지 않는다. 사회주의적 이상주의라는 자신의 신념만은 그대로 견지하고 있으며, 그것이 자신의 실재임을 아들에게 그대로 보여 주고자 한다. 그래서 아들에게 페르 라셰즈 공동묘지의 '코뮌 병사들의 벽'을 구경시켜 달라고 부탁하는 것이다.

아버지와 아들이 코뮌 병사의 벽으로 가는 길 위에서 이데올로기의 망령은 거두어지고, 그에 따라 둘 사이에 드리워졌던 이데올로기적 거리도 제거된다. 이 따스한 화해의 풍경이 매우 감동적으로 그려져 있다. 그것은 이데올로기의 망령을 거두어 낸 자리에서 발견한 실재를 통한 새로운 길트기의 가능성이기도 하다. 다시 말해 핏줄의 논리도, 이데올로기의 논리도 아닌 실재의 논리로 진정한 화해를 모색한 것이라 할 수 있겠다.

우리는 지구 상에 마지막으로 남아 있는 유일한 분단국가로서 오랫동안 이데올로기라는 망령에 시달려 왔다. 그런 까닭에 그동안 '분단 문학' 또는 '이데올로기 문학'이라 불리는 문학 형태들이 많이 창작되었던 게 사실이다. 그런 한국 문학의 전통을 한편으로는 이어받으면서도 다른 한편으로는 비판하면서, 최윤은 이데올로기를 넘어서는 '탈분단 문학'을 창조하는 데 성공을 거두었다. 특히 이 작품이 발표된 1990년의 시점에서 볼 때, 그 의미는 더욱 각별해진다. 옛 소련의 와해와 동구 몰락의 조짐이 완연해진 가운데 세계는 새로운 변혁기를 겪고 있었던 때였다. 하여 국내외적으로 체제와 이데올로기 논쟁이 격심했었고, 일부에서는 자본주의의 완전한 승리를 외치며 탈이데올로기의 시대를 선언하기도 했었다.

하지만 승리니 패배니 운운하는 것 자체가 벌써 얼마나 이데올로기적인 것인가. 문제는 그 같은 이데올로기적인 거품을 거두어 낸 상태에서 정녕 인간다운 삶의 진실을 찾는 것이었고, 바로 그 점을 작가 최윤이 파고든 것이다. 이런 사정 때문에 〈아버지 감시〉에서 이데올로기란 인간 이하의 한갓 망령일 뿐인 것으로 비판되고, 그것을 넘어선 새로운 길트기가 시작되었던 것이다.

장편《너는 더 이상 너가 아니다》에서 보여 준 현실 비판 태도 역시 우리의 비상한 관심을 요하는 대목이다. 이 소설은 기본적으로 한국 현대사를 꿰뚫어 보면서 그 담당 주체로서의 1세대와 그 자식 세대인 2세대의 즉물적 인식안에 대한 비판을 주로 하면서, 이제 새롭게 무엇을 어떻게 시작할 것인가 하는 문제를 예각적으로 다룬 문제적인 장편이다.

여기서 최윤의 화두는 "아비는 고옥 수리자였고, 욕망의 사시斜視인 자식은 물질 속으로 사라져 갔다"에 집약된다. 박철수의 부친은 고옥 (전통 가옥) 수리자였다. 근거 없는 민족주의를 내세웠던 부친은 집 그 자체에 대한 본질적인 인식을 하지 못한 채 그저 복원, 수리에만 몰입하다 죽어 갔다. 늘 부실했고, 한 번도 온전한 집을 만들 수 없었다. 아들은 아비의 행적을 쫓다가 그 아비가 남긴 것이 어처구니없는 빚밖에 없음을 알게 된다. 아비의 역사는 늘 뒤틀렸고, 질곡이었고, 그래서 진정성에 이르지 못했다. 그리고 아비의 불행했던 역사를 올곧게 새로 쓰고자 한다. 이는 아비 세대에 대한 철저한 부정을 의미한다. 아비의 의식과 행동으로는 삶의 실체를 동반할 수 없다는 인식이다. 이것이 우리 현대사 1세대에 대한, 그 질곡에 대한 전면적인 비판에 해당된다.

반면 2세대인 자식은 어떠한가? 작가는 이를 직계 자식인 박철수의 이야기로 하지 않는다. 박철수의 "거울"일 수 있는 나영희의 이야기로 비틀어서 하고 있다. 그녀는 누구인가? 육체적으로나 정신적으로나 욕망의 사시가 바로 그녀다. 그녀는 현대 일상성의 늪에서 표적 없는 물질의 항해를 하고 있다. 그저 흔들리는 인물이다. 사시인 그녀가 보는 세상이 마구 흔들리고 있듯이, 그녀의 내면 또한 무수히 흔들릴 뿐이다. 흔들림의 끝은 어디인가? 그것은 사라짐이다. 무수한 그리고 의미 없는 분열 속에서 흔들리다 다만 무화되어 갈 뿐이다. 소설의 대미를 장식하고 있는 그녀의 자살 장면은 분열과 소진의 절정을 보여 준다.

아비는 부질없는 이데올로기에 의해 상징적인 불구였고, 자식은 반이데올로기적 물질 탐닉에 의해 역시 상징적인 불구의 삶을 살다가 스스로 소진되고 만다는 이 비극적인 인식은 분명 극단적이다. 이 극단적인 상황을 박철수라는 매개 인물을 통해 대비시키면서 대화를 시도하고 있다. 무수한 이미지와 효과적인 상징에 의해 문제의 소지가 웅숭깊게 표현되고 있다. 소설의 끝에서 작가는 이제 살아남은 자들로 하여금 죽음의 장소로부터 탈출하게 하고 있다. 그것은 새로운 집 짓기의 시작이고, 새로운 삶과 역사의 출발을 예비하는 것이다. 물론 그 길이 어떤 모습인지 서둘러 말할 수는 없다. 그러나 길은 시작되었고, 소설은 끝났다.

반복이 되겠지만, 최윤의 《너는 더 이상 너가 아니다》는 진정한 자기 정체성 없이 흔들리며 살아왔고 살고 있는 역사와 현실에 대한 전면적인 비판과 반성 위에, 무엇을 어떻게 새로이 시작할 것인가에 대한 근원적인 문제 제기를 하고 있는 소설이다. 거듭 잘못 덧칠하여 더 이상 칠이 불가능하기 때문에, 근본적으로 종이를 바꾸고 붓과 물감 또한 바꾸기를 촉구하는 이야기를, 아주 새로운 방식으로 억압하지 않으면서 하고 있다는 점에서, 이 소설은, 감히 말하건대 전복적이다.

이렇게 최윤은 이데올로기와 현실 비판의 새로운 차원을 열어 보이고자 한다. 여기서 새삼 주목할 것은, 이 같은 비판의 내용이 곧 문학비판의 실제와 맞물린다는 점이다. 지난 80년대까지 우리 문학이 이데올로기나 현실에 지나치게 즉자적이었던 점에 대한 작가 나름의 비판이 거기에 함께 들어 있다는 생각이다. 다시 말해 현실의 정황이나 이데올로기적 요구에 의해 상당 부분 양도해야 했던 문학의 본원적 지위를 되찾아야 한다는 것이다. 반성적 인식과 대화적 상상력, 다성적 목소리, 탄력적 구성 등을 통해 문학으로 할 수 있는 최대치의 인문적 지성의 빛을 보여 주어야 한다는 게 최윤이 지니고 있는 문학 비판의 새로운 차원이라고 볼 수 있다. 이 점은 이미 등단작인 〈저기 소리없이 한 점 꽃잎이 지고〉에서부터 예비되어 있는 것이라 하겠다.

상처의 내면화, 울림의 사회화

문학비평가이자 불문학 교수인 최현무를 최윤이라는 이름의 작가로 우리 소설사에 입적시킨 최초의 작품인 〈저기 소리없이 한 점 꽃잎이 지고〉는 "당신이 어쩌다가 도시의 여러 곳에 누워 있는 묘지 옆을 지나갈 때 당신은 꽃자주 빛깔의 우단 치마를 간신히 걸치고 묘지 근처를 배회하는 한 소녀를 만날지도 모릅니다"라는 첫 문장으로 우리 앞에 나타났다. 주지하다시피 80년 5월 광주 항쟁의 상처와 비극을 매우 복잡한 기억의 그물망으로 그려 낸 역작 중편이다. 80년대를 통해 줄곧 우리 모두를 원죄 의식에 사로잡히게 했던 그 사건을 작가는 현장의 일원 묘사가 아닌 다원 묘사의 프리즘으로 형상화한다. 여기서 다원 묘사라고 한 것은 다원적 시점에 의해 현장의 상처를 다원적으로 기억시키고 인식시킨다는 점 때문이다.

80년 5월, 그 엄혹했던 역사의 현장에서 오빠가 죽어 가고 이어 어머니가 학살된다. 어머니가 온몸에 검은 구멍이 뚫린 채 죽어 가는 장면을 목격하고 도망친 딸은 그 엄청난 상처로 인해 광기의 지대로 들어서게 되고 실성한 채 오빠를 찾아 묘지를 전전한다. '그녀'와 우연히 만나 동거하게 된 '남자'는 '그녀'에게서 "영원히 각인된 상처 조각과 그 상처 조각이 숨 쉬고 있는 수치스러운 흔적들"을 발견하지만, 무엇이 '그녀'를 그렇게 만들었는지에 대해서는 명확히 알지 못한다. 다만 "무언가 그의 한정된 상상력을 훨씬 뛰어넘는 것, 더 강한 것, 더 끔찍한 무엇이 있을 것"이라고 짐작할 따름이며, 그럼에도 불구하고 그 자신도 끔찍한 가해자의 일원일 수 있다는 생각을 가진다.

그리고 '그녀'를 찾아 나선 '우리'가 있다. 죽은 친구의 동생인 '그녀'를 찾아 나서지만 '남자'만 만나고 결국 '그녀'를 찾지 못하는 '우리'다. 그리고 다음과 같은 마지막 문장을 산출하는 '우리'다. "우리는 한 번도 본 적이 없는 그녀의 미소가 우리 주변에 떠돌고 있었고, 머리에 시든 꽃을 꽂고 꽃자주색 치마를 팔랑거리면서 오빠의 있지 않은 무덤 앞에 가볍게 내려앉은 한 소녀의 영상이 아주 잠시 우리의 뇌리에 스쳤다."

이와 같은 '우리'와 '그녀', '남자'가 각각 절을 달리하며 초점 화자인 '그녀'를 보고하는 객관적 · 내면 독백적 · 주관적 서술 시점의 주인이 된다. 그래서 중층적인 다원 묘사가 이루어진다. 그 결과 인식적 요소와 감정적 요소가 효과적으로 결합되면서 작품의 심리적 국면이 전경화된다. 물론 묘사는 다원적이고 중층적으로 이루어지지만, 묘사하고자 하는 원상은 하나로 수렴된다. 그것은 절규에 가까운 '얼굴'의 풍경이요, 그 표정을 목도해야만 했고 기억해야만 하는 이들의 심리적 상처의 정경이다.

소리 지르는 얼굴, 쓰러지는 얼굴, 위협하고 구타하는 얼굴, 피 흘리고 쓰러지는 수많은 얼굴, 발가벗겨진 채 숭어처럼 팔딱거리며 경련하는 얼굴, 헉하고 소리 지를 시간도 없이 사라져 버리는 얼굴,

쫓기는 얼굴, 부릅뜬 얼굴, 팔을 내휘두르며 무언가를 외치는 얼굴, 굳어진 얼굴, 영원히 굳어진 보통 얼굴들. 깔린 얼굴, 얼굴 없는 얼굴, 앞으로 나아가는 옆얼굴, 빛나는 아름다운 이마의 얼굴, 꿈과 힘이 합쳐진 얼굴, 그리고 다시 모로 쓰러지는 얼굴, 뒤로 나자빠지는 얼굴, 다시 깔리는 얼굴, 그녀의 이름을 부르다 말고 꺼지는 눈빛의 얼굴······.

이 얼굴은 곧 현장의 상처를 증거한다. 현장에서 있었고, '그녀'의 "고통의 박동" 속에서 거듭 반추되는 상처다. 되돌이키기 싫은 기억이지만, 되돌이키지 않을 수 없는 속절없는 기억의 풍경이다. 그것이 "영원히 각인된 상처"에 값하는 것이기 때문이다. 아니, 각인된 퇴적 상태의 상처가 아니라 각인되어 거듭 부풀어지고 계속 변형, 생성되는 상처이기 때문에 그러하다.

이 상처를 작가는 일차적으로는 '그녀'의 내면의 소용돌이를 형성하는 것으로, 이차적으로는 '남자'에게 교감되어 전이되는 것으로, 그리고 결국엔 '우리'의 내면으로 파동 치며 확산되는 것으로 그리고 있다. 이 같은 동심원적 파장을 통해 우리는 고통의 심연과도 같은 상처의 깊이에로 다가서게 되며, 정서적 울림을 통해 내면화로부터 사회화로 진지하게 옮겨지는 인식의 깊이를 읽어 내게 된다. 직접적으로 안내된 현장의 상처를 지각하는 경우에 비해 더욱 웅숭깊은 효과로 보인다. 상처의 내면화 내지 실존화에서 출발했으되, 결국 동심원적 파장을 통해 우리 모두의 가슴으로 아프게 전이되는, 즉 사회화되는 역동적 상징성을 현묘하게 보여 줌으로써, 문학의 비의로 이룰 수 있는 역사와 인간에 관한 새로운 해석 지평을 열게 된 것이다.

상처의 내면화를 통한 울림의 사회화를 지향하는 이와 같은 담론 전

략은 90년대 단편소설사에서 길이 빛날 명편 〈회색 눈사람〉에서 더욱
의미 있는 효과를 거둔다. 70년대 초반 유신 치하의 운동권과 연루되
었던 기억을 회상하는 강하원이라는 여인의 시점으로 서술된 이 소설
은 인물의 구성 원리, 문체, 주제 제시 방식 등 여러 측면에서 고르게
성취를 거둔 작품으로 평가된 바 있다. "거의 이십년 전의 그 시기가
조명 속의 무대처럼 환하게 떠올랐다"로 시작되는 〈회색 눈사람〉은 이
미 도입 부분부터 사려 깊은 서정적 문체로 매우 독특하고 상징적인 아
우라를 형성한다.

> 그것은 혼란이었다. 그리고 무엇보다도 아픔이었다. 그것이 미완
> 성이었기 때문에? 그러나 삶의 단계에 정말 완성이라는 것은 있기
> 라도 한 것인가. 아, 그때…… 하고 가볍게 일축해 버릴 수 없는 과
> 거의 시기가 있다. 짧은 시기지만 일생을 두고 영향을 미치는 그러
> 한 시기. 그래도 일상의 반복의 힘은 강한 것이어서 많은 시간 그
> 청록색의 구도 위에도 눈비가 내리고 꽃이 지고 피면서 서서히 둔
> 감한 상처처럼 더께가 내려앉아 있었던 모양이다.

세계와 사람살이에 대한 진지한 고뇌 없이는 쓸 수 없는 문장이고 문
체다. 이십 년이란 시간 거리를 사이에 놓고 작가는 매우 낯설고 예외
적인 인물을 창조하고 있으며, 삶의 진실을 아름답게 조탁하고 있다.
  92년 동인문학상 수상작인 〈회색 눈사람〉은 이미 말한 대로, 소설 속
에서 한 개인 안에 어떻게 효과적으로 사회성을 담을 수 있을 것인가,
그리고 그것이 어떤 모습으로 성공할 수 있을 것인가를 보여 주는 대표
적인 사례가 되는 소설이다. 이 과정 안에 작가 최윤만의 독특한 분위
기가 들어 있다. 여주인공 강하원은 사실 소설 속의 핵심 사건(인쇄소

를 거점으로 한 '안'을 비롯한 운동권의 이야기)에서 주변적인 인물에 불과하다. 혹은 무관한 인물일 수도 있다. 그런데 사건에 휘말리게 되면서 자신의 내면 안에서 사회적인 양상들을 자곡차곡 축적시켜 나간다. 그 모습을 작가는 아주 차분하고 유려하게 그린다. 색채 등 다채로운 이미지들과 어울리면서 공명음을 자아내게 하는 데 성공한다.

소설 〈회색 눈사람〉은 이를테면, 한 개인이 역사적이고 사회적인 현실 속에서 상처를 받았을 때, 그 상처를 어떻게 치유할 수 있을 것인가를 진지하게 문제 삼고 있다고 볼 수 있다. 이때 그 상처를 사회화된 자기 내면의 것으로 만드는 방식, 그러니까 자기가 상처를 받았을 때 자기 가슴을 먼저 치유하는 것이 아니라 자기에게 상처를 준 원인부터 찾아서 치유해 나가고자 하는 태도, 이 같은 상처의 치유 방식을 통해 개인 안에 사회성을 효과적으로 담고 있는 것이다. 몸과 가슴의 상처에 즉자적으로 호들갑을 떨지 않고 그 상처의 방향을 냉철하게 바라보는 시선에서 우리는 거듭 최윤 문학의 장기를 발견한다. 그 같은 시선으로 인하여 이 소설에 구현된 사회성은 단순하게 반영된 그것이 아닌, 매우 정치精緻한 관계 속에서 구조화된 그것으로 된다.

작가는 관계를 보여 주는 방식으로 서사 상황을 직접 판단하지 않는다. 독자들로 하여금 여러 경로를 통해 현상을 판단할 수 있도록 즐겁게 유도한다. 이 판단 중지의 관계망은 절제된 언어와 잘 짜인 구성과 더불어 탁월한 단편 미학의 요소가 된다. 이렇게 구조화된 사회성은 작품의 시대적 배경이 되고 있는 70년대 초 음울했던 회색 조의 유신 치하뿐만 아니라 서술 시간의 현재에도, 독서 시간의 현재에도 여전히 의미 있는 것으로 받아들여진다. 그것의 환기력 때문이다.

되풀이 강조하건대, 〈회색 눈사람〉에 구현된 참된 사회성의 성취는 내면 갈등의 진정성을 바탕으로 한 인물 성격 창조의 성공에 기인하는 것이다. 이 소설에서 강하원이라는 주인공은 뫼비우스의 띠 같은 성격으로 형상화되어 있다. 안에 있으면서 밖에 있고, 밖에 있으면서 또한 안에 있는 존재, 그래서 안과 밖의 경계를 해체하고 있는 인물, 그가 바로 작가 최윤이 창조한 강하원이었던 것이다. 작가는 이 인물이 안에 있으면서 밖으로 끊임없이 나가려 한다든가, 혹은 밖에 있으면서 부단히 안으로 틈입하려 하는 탈영역화 경향을 표 나지 않게 고통스러운 내면 갈등 묘사를 통해 보여 줌으로써, 소설에서 갈등의 제자리를 마련해 주는 데 성공했다. 강하원의 진정성 있는 갈등에 의해, 있던 안과 밖의 경계는 해체되고, 있던 인식의 지도는 허물어진다.

그러나 그 고통과 갈등은 쉽사리 새로운 경계를 도모하지 않으며, 새롭고 독자적인 인식의 지도를 섣불리 완결하려 하지도 않는다. 다만 갈등의 과정이나 풍경 자체에 독창적인 아우라가 스며들게 하여 문학적 울림의 동심원을 넓게 넓게 확산시켜 나갈 따름이다. 이런 강하원의 내면 갈등에 의해 현실은 새롭게 조명되었고, 인간은 깊이 있게 조망될 수 있었다. 나아가 소설의 영역은 넓어졌고, 소설의 깊이는 한층 심원해졌다.

차단된 심연의 탐색

〈회색 눈사람〉에서 느낄 수 있는 또 다른 작은 사실 하나는 자신의 진정한 내면을 가진 이라면 주변과 결코 쉽게 동화될 수 없다는 것이다. 스무 살 강하원이 깊은 밤 인쇄소의 희미한 빛 가까이로 몰래 접근했다가 소리 없이 돌아서는 장면과, 마흔 살 강하원이 '안'의 연설장에 찾아갔다가 김희진의 원고 뭉치가 들어 있는 가방만 맡기고 조용히 돌아서는 장면을 포개어 놓고 보면, 강하원의 내면 정경을 어렵잖게 짐작하게 된다.

이처럼 〈회색 눈사람〉에서 우리가 자신의 내면 때문에 쉽게 동화 될 수 없는 인간사의 한 단면을 볼 수 있다면, 반대로 〈하나코는 없다〉에서는 자신의 진정한 내면을 지니고 있지 못하기 때문에 진심으로 타자에게 다가가지 못하는 인간사의 한 국면을 만나게 된다.

94년 이상문학상 수상작인 〈하나코는 없다〉는 작가 자신의 표현대로 "우리 주변에서 보편적으로 경험하기 때문에 부당하게 정석이 되어 버린 남녀 사이의 우정, 그 미로와 같은 오해와 환상에 대한 이야기"(《중앙일보》 6월 28일자)다.

소설은 대학 졸업반 시절부터 사회 초년생 시절 사이에 친구들의 모임에 늘 합석했던 하나코라는 여자 친구에 관한 기억을 되살리는 남성 화자의 시점으로 이루어져 있다. 코가 아주 예뻤던 까닭에 하나코라는 별명으로 불렸던 여인, 그녀는 모임의 대부분의 남성들에게 격의 없는 친구이자 때때로 연정의 대상이기도 했다. 그러나 그 관계는 대단히 모호하기 짝이 없는 것이었다. 많은 남성들이 그녀에 대해 "마치 공기나 혹은 적당한 온기처럼 늘, 흔적 없이 그들 옆에 있다가 사라져 버"리는 "그렇게 늘 없는 듯 있"는 존재로 생각했거나 기억하기 때문이다. 하여 누구도 자기 내면의 진심으로 그녀를 이해하지도 않았으며, 그녀에게 다가서지도 않았다. "그들은 모두 최소한의 인내심과 배려가 부족했던 것"이다. 이성 친구라는 미명하에 그녀는 매우 부당하게 자기 정체성을 인정받지 못했던 것이다. 말하자면 모임의 남성 친구들에게 있어서 외적으로는 다가섬의 대상이었지만, 실제로는 차단의 대상이었던 것이다.

이런 사정을 작가는 〈하나코는 없다〉는 표제에 담고 있다. 즉, 모든 남성들이 찾는 하나코였지만 실제로 그 남성들에게 하나코는 없었다. 자신의 진실한 내면을 가지고 남성들을 대하려 했던 하나코와는 달리 남성들은 그렇지 못했기 때문이다. 이에 "그렇게 날 몰라요?"라고 항변하는 하나코의 음성은 진한 울림을 동반한다. 하지만 남성적 삶의 "원대한 이유"(실은 자기의 내면이 거세된 상태에서의 허상) 때문에 "그렇게 날 몰라요?"라는 하나코의 음성에 대한 진지한 답변은 하나코에게 돌아가지 않는다. 그들에게 결국 하나코는 없었던 것이다. 이렇게 남성 친구들에게는 없는 듯 보였던 하나코는, 그러나 그녀의 고유한 삶 속에는 있었다. 작품의 결미 부분에서 작가가 의도적으로 설정해 놓은 의미 공간에서 이를 읽어 낼 수 있다. 이탈리아에서 인테리어 디자이너로 성공하여 귀국한다는 하나코의 모습을 접하게 되는 장면이 그것이다.

'있다'와 '없다'의 대립은 때때로 인식의 미궁으로 치닫기 쉽다. 그런데 작가 최윤은 이 미궁을 통해서 진정성이 훼손된 남녀 관계의 현재적 문제점을 캐내고 있다. 비단 남녀 관계에서 그치는 것이 아니라 인간관계 전반의 문제의식으로 확산되는 것이기도 하다. 이 과정에서 진정한 여성성의 문제의식은 역설적으로 현저하게 빛을 발하고 있다.

〈하나코는 없다〉에서 작가가 보여 준 것은 인간관계의 차단된 벽이다. 그리고 그 차단된 벽 아래 깊숙한 심연의 깊이다. 이런 단절 의식을 더욱 밀고 나간 작품이 〈푸른 기차〉다. 〈푸른 기차〉는 세상과 인간에 대한 극단적인 단절감을 느끼는 한 젊은 영혼의 과장된 고통의 내면과 그에 따른 역설적인 권태감, 그리고 도피의 행장기를 보여 주고 있는 소설이다. "아— 이 벌판은 어쩌라고 이렇게 한이 없이 늘어놓였을꼬? 어쩌자고 저렇게까지 똑같이 초록색 하나로 되어먹었노?"라는 이상李箱의 〈권태〉 부분 인용에서 시작되는 이 소설은, 어떤 의미에서 이상의 세계에 가장 닮아 있는 소설이라고 할 수 있다.

이 소설의 주인공은 "대낮에 무수한 얼룩이 방향 없는 지도를 그려 내고 있는 거울 속에서 모호한 의문 부호를 양미간에 그려 내는 스물여덟의 남자. 세상을 기쁘게 해주려고 고생하면 고생할수록 세상은 그것을 달갑지 않게 여기는 그런 수많은 사람 중의 하나. 서툴고 미지근한 방식으로 삶에 아침 인사를 하고 저녁마다 영혼의 과장된 신음 소리를 내는 한 남자"다. 세상과 불화하는 문제적 인물인 것이다. 그가 지닌 세상에의 불화와 적의, 그리고 부정 의식은 그의 대부분의 문장들을 부정문으로 만든다. 그에게 배달되는 우편물을 "예고하고 촉구하고 명령하고 요구하며 독촉하고 광고하고 비판하고 위협하"는 것으로 인식할 정도로 그의 불화는 극에 달해 있다. 이에 그는 "세상에 대한 그의 부재"를 감행한다. 모든 관계를 차단시킨 채 홀로 세상에서 벗어나려 한다. 세상에 대한 적의와 부정 의식의 외현화 양상이다. 하지만 "세상에 대한 그의 부재"에 대해 세상은 "무심"할 따름이다. 권태는 심화되고 적의는 좀처럼 풀릴 줄 모른다. 이에 어쩔 수 없이 세상에 다시 존재해야 되는 그의 의식은 매우 비극적일 수밖에 없다.

무엇에게나 모른다고, 싫다고, 아마라고 대답하면서 이방인을 꿈꾸는 사람들, 완벽한 척하는 세상의 실추를 부재를 통해 증명해 보이려 잠자는 사람들, 천재가 되어 버린 박제들, 그는 수많은 그들조차 되지 못했다. 그들의 길고 긴 계보는 아득히 끝이 없지만 그는 그 비밀 결사에 입적할 수도 없다. 그들은 무서워했고 걱정했으며 경종을 울렸고 좌절하거나 이겨냈다. 그들은 너무 완벽했으며 비극적이었고 진지했으며 감동적이었다.

그가 부재한 사이 세상이 개과천선을 한 것도 아니고, 그의 발밑에서 눈물을 흘리며 참회하지도 않았으며, 그는 그사이 더 현명하게 사는 법을 터득하지도 않았고, 아무것도 증명하지 못했다. 게다가 그는 벌을 주기는커녕 터득할 것도, 증명하고 싶은 것도 없었다. 그는 더 비싸지지도 않았으며 더 싸지지도 않았다. 어떻건 그는 살았다. 그동안 잘, 살고 있음을 잊을 정도로 잘살았을뿐이다.

세상과 현실에서 인간의 소외 문제는 현대성을 탐색하는 영원한 주제다. 30년대의 전위적 모더니스트였던 이상은 〈날개〉에서 소외의 미궁으로부터 탈출할 수 있는 "박제가 되어 버린 천재"의 날개가 재생될 수 있기를 희구했고, 그 반대편에서 〈변신〉의 카프카는 벌레로 변신한 이야기를 만들었다. 그리고 손창섭이 있었고, 또 지금 최윤이 있다.

〈푸른 기차〉는 결국 차단된 심연의 탐색기다. 주인공이 세상에 대해 전면적으로 파업을 하는 동안 세상의 그 어떤 모습도 변화되지 않았다. 그는 "아무것도 증명하지 못했"으며 "어떻건 그는 살았다"라는 결과, 주인공은 세상에 대해 더욱 골 깊은 차단의 벽, 소외의 벽을 느끼게 된다. 이렇게 차단되고 소외된 자아는 의식의 깊은 심연으로 하강한다. 그 침윤된 심연은 큰 절망을 낳는다. "그러니 어쩌란 말인가"라는 타령조의 결구를 생산한다. 하지만 타령조의 결구에도 불구하고 큰 절망은 큰 성찰과 맞물리는 법이다. 차단된 심연에서 주인공이 성찰한 것은 현대 사회에서 인간 소외의 위기의식이다. 사람살이의 기본 조건이 점차로 망실되어 가는 상황에 대한 절망적인 인식이다. 이상에게 있어서 '초록색'은 '권태'의 색이었다. 반면 최윤에게 있어 '푸른색'은 소망의 색에 가깝지만 권태로울 정도로 아득히 멀리 있어 가물가물 잡히지 않는다.

지성의 위의와 문체의 미학
최윤은 매우 지성적인 작가다. 그의 문학은 단순히 있는 세계의 재현에서 그치지 않는다. 미메시스를 넘어선 세미오시스의 세계를 창조하기 위해 그녀는 독특하게 세상과 인간을 성찰한다. 결코 현상을 쉽게 바라보고 이를 받아들이거나 거부하지 않는다. 조심스럽게, 그러나 정열적으로 사물들의 연관 관계를 파악하고자 한다. 그러므로 저간에 개인이나 공동체가 아무런 저항 없이 받아들였던 결론들도 이제 그에게는 결론일 수 없으며 새로운 문제들일 따름이다. 그 문제들을 최윤은 결렬된 이성과 욕망의 파동 속에서 근원적으로 새롭게 풀어 보려 한다. 우리가 살펴본 몇몇 대표적인 작품들에서 이미 확인한 바와 같다. 그래서 그의 소설을 읽는 독자로 하여금 문학이란 이름으로 구현된 지성의 위의威儀를 알게 한다.

그가 추구하는 지성의 위의는 문체의 미학과 만나 객관적 실체가 된다. 그의 대부분의 소설들은 고통의 언어와 중층적인 담론 구조로 이루어져 있다. 사람살이의 구체적인 과정에서 발생하는 상처를 포착하는 원경과 근경을 아울러 가지고 있기에, 그의 언어는 고통의 통과 제의를 거치고 그의 담론은 복합 심리의 사회화 과정을 밟는다. 그 결과 독특한 최윤만의 분위기를 형성한다. 특히 〈회색 눈사람〉에 이르러 최윤의 문체는 가히 일가를 이루었다는 느낌을 주기에 족한 것이었으며, 〈푸른 기차〉에 이르러서는 한국어 산문의 리듬까지 타고 있을 정도다.

최윤은 지금까지 이룬 것보다 앞으로 이룰 것이 더 많은 작가다. 〈저기 소리없이 한 점 꽃잎이 지고〉(1988) 이후 칠 년 동안의 그의 작업을 통해 볼 때 더욱 그런 생각이 든다. 지성의 위의와 문체의 미학을 겸비한 그의 소설은 앞으로도 계속해서 독자들에게 소설 읽기의 참된 의미와 진실한 즐거움을 제공해 줄 수 있을 것이다. 그리고 그의 진정한 소설 쓰기와 독자들의 감동적인 소설 읽기의 과정에서, 우리는 진정한 반성적 사유와 새로운 인문학적 지혜를 더욱 고양시킬 수 있을 것으로 믿는다.

아무쪼록 이전 칠 년이 그러했듯이, 지금 이후 칠 년도 세기말의 난세를 헤쳐 나가는 최윤의 상상력을 통해, 우리 모두가 부단히 새로운 인식의 계기를 발견해 나갈 수 있기를 바란다.

'이상문학상'의 취지와 선정 방법
―알기 쉽게 풀이한 이상문학상 제도

1. **취지와 목적** : 〈문학사상사〉(이하 주관사라고 약칭)가 제정한 '이상문학상(李箱文學賞)'(이하 '본상'이라고 한다)은 요절한 천재 작가 이상(李箱)이 남긴 문학적 업적을 기리며, 매년 가장 탁월한 소설 작품을 발표한 작가들을 표창하고,《이상문학상 작품집》(이하 '작품집'이라고 한다)을 발행하여 널리 보급함으로써, 순수문학의 독자층을 확장케 하여 한국문학의 발전에 기여할 것을 목적으로 한다.

《이상문학상 작품집》에 대한 독자의 관심이 고조됨에 따라 순문학 독자층이 광범위하게 형성됨으로써, 일찍이 한국은 물론 다른 나라에서도 유례를 찾아보기 어려운 순문학 중·단편집의 초장기 베스트셀러시대가 실현되었다는 것이 문단의 정평이다.

2. **수상 대상 작품** : 전년도 심사 대상(對象) 작품의 마감 이후인 당해년도 1월부터 12월 말 사이에 발표된 작품은 모두 심사 대상에 포함된다. 문예지(월간지의 경우 당해년도 1월 초부터 12월 말일 이전에 발행된 '2월호'에서 다음 해의 '1월호'까지 포함된다)를 중심으로 해서, 각종 정기간행물 등에 발표된 작품성이 뛰어난 중·단편소설을 망라하여, 1년 내내 독특한 방법으로 예비심사를 거쳐 본심에 회부한다. 예비심사 과정에서는 물망에 오른 작품의 작가에 대하여, 대상 또는 우수작상으로 선정될 경우, 본상의 규정에 따른 수락 의사 유무를 직접 또는 간접적으로 타진한다. 중·단편소설을 시상 대상으로 하는 까닭은 문학의 중심이 장편소설에서 점차 중·단편소설로 이행하는 추세를 감안하고, 작품 구성과 표현에 있어서의 치밀성과 농축성으로, 짙고 강렬한 소설 미학의 향기와 감동을 자아내게 한다고 믿기 때문이다.

3. **상의 종류** : 본상은 대상(大賞) 1명과, 10명 이내의 대상에 버금하는 작품에 대한 우수상을 선정하되 경우에 따라 복수의 대상 수상자를 선정할 수 있다. 그리고 기수상작

가를 포함하여 중견 및 원로작가의 문학적 공로도 감안해 당해년도의 뛰어난 작품에 수여하는 '이상문학상 특별상' 1명을 선정한다.

4. **포상의 방법** : 본상의 포상은 제3항에 명시된 각 상의 매절고료가 포함된 현상금을 일시불로 수여하는 방법과, 판매 실적을 감안하여 추가적인 상여금을 지급하는 두 가지 방법 중 수상자로 하여금 수상 수락 전에 서면으로 그중 한 방법을 자유롭게 선택하게 한다.

5. **'본상'의 현상고료** : 위 제3항의 '본상'의 대상(大賞) 중 일시불 방식은 발행부수와 관련없이 3,500만 원을 지급하고, 우수상은 각각 300만 원을 지급한다.

위 항의 일시불 방식이 아닌, 발행 2년이 경과한 이후부터의 판매부수에 따른 추가적인 상여금을 원하는 수상자에게는, 2003년부터 1차로 시상 당시 대상(大賞) 수상자는 2,000만 원, 우수상 수상자는 200만 원을 지급하고, 작품집 발행 후 2년이 경과한 이후부터, 매년 말에 당해년도의 '작품집' 발행부수에 따라, 1부당 정가의 10%를 각 수상자별로 균분하여 10년간 지급토록 한다.

6. **특별상(현상고료)** : 특별상은, 기수상작가를 포함하여 한국문학 발전에 공로가 현저한 문단의 원로작가 또는 '본상'의 우수상을 3회 이상 수상한 작가로서, 당해년도에 우수 작품을 발표한 작가에게 '본상'의 대상(大賞) 작품과는 별도로 수여하며, 현상매절고료는 500만 원으로 정한다.

7. **예심 방법** : 예심은 월간 《문학사상》 편집진이 매 연도의 1년 동안 각 매체에 발표된 작품을 수집하여, 주관사의 편집위원과 편집주간 및 편집진으로 구성된 이상문학상 운영위원회에서 대학교수·문학평론가·작가·각 문예지 편집장·일간지 문학담당 기자 등 약 100명에게 수시로 광범위하게 추천을 의뢰하여 비밀리에 예비심사를 진행한다. 3회 이상 우수상을 받은 작가는 당해년도에 발표된 작품 중 뛰어난 1편을 선정하여 본심에 회부할 수 있다.

그 모든 자료를 일괄하여 주관사 편집주간이 중심이 되어 편집위원들과 예심위원들의 의견을 수렴하여, 연간 2분기로 나누어 본심에 회부할 작품을 선별한다.

이와 같은 독특한 예심 방법은 소수의 예심 및 본심의 심사위원이, 짧은 시일 내에 수많은 작품 속에서 본심에 회부할 작품을 선정하고 본심 심사위원이 단시간에 여러 작품을 심사하고 수상 작품을 선정하는 일반적인 문학상 심사제도의 단점을 보완하고, 되도록 문학 발전에 관심이 깊고, 전문 지식을 지닌 다수의 전문가에 의해 장기간에 걸쳐 많은 작품을 수시로 검토하여 심사 대상에 망라함으로써, 신중하고 세심한 예심 과정을 밟기 위한 것이다.

8. **본심 방법** : 예심을 거쳐 본심에 회부된 작품은, 권위 있는 평론가와 작가로 구성된 5인 이상 7인 이내의 심사위원회에 넘겨져, 수일간 개별적인 검토를 거친 후 본심 회의에서 최종 결정을 한다. 본심 회의는 대체토론을 통해 본심에 회부된 작품 가운데 10편 내외의 작품을 먼저 선정한다. 이 작품 속에서 1편(예외적인 경우 2편)의 대상(大賞) 작품을 선정하고, 나머지 작품 중에서 우수상 작품을 선정한다. 수상 작품 결정에 있어 심사위원의 의견이 일치하지 않을 경우에는, 무기명 비밀 투표로써 다수결 원칙에 의하여 최종 결정을 한다.

그러므로 이상문학상의 대상과 우수상은 모두 거의 동일 수준의 작품이라고 볼 수 있으며, 전문 문학인이나 독자의 주관적인 판단에 따라 그 평가는 달라질 수 있을 뿐이다. 그 때문에 한 번 우수상을 받은 작가는 대부분 자주 우수상을 받게 되며, 3~4회 내지 5~6회 만에 대상을 받게 되는 경우가 대부분이다.

9. **저작권** : 대상(大賞) 수상 작품(이하 '대상 작품'이라고 약칭)의 저작권은 본상의 수상 규정에 따라 주관사가 보유한다. 단, 2차 저작권(번역 출판권, 영화화·연극화 등의 저작권)은 저자에게 있고,《이상문학상 작품집》발행 후 3년이 경과하면 동 대상 작품을 저자의 작품집 또는 저자의 전집에 한해서 수록할 수 있다. 다만, 어떤 경우에도《이상문학상 작품집》의 표제(대상 작품명)와 중복되거나, 혼동의 우려가 없도록 하기 위하여 대상 작품명을 대상 수상작가 작품집의 서명(書名, 표제작)으로는 쓰지 않기로 한다.

10. **이상문학상 작품집 발행** : 〈이상문학상 운영 규정〉에 따라 대상(大賞) 작품과 주관사가 본상의 규정에 따라 저작자의 승낙을 받은 저작권법상의 편집저작권을 보유한 우수상 작품 및 특별상 작품을 모아, 염가 대량 보급을 목적으로《이상문학상 작품집》을 발행한다.

이 작품집은 이상문학상의 공정성과 권위를 독자에게 다시 묻고, 수록된 작품과 그 작가들에 대한 표창과 홍보의 뜻도 담고 있다. 한편 이 작품집은 해마다 문단의 작품 경향과 흐름을 알 수 있는 앤솔러지적인 성격을 띠고 있다. 또한 이 작품집은 아무리 세월이 흘러가도 한 사람이라도 독자가 있는 한 이윤을 초월해서 제한 없이 영구히 보급함으로써, 이상문학상과 그 수상작가에 대한 영원성과 영예를 오래도록 선양하고 세계에 그 유례를 찾아볼 수 없는 문학상 작품의 영원성을 유지케 한다.

그런 뜻에서《이상문학상 작품집》은, 그 영예로운 작가와 작품을 일과성(一過性)이 아닌 영구적으로 널리 독자에게 보급하여 읽히게 하고, 그 작가에 대해 더욱 탁월한 작품을 창조하기 위한 끊임없는 격려와 기대의 뜻을 담고 지속적인 홍보와 보급에 힘쓰고 있다. 때문에 30여 년 전의 작품도, 계속해서 한결같이 널리 알리고 홍보를 계속하여, 독자의 관심권에서 벗어나지 않도록 하는 매우 독특한 작품집으로 정착되었다. 그러한 노력은 작품의 우수성과 너불어, 이 작품집이 매년 수많은 독자들에게 애독서로 선택되어, 20여 년 전의《이상문학상 작품집》도 계속 새로운 독자가 끊이지 않고 있다. 그처럼 여러 작가의 작품을 보아 매년 한 권의 책으로 묶은 중·단편 창작 소설집이 장기간에 걸쳐 다량으로 발간되고 있는 것은 세계적으로도 매우 희귀한 예로 알려지고 있으며, 그것은 우리의 문학과 독자의 성장도와 함께 성숙도를 가늠케 하는 한국문학의 상징적 발전의 척도이기도 하다. 그 같은 예는 세계 제일의 출판대국이며, 인구만도 우리의 9배 내지 3배에 가까운 미국이나 일본에서도 찾아보기 어려운 순수문학 중·단편집의 대량 보급 현상과 아울러 순수문학 애호 인구의 엄청난 증가 현상을 말해 주고 있다.

11. 이상문학상 운영위원회 : 주관사의 발행인을 위원장으로 하고 월간《문학사상》의 편집인과 편집주간 및 문학사상사 이사회가 선임한 3인의 위원으로 구성되며, 본상의 제도와 운영에 관한 모든 업무를 관장한다.

12. 이상문학상 심사위원회 : 이상문학상 운영위원회는 매 연도마다 5~7인의 이상문학상 심사위원을 위촉하여 이상문학상 심사위원회를 구성한다.

동 심사위원회는 주관사의 편집주간의 주재로, 이상문학상의 대상(大賞)과 우수상 그리고 특별상을 수여할 작품을 심의 결정한다. 수상자를 결정함에 있어 의견의 일치를 보지 못할 경우는 무기명 비밀 투표로써 결정한다.

13. 규정의 수정 : 본 규정은 이상문학상 운영위원회에서 3분의 2 이상의 찬성으로 수정할 수 있다.

2002. 12. 20. 개정
문학사상사
이상문학상 운영위원회

제18회 이상문학상 작품집

1판 1쇄 발행 | 1994년 7월 25일
1판 30쇄 발행 | 2001년 12월 22일
2판 7쇄 발행 | 2020년 2월 25일

지은이 | 최윤 외

펴낸이 | 임지현
펴낸곳 | (주)문학사상
주소 | 경기도 파주시 회동길 363-8, 201호(10881)
등록 | 1973년 3월 21일 제1-137호

전화 | 031)946-8503
팩스 | 031)955-9912
홈페이지 | www.munsa.co.kr
이메일 | munsa@munsa.co.kr

ISBN 978-89-7012-664-7 03810